FANPRO

Michelle Stern, Jahrgang 1978, fing Ende der achtziger Jahre mit dem Schreiben an. Nachdem sie 1998 einen hessischen Schreibwettbewerb gewann und als Preis eine Woche nach Polen reiste, stand für sie endgültig fest: Schreiben, das muss es sein.
2006 gewann sie den zweiten Preis beim William-Voltz-Award und bewies damit, dass sie auch Science Fiction schreiben konnte. Seit 2007 veröffentlicht sie Erotikromane, und im selben Jahr erschien ihr Beitrag zur Serie »Sun-Quest« im Fabylon-Verlag, wo sie erneut mit dem Bereich SF in Berührung kam. Es folgte der Einsteig beim Bastei-Verlag in die Serien »Maddrax« und »Sternenfaust«, für die sie bisher über dreißig Romane unter verschiedenen Pseudonymen verfasst hat. Ihre Vielseitigkeit und ihre Liebe zur Phantastik erreichten in der Serie ELFENZEIT des Verlags Pabel-Moewig im Jahr 2009 einen spannenden Höhepunkt. Der vorliegende Roman ist ihr erster Roman für die Serie ATLAN.

Michelle Stern

Geheimplan Quinto-Center

Dritter Band der Sternensplitter-Trilogie

Originalausgabe

FanPro
Band 71033

Titelbild: Arndt Drechsler

Redaktion: Sabine Kropp
Lektorat: Michael Thiesen
Satz und Layout: Ralf Berszuck
Umschlaggestaltung: Ralf Berszuck
Druck und Bindung: CPI Moravia Books s. r. o., Tschechien

Besuchen Sie unsere Website *http://www.fanpro.de*

http://www.atlan.de

Printed in Czech Republic 2011

ISBN 978-389064-079-2

Kleines Who is Who

Atlan – der Lordadmiral braucht Antworten

Blogon – der Patriarch zögert zu lange

Chassika Aron – die Ara mag keine Ödplaneten

Dahim Abrahik Neffers – der Oberst ist untröstlich

Decaree Farou – eine blinde Frau steht am Abgrund des Wahnsinns

Der Bewahrer – ein komischer Kauz und eine lebende Positronik

Frenny Alexis – eine junge Frau, die offenbar keine lemurischen Schriftzeichen kennt

Gerry Hanaly – der Kommandant der TOLMAN wundert sich über Atlans innere Selbstgespräche

Haana Lamet – die Polizeichefin von Tahun arbeitet vorbildlich

Hoyka Kah – die USO-Generalin überschreitet Grenzen

Irina Tarasow – die Funk-Offizierin ist auf Atlans Seite

Kitti – eine verführerische Frau versucht Atlan um den Finger zu wickeln

Khelex Damitter – der Hauptkommissar liebt Musik und mehr

Kone-Bay – der Seelenberater sucht den Weg durchs Labyrinth

Kr'rom – der Zr'rak braucht Chronners und keine Skalitos

Lt'tek – der Organisator der Zr'rak steht im Dienst der Fußgeher

Markes Jonas – der Ertruser hört Musik

Miraana – sie ist ausgesondert und doch treu bis zum Ende

Motyra und Carion del Jemanth – die Arkoniden sind ein inniges Geschwisterpaar

Nelson Bhitt – ein Arzt sammelt Erstausgaben terranischer Gleiter

Paran ter Taseris – der Samwar-Arkonide legt Wert auf Etikette

Rodolfo Mbuto – ein Chefarzt fürchtet um seine Klinik

Sam Drew – der Medik-Agent befindet sich auf tödlichem Rundgang

Sr'rem – ein junger Zr'rak sucht das Zentrum des Universums

Taylor Waalis – ein verdächtiger Assistenzarzt macht Urlaub in der Milchstraße

Totthamir – der Galaktische Mediziner hat nichts als Drogen im Sinn

Buch 1
Feind ohne Gesicht

Prolog

Wahnsinn

Weißt du noch, wann der Tag war, an dem du wahnsinnig wurdest?

Du riechst die Frau mit dem Orangenschal. Du weißt, dass sie vor dir sitzt, auf der anderen Seite des Tisches. Ihre Stimme ergießt sich über dich, eine Kaskade aus Lauten und Mitgefühl ... unverständlich. Vor dir liegen die Blutwolken Kantinors, vertikale Gebilde, zerfaserte Nebel.

Sie sagen, sie wollen dir Gutes, aber du weißt es besser. In deinen Schläfen spürst du die Schläuche, die sie dir durch die Haut zogen.

Tu es.

Die Stimme in deinem Kopf treibt dich unerbittlich. Deine Hände zittern.

Du riechst Rosen, Lilien, Chrysanthemen.

Verlier keine Zeit.

Deine Hand berührt kaltes Porzellan. Du weißt, wo dein Ziel ist. Du springst auf den Tisch, packst die Vase und zerschmetterst sie auf dem Kopf über dem Orangenschal.

Kapitel 1

Sam: Nachtschicht

»Bereit zum Rundgang, Sir«, gab der Roboter seine Klarmeldung. Sam Darrnet stand auf und streckte sich. Seine Beine waren steif vom langen Sitzen. Er blickte über die Phalanx an Monitoren hinweg, auf denen die einzelnen Zellen gezeigt wurden. Es sah ruhig auf der Station aus, trotzdem wünschte sich Sam weit fort, irgendwohin, wo es keine Irren gab, die nur darauf warteten, befreit zu werden und über ihn herzufallen.

»Alles in Ordnung, Sir?«, fragte der humanoid aussehende Roboter. Die mobile Kampfmaschine war ein Sondermodell, das durch seine kleinere, menschengroße Form und die hellen Farben weniger Furcht einflößend wirkte.

Sam zupfte nervös an seinem weißen Kittel. Warum war Tyrez ausgerechnet in dieser Schicht krank? Wenn sein Kollege sich nicht den Magen an irgendeinem intergalaktischen Menü verdorben hätte, hätte er nicht mit einer Robot-Einheit Dienst schieben müssen. Der GLADIATOR-M wurde nur aktiviert, wenn sie unterbesetzt waren.

»Zerbrich dir nicht deine Positronik, Glad«, gab er missgelaunt zurück. Das Modell war dank der zusätzlichen psychologischen Komponente ausgesprochen nervtötend.

Sam ging mit staksigen Schritten auf den Gang und sah durch die hohe, einseitig durchsichtige Front in die Zelle, die dem Aufenthaltsraum der Pfleger am nächsten lag. Ein Siganese schlief in einem knapp dreißig Zentimeter langen Bett.

Bei der Ausbildung zum Gefühlsingenieur war der Mann in unerwarteter Weise über seine SERT-Haube mit der Positronik eines Roboters verschmolzen. Er hatte sich von diesem Unfall nicht mehr erholt. Im Schlaf war der Kleine friedlich, aber wenn er wach war, brauchte er stärkste Medikamente, um nicht in seiner Unterkunft zu wüten und sich selbst zu verletzen. Während seiner schlimmsten Schübe ließ er kein Möbelstück unverschont.

»Sie haben nur noch drei Wochen Dienst, Sir. Darf ich fragen, was Sie danach machen?«

Sam seufzte erneut. »Du hast keine echten Gefühle, Glad. Warum fragst du?«

»Ist Ihnen die Frage unangenehm?«

Es brachte nichts, sich auf eine Diskussion einzulassen. Das Einzige, was das kosten würde, waren Zeit und Nerven. Am besten antwortete er und ersparte sich unnötige Debatten.

»Ich gehe in den Pharma-Handel. Der Laden ist angemietet. Ich werde ein ruhiges, gemütliches Leben in Kartum verbringen. Und nun sei so gut und mach deinen Dienst lautlos.«

»Verstanden, Sir.«

Er sah sich nervös um. Der Gang lag ruhig vor ihm und es gab keinen Anlass, sich Sorgen zu machen. Seine Gedanken richteten sich auf die Zukunft. Es waren nur noch drei Wochen. Wenn er es schaffte, drei lächerliche Wochen zu überbrücken, war er der Hölle entkommen, die sein Dienst bei der United Stars Organisation für ihn darstellte. Es war nicht immer so gewesen, dass er die Klinik nur widerwillig betrat und das Ende der Schicht herbeisehnte. Vor dem Aufstand vor zwei Jahren hatte er für die USO gern in der Abteilung für Schwerstfälle gearbeitet. Damals hatte ein durchgedrehter Ertruser beschlossen, ihn als Boccia-Kugel zu benutzen. Für den Umweltangepassten hatte er nicht mehr gewogen als ein kleiner Junge.

»Essen sie gern Kinder, Sir?«

Sam drehte sich langsam zu der lautlos hinter ihm gehenden Maschine um und starrte in ihr stark vereinfachtes Gesicht. Im ersten Moment fehlten ihm die Worte. »Was hast du gesagt?«

Der Roboter hielt in seiner Bewegung inne. »Entschuldigung, Sir. Meine Positronik zeigt eine Fehlermeldung an.«

Die kleinen Augen des Roboters glühten rot auf und begannen zu flackern. Er hob den Waffenarm ruckelnd in Position. Das Vibro-Messer fuhr heraus und zielte auf Sams Gesicht.

Sam erstarrte, wich zurück und zog seinen Kombistrahler. Wollte Glad ihm das Messer ins Auge stoßen?

»Nimm den Arm runter, Glad. Sofort.«

Die Maschine vor ihm gab einen ächzenden Laut von sich. Irgendetwas klickte im Inneren.

»Fehler ... Gefahr ... muss abschalten ...« Die Stimme des Roboters verklang, die roten Augen erloschen. Jegliche Bewegung Glads erstarb. Die Kampfmaschine stand mitten im Gang wie ein Berg Altmetall.

Sams Herzschlag beruhigte sich nur langsam. Zögernd steckte er die Waffe wieder in das Holster und betrachtete den desaktivierten Gladiator von allen Seiten. Er hob den Armbandkom, stellte eine Verbindung zur Zentrale her und nannte seinen Namen und Dienstgrad. »Die Robot-Einheit hat sich desaktiviert. Könnt ihr jemanden schicken?«

Er ließ den Redeschwall der Angestellten über sich ergehen. Ob sie wenigstens schon jemanden losgeschickt hatte? Der zusammengesunkene Gladiator war ihm unheimlich. Er wirkte, als könne er jeden Augenblick wieder zum Leben erwachen und ihn angreifen.

Die Frau ging alle Einzelheiten der Fehlfunktion durch. Sie stellte mehr Fragen als ein imperialer Verhör-Agent und schien kein Ende zu finden.

»Nein, ich weiß auch nicht, was mit dem Ding los ist, und nein, es hat nie zuvor eine Fehlfunktion ge...« Er hielt inne.

Das Sicherheitsschott der Station gab einen feinen Summton ab und meldete Besuch. »Danke für Ihre schnelle Hilfe.« Ohne eine Reaktion seiner Gesprächspartnerin abzuwarten, beendete er die Verbindung und ging den Gang zum Schott hinunter. Er hörte das leise Klacken, als das Metall aufeinandertraf und sich hinter dem Besucher schloss. Vor ihm, unter dem Licht der Deckenleuchten, stand eine Frau. Ihr Gesicht zeigte in seine Richtung, doch er wusste nicht, ob sie ihn sehen konnte. Eine dunkle Blende aus Kunststoff lag als dünner Streifen über ihren Augen.

»Das ging aber schnell.« Er lächelte erleichtert und trat der hageren Frau entgegen. Seine Schritte wurden langsamer. Wenige Meter vor ihr verharrte er verunsichert. Warum stand sie nur in der Gegend herum?

»Der defekte Roboter ist da drüben«, sagte er langsam, während er sich über die Blende wunderte. Ob das ein modischer Trend aus Terrania war, der ihm entgangen war? Mit einem Kopfschütteln erinnerte er sich an eine Modeerscheinung vor einem Jahr, als für drei Monate viele jüngere Modeopfer mit Ell- und Kniebogenschützern in grellstem Pink unterwegs gewesen waren.

Die Fremde regte sich noch immer nicht. Sie wirkte so desaktiviert wie der Roboter. Er musterte sie genauer. Sie sah abgerissen aus, obwohl ihre Kleidung gepflegt wirkte. Ihre schwarzen Haare waren stumpf, und auf ihrem Kinn stach ein stecknadelgroßes Muttermal auf weißer, teigiger Haut hervor. Sie hielt etwas in der Faust, das er nicht erkennen konnte. Warum sagte sie nichts?

Die Frau hob ihre freie Hand zu der Blende über ihren Augen. Sie nahm sie ab.

Sam keuchte. »Was ist das?«

Langsam trat sie auf ihn zu. Der Anblick ihrer Augen ließ ihn erstarren. Sie hatte keine Augäpfel. Ihre Augenpartie war gerötet und zernarbt, die Lider in einer geraden Linie aufgeschlitzt. In den leeren Höhlen saßen Splitter, die im Licht der Deckenleuchte schimmerten wie Kristall. Er konnte den Blick nicht von ihrem Funkeln abwenden. Die Splitter verschoben sich, als hätten sie ein Eigenleben. Ein Bild spiegelte sich auf ihrer Oberfläche. Es wurde an den Kanten mehrfach gebrochen. Vor einem schwarzen Hintergrund flimmerte ein Ding, das er nicht erkennen konnte. Es wirkte durch und durch fremd und ließ ihn den Atem anhalten. Tentakelartige Auswüchse griffen um sich, und plötzlich flammte ein winziger Lichtpunkt über den Armen auf, wie ein Stern in der Schwärze des Alls.

Mit dem Bild ergriff ein Gefühl von Verwirrung von ihm Besitz. Es war, als würde sein Körper in dieses Bild hineingezogen, als sei es ein Transmitter in eine andere Dimension. Immer heller wurde das blinkende Licht. Es füllte sein Sichtfeld aus, schmerzte in den Augen und ließ ihn gegen seinen Willen irre lachen. Es klang, als lache da ein anderer, der verrückt geworden war.

Das enervierende Geräusch brachte ihn wieder zu sich. Warum fühlte er sich so euphorisch? Er ballte die Hände zu Fäusten. Ein Teil seines Verstandes wehrte sich gegen die Fremdgefühle, die ihn durchzuckten. Das war nicht real. Er konnte nicht über die entarteten Augen einer Frau in eine andere Welt tauchen.

Offensichtlich war die Fremde keine Technikerin, sondern eine Patientin, der es gelungen war, in seine Station einzudringen. Er musste sie festsetzen.

»Hände hoch!«, herrschte er die Frau an, während er den Blick mühsam abwandte. Seine Hand griff nach dem Kombistrahler an seiner Seite. Die Bewegung war anstrengend, als habe er eine Marathonstrecke hinter sich.

Die Fremde sprang auf ihn zu. Aus den geschlossenen Fingern ihrer Hand fuhr eine scharf gezackte Porzellanscherbe hervor. Ehe Sam sich schützen konnte, war sie bei ihm und fuhr mit der Scherbe in ihrer Faust über seine Kehle.

Schmerz durchzuckte ihn und verwandelte seine Welt von einem Augenblick zum nächsten in einen Albtraum. Er riss die Hand viel zu schwerfällig in einer schützenden Haltung hoch. Die Fremde zerrte ihn zu Boden. Röchelnd versuchte er, sie abzuwehren. Warme Flüssigkeit lief über seinen Hals. Es war Blut. Er wollte schreien, doch außer einem Gurgeln brachte er nichts heraus. Panisch schlug er nach der Angreiferin, aber sein Arm gehorchte ihm kaum noch und zuckte kraftlos nach vorn. Schmerz und Atemnot ließen ihn schwindeln. Über ihm schwankte das Gesicht der Frau mit den entstellten Augen. Ihre Umrisse verschwammen. Das Letzte, was er sah, waren zwei winzige Lichtpunkte, die in den kristallenen Splittern pulsten wie ferne Sonnen.

Decaree: Flucht

Du schlägst die Porzellanscherbe in den Geruch nach Desinfektionsmitteln. Es dauert nicht lange, bis die Gegenwehr erstirbt.

Weiter.

Es ist anstrengend, den Mann in der Desinfektionswolke hochzuzerren und ihm den Kittel auszuziehen. Mühsam schlüpfst du in die Ärmel. Nun ist sein Geruch der deine.

Du gehst weiter, berührst eine Wand. Irgendwo vor dir muss es sein. Deine Finger tasten über die glatte Oberfläche, bis du den Deckel findest, ihn anhebst und zur Seite schiebst. Sensorpunkte liegen unter deinen Fingerkuppen. Ihre Anordnung ist immer gleich, und du findest dich schnell zurecht. Du gibst die Kombination ein. Der Alarm gellt auf und lässt dich zusammenfahren. Hinter dir hörst du, wie sich die Türen automatisch öffnen. Eine Irre schreit wirre Sätze und hämmert gegen Terkonitstahl.

Du nimmst den externen Zugang. Zweimal stoßen deine ausgestreckten Hände gegen die Wand, ehe du das nächste Eingabefeld findest und den Kode eintippst.

Hinter dir erklingen neue Schreie. Sie mischen sich mit dem gellenden Ton des Strahlenalarms.

Eine weitere Desinfektionswolke rennt an dir vorbei. Du hörst das Geräusch ihrer hastigen Schritte. Dich beachtet sie nicht. Gut so. Du wischst dir nachlässig eine Haarsträhne aus dem Gesicht und spürst eine warme Flüssigkeit. Es ist nicht dein Blut, das an deinen Fingern klebt.

Plötzlich steigt Furcht in dir auf, und du hältst inne. Deine Gedanken verwirren sich. Warum klebt fremdes Blut an dir?

Geh weiter.

Du greifst dir an den Kopf, zu den Schläuchen, an die schmerzenden Schläfen. Zweifel steigen in dir auf. Es ist falsch, du darfst nicht auf die Stimme hören, die dir befiehlt. Auf die grausame Stimme, die dir seit Wochen keine Ruhe lässt. Willst du wirklich tun, was sie verlangt, und weiter Unschuldige gefährden?

»Nein.«

Deine eigene Stimme ist dir fremd. Du weißt, dass du wahnsinnig bist. Es gibt kein Zurück. Du musst fliehen, solange du noch kannst. Die Stimme hat es dir immer wieder gesagt. Du weißt, dass die Stimme dir helfen will, auch wenn ihre Befehle unverständlich sind. Aber ohne sie hast du keine Chance. Wenn du stehen bleibst, ist alles verloren.

Tief atmest du ein und drängst die Zweifel zurück.

Du gehst die Treppe hinunter zum Gebäudeausgang. Die letzte Treppenstufe endet, dein Fuß knallt hart auf den Boden und du musst dich am Geländer festklammern, um nicht zu stürzen. Dein Knöchel schmerzt, aber er ist nicht ernsthaft verletzt und lässt sich vorsichtig bewegen. Du stößt mit den ausgestreckten Händen an die Wand und findest das nächste Eingabefeld.

Neben dir erklingt eine Stimme: »Was machen Sie da?«

Nicht aus dem Konzept bringen lassen.

Du ignorierst die Stimme. Mit geübten Griffen gibst du erneut den Kode ein. Die Sicherheitsschotte der Schleuse öffnen sich eins nach dem anderen.

Als du hinausgehen willst, ergreift eine Hand deine Schulter. Du ziehst den Ellbogen hart zurück, triffst auf etwas Weiches und spürst, wie ein Körper nachgibt. Der erstickte Schmerzlaut liegt dir in den Ohren und vermischt sich mit dem Alarm und dem Rufen von Menschen. Eile ist geboten. Bevor der Mann am Boden Verstärkung holt, musst du fort sein. Du hetzt hinaus. Frischer Nachtwind und der schwache Geruch blühender Rosen strömen dir aus dem Park entgegen. Du vergisst die Treppe vor dem Gebäude, stürzt hart, überschlägst dich und kommst mit schmerzender Schulter wieder auf die Füße. Die Rufe hinter dir klingen jetzt näher. Sie sind auf dich aufmerksam geworden. Du bist in Gefahr.

Renn!

Die Stimme ist wie der Schlag einer Faust in dein Gesicht. Du läufst geradeaus, auch wenn du weißt, dass du wieder stürzen kannst. Unter deinen Füßen knirscht Kies. Einige Meter kommst du voran, dann prallst du gegen einen Körper. Er riecht nach Schweiß und einem herbem Hauch von Montuswurzel. Die Stimme eines Mannes spricht zu dir, während seine Arme dich an der Hüfte festhalten.

»Gehen Sie lieber rein, Miss. In Sektion C gab es einen Ausbruch.« Du merkst, wie er in seinen Bewegungen innehält und seltsam steif wird. Er schweigt. Hat er die Splitter in deinen Augenhöhlen gesehen und das Blut?

Blitzartig gleiten deine Arme um seinen Körper, bis du findest, was du suchst. Deine Hand greift nach dem Kombistrahler im Holster an seiner Seite. Du reißt ihn hoch und schlägst damit zur Quelle der Stimme. Der Mann gibt einen dumpfen Laut von sich und lässt dich los.

Du rennst weiter, den Kombistrahler in der Hand. Unter deinen Sohlen spürst du harte Grashalme und den erdigen Boden einer Wiese.

Mehr nach rechts!

Über dir erklingt ein neues Geräusch und übertönt den Alarm. Triebwerke.

Mehrere Stimmen sind hinter dir. Du hörst erstaunte und zornige Rufe.

»Ein Raumschiff!«

»Scheiße, was soll das? Wo, bei Arkon, kommt das Ding her?«

»In Deckung! Das Schiff feuert!«

Etwas explodiert. Du spürst eine leichte Erschütterung im Boden und hörst einen Schrei.

»Da ist sie! Haltet sie auf!«

Zur Seite!

Du weichst wie befohlen aus und stellst dir vor, wie sie mit ihren lichtschnellen Strahlern auf dich anlegen und schießen. Du hast keinen Kampfanzug, der dich schützt. Schon der nächste Schuss kann dein Ende sein. Es ist vorbei.

Nein. Noch nicht. Du bist nicht mehr allein.

Dein Körper wird in die Luft gehoben und gleitet hinauf, als könntest du fliegen. Du hast es geschafft. Sie sind gekommen. Du bist in Sicherheit.

Kapitel 2

Atlan: Im Einsatz

Ich zog den Gleiter in den mittleren Strom der Fahrzeuge und beschleunigte. Zwei grellrote Schweber blieben hinter mir zurück.

Du wirst auffallen, wenn du dich nicht zusammenreißt, wisperte mein Extrasinn, als ich mich direkt hinter einen Lastgleiter setzte und an einer grellbunten Werbetafel vorbeirauschte, auf der mir das Erlebnis meines Lebens mit barbusigen Cyber-Frauen im Kokuuna-Club versprochen wurde. Es folgte ein weiteres Werbeholo, das für eine Firma warb, die Prospektoren für die schwierige Gewinnung von Howalgonium anheuern wollte. Die Schwingquarze waren eines der begehrtesten Güter der Milchstraße. Sie abzubauen war gefährlich und hatte schon viele vermeintliche Glücksritter das Leben gekostet.

Aufmerksam beobachtete ich die Gleiterströme. Die Flug- und Fahrzeuge Orbanas verkehrten in drei Ebenen. Über mir raste der Schnellverkehr, während unter mir am Grund der Straßenschluchten tief fliegende Gleiter und Schwebeplattformen auf Sightseeingtour entlangtingelten. In regelmäßigen Abständen lag ein schwerer Gleiter des SWD am Boden, um intervenieren zu können, falls es zu Abstürzen oder Feuergefechten kam.

Ich drosselte die Geschwindigkeit ein wenig und vergrößerte den Abstand. Trotz der Ausweichautomatik hatte der

Extrasinn recht. Die Mission war wichtig und das Letzte, was ich brauchte, war eine weitere Auseinandersetzung mit dem SWD – dem Sozialen Wohlfahrts-Dienst des Planeten Lepso. Der Name war nicht mehr als ein schlechter Scherz. Es kam durchaus vor, dass Wesen, die mit dem SWD aneinandergerieten, auf Nimmerwiedersehen verschwanden. Die obskure Polizeitruppe hatte keineswegs die Aufgabe für Recht und Gesetz zu sorgen, sondern sicherzustellen, dass die größten Schurken der Galaxis ungestört ihre zwielichtigen Geschäfte abwickeln konnten – zum finanziellen Nutzen der lepsotischen Machthaber.

Vor mir projizierte das Kommunikationssystem ein Bild von Hoyka Kah in einen Teil der transparenten Glassitkuppel. Die kahlköpfige paronische USO-Generalin trug einen Gesichtsausdruck zur Schau, der ihren verletzlich wirkenden Körper Lügen strafte. Ihre hellbraunen Augen zeigten Entschlossenheit. Die Stimme war wie immer kollegial, aber distanziert.

»Willkommen in Orbana, Lordadmiral. Der Einsatz läuft wie geplant. Ich schicke die neuesten Daten samt dem Zielpunkt. Wir konnten bislang eine Gleiteranflug- und eine Deflektorschirmortung ausfindig machen. Darüber hinaus ist eine Anmessung aktivierter Gravo-Paks an den Kampfanzügen möglich. Mehr scheinen die Topsider nicht zu besitzen.«

»Haben Sie Meldung von unserem Agenten vor Ort erhalten?«

»Aktys-Chrum hat wie vereinbart eine kurze Meldung abgesetzt, Lordadmiral. Wir haben Status Grün.«

Aktys-Chrum war einer der wenigen Topsider, die derzeit im Dienst der USO standen. Er hatte als Doppelagent agiert und den topsidischen Terroristen einen entscheidenden Hinweis gegeben, damit sie einen beladenen Transportgleiter der

USO stehlen konnten. Dank eines versteckten Peilsenders in der Außenhülle des Gleiters und mehreren unter der Ware wussten wir genau, wo sich unser Eigentum befand. Wir hofften, den Anführer der Terroristen festsetzen zu können, wenn er die Beute in Augenschein nahm. Da wir trotz aller Ermittlungen noch immer nicht wussten, wo das eigentliche Hauptquartier des Gegners lag, war das die günstigste Gelegenheit, an den Kopf der Gruppe zu kommen.

Hoyka Kah schien noch etwas sagen zu wollen, schwieg dann aber.

Sie würde dir sicher gern einen Vortrag darüber halten, dass du dich beim anstehenden Einsatz zurückhalten solltest, vermutete der Extrasinn. *Aber da du ihr Vorgesetzter bist, verzichtet sie auf diese Bevormundung.*

Zu schade, dass ich nicht auch dein Vorgesetzter bin, gab ich lakonisch zurück und wandte mich wieder Hoyka Kah zu: »Möchten sie noch etwas hinzufügen, Generalin?«

Ihre Stimme klang gepresst, als koste es sie Mühe, auf eine Äußerung zu verzichten. »Nein, Lordadmiral. Ich werde meinen Gleiter in Kürze verlassen. Wir treffen uns am Zielpunkt.«

Sie beendete die Verbindung.

Aufmerksam las ich die überspielten Daten, der Gleiter änderte seinen Kurs und verließ den Hauptverkehrsstrom.

Bald schon ließ ich das Geflimmer der Werbeholos hinter mir und kam in eine Gegend, die einen harten Kontrast zur Innenstadt von Orbana bot. Heruntergekommene Bauten lagen teils eingestürzt wie Skelette aus minderwertigem Stahl im gelbbraunen Sand der Wüste. Keiner kümmerte sich um sie. Das einstige Industrieviertel war wie ausgestorben und gehörte zu den zahlreichen Randbezirken des Molochs, die niemanden mehr interessierten.

Daran sind du und Ronald Tekener nicht unschuldig, kommentierte der Extrasinn. *Dort drüben lag einmal eine der best-*

gehenden Inkrosinfabriken des Planeten. Die Drogen waren der Garant für den Wohlstand ihrer Produzenten, bis Tekener meinte, einer jungen Dame helfen zu müssen. Dank ihm und der UHfgbogawB ist in diesem Viertel nicht mehr viel los.

Ich stolperte kurz über den Begriff UHfgbogawB, bis ich begriff, dass der Extrasinn die UHB meinte, die auf Lepso eine Filiale führte. Er hatte bereits vor Jahren auf seine unnachahmbare Art logisch analysiert, dass die »Unabhängige Hilfsorganisation für Bedrängte« unter Ronald Tekener eigentlich den Namen UHfgbogawB tragen sollte: Unabhängige Hilfsorganisation für gut betuchte oder gut aussehende weibliche Bedrängte.

Du solltest aufhören, diese Abkürzung zu verwenden. Ich habe dir schon einmal zu verstehen gegeben, dass dieser Name zwar logisch nachvollziehbar, aber wenig eingängig ist.

Der Extrasinn schwieg sich aus, während der Gleiter im Zentrum der Trostlosigkeit anzukommen schien und seine Geschwindigkeit automatisch drosselte. Ich landete im Schatten einer verfallenen Lagerhalle und überprüfte auf der Systemanzeige am Handgelenk die Funktionen meines Kampfanzugs. Alle Systeme waren grün. Allerdings würde ich sie nicht in ihrer Gesamtheit nutzen können, wenn ich nicht zum Fanal auf den Ortungsschirmen meiner Feinde werden wollte. Besonders ärgerte es mich, dass ich meinen Deflektorschirm nicht benutzen konnte. Unsichtbarkeit wäre ein großer Vorteil gewesen.

Das Chrono im Multifunktions-Armband stand auf 15.43 Uhr terranischer Standardzeit. Für 16.00 Uhr war der Großangriff geplant, den ich nicht verpassen durfte.

Es war ungewöhnlich, dass die um Autarkie bemühte topsidische Regierung ein Hilfegesuch an die United Stars Organisation gestellt hatte. Der Kampf gegen die Terrororganisation schien ihr über den Kopf gewachsen zu sein. Umso wichtiger war ein Erfolg, bot er doch die einmalige Chance, die Beziehungen zwischen Orion-Delta und der USO nachhaltig zu verbessern.

Meine Positronik zeigte im Visier des Helms freie Bahn an. Ich bewegte mich in den Schatten der Ruinen und kletterte über eine Außenmauer. Der Anzug passte sich dabei farblich der Umgebung an. Kameradrohnen entdeckte ich keine. Zielstrebig näherte ich mich, von einer Deckung zur nächsten, dem noch einigermaßen gut instand gehaltenen Fabrikgebäude, in dem die Beute von den Terroristen deponiert worden war. Die Topsider waren in erster Linie auf Waffen und Kampfanzüge aus gewesen, die wir vermeintlich zu verschiedenen Geheimstationen auf Lepso hatten liefern wollen. Diese Aktion war glaubwürdig. Unsere Agenten auf dem Planeten brauchten hin und wieder Nachschub, und im Allgemeinen stellte es kein großes Problem dar, Waffen an den Ordnungshütern vorbei auf den Planeten zu bringen.

Waffen nach Lepso schmuggeln ist, wie Eulen nach Athen tragen, belehrte mich der Extrasinn mit einem altterranischen Spruch.

Ich wollte gerade zu einer zynischen Ergänzung ansetzen, als ich die beiden Schatten auf dem Dach über mir sah.

Versteck dich!, warnte der Extrasinn fast zeitgleich.

Ich warf mich in einen Gebäudeeingang und presste mich mit gezogenem Kombistrahler an die Wand. Eine quälend lange Minute verging, in der ich meinem schnellen Herzschlag lauschte. Der Wind pfiff am Gebäudeeingang vorbei und wirbelte Staub und Sand auf. Die heiße Luft machte selbst mir zu schaffen, obwohl ich als Arkonide eigentlich kein Problem mit höheren Temperaturen hatte. Die Regulierung meines Anzugs hatte ich sehr niedrig eingestellt, um meine Feinde nicht unnötig auf mich aufmerksam zu machen. Obwohl wir sicher waren, dass die äußeren Wachen des Terroristenstützpunkts nicht über ausgefeilte Ortungsgeräte verfügten, war ich vorsichtig und benutzte auch die Antigravprojektoren nicht.

In Gedanken ging ich alle Wege zum Hauptgebäude durch. Es gab keine schnellere Möglichkeit, zum Zentrum vorzustoßen. Ich musste diese beiden Wachen ausschalten. An der linken Seite des Gebäudes hatte ich eine Leiter gesehen, die auf das Dach führte.

Ich sah kurz aus meiner Deckung heraus, konnte keinen der Wächter entdecken und rannte zu der Metallleiter. Hastig zog ich mich die Sprossen hinauf und verharrte, als ich einen Blick auf das Flachdach werfen konnte. Gut zehn Meter vor mir standen die beiden echsenartigen Topsiderwachen mit dem Rücken zu mir auf ihre kräftigen Stützschwänze gelehnt und unterhielten sich in abgehacktem Interkosmo. Im Gegensatz zu mir trugen sie keine Spezialanzüge, sondern waren in beigefarbene Gewänder gehüllt, die Schutz gegen den rauen Sand boten. Über diesen Gewändern trugen sie breite Gürtel, in denen Nadler steckten.

Schräg neben ihnen erhob sich ein Gebäudeaufsatz, der vermutlich einmal der Aufgang einer Treppe aus dem Inneren des Gebäudes gewesen war. Er wirkte wie eine verfallene Gleitergarage und ragte vor einem mit Positionsmarken gekennzeichneten Landeplatz auf. Obwohl auch die Topsider hohe Temperaturen gut aushalten konnten, standen sie in seinem Schatten und hatten sogar eine Sprühflasche mit Wasser auf einem Vorsprung stehen, um sich feucht zu halten.

Lautlos kletterte ich auf das Dach und schlich zu dem knapp zwei Meter hohen Gebäudeaufsatz. Ich musste die beiden möglichst schnell aus nächster Nähe ausschalten. Je länger ich den Paralysator einsetzte, umso wahrscheinlicher war, dass seine Energie angemessen wurde. Wenn die Topsider Alarm schlugen, konnte der gesamte Einsatz in Gefahr geraten.

Noch einmal atmete ich tief ein und erinnerte mich an die Lehren meines Ausbilders und väterlichen Freundes Fartuloon. Er hatte mir immer wieder gepredigt, dass gerade ein erfahrener Kämpfer niemals seine Schwächen vergessen durfte. Ich hatte in meinem über elftausend Jahre andauernden Leben mehr als ein Wesen gesehen, das durch seine eigene Arroganz besiegt worden war. Diesen Fehler wollte ich nicht machen.

Mit dem Ausatmen kam mein Angriff. Ich sprang hinter der Wand hervor und traf den ersten Topsider, noch ehe er sich umdrehen konnte. Dank seines Stützschwanzes stürzte er nicht sofort um, sondern blieb einen Augenblick lang wie eine braungrüne Statue mit wehenden Gewändern auf dem Dach stehen. Ich zielte auf den Zweiten, doch der hatte die Zeit genutzt, um herumzufahren und sich zur Seite zu werfen. Mein Schuss verfehlte ihn. Er griff nach einem Funkgerät an seinem Gürtel. Ohne nachzudenken, sprang ich vor und trat ihm das Gerät aus der Hand, ehe er es bedienen konnte.

Der Topsider schrie wütend auf und wischte mit seinem Stützschwanz herum. Ich sprang über den peitschenden Schwanz hinweg und hob den Kombistrahler, kaum dass ich wieder Boden unter den Füßen hatte. Mein Gegner legte mit dem Nadler an. Wir schossen gleichzeitig. Die Partikel des Nadlers wurden von der Schutzfunktion meines Anzugs abgehalten. Da der Prallschirm ebenso schwach eingestellt war, wie die Hitzeregulation, spürte ich die Schüsse der Hohlnadeln wie tastende Finger.

Der Topsider pfiff durch die verhornten Lippen und krachte nach hinten. Anklagend hob er die sechsfingrige Hand in die Höhe und wurde dann ebenso unbeweglich wie sein

Kamerad. Aus großen Augen starrte er in die Luft. Er würde sich eine gute Stunde lang nicht regen können, wenn er auch alles sah und hörte.

Beeil dich, erinnerte der Extrasinn. *Hoyka Kah muss jeden Moment losschlagen und du bist noch nicht auf Position.*

Ich dachte an die Gleitereinheiten, die sich unter Deflektorschirmen vor dem SWD verbargen und auf ihren Einsatzbefehl warteten. Der Plan sah vor, Chraryt-Onkh, den Anführer der Terrorgruppe, möglichst zuerst ausfindig zu machen und ihn festzusetzen. Erst dann sollten die Einheiten losschlagen. Hastig zog ich die beiden Körper in den Sichtschutz der Gleitergarage.

Ich kletterte die Leiter hinunter und lief im Schatten weiterer Gebäude auf das Haupthaus zu, in dem laut unserem Topsider-Agenten die Zentrale der geheimen Zwischenstation lag.

Je näher ich kam, desto intensiver wurde der Geruch nach Chemie und Tod. Es stank nach verwestem Tier und Säure.

Was wurde in dieser Fabrik bloß hergestellt?, fragte ich den Extrasinn, als ich mich in einen weiteren Gebäudeeingang drückte. Gut zehn kleinere Gebäude lagen ringförmig um das Haupthaus verteilt. Einige von ihnen erinnerten entfernt an Silos. Zwischen ihnen standen im Herzen der Anlage mehrere Gleiter und zwei mit Abdeckplanen verhüllte Objekte.

Muurt-Wurm-Suppe, antwortete der Extrasinn prompt. *Oder besser: Muurt-Wurm-Suppen-Ersatz.*

Muurt-Würmer galten unter den Blues als eine höchst beliebte Delikatesse. Leider waren sie sehr selten und deshalb teuer. Ich versuchte, mir auszumalen, welche Tiere in Verbindung mit welchen dubiosen Chemikalien als Ersatz hatten herhalten müssen, damit irgendwer sich an diesem Ort eine Nase aus Howalgonium verdienen konnte.

Sieh dich lieber um, als dich mit Muurt-Wurm-Ersatz zu befassen.

Ich tat, was der Extrasinn sagte, und entdeckte drei Wachen auf dem Dach des Hauptgebäudes und zwei weitere am Haupteingang. Mit der Optik des Kampfanzugs betrachtete ich sie näher, und die Positronik analysierte mehrere Strahlengewehre, die über den Rücken der Wachen hingen. Es handelte sich um Standardstrahler, wie man sie auf Lepso überall bekommen konnte.

Wieder bedauerte ich, meinen Deflektorschirm nicht einsetzen zu können. Unsichtbar hätte ich wesentlich größere Chancen gehabt, die Wachen zu passieren.

Halte dich an den Plan, ermahnte der Extrasinn.

Das hatte ich vor, entgegnete ich kühl. Es reizte mich, näher an das Gebäude heranzukommen, aber das war nicht meine Aufgabe. Ich sollte exakt dort sein, wo ich mich in diesem Moment befand. Den von Hoyka Kah übermittelten Daten zufolge gab es drei Ausgänge, und am südlichen – dem Hauptausgang – sollte ich mich postieren, um Chraryt-Onkh abzufangen oder auszuschalten, falls er das Gebäude auf diesem Weg verließ.

Noch einmal ließ ich mir das Bild seines vernarbten Gesichtes in das Visier einblenden. Trotz fotografischem Gedächtnis konnte es nicht schaden, die Reaktionszeit bei der Wiedererkennung zu verringern. Anschließend studierte ich meine Umgebung und konnte mithilfe des Anzugs keine Fluchtwege entdecken, die der USO bislang entgangen waren. Der Boden schien sandig, es gab nirgendwo Türen oder Schotte, die in die Tiefe führten, und um die Luft würden sich unsere Gleitereinheiten kümmern. Wichtig war ein schneller Zugriff, damit wir es nicht unnötig mit dem SWD oder den allgegenwärtigen Flugdrohnen der hiesigen Nachrichtensender zu tun bekamen.

Das Chronometer zeigte 15.59 Uhr terranischer Standardzeit an, als eine gewaltige Detonation das Gebäude vor mir erzittern ließ. Unser Agent hatte wie vereinbart einen Sprengsatz gezündet, der unter den erbeuteten Waffen und Ausrüstungsgegenständen versteckt gewesen war. Eine der Wachen auf dem Dach hatte unglücklich am Rand gestanden und stürzte in die Tiefe. Der lange Stützschwanz des Echsenartigen suchte in der Luft vergeblich nach Halt.

Hektische Geschäftigkeit brach plötzlich aus. Gut zehn weitere Topsider strömten mit gezückten Strahlengewehren und Nadlern aus dem sich öffnenden Gebäude. Zum Glück lief keiner von ihnen in meine Richtung. Ich stand im Schatten des Eingangs und beobachte mit gezogener Waffe die Echsenartigen. Chraryt-Onkh war nicht unter ihnen. Irgendwo neben mir sprangen auf dem Sandplatz Triebwerke und schwere Maschinen an. Noch ehe der Gleiter starten konnte, hallte ein schriller Ton über den Platz. Ortungsalarm. Unsere Kampfgleiter würden in weniger als zwei Minuten ankommen. Weitere Echsenwesen kamen heraus, die Planen wurden zur Seite gerissen und zwei schwere Abwehrstrahlenkanonen in Position gefahren. Es juckte mich in den Fingern, die Bediener der Kanonen unschädlich zu machen, aber ich durfte meinen Posten weder verraten noch verlassen. Chraryt-Onkh war zu wichtig.

Angespannt starrte ich zum Haupthaus hin. Ich sah einen Topsider mit einer Narbe im Gesicht und zielte – ließ die Waffe aber im letzten Moment wieder sinken. Auch wenn der Kämpfer seinem Anführer auf den ersten Blick zum Verwechseln ähnlich sah, war er es nicht.

In diesem Moment erklang vom Eingang des Hauptgebäudes her eine abgehackte Stimme in Interkosmo: »Ich weiß, dass Sie mich hören können. Brechen Sie Ihren Einsatz ab, oder einer Ihrer Agenten wird sterben!«

Ich schloss kurz die Augen, als ich das Bild sah, das sich mir bot. Aus dem Hauptgebäude schob sich der dicke, schuppige Leib Chraryt-Onkhs. Über die wulstige Stirn zog sich die lange Narbe, nach der ich bislang vergeblich Ausschau gehalten hatte. Er schob eine weißhäutige Geisel in einem schwarzen Kampfanzug ohne Helm vor sich her. Ein Nadler lag am Nacken der Frau. Sein Mund war zu einem debil wirkenden Grinsen verzogen.

Er hat Hoyka Kah, wisperte der Extrasinn.

Ich nickte schwach. *Was ist da bloß schiefgelaufen?*

Der Extrasinn blieb stumm, und ich musste mich entscheiden, wie ich weiter vorging. Von meiner Position aus hatte ich kein freies Schussfeld. Ein Gleiter lag mir im Weg. Sollte ich meine Deckung aufgeben? Ich überprüfte die Statusanzeige am Handgelenk, trat aus den Schatten und aktivierte meinen Schutz. Der Individualschirm sprang auf maximale Leistung. Langsam steckte ich die Waffe fort.

»Lassen Sie uns reden, Chraryt-Onkh«, sagte ich mit fester Stimme. Mein Blick blieb an Hoyka Kah hängen. Die kleine Paronerin schien keine Angst um ihr Leben zu haben. In ihrem Gesicht lagen Trotz und Wut. Vermutlich ärgerte sie sich über ihr Versagen und die Gefährdung der Mission.

Die Zunge des Rebellenanführers zuckte hinaus, als wolle er Sandfliegen fangen.

»Atlan da Gonozal. Ich hätte wissen müssen, dass dieser Angriff Ihr Werk ist.«

»Ersparen Sie uns pathetische Reden, und lassen Sie mich lieber wissen, was ich tun kann, um meine Agentin lebend und in einem Stück zurückzuerhalten.«

Dass Hoyka Kah weit mehr als eine gewöhnliche Agentin war, würde ich auf keinen Fall preisgeben. Der Terroristenführer durfte nicht einmal ahnen, was für einen Fang er gemacht hatte. Hoyka Kah kannte nicht nur den Zugang zur geheimen Station Quinto-Center, sie war auch meine derzeitige rechte Hand und Stellvertreterin. Es gab wenig, was sie nicht über die USO und ihre Mitarbeiter wusste.

Meine Hand lag in der Nähe meines Strahlers. Ich war nah genug heran, um zu schießen.

Noch eine Minute, bis die Gleiter über der alten Fabrik sein würden.

Das Maul des Topsiders öffnete und schloss sich hektisch. »Nehmen Sie die Hand von der Waffe weg, Arkonide, oder Ihr Gelegeweibchen ist Geschichte!«

Ich blinzelte und fragte mich, wie Chraryt-Onkh auf die absurde Idee kam, dass es sich bei Hoyka Kah um meine Gespielin handeln könnte.

Er hielt die Waffe an den haarlosen Kopf der Paronerin. Es galt, Zeit zu gewinnen.

Langsam hob ich die Hände. »Was fordern Sie?«

Der Topsider schob kurz die Nickhaut über die Augen. Sein braungrünes Gesicht verriet mir durch die Mimik nicht, was er dachte. »Ich verlange freien Abzug.«

Ich hörte die herannahenden Gleiter. Es war zu spät, ihren Einsatz abzublasen. Sie würden angreifen, und wenn das geschah, drehte Chraryt-Onkh vielleicht durch. Topsider waren gnadenlose Kämpfer, die oft lieber starben, als sich zu ergeben. Wirklich stoppen konnte man sie nur, indem man ihnen zuvorkam.

Chraryt-Onkh blickte nervös in den Himmel. Durch den Zoom der Optik sah ich die steile Falte, die sich auf seiner Stirn bildete. Er stand kurz davor, die Nerven zu verlieren. Seine verhornten Lippen zuckten.

Ich zog den Strahler und schoss. Punktgenau traf ich die flache Stirn des Rebellenführers, ehe er zu reagieren vermochte. Schüsse aus Gleitergeschützen krachten über den Platz, und ein Nebengebäude ging in Flammen auf.

Chraryt-Onkh stürzte zu Boden. Er stieß Hoyka Kah von sich und richtete seine Waffe auf sie. Der Schuss war nicht sichtbar. Hoyka Kah, die eben noch von dem Rebellen fortgetaumelt war, sackte plötzlich in sich zusammen und hielt sich den Bauch.

Ich fluchte und rannte auf sie zu. Um mich herum ließen sich Agenten aus den Luken mehrerer tiefer gegangener Gleiter herab und sicherten. Ein Schusswechsel mit Energiewaffen entbrannte, doch schon, als ich Hoyka Kah erreichte, war es gespenstisch still geworden. Die Rebellen flohen oder waren paralysiert.

Der Anblick der auf dem Boden liegenden Hoyka Kah brannte sich in mein fotografisches Gedächtnis. Hatte ich einen Fehler gemacht? Sie war auf die Seite gefallen. Ich berührte sie über dem Kampfanzug an der Schulter und drehte sie vorsichtig herum. Als ich ihr Gesicht mit den leeren braunen Augen vor mir sah, schreckte ich zurück.

Für Hoyka Kah kam jede Hilfe zu spät. Sie war tot.

Soldaten der USO flankierten mich und bildeten einen lebenden Schutzwall. Ich brachte kein Wort heraus. Mir war, als seien die starren Augen der Generalin anklagend auf mich gerichtet. Als sei ihr Blick ein Fluch, der mich treffen sollte.

Sie haben es vermasselt, Lordadmiral, schien dieser Blick sagen zu wollen. *Dieses Mal haben Sie verloren.*

Atlan: Alarm in Quinto-Center

Ein unangenehm hoher, summender Ton holte mich in die Realität zurück. Mein Armbandkom hatte eine wichtige Nachricht per Hyperfunk empfangen. Ich schaltete den Signalton ab und setzte mich schwerfällig auf. Es dauerte einen

Moment, bis ich mich orientiert hatte. Lepso und die Leiche Hoyka Kahs waren verschwunden. Ich befand mich auf einer Liege in einem Übungsraum von Quinto-Center und nahm den Virto-Helm ab, der mich in die simulierte Welt des Trainingsprogramms gebracht hatte. Er war Teil einer modernen Variante jener uralten Technik, die bereits vom arkonidischen Robotregenten angewendet worden war.

Hoyka Kah sah mich mit hochgezogenen Augenbrauen an. »Warum haben Sie geschossen?«

»Warum lassen Sie sich gefangen nehmen?«

Ich wusste, dass meine Gegenfrage unlogisch war, und ärgerte mich, dass ich mich dazu hatte hinreißen lassen. Hoyka Kah war im Gegensatz zu mir nicht mit im Übungsprogramm gewesen. Ihr Auftreten war wie das aller anderen Wesen perfekt simuliert worden, während sie im Kontrollraum von Quinto-Center mein Vorgehen überwacht und analysiert hatte. Allein ich hatte mich geistig über die Helmkontakte auf dieser Mission befunden, und selbst wenn die Übung vielleicht so angelegt war, dass ich nicht darin glänzen konnte, hatte ich keinen Grund, Hoyka Kah verbal anzugreifen. Auch die Wirklichkeit wartete nicht immer mit positiven Lösungen auf.

Mit gemischten Gefühlen musterte ich die beweglichen Pigment-Tätowierungen an Hoyka Kahs Ober- und Unterarmen. Sie erinnerten mich an manchen Tagen an Symbionten, auch wenn es dafür keinen Grund gab. Der magnetische Körperschmuck wurde mittels eines Chips gesteuert und war der letzte modische Schrei auf Terra. Er war dank der ärmellosen, knapp geschnittenen schwarzen Uniform gut zu sehen und bildete verschlungene Muster und Symbole, über deren Bedeutung die Paronerin sich ausschwieg. Ihre Beine waren vernarbt, als hätte man sie aus Leichenteilen zusammengesetzt, und ihr rechter Oberarm bestand aus einer Art künstlichem Kokon aus transparentem Stahlplast, aber sie versteckte ihre körperliche Versehrtheit nicht in langen Kleidungsstücken. Mein Blick blieb kurz an der transparenten Prothese hängen, in der dünne silberne Fäden wie Stützstreben durch Fettgewebe und Knochen verliefen.

Hoyka Kah kniff ihre Lippen zusammen. Ihre Stimme war kühl.

»Die Übung war nicht erfolgreich. Wir sollten eine ausführliche Analyse machen und sie so bald wie möglich wiederholen.«

Ich verzichtete auf einen zweiten Kommentar und streckte mich stattdessen, was den Größenunterschied zwischen mir und der Paronerin noch deutlicher hervortreten ließ. Ich hatte nicht übel Lust, ihr zu sagen, wie wenig ich davon hielt, den Übungseinsatz zu wiederholen. Es gab wichtigere Dinge zu tun, und die Realität war die beste Schulung. Verstimmt rieb ich mir die Schläfe.

Du hast es selbst verordnet, erinnerte der Extrasinn viel zu vergnügt. Wenn ich es nicht besser gewusst hätte, hätte ich ihm Schadenfreude unterstellt. *Du hast es eigenhändig unterschrieben. Jeder USO-Agent muss seine Übungsmissionen machen, gerade dann, wenn er schon längere Zeit im Dienst ist. Das gilt auch für den Regierenden Lordadmiral persönlich, der mit gutem Beispiel vorangehen muss.*

»Mein Schuss saß perfekt«, brachte ich wider besseren Wissens hervor. Warum verteidigte ich mich? Die Generalin war wohlauf und die Übung vorbei. Außerdem wusste ich nicht einmal, ob mein Verhalten tatsächlich falsch gewesen war. Vielleicht wäre Hoyka Kah auch gestorben, wenn ich gezögert hätte. Trotzdem setzte ich hinzu: »Eigentlich hätte der Topsider nicht mehr schießen können.«

Hoyka Kah versteifte sich. »Unterstellen Sie mir, die Simulation zu Ihren Ungunsten beeinflusst zu haben, Lordadmiral?«

»Nein«, sagte ich ein wenig zu schnell. Ich sah ein, dass es keinen Sinn hatte, mit ihr zu diskutieren. Was den Punkt Übungsprogramme anging, würde sie als Ausbildungsleiterin der USO so stur sein wie mein Extrasinn bei seinen Zurechtweisungen.

Wer ist hier stur?, hakte der Extrasinn nach. *Ich kann dir mindestens 587 Milchstraßenbewohner in alphabetischer Reihenfolge aufzählen, die das von dir behaupten würden.*

Lass es sein, oder ich singe in der Nasszelle.

Ich entspannte mich und wandte meine Aufmerksamkeit ganz auf Hoyka Kah.

»Wir wiederholen die Übung. Aber nicht in den nächsten Tagen. Die Einsatzanalyse machen wir morgen.« Trotz Zellaktivator fühlte ich mich müde und mir wurde bewusst, dass ich ungewöhnlich lange nicht mehr geschlafen hatte.

Ich hob den Armbandkom und rief die Nachricht ab, die mich mit ihrem Summton in die Realität zurückgeholt hatte. Auf dem winzigen Display stand nur ein Wort: Paris.

Es war ein Kodewort, das mich erstarren ließ. Immer wieder las ich es, obwohl ich nur zu gut wusste, was es bedeutete.

»Was haben Sie?« Die Stimme der Paronerin änderte sich. Sie klang besorgt. Mein Entsetzen stand mir wohl ins Gesicht geschrieben.

»Paris«, flüsterte ich. »Es ist passiert.«

Hoyka Kahs Augen weiteten sich. Ihre Kiemen zwischen Jochbein und Hals verfärbten sich eine Nuance dunkler, und ihre Stimme bekam einen harten Klang. »Ich werde den Alarm und das Notfallprogramm auslösen. Wir müssen umgehend den Sicherheitsstandard erhöhen und vom Schlimmsten ausgehen.«

»Tun Sie das. Ich vereinbare einen Termin mit der Tahun-Polizei.« Es galt, unverzüglich aufzubrechen.

Decaree Farou war entführt worden.

Kapitel 3

Atlan: Tahun

Nur wenige Stunden später saß ich im Besprechungsraum der TOLMAN und wünschte mir, meine Gedanken würden zur Ruhe kommen. Ich hatte mich in den fast leeren Raum zurückgezogen, der maximal zehn Personen Platz bot und dessen Mobiliar lediglich aus einem Konferenztisch und einem Holovid-Würfel bestand. Vor mir war ein Holo von Decaree Farou aufgebaut, und das Gesicht der Frau, die über zehn Jahre meine Geliebte gewesen war, sah mich mit verhärmter Miene an.

Es war eine der letzten Aufzeichnungen, die ich von Decaree in Quinto-Center besaß. Damals hatte sie nicht nur angefangen, durch die Sternsplitter irreale Dinge zu sehen, sondern sich phasenweise auch mit dem zu identifizieren, was sie sah.

Ich liebe sie noch immer, schoss es mir durch den Kopf. *Obwohl ich gehofft habe, dass es vorbei ist.*

Du verwechselst Liebe und Mitgefühl, hielt mir der Extrasinn vor.

Nachdenklich stütze ich das Kinn auf die Hände und dachte darüber nach, ob der Extrasinn recht haben konnte. Seit dem Erhalt des Kodeworts quälten mich tausend Fragen, auf die ich keine Antwort wusste. Wer hatte Decaree entführt, und wohin hatte er sie gebracht? War sie überhaupt noch am Leben? Litt sie, wurde sie gefoltert?

Das Schott des Konferenzzimmers öffnete sich, und Hoyka Kah trat ein. Ich richtete mich auf und sah ihr entgegen. Statt einer Begrüßung äußerte ich meinen Unmut.

»Warum sind Sie nicht in Quinto-Center geblieben? Wir sollten das Hauptquartier nicht kopflos zurücklassen.«

Hoyka Kah war als meine rechte Hand und Stellvertreterin prädestiniert, die Führung während meiner Abwesenheit zu übernehmen, und gerade in dieser Situation war es wichtig, dass sie vor Ort war.

Die Paronerin setzte sich in einen der Pneumositze und sah mich eindringlich an. Ihre hellbraunen Augen schienen direkt in meine Seele zu blicken.

»Ich wollte Sie unter vier Augen sprechen, um Ihnen meine Gründe persönlich vorzutragen, Sir. Offen gestanden traue ich es Ihnen nicht zu, das vorliegende Problem auf adäquate Weise zu lösen.«

Ich wollte zu einer heftigen Antwort ansetzen, doch der Extrasinn hielt mich zurück. *Du hast sie nicht umsonst zu deiner rechten Hand gemacht. Was taktische Analysen betrifft, ist sie noch immer ungeschlagen, also nimm ernst was sie sagt.*

»Wie kommen Sie darauf?«, fragte ich gepresst.

»Liegt das nicht auf der Hand? Ihre Beziehung zu Decaree Farou ist ... kompliziert.«

Ich dachte an den Tag zurück, als Decaree die Splitter erhalten hatte. Im Februar 3122 war die USO durch die Solare Abwehr auf eine ungewöhnliche Lebensform aufmerksam geworden, die sich selbst als Flexion verstand und wie ein silberfarbener, zähflüssiger Metallteppich aussah. Flexion hatte sich nur über Bilder mitteilen können, und Decaree war es gelungen, eine besonders intensive Beziehung zu ihm herzustellen. Das Wesen hatte sich als Teilstück einer Einheit entpuppt, die sich aus einer Vielzahl von Strukturos und Formfreunden zusammensetzte. Es selbst zählte sich zu den

Strukturos. Wenn diese Einheit nicht schnellstmöglich hätte wiederhergestellt werden können, wäre ein ganzer Sternensektor vernichtet worden, da das Unal, wie sich Strukturos und Formfreunde in der Gesamtheit nannten, einen starken Selbstzerstörungsimpuls besaß.

Decaree hatte damals alles riskiert und bei der Zusammenführung den Transport der Strukturos bewerkstelligt. Dabei war sie mit ihnen verschmolzen. Ich hatte die fremde Wesenheit zwingen müssen, Decaree freizugeben, doch sie war nach dem Erlebnis nicht mehr dieselbe gewesen. Ihre Augäpfel waren verschwunden, und statt ihrer hatten Splitter des Unal in den leeren Augenhöhlen gesteckt. Ein Teil ihrer Seele schien im Austausch auf der Strecke geblieben zu sein.

Es hat schon vorher angefangen, warf der Extrasinn ein. *Decaree hat gefürchtet, dich zu verlieren, nur deshalb hat sie so viel riskiert. Sie hat gespürt, wie sie altert, während du wie ein Monolith Jahrtausende überstehst.*

Es stimmte. Decaree hatte sich bereits zuvor verändert und ihre eigenwillige Handlung, sich den Strukturos als Transportmittel anzubieten, war nur der Gipfel eines Felsmassivs gewesen. Bereits im Mai 3119 hatte ihre Risikobereitschaft stark zugenommen. Im Glauben, mit mir mithalten zu müssen, hatte sie fast einen Krieg zwischen dem Solaren Imperium und dem Carsualschen Bund provoziert.

Die Paronerin riss mich aus der Erinnerung. »Ich werfe Ihnen Befangenheit vor, Lordadmiral.«

Hoyka Kahs Direktheit verblüffte mich. Gleichzeitig war ich dankbar für ihre Offenheit. Ich wusste, dass sie neidisch auf Decaree gewesen war, oder zumindest nicht verstand, wie eine Frau wie Decaree, die in der USO als Sekretärin angefangen hatte, zu meiner rechten Hand hatte werden können. Böse Zungen behaupteten nach wie vor, Decaree habe sich nach oben geschlafen, doch sie missachteten die Qualifikationen, die meine Geliebte gehabt hatte. Hoyka Kah hätte mir gegenüber zwar nie behauptet, dass Decaree vor allem in meinem Bett Karriere gemacht habe, aber sie verstand die Beförderung außerhalb der strengen Hierarchie der USO nicht und verachtete darüber hinaus eine persönliche Beziehung unter Mitarbeitern. Für sie lenkte eine solche Partnerschaft immer von den eigentlichen Aufgaben ab.

Die Frau ist ein Prinzipienreiter, dachte ich kopfschüttelnd.

Versuch sie zu verstehen. Sie hat hart gekämpft, um an deiner Seite an der Spitze der USO zu stehen. Decaree dagegen ist alles zugefallen.

»Lordadmiral?« Die Paronerin sah mich herausfordernd, aber auch mit einer gewissen Vorsicht an. Vielleicht fürchtete sie, ich könne ob ihrer Direktheit ungehalten reagieren, aber dafür kannte sie mich eigentlich zu gut. Auch wenn wir uns immer wieder aneinander rieben arbeiteten wir doch vorbildlich zusammen..

Meine Stimme war reserviert. »Denken Sie, ich habe meine Arbeit wegen der Beziehung zu Miss Farou vernachlässigt?«

»Nein, Lordadmiral. Aber seit Miss Farous massiver Verhaltensänderung vor einem Jahr merkt man Ihnen einen gewissen Stimmungsumschwung an.«

»Decaree ist auf meine Veranlassung hin auf Tahun. Es ist daher meine Aufgabe, mich um sie zu kümmern. Es ist ein persönliches Anliegen für mich, sie so schnell wie möglich zu finden und vor weiterem Schaden zu bewahren.«

Hoyka Kahs Augen verengten sich. Interessiert bemerkte ich eine leichte Kontraktion der Kiemen, als versuche sie vergeblich, Wasser hineinzuziehen. »Genau das meine ich, Lordadmiral. Hören Sie sich eigentlich selbst zu? Es ist nicht *Ihre persönliche* Angelegenheit! Decaree Farou ist ein

Hochsicherheitsrisiko von unbekanntem Ausmaß. Sie weiß Dinge, die niemals an die Öffentlichkeit geraten dürfen. Wenn sie redet, ist die gesamte United Stars Organisation in Gefahr! Muss ich Ihnen wirklich sagen, was es bedeutet, wenn sie den Standort von Quinto-Center preisgibt und unsere Schläfer und Agenten einen nach dem anderen auffliegen lässt? Wenn sie die Forschungsergebnisse preisgibt, zu denen sie Zugang hatte, samt allen Kodes und Geheimnissen, die sie kennt, und unsere planetaren Geheimstationen enttarnt?«

Ich hob das Kinn. Zorn stieg in mir auf. Hoyka Kah ging zu weit, in diesem Ton mit mir zu sprechen, auch wenn ihre Sorge berechtigt war. »Ich bin mir dessen sehr wohl bewusst, Miss Kah.«

Miss Kah nannte ich sie nur, wenn sie eine unsichtbare Grenzlinie überschritten hatte. Sie lehnte sich in ihrem Sitz zurück.

»Entschuldigen Sie die Heftigkeit meiner Worte, Sir, aber die Situation ist ausgesprochen heikel.«

»Dann lassen Sie uns zusehen, dass wir Miss Farou so schnell wie möglich finden. Sie ist trotz der Unalsplitter immer noch mentalstabilisiert und wird nicht von sich aus reden.«

Am zweifelnden Gesichtsausdruck der Paronerin merkte ich, dass sie anderer Meinung war. Die Splitter des Unal waren trotz aller bisherigen Forschungen rätselhaft, und es konnte nicht eindeutig festgestellt werden, welche Veränderungen sie in Decarees Gehirn bewirkt hatten. Vielleicht hatten sie die Mentalstabilisierung beeinträchtigt oder sogar aufgehoben. Der Gedanke bereitete mir Magenschmerzen.

»Lassen Sie mich bitte allein. Ich komme in die Zentrale, sobald wir Tahun anfliegen. Setzen Sie sich mit Quinto-Center in Verbindung und überprüfen Sie das Einhalten des

Notfallplans. Wenn es hart auf hart kommt, muss Quinto-Center seine derzeitige Position verlassen. Es ist wichtig, dass wir genug Alternativen für einen neuen Standort haben.«

»Wie Sie wünschen, Lordadmiral. Aber bedenken Sie, wem Sie vertrauen.« Die Generalin stand auf. Ohne ein weiteres Wort ging sie zu dem sich geräuschlos öffnenden Schott. Das Letzte, was ich von ihr im Hinausgehen sah, war die Tätowierung auf ihrem Nacken, die auf der haarlosen, weißen Haut langsam in Richtung Kopf kroch und einen verschlungenen Wirbel zeigte.

Hält sie Decaree für eine Verräterin?, fragte ich den Extrasinn.

Ist das so abwegig? Decaree hat sich in den letzten Jahren stark verändert, und du hast wenig getan, um das aufzuhalten. Aus einer Betroffenheitsperspektive heraus könnte man sagen, du hast sie im Stich gelassen.

Nachdenklich blickte ich auf das Holo von Decaree, das nach wie vor im Holovid-Würfel schwebte. Es zog mich unvermittelt in die Vergangenheit nach Quinto-Center, an den Tag, als sich Decarees Veränderung nach der Verschmelzung zum ersten Mal gezeigt hatte.

Atlan: Erinnerungen

Decaree saß auf einer Bank im Erholungsgebiet und ließ sich die künstliche Sonne ins Gesicht scheinen. Ihr Kopf war leicht nach hinten geneigt, und auf ihren Lippen lag ein wehmütiges Lächeln. »Haben sie die Rosen schon gepflanzt?«

Ich betrachtete die weißen Rosen, die in voller Blüte in der angelegten Landschaft unweit eines kleinen Baches standen. Dabei bewunderte ich die Meisterleistung, die bei dem Bau von Quinto-Center vollbracht worden war. Wenn man die Umgebung betrachtete, konnte man sich nur schwer vorstellen, im Inneren eines ausgehöhlten Asteroiden zu sein. Die Miniatur-Sonne bildete sogar Protuberanzen und war auf den ersten Blick nicht von einem Original zu unterscheiden.

»Ja. Sie blühen.«

Decaree rückte näher an mich heran und lehnte sich an meine Seite. Seit Monaten konnte sie nicht mehr sehen. Statt der sie umgebenden Landschaft erblickte sie Dinge, die nicht aus der Milchstraße, sondern aus einer gänzlich fremden Welt stammten. Mir lief ein Schauder über den Rücken, als ich darüber nachdachte, was sie vielleicht in diesem Augenblick durch die Splitter wahrnahm. Sie schmiegte ihre Wange an meine Schulter.

»Erzähl mir von Tek und der UHB. Hat er seine letzte Mission gut abgeschlossen?«

Ich berührte ihre Stirn und strich über eine schwarze Haarsträhne neben der dunklen Augenblende. Die Bilder, die Decaree wahrnahm, spiegelten sich manchmal auf der Oberfläche der Splitter, und ehe die Ärzte von Quinto-Center das Phänomen besser verstanden, musste sie zum Schutz die dunkle Kunststoffblende tragen, damit andere sich nicht in den Bildern verirrten.

»Tek ist unverwüstlich. Er hat alles gut überstanden. Es wäre mir lieber, du erzählst mir von dir.« Wir hatten uns seit Wochen nicht getroffen. Meine Aufgaben verlangten immer wieder die Abwesenheit von Quinto-Center. Früher hatte das Decaree nie gestört, weil auch sie in ihrem Beruf aufgegangen war, doch in letzter Zeit merkte ich mehr und mehr, wie unzufrieden sie war. Ich fragte mich unweigerlich, wie lange die Beziehung zwischen uns noch gut gehen konnte. Decaree verlangte eine Aufmerksamkeit, die ich ihr nicht bieten konnte. Dabei fühlte ich mich ihr näher als vor ihrer Veränderung.

Ob sie Tek nur erwähnte, um mich eifersüchtig zu machen, so wie früher? Sie wusste, dass ich über solchen Gefühlen stand, trotzdem setzte sie das alte Spiel fort.

Ihr Gesichtsausdruck veränderte sich. Sie wirkte trotzig. »Da gibt es nichts zu erzählen. Hast du bald Zeit, mit mir nach Paris zu fliegen?«

Paris. Dort war sie geboren, und dorthin sehnte sie sich zurück. Auch wenn sie es nicht mehr sehen würde, konnte sie die Gerüche und Geräusche ihrer Geburtsstadt in sich aufnehmen und sich an früher erinnern, an Kindheit und Studienzeit.

»Ich muss mich um eine sehr wichtige Angelegenheit kümmern, aber in zwei Monaten können wir ...«

Sie rückte von mir fort, sprang auf und verschränkte die Arme vor der Brust. »Zwei Monate? Du sperrst mich in eine Abstellkammer, weist mir den langweiligsten Job der Milchstraße zu und kümmerst dich nicht um mich! Bin ich für dich eigentlich mehr als das Mobiliar in deinem Büro?«

Der heftige Ausbruch überraschte mich. »Du weißt, dass meine Arbeit Vorrang hat. So war es immer. Und du arbeitest wohl kaum in einer Abstellkammer.«

Decaree hatte ein eigenes kleines Büro erhalten und sortierte eingehende Nachrichten nach Dringlichkeiten vor, die sie anschließend weiterleitete. Dabei nutzte sie eine Sprachkennung und ließ sich die Nachrichten vorlesen, weswegen sie allein arbeitete. Über mündliche Befehle an die Positronik schickte sie Kurzzusammenfassungen an andere Mitarbeiter und leistete so nach wie vor einen wertvollen Beitrag.

»Ich habe genug von dieser langweiligen Tätigkeit! Wann kann ich endlich wieder auf Außeneinsätze?«

Ich starrte die noch immer schöne Frau mit den einstmals grünen Augen an. Sie selbst hatte mehrere Jahre lang dafür gesorgt, dass geschädigte Agenten von Außeneinsätzen abgezogen und langfristig in den Innenbereich versetzt wurden. Ihr Aufbegehren war ihrem Wissen nicht angemessen.

Sie verliert den Bezug zur Realität, kommentierte der Extrasinn. *Sie will nicht anerkennen, dass sie weder mit ihrer Wahrnehmung noch in ihrer Verfassung auf einen Außeneinsatz kann. Das ist ironisch, schließlich war es einmal ihre Aufgabe, Agenten vom Außendienst in den Innendienst zu überstellen.*

Ich missachtete den Einwurf und blieb mit meiner Konzentration ganz bei Decaree. »Sind die Bilder schlimmer geworden? Hast du Fremdgefühle?«

»Das kümmert dich doch nur, um es zu katalogisieren!«, warf sie mir heftig vor.

Ihre Worte schmerzten mehr, als ich es mir eingestehen wollte. Ich versuchte Rücksicht auf ihre Situation zu nehmen, aber ich verstand nicht, warum sie so verletzend wurde. Es war das erste Mal, dass sie mich derartig angriff. Ich hatte ihr bereits direkt nach der Verschmelzung mit dem Unal vorgeschlagen, die Bilder, die sie sah, zu beschreiben und für die Archive zu sammeln, aber sie weigerte sich hartnäckig, auch wenn das in meinen Augen eine wahrhaft wertvolle Arbeit war. Decaree konnte über die Splitter in eine Welt sehen, in die keine Teleskopdrohne und kein Transmitter reichte.

»Beruhige dich. Wir haben es nicht nötig, so miteinander zu sprechen.«

Ihr Gesicht zeigte Zorn, und zum ersten Mal glaubte ich, Spuren von Hass in ihrer Stimme zu hören. »Sieh zu, dass du mir einen neuen Job gibst. Oder ich suche mir einen anderen Arbeitgeber.« Sie drehte sich auf dem Absatz ihrer flachen Schuhe um und ging trotz ihrer Blindheit mit schnellen, sicheren Schritten über die Wiese davon.

Ich war zu schockiert, um ihr zu folgen. Ihre Feindseligkeit war ein Schlag ins Gesicht.

Hatte sie mir eben angedroht, die USO zu verraten?

Der Extrasinn meldete sich zu Wort. *Sie ist wütend und müde. Vermutlich sind die Bilder tatsächlich schlimmer geworden. Sie vergiften ihre Seele.*

Ich sah Decaree noch lange nach und fragte mich, wohin die Frau verschwunden war, die mir einst mit ihrer ruhigen, freundlichen Art das Gefühl gegeben hatte, der wichtigste Arkonide im Umkreis von tausend Lichtjahren zu sein.

Mein Multifunktionsarmband meldete den Anflug auf Tahun. Nach terranischer Standardzeit war es drei Uhr nachts, aber in diesem Bereich Tahuns war bereits die Sonne aufgegangen. Es war der 5. Januar 3125. Vor vier Tagen hatte Decaree Geburtstag gehabt. Gemeldet hatte ich mich nicht, sondern ihr lediglich über die Verwaltung Quinto-Centers Blumen und Pralinen schicken lassen.

Ich stand auf und ging in die Zentrale. Dort arbeiteten sechs Mitarbeiter, wobei die meisten hinter ihren Stationen mehr oder weniger verschwanden. Der Raum war mit Maschinen, technischen Geräten, Monitoren und Messvorrichtungen vollgestopft, wirkte aber trotzdem übersichtlich. Major Gerry Hanaly und die Besatzung der Zentrale drehten sich um und begrüßten mich vorbildlich, während Hoyka Kah verbissen auf den ovalen Holoschirm an ihrer Konsole starrte. War sie verärgert über mich, weil mir ihre Mitreise missfiel, oder hatte sie ein schlechtes Gewissen wegen ihrer harschen Worte? Ohne sie weiter zu beachten, trat ich an den Kommandanten heran und setzte mich neben ihn in den freien Pneumosessel, der mir vorbehalten war. Er lächelte mir freundlich zu.

»Ich hoffe, Sie hatten bislang einen angenehmen Flug, Lordadmiral.«

»Den Umständen entsprechend, ja«, gab ich zurück.

Hanaly gehörte zu den USO-Kommandanten, die überglücklich und stolz waren, unter »Blauer Flagge« zu fliegen. »Blaue Flagge« war eine Tarnbezeichnung innerhalb der USO, die jeweils das Schiff titulierte, auf dem ich mich aufhielt. Für ihn war es eine Ehre, mich nach Tahun zu bringen, und ich war froh ihn dabeizuhaben. Der gebürtige Terraner gehörte zu den fähigsten Kommandanten, mit denen die USO derzeit aufwarten konnte.

Ich beobachtete den Anflug. Wir hatten von Quinto-Center aus 4002 Lichtjahre hinter uns gebracht. Vor uns auf dem Schirm lag der Planet wie eine blauweiße Murmel im All und wurde rasch größer. Tahun war eine erdähnliche Welt und besaß mit 1,01 Gravo fast identische Bedingungen wie Larsaf III. Sie gehörte als Medocenter der USO zu den wichtigsten ihrer Art innerhalb der Milchstraße. Der dritte Planet im Tah-System zeigte sich nur spärlich bewölkt. Weite Grünflächen und bergige Wälder tauchten unter uns auf und ließen mich an eine Legende der Menschen vom Paradies denken.

Nachdem wir gelandet waren, trug mich eine der Rollstraßen neben Hoyka Kah durch die blühende Landschaft in Richtung Klinik. Da Hoyka Kah sich kaum überwinden konnte, mir ins Gesicht zu sehen, nahm ich an, dass der sonst so kühlen Paronerin ihr hitziger Ausbruch tatsächlich leidtat. Trotzdem war ich nicht in der Stimmung, ihr ein positives Signal meinerseits zu geben. Decarees zorniges Gesicht spukte durch meinen Kopf. Es war, als würde die blühende Landschaft mit den zart violett schillernden Bächen und den Unmengen an Schmetterlingen meine Sorgen verspotten.

Die Klinik selbst war eine der kleineren auf Tahun und stand unter besonders schwerer Bewachung. Auch wenn ich sie dank der Deflektorschirme nicht sehen konnte, wusste ich, dass mindestens vier USO-Agenten in diesem Gebiet auf Streife waren. In der Klinik für Paraabnorme Erscheinungen waren hohe Vertreter der USO und des Solaren Imperiums untergebracht, die aus dem einen oder anderen Grund zu Opfern kosmischer Unfälle oder Erscheinungen geworden waren, die ihre Psyche verändert hatten. Jeder von ihnen verfügte über Informationen, die unbedingt im Besitz ihrer Organisationen bleiben mussten. Das Haus war nicht nur ausgesprochen exklusiv, sondern auch bestens bewacht.

Allzu gut kann es nicht bewacht worden sein, bemerkte der Extrasinn spitz. *Schließlich konnte eine Blinde entkommen.*

Ich werde schon bald erfahren, wie das passiert ist, dachte ich und sah mich aufmerksam um.

Ein arkonidischer Pfleger in einem weißen Kittel ging mit einem dicklichen Patienten spazieren. Er hielt dabei die Hand des Mannes, und ich erkannte eine angesetzte Dagor-Technik. Falls der Patient sich wehren sollte, würde der Pfleger die Hand des Mannes in einen schmerzhaften Hebel ziehen, der die sofortige Aufgabe von jeglichem Widerstand nach sich zog.

Vor uns öffnete sich eine Lücke zwischen den hellgrün belaubten Bäumen, und das Hauptgebäude der Klinik tauchte auf. Es erinnerte vom Aufbau her an einen Khasurn der Arkoniden und bot gut fünfhundert Patienten Platz. Der kelchartige Bau war von kleinen Seen und blühenden Sabarabäumen umgeben. Auch in den Fenstern der Terrassen ließen sich grün schimmernde Pflanzen erkennen, die ohne Zweifel zu den innen liegenden Gärten der verschiedenen Sektoren gehörten. Ich wusste, dass Decaree in der Abteilung für die leichteren Fälle untergebracht gewesen und ihr innerhalb des Geländes eine relativ große Bewegungsfreiheit zugestanden worden war.

Wir betraten das Gebäude. Bis zu unserem Sitzungstermin mit der Tahun-Polizei hatten wir noch dreißig Minuten Zeit. Während ich umgehend mit dem Chefarzt Rodolfo Mbuto sprechen wollte, machte sich Hoyka Kah auf den Weg zu Decarees Station, um erste Nachforschungen anzustellen, wie genau es zu der Flucht gekommen war. Zwar hatten wir bereits per Hyperfunk einen kurzen Bericht über die bisher bekannten Vorgänge erhalten, aber es gab noch immer eine Reihe ungeklärter Fragen, und die Generalin wollte sich vor allem das Apartment meiner einstigen Geliebten vornehmen.

Als ich im Antigravschacht hinauf zum obersten Stockwerk des Khasurn schwebte, in dem Mbutos Büro lag, dachte ich daran, dass ich es nicht mehr geschafft hatte, mit Decaree nach Paris zu fliegen. Der Gedanke war wie der Auslöser für ein Projektil aus Schuld, das sich quälend langsam durch mein Fleisch schob, und ich versuchte mich davon abzulenken, indem ich mich umsah.

Das Büro des Chefarztes war so groß wie ein Einzimmer-Apartment in Quinto-Center. Es wirkte stilvoll, wenn auch ein wenig kühl. Die vorherrschende Farbe war weiß, und den aufdringlichsten Blickfang boten eine Reihe fest stehender Holografien auf schwarzen Sockeln, die in wechselnder Folge menschliche und arkonidische Körper in Schichten darstellten. Mein Blick glitt über das etwa sechzig Zentimeter hohe Holo einer arkonidischen Frau, deren Haut und Muskeln nicht vorhanden waren. Deutlich konnte ich die feste Platte erkennen, dort, wo Terraner Rippen besaßen.

Mbuto kam mir entgegen, und obwohl er sich um ein freundliches Lächeln bemühte, wirkte der dunkelhäutige Arzt wie ein Häufchen Elend. Seine Hände waren in die

Taschen des weißen Kittels gesteckt, als würde er dort nach Halt suchen.

»Lordadmiral, ich würde gern behaupten, dass es schön ist, Sie zu sehen, aber unter diesen Umständen ...« Er löste die Hände aus den Taschen und strich sich flüchtig über das kurze schwarze Haar. »Ich weiß nicht, wo ich anfangen soll«, murmelte er hilflos.

»Kommen wir gleich zur Sache, Doktor«, unterbrach ich ihn, ehe er eine lange Vorrede halten konnte. »Haben Sie eine Ahnung, wer hinter der Entführung stecken könnte?«

Der Arzt schüttelte bedauernd den Kopf und bot mir einen Sitzplatz vor seinem Schreibtisch an. »Nein, aber ich habe Ihrer Funkanweisung Folge geleistet und bereits veranlasst, dass die Tahun-Polizei ihren besten Ermittler auf die genaue Rekonstruktion ansetzt. Sein Name ist Khelex Damitter. Er wird als Vertreter der Tahun-Polizei der angesetzten Besprechung beiwohnen.« Er ließ sich in seinen schweren Sessel fallen, als wäre er zu schwach, länger auf den Beinen zu stehen.

Er fürchtet um seinen Posten, weil Decaree ihm abhandengekommen ist, vermutete der Extrasinn.

»Was können Sie mir sagen?«

»Nichts, was nicht im Bericht steht. Decaree Farou hat eine Psychologin mitten im Gespräch mit einer Vase niedergeschlagen und ist über den separaten Ausgang für die Schwerstfälle geflohen. Anschließend hat ein Raumschiff sie über Antigrav aufgenommen. Auf ihrer Flucht hat sie einen Pfleger schwer verletzt, der zwar inzwischen stabilisiert ist, aber beinahe verblutet wäre. Wenn wir ihn nur wenige Minuten später gefunden hätten, wäre der Mann jetzt tot.«

Obwohl ich den verschlüsselt gesendeten Bericht der Klinik zu Decarees Flucht gelesen hatte, konnte ich es schwer glauben.

»War Miss Farou bereits zuvor aggressiv?«

»Es gab eine Phase, in der sie ausfallend wurde, deshalb habe ich Sie, Lordadmiral, mehrfach gebeten, eine Entscheidung zu treffen.«

Der Vorwurf in den Worten des Arztes war nicht zu überhören. Ich ließ den Kopf ein Stück sinken, als ich an die vielen Dossiers dachte, die mir Mbuto geschickt hatte. Es war angezeigt gewesen, Decaree in eine andere Station zu verlegen, aber ich hatte ihr nicht den letzten Rest von Freiheit nehmen wollen. Eine geschlossene Abteilung war für sie mit einem Gefängnis gleichzusetzen.

Du warst feige und ein Narr, kommentierte der Extrasinn gnadenlos. *Du hast die Augen vor der Wahrheit verschlossen, als würde sie dadurch verschwinden.*

Ich verzichtete auf eine Antwort. Es war, als hätte sich das Projektil in meinem Inneren von meinem Bauch Richtung Brustplatte und weiter in die Nähe meines Herzens vorwärtsbewegt. Trotzdem zwang ich mich, den Kopf wieder zu heben und Mbuto möglichst unbeteiligt anzusehen.

»Wie hat sich Decaree vor ihrer Flucht benommen?«

»Vor etwa zehn Monaten hat sich das Verhalten von Miss Farou gewandelt. Eine Zeit lang wirkte sie resignativ und spielte mit Selbstmordgedanken. Dann entwickelte sie plötzlich diesen aggressiven Schub, für den es wohl äußere Einflüsse gab, doch wir konnten trotz tiefentherapeutischer Behandlung weder das Verhalten ändern, noch den Quell der Veränderung ausmachen, geschweige denn, ihn zu eliminieren.«

»Kann es mit den Bildern zu tun haben, die sie gesehen hat?«

»Das kann ich weder bestätigen noch ausschließen. Fakt ist, dass Miss Farou blind war und wir diese Blindheit trotz unserer Mittel nicht beseitigen konnten. Eine weitere Tatsache ist, dass die Bilder, die sie ausgestrahlt hat, nun auf Betrachter eine beachtliche Wirkung entfaltet haben. Sie lösten bei den Pflegern Paranoia und Fremdgefühle aus, besonders nachdem sie sich außerhalb der Augäpfel zu bewegen begannen. Einige Mitarbeiter berichteten, bei Lichteinfall würden die Bilder gelegentlich stroboskopartig aus den Augenhöhlen herausbrechen und größer werden. Gleichzeitig wurde Miss Farou trotz ihrer Mentalstabilisierung labil. Wie genau sich die Splitter dabei auf sie auswirkten, kann ich selbst nach unseren umfangreichen Untersuchungen nicht beantworten.«

Ich schloss die Augen und dachte daran, dass ich versagt hatte. Ich, Atlan da Gonozal, Regierender Lordadmiral der USO, einstiger Imperator von Arkon und Dagor-Großmeister, hätte eingreifen müssen. All meine Erfahrung hatte mir nichts genutzt. Der Extrasinn hatte recht. Ich war entgegen meinem eigentlichen Wesen ungemein feige gewesen. Ich hatte den Kopf in den Sand gesteckt wie ein terranischer Vogel Strauß und geglaubt, damit durchzukommen. Nun bekam ich die Rechnung für mein Fehlverhalten präsentiert. Meinetwegen hatte Decaree mithilfe eines Unbekannten fliehen können. Meinetwegen war die United Stars Organisation in Gefahr. Ich hätte Decaree nicht nur auf eine Station verlegen lassen müssen, in der die Überwachungsstandards höher waren. Ich hätte auch selbst nach ihr sehen sollen, um sie daran zu erinnern, dass es noch immer ein Leben für sie gab und ich sie nicht vergessen hatte. Doch dazu hatte mir die Kraft gefehlt. Der Anblick ihres geistigen Verfalls war zu viel für mich gewesen. Ich hatte ihren Zustand lieber verdrängt, als mich ihm zu stellen.

Vielleicht hätte ich Decaree sogar trotz der besseren medizinischen Versorgung auf Tahun bei mir in Quinto-Center lassen sollen.

Ich wollte schlucken, aber meine Kehle war wie ausgedörrt, und der Rachen schmerzte.

Mit festem Blick sah ich den Arzt an. »Ich werde Ihnen nun eine Frage stellen und ich will, dass Sie sofort antworten, ohne lange zu überlegen. Jedes Zögern könnte die Antwort verfälschen.«

Mbuto nickte zustimmend.

»Halten Sie es für möglich, dass nicht nur Miss Farous Flucht aus der Klinik geplant war, sondern dass sie auch Tahun freiwillig verlassen hat?«

»Ja«, sagte Mbuto sofort.

Das Projektil erreichte den Herzmuskel. »Warum?«, fragte ich leise, obwohl ich die Antwort kannte.

Der Arzt zog ein Taschentuch hervor und wischte sich umständlich über die feuchte Stirn. Er schien seinen Mut zusammennehmen zu müssen. »Miss Farou fühlte sich verraten. Sie ... sie könnte Rache üben wollen.«

Ich stand auf. »Das glaube ich nicht. Bevor ich bereit bin, das anzunehmen, brauche ich mehr Daten.«

Mbuto erhob sich ebenfalls. »Ich werde Ihnen alle mir zu Gebote stehenden Mittel und Möglichkeiten verfügbar machen, damit Sie Miss Farou finden können. Diese Klinik steht Ihnen selbstverständlich samt aller Datenspeicher offen.«

»Danke. Haben Sie weitere Informationen für mich, die mit dem Verschwinden zu tun haben?«

»Was ich weiß, steht in dem Bericht, den ich Ihnen geschickt habe.«

»Gut.« Ich sah ein, dass eine weitere Befragung wenig bringen würde. »Kontaktieren Sie mich, falls Ihnen noch mehr einfällt.« Zielstrebig ging ich zur Tür. Ich wollte zu Hoyka Kah und Khelex Damitter, um endlich mit den Ermittlungen anzufangen. Ich benötigte dringend eine Beschäftigung, die mich von dem furchtbaren Verdacht ablenkte, der nach wie vor im Raum stand: Dass Decaree einen Kreuzzug führen würde, der sich nicht nur gegen die USO richtete, sondern vor allem gegen mich. Einen Kreuzzug, der vielleicht sogar verständlich war.

Atlan: Ermittlungen

Ich hätte nicht sagen können, wie ich mir Hauptkommissar Khelex Damitter vorgestellt hatte. Trotzdem hatte ich einen anderen Mann erwartet. Der braun gebrannte Terraner war nur wenige Zentimeter größer als Hoyka Kah, hatte gut fünfzehn Kilo zu viel Gewicht, schütteres, braunes Haar, und eine Nase, die aussah, als wäre er vor Kurzem beim Boxen gewesen. Er wirkte wie jemand, der seinen Körper viele Jahre mit Gewichten und Antigravbändern gequält hatte, ehe das bequeme Leben ihn einholte und in einen schlaffen Wohlstandsgalaktiker verwandelte. Vielleicht war er als junger Mann der Liebling der Frauen gewesen, ein Muskelpaket mit gewinnendem Lächeln und intensiv blauen Augen, doch geblieben waren davon nur die Bräune und die weiß blitzenden Zähne. Während sein Körper träge wirkte, waren seine Augen wach und nervös. Sie verrieten mir anhand meiner Lebenserfahrung auf den ersten Blick, dass ich es mit einem ungewöhnlich scharfen Verstand zu tun hatte und einem Menschen, der ständig auf der Hut war. Wobei ich ihm die letzte Eigenschaft nicht verübeln konnte. Auch wenn Tahun als medizinisches Zentrum der USO weit weniger Kriminalität aufwies als andere Planeten, war Damitters Arbeit gefährlich.

Wir stellten einander kurz vor und setzten uns auf die pneumatischen Stühle in dem zweckmäßig eingerichteten Ärztebesprechungsraum. Draußen hatte es zu regnen begonnen und die Tropfen prasselten monoton gegen die einseitig polarisierte Scheibe.

»Die Zeit drängt, also lassen Sie uns gleich zur Sache kommen«, sagte Damitter mit einer für seinen Leibesumfang ungewöhnlich hellen Stimme. Dabei bemerkte ich, wie sein Blick bewundernd über die tätowierte Haut Hoyka Kahs glitt. »Wir haben die Flucht von Miss Farou rekonstruiert und sind sicher, dass sie Hilfe hatte. Irgendwer hat ihr nicht nur die Kodes verraten, mit denen sie über die Abteilung für Schwerstfälle fliehen konnte, er hat auch einen Roboter manipuliert, der in der letzten Nachtschicht mit einem Medo-Agenten Dienst tun sollte. Vielleicht reicht das Vorgehen sogar so weit, dass der eigentliche ertrusische Diensthabende in der Station von einem Unbekannten vergiftet wurde. Wir müssen auf jeden Fall davon ausgehen, es mit einer akribisch vorbereiteten Entführung zu tun zu haben, wobei die Rolle von Miss Farou darin noch unklar ist.«

Hoyka Kah straffte ihre Schultern. Ihre Stimme war ein tiefer Gegenpol zu der Damitters und drang mühelos durch den Raum. »Vielleicht ist die Rolle von Miss Farou nicht vollkommen unklar. Ich war so frei ihr Apartment einigen gründlichen Scans zu unterziehen, um die bisherigen Untersuchungen zu ergänzen, und ich habe *das* in einem Versteck hinter einer Kachel in der Nasszelle gefunden.« Sie holte ein kleines Säckchen aus Kunststoff hervor und legte es auf den Tisch.

Ein Zahn, wisperte der Extrasinn. *Von der Größe her kann er Decaree gehört haben.*

In mir stiegen furchtbare Bilder auf. Bilder, in denen Decaree einem Fremden ausgeliefert war. Ob man sie für den Eingriff betäubt oder paralysiert hatte?

Der Kommissar beugte sich über den Fund. Wenn er schockiert war, sah man es ihm zumindest nicht an. »Glauben Sie, dieser Zahn stammt von Miss Farou?«

Hoyka Kahs Stimme klang unbeeindruckt von dem, was Decaree geschehen sein musste. »Ja, die Analyse zeigt hundert Prozent Übereinstimmung. Es ist einer der rechten Backenzähne, und er ist ausgehöhlt. In diesem Zahn konnte Miss Farou auf Außeneinsätzen einen verborgenen Sender tragen, und ich vermute, unser Feind wollte genau diesen Sender entfernen. Er konnte nicht wissen, dass der Sender sich nicht mehr an Ort und Stelle befand, sondern bereits auf USO-1 herausgenommen wurde. Aber wir wissen nun, dass dieser Eingriff offensichtlich notwendig war, und das spricht gegen eine freiwillige Mitarbeit. Offen bleibt allerdings, woher der Entführer von dem Zahn beziehungsweise dem Sender wusste, und es ist beunruhigend, dass ihm solche USO-Interna bekannt sind.«

Ich empfand Abscheu und versuchte mich ganz auf das Wesentliche zu konzentrieren, um mich nicht von meinen Gefühlen davontragen zu lassen. Meine Stimme war weit ruhiger, als ich mich fühlte.

»Alle Räumlichkeiten der Klinik werden überwacht, selbst Teile der Apartments der Klienten. Nur in den Nasszellen der leichteren Fälle befinden sich keine Kameras. Der Täter muss also Zugang zum Apartment gehabt haben, sonst hätte er den Zahn nicht unbeobachtet entfernen können. Außerdem wusste er, dass in der Nasszelle keine Kamera installiert ist, und hat den Zahn deshalb dort entfernt und versteckt.«

Hoyka Kah nickte. »Zu diesem Schluss bin ich auch gekommen, Sir. Nur – warum hat er ihn nicht einfach mitgenommen? Ein Hinweis, mit dem er uns zeigen wollte, wie grenzenlos er uns überlegen ist? Vielleicht hat er aber einfach nur die automatischen Scans beim Betreten und Verlassen der Klinik gefürchtet.«

Ich zuckte die Achseln, wandte mich an Damitter und war dankbar, als die Generalin den Zahn Decarees wieder vom

Tisch verschwinden ließ. »Haben Sie einen konkreten Verdacht, wer das getan haben könnte?«

Der Mann nickte zögernd. »Es gibt zwei Hauptverdächtige, Lordadmiral. Beide haben derzeit keinen Dienst, und wir versuchen, sie zu finden. Der eine ist der für Decaree Farou hauptverantwortliche Arzt, der sie vor drei Tagen zum letzten Mal besucht hat. Sein Name ist Dr. Nelson Bhitt.« Er blickte bei diesen Worten zu Hoyka Kah und ignorierte mich, denn er wusste, dass ich es gewesen war, der Dr. Bhitt als führenden Spezialisten und Mediker für besonders anspruchsvolle Fälle angefordert hatte.

Er scheint in Hoyka Kah etwas zu sehen, was dir bisher entgangen ist, kommentierte der Extrasinn. *Eine Frau.*

Er sollte das lieber gleich vergessen. Der Ruf Hoyka Kahs spricht für sich. An ihr wird er kein Vergnügen haben.

Damitter redete weiter.

»Es steht fest, dass Miss Farou mit einem seiner Raumschiffe geflohen ist. Das Wachfort hat das Schiff nur deshalb nicht unter Beschuss genommen, weil die Kennung bekannt war. Nelson Bhitt sammelt Prototypen terranischer Gleiter und besitzt darüber hinaus zwei kleinere raumtaugliche Schiffe. Von einem mit Waffen aufgerüsteten Modell wurde Miss Farou aufgenommen.“

Ich runzelte die Stirn. »Vermuten Sie, dass der Arzt an Bord war?«

»Darauf gibt es keine Hinweise. Meine Kollegen fahnden nach ihm. Noch ist nicht sicher, ob Bhitt tatsächlich selbst beteiligt war, oder ob sein Schiff gestohlen wurde. Auffällig ist aber, dass wir keine Anzeige zu einem gestohlenen Schiff vorliegen haben.«

»Sie sprachen von zwei Verdächtigen«, warf Hoyka Kah ein.

»Richtig.« Er betrachtete sie eine Nuance zu eindringlich. Sein Blick lag auf einer lag gezogenen Tätowierung, die vom Arm über die Schulter unter dem Stoff in Richtung Brust kroch und langsam am Hals hervorkam. »Der zweite Verdächtige ist ein Assistenzarzt namens Waalis Taylor, der ebenfalls auf der Station tätig war und hin und wieder mit Miss Farou arbeitete. Er hatte vor einer Woche seinen letzten Tag und ließ sich auf die LUFLEE versetzen. Leider hat er seinen Dienst dort noch nicht angetreten und befindet sich zurzeit auf einer Kreuzfahrt durch den Sagittariusarm. Trotz unserer Bemühungen konnten wir ihn nicht erreichen. Wir versuchen es weiter.«

Der Extrasinn meldete sich spöttisch. *Wenn er Hoyka Kah noch intensiver anstarrt, wird sie ihren individuellen Kombistrahler ziehen und ihn niedermachen. Siehst du das Zucken an ihrem Mundwinkel und die verkrampften Bizeps?*

»Warum verdächtigen Sie den Mann?«, fragte ich nach und lenkte Damitters Blick von der Tätowierung der Generalin ab.

Fast widerwillig wandte sich der Kommissar mir zu. Hoyka Kah entspannte sich sichtlich und verschränkte die Arme vor der Brust.

»Taylor hatte hohe Schulden und damit ein Motiv. Er könnte bestechlich gewesen sein. Seine Leidenschaft für exklusive Reisen und für Wetten jeder Art ist bekannt. Wo immer es ein Glücksspiel auf Tahun gab, war er als Teilnehmer zu finden.«

»Haben Sie auch alle anderen auf der Station überprüft?«

Damitter nickte. »Seit der Auslösung des Großalarms arbeiten gut hundert Mitarbeiter an diesem Fall. Sie können gern alle Datensätze einsehen. Wir haben jeden, der in dieser Klinik auch nur Miss Farous Toilettensitz reinigte, einer gründlichen Prüfung unterzogen oder sind noch dabei. Einige Mitarbeiter der Klinik werden in diesem Moment verhört. Bislang waren ausschließlich alle bereit, unter Wahrheitsdrogen auszusagen, falls es sein muss. Soweit ich das beurteilen kann, ist das Zusammengehörigkeitsgefühl der Angestellten ungewöhnlich hoch. Sie wollen nicht, dass ihre Klinik in Verruf gerät, und auch der Chefarzt arbeitet vorbildlich mit uns zusammen.«

Ich wurde ungeduldig. Das Gespräch über Krankenhausmitarbeiter brachte uns nicht weiter. »Sie haben keine Ahnung, wohin das Raumschiff mit Miss Farou geflogen sein könnte?«

»Es gibt einen anfänglichen Vektor, Sir, aber das hat nichts zu sagen. Das Schiff kann inzwischen überall sein.«

»Wer hat Miss Farou zuletzt gesehen?«

Die Antwort auf die Frage überraschte mich.

»Ich.« Damitter senkte den Kopf. »Miss Farou hat einen Strahlenalarm ausgelöst, den ich per Funk auffing. Da ich in meinem Einsatzgleiter nur wenige Kilometer entfernt unterwegs war, bin ich sofort zur Klinik geflogen. Es war die Rede von ausgebrochenen Patienten. Ich wollte über die Wiese auf einer Abkürzung zum Haupthaus laufen, um mich vor Ort zu informieren, als mir Miss Farou entgegentrat. Da sie den Kittel eines Medo-Gehilfen trug, hielt ich sie zuerst für eine Angestellte. Sie stieß mit mir zusammen, zog meine Waffe und schlug mir damit ins Gesicht.« Er berührte seine Nase.

Irrte ich mich, oder lag um Hoyka Kahs Lippen ein feines Lächeln?

Zum ersten Mal wirkten die blauen Augen des Mannes vor mir nicht mehr wach, sondern müde und schuldbewusst. »Wenn ich geahnt hätte, dass es sich um Miss Farou handelt ...«

»Schon gut«, unterbrach ich ihn unwirsch. »Es bringt nichts, über ein erloschenes Feuer zu trauern.«

Er sah mich fragend an.

»Eine arkonidische Redensart. Wie wirkte Miss Farou auf Sie?«

»Sehr zielstrebig. Als ob sie genau wüsste, was sie tat. Sie hat mir keine Zeit gelassen ...«

Er unterbrach sich, als sein Multifunktionsarmband den durchdringenden Ton einer Klangschale von sich gab, und las eine Nachricht. Sein Gesicht wurde trotz der Bräune blass. Er sah uns mit leicht geöffneten Lippen an und schien sich die Worte zu überlegen, die er sagen wollte. »Wir haben Nelson Bhitt gefunden.«

»Großartig.« Ich stand auf. Mein Unruhe wich eisiger Entschlossenheit. »Ich will ihn selbst verhören.«

Der Kommissar schüttelte den Kopf. »Das wird nicht möglich sein. Er ist tot.«

Atlan: Eine Leiche im Regen

Wir flogen mit einem Großgleiter der Tahun-Polizei zum Raumhafen von Kartum, in dessen Nähe die Leiche gefunden worden war. Unterwegs setzten wir unsere Besprechung fort.

Wir waren uns einig, dass hinter der Tat nicht ein Einzelner, sondern mehrere Personen steckten. Im Verdacht hatten wir vor allem Geheimdienste. Der herausoperierte Zahn, die schnelle, effektive Flucht und das Raumschiff von Nelson Bhitt sprachen eine eigene Sprache. Außerdem wies Decarees Eigeninitiative darauf hin, dass sie massiv beeinflusst worden war. Wahrscheinlich hatte man sie unter Drogen gesetzt oder auf andere Art und Weise manipuliert. Aber wer steckte dahinter? Das Imperium Dabrifa? Der Carsualsche Bund, die Zentralgalaktische Union, die Ross-Koalition?

Die üblichen Verdächtigen, brummelte der Extrasinn.

Die Liste war lang, denn jeder andere Geheimdienst innerhalb der Milchstraße würde mit Vergnügen die internen

Daten der USO kennen, allen voran die Lage und Beschaffenheit von Quinto-Center. Auch um unsere Agenten mussten wir uns Sorgen machen.

Du solltest eine weitere Möglichkeit nicht vergessen, warf mein Logiksektor ein. *Es kann jede andere Art von Organisation sein, die mit dem Verkauf von Daten reich werden möchte.*

Richtig. Ich nickte und sprach den Gedanken laut aus. »Im Grunde kann es jede Organisation sein, die vom Aufenthalt Miss Farous auf Tahun wusste und die ihr Wissen an die Geheimdienste oder an Gegner der USO verkaufen will.«

Hoyka Kahs Augen waren ausdruckslos. »Daran habe ich auch gedacht. Zumal offiziell bekannt ist, dass die USO Risikoagenten nicht freikauft. Wir hätten also auch in diesem Fall nichts von den Tätern gehört.«

Damitter lehnte sich vor. »Tahun gehört der USO. Wir haben auf dem Planeten keine Verbrecherorganisationen, die zu einer solchen Tat in der Lage wären. Die Kriminalität der letzten zehn Jahre liegt unter 2,8 Prozent und beschränkt sich hauptsächlich auf kleinere Delikte. Die Täter müssen wohl von außerhalb gekommen sein.«

Ich starrte auf die Stelle, an der der Holovid-Würfel im Tisch versenkt war.

»Und das bedeutet, sie müssen in diesem Fall irgendwoher gewusst haben, dass Miss Farou sich auf Tahun in genau dieser Klinik aufhält, obwohl dieses Wissen streng unter Verschluss stand. Ein Mitarbeiter der Klinik muss an den oder die Täter herangetreten sein.«

Hoyka Kah folgte meinem Blick und runzelte die Stirn. Ihre Stimme klang angespannt. »Falls es ein Geheimdienst war, können wir von einem Schläfer auf Tahun ausgehen. Ich brauche wohl nicht extra darauf hinzuweisen, dass wir diesen Schläfer finden müssen.«

»Vielleicht war es Nelson Bhitt«, sagte Damitter. »Bislang spricht vieles dafür.«

Ich schüttelte sachte den Kopf. Die Folgerung, dass Nelson Bhitt der Schläfer oder Informant sein könnte, war einfach zu naheliegend, und das machte mich misstrauisch. Es war wichtig, schnell herauszufinden, wie Nelson Bhitt gestorben war, aber schon der Fundort der Leiche – der keineswegs mit dem Ort seines Todes übereinstimmen musste – machte mich stutzig. Würde ein Schläfer, der Selbstmord begehen wollte, um der Gerichtsbarkeit der USO und ihren Verhören zu entgehen, sich in die Nähe eines Raumhafens auf ein verlassenes Gelände zurückziehen? Wozu diese Mühe? Warum hatte er sich nicht in seinem Acht-Zimmer-Appartement mit Whirlpool umgebracht oder einfach versucht, den Planeten zu verlassen? Wenn er ein Schläfer war, hätte er an Bord sein sollen, als das Raumschiff floh.

Wahrscheinlicher erschien, dass Nelson Bhitt ermordet worden war.

Auch wenn du vermutlich recht hast, solltest du einen Schritt nach dem anderen machen, ermahnte der Extrasinn. *Vergiss nicht: Es kann Ergebnisse verfälschen, wenn du voreingenommen bist.*

Ich nickte leicht und starrte aus dem Fenster.

Es hatte zu regnen aufgehört, und die Nacht brach an. Unter uns lag die Hauptstadt von Tahun, die nicht einmal einen Bruchteil so imposant war wie Terrania. Gegen die Megametropole auf Terra wirkte die Stadt mit ihren ovalen Wolkenkratzern und den wenigen Laufbändern wie ein hinterwäldlerisches Dorf.

Wir landeten neben einem Technik-Gleiter der Tahun-Polizei. Die Spurensicherung lief noch auf Hochtouren, aber die ärztliche Untersuchung war vorerst abgeschlossen, der Tod eindeutig festgestellt. Mein Blick glitt in die Richtung des Zentrums der Aktivitäten vor einer hohen Mauer aus grauem Stein. Von meiner Position aus konnte ich einen Fuß in einem teuer gearbeiteten weißen Schuh auf dem regennassen Beton erkennen, der neben den Stiefeln eines Polizeibeamten hervorragte. Der Rest der Leiche wurde durch die davorstehenden Polizisten abgeschirmt.

Eine hochgewachsene, sportliche Frau kam auf uns zu. Sie wirkte in ihrer Eleganz arkonidisch, aber sie sah nicht arkonidisch aus. Lange, schwarzbraune Haare waren streng zurückgebunden. Im Gegensatz dazu verriet ihr blasshäutiges Gesicht durch zahlreiche kleine Fältchen, dass sie gern lachte, und ihre dunklen Augen wirkten warm.

Haana Lamet, erinnerte mich der Extrasinn überflüssigerweise, der wie ich auf mein fotografisches Gedächtnis zugreifen konnte. *Die amtierende Polizeichefin von Tahun.*

Die Frau trug eine schlichte Uniform. Ihren Rang erkannte man lediglich an einem kleinen Stern an der Schulter. »Lordadmiral, es tut mir leid, dass ich nicht früher persönlich Kontakt aufnehmen konnte, aber ich hatte alle Hände voll zu tun, die Untersuchungen zu koordinieren.«

Ich machte eine abwehrende Geste mit der Hand. »Wie ist der bisherige Stand der Ermittlungen?«

Sie zog mich ein Stück abseits. Ich war überrascht, da die meisten Nicht-Aktivatorträger zu viel Respekt vor mir hatten, um sofort auf eine körperliche Art vertraulich zu werden. Allerdings schien es im Fall von Miss Lamet keine Respektlosigkeit zu sein, sondern ihre persönliche Art, mit anderen umzugehen.

Sie ließ mich los und lächelte verlegen, als sie meinen Gesichtsausdruck bemerkte. »Entschuldigung, Sir. Ich wollte Ihnen nicht zu nahe treten.«

Haana Lamets Stimme wurde sachlich. Ihr Gesicht wirkte nun ernst und konzentriert. »Nelson Bhitt starb vermutlich an Organversagen. Was genau zu diesem Versagen geführt hat, wird die gerichtsmedizinische Untersuchung zeigen. Wir haben einen fähigen Pathologen vor Ort, der schon ungeduldig darauf wartet, die Leiche obduzieren zu können.«

»Ist Nelson Bhitt an diesem Ort gestorben?«

»Ich weiß es nicht mit Sicherheit, aber es spricht einiges dagegen. Zwei Gebäude weiter befindet sich ein nur sporadisch überwachter Konverter, der zwar nicht mehr benutzt wird, aber noch voll funktionsfähig ist. Ich gehe davon aus, dass Bhitts Leichnam ursprünglich dorthin geschafft werden sollte, die Täter jedoch überrascht wurden. In der Nacht der Abladung hatte ein Wachroboter Dienst.«

»Hat der Roboter Bhitt entdeckt?«

»Nein. Wir haben Nelson Bhitt über eine Kameradrohne gefunden, nachdem wir erfahren hatten, dass er sich vor drei Tagen nach seinem Dienst in der Klinik im Palm Beach Klub aufgehalten hat, der gut dreißig Kilometer entfernt an der Küste liegt. Von diesem Punkt aus haben mehrere Drohnen das Gebiet systematisch und möglichst unauffällig durchflogen, da der Arzt nicht nach Hause kam.«

Ärger stieg in mir auf. »Warum habe *ich* nicht umgehend erfahren, wo sich Nelson Bhitt zuletzt aufhielt?«

Die Polizei-Chefin wirkte müde und schien um eine Antwort verlegen. Ich bereute meine anklagende Frage. Sie war keine Zellaktivatorträgerin und arbeitete sicher pausenlos, seitdem Decaree entführt worden war. Meine Nerven waren angespannt. Es war der falsche Weg, meine Angst um Decaree an jemandem auszulassen, der alles tat, um mir zu helfen. Ehe sie doch noch antworten konnte, stellte ich eine weitere Frage und bemühte mich dabei um einen versöhnlicheren Tonfall. »Haben Sie eine Trivid-Ausstrahlung gebracht, um nach Hinweisen aus der Bevölkerung zu fragen?«

»Wir sind dabei, das zu tun, Lordadmiral. Natürlich erwähnen wir nichts von Miss Farou, sondern rufen lediglich die auf, die uns Näheres über Nelson Bhitt und die Umstände seines Todes sagen können. Jede Information kann den entscheidenden Hinweis geben, was genau geschehen ist. Leider wissen wir derzeit noch zu wenig.«

Auch wenn der Planet nicht viele Bewohner hatte, lebte in den Städten doch jede Menge medizinisches Personal samt seiner Familien sowie zahlreiche Pharma-Vertreter, Bau- und Reinigungsfirmen und dergleichen mehr. Die Besserverdienenden besaßen große Appartements und eigene Villen in den Vierteln am Meer oder auf einsamen Inseln.

»Gut.« Ich wusste vorerst nicht, was ich noch sagen sollte, und ging näher an den Toten heran.

Wir befanden uns auf einem verfallenen Fabrikgelände. Die Fabrik hatte einmal Möbel und andere Gegenstände aus einheimischem Holz hergestellt. Einige verrottete Baumstämme lagen nicht weit entfernt gestapelt, und ein desaktivierter verblichener Schneideroboter, der sich selbst überlebt hatte, stand verloren unter dem zerlöcherten Dach eines Kunststoffunterstandes.

Nelson Bhitt lag im Schatten der Mauer einer Lagerhalle.

Obwohl ich in meinem langen Leben schon viel gesehen hatte, würde ich mich nie an den Anblick von Toten gewöhnen. Der Mann lag auf dem Rücken, sein Bauch wirkte unnatürlich aufgebläht. Auf dem Gesicht klebte Blut, das aus den Augen gelaufen war. Blauschwarze Flecken zogen sich über die Haut, als sei das Blut darin geronnen. Seine Hände waren verkrampft und sprachen davon, wie schmerzhaft er zu Tode gekommen sein musste.

Alles wies darauf hin, dass dieser Mann ermordet worden war, vermutlich durch Gift. Hatte er zu viel gewusst?

Ich wandte mich ab, als ich die türkisblauen Tahun-Maden am Hals entdeckte, die sich in die Leiche fraßen. Für sie war der Tote ein Festmahl, das bald beendet sein würde, wenn er in die Pathologie kam.

»Wenn wir den Mörder finden, sind wir ein gutes Stück weiter«, sagte ich zu Hoyka Kah, die neben mich trat. Ich sah die Sorge auf ihrem Gesicht.

»Wir sollten alles für eine Evakuierung von USO-1 vorbereiten«, sagte sie leise.

»Noch nicht.« Der Gedanke, Quinto-Center zu versetzen, war ein Albtraum. Natürlich wusste ich: Eine solche Aktion würde früher oder später nötig werden. Jedes Geheimnis wurde irgendwann enträtselt. Oder doch fast jedes. Quinto-Center hatte seine Triebwerke nicht umsonst. Aber noch war ein solcher Aufwand nicht nötig.

»Decaree wird nicht reden.«

»Sie riskieren viel, Lordadmiral. Wären Sie der Multimutant Gucky, und Decaree Farou in Ihrer Nähe, könnte ich Ihnen zumindest telepathische Fähigkeiten unterstellen, aber die haben Sie nicht. Wie lange wollen Sie sich auf Mutmaßungen verlassen?«

Ich ließ die Schärfe ihrer Frage an mir abprallen. Ihre Sorgen um die USO sprachen für sie und ich teilte sie. »Noch ein paar Tage, Generalin. Solange bleibt der Alarm bestehen, und die Sicherheitsmaßnahmen werden erhöht. Selbst wenn der Feind den Lageplan von USO-1 erhält, hat er nicht die Möglichkeit, uns zu überraschen. Wir werden auf ihn vorbereitet sein.«

Sie schwieg.

Wir sahen zu, wie die Leiche auf eine Antigravbahre gehoben und abtransportiert wurde. Hoffentlich brachte die Obduktion Ergebnisse, die uns weiterhalfen und den Schrecken einer Räumung Quinto-Centers ersparten.

Atlan: Ein überraschendes Verhör

Ich verbrachte die Zeit während der pathologischen Untersuchung in der Polizeihauptzentrale von Kartum und ließ mich von Haana Lamet zu einem schwarzen Kaffee und einem Donut mit Zuckerguss überreden, bis ein Büro für mich vorbereitet war. Danach machte ich mich an die Arbeit. So schnell ich konnte, sichtete ich die Protokolle und zusammengefassten Ergebnisse der bisherigen Ermittlungen. Im Stillen musste ich Haana Lamet Respekt zollen. Die Tahun-Polizei arbeitete vorbildlich. Die Berichte waren trotz der Eile, in der sie verfasst waren, übersichtlich und umfassend. Leider gab es zu wenige Ansatzpunkte, um Decaree verfolgen zu können.

Der wichtigste war der Mord an Nelson Bhitt. Für mich stand zweifelsfrei fest, dass sein unschöner Tod mit Decarees Verschwinden in Zusammenhang stand, auch wenn noch unklar war, welche Rolle der Mediker dabei gespielt hatte.

Ich trank einen Schluck Kaffee und sprach den Extrasinn an: *Dass er ein Schläfer ist, können wir eigentlich ausschließen. In dem Fall wäre sein Tod nicht nötig gewesen und eine Verschwendung von wertvollen Ressourcen.*

Wenn du das Motiv kennen würdest, wärst du einen Schritt weiter. Vorher solltest du nichts übereilen. Vielleicht war er doch ein Schläfer und hat sich geweigert, seinen Befehlen nachzukommen.

Kommissar Damitter klopfte und trat in das geräumige Büro, das man mir und Hoyka Kah im 48. Stock des eiförmigen Hochhauses zur Verfügung gestellt hatte. Ich hatte der Generalin empfohlen, sich für ein paar Stunden in die TOLMAN zurückzuziehen und zu schlafen, solange die pathologische Untersuchung nicht abgeschlossen war.

Damitter blieb vor meinem Schreibtisch auf dem zitronengelben Kunststoffboden stehen. Er hatte seine Uniform gewechselt und wirkte frischer. Seine Haare glänzten feucht. Offensichtlich war er in einer Nasszelle gewesen. Ich hatte im Gebäude nicht nur umfangreiche Bäder gesehen, sondern auch ein Fitnessstudio, das ein gesamtes Stockwerk einnahm. Vermutlich verbrachten die Polizisten einen Teil ihrer Dienstzeit dort, wenn keine Probleme anstanden. Sicher gehörte zu diesem Stockwerk auch eine Dusche.

Damitter war sichtlich mit sich zufrieden. »Wir haben den zweiten Mediker aufgespürt. Die Reisegesellschaft hat sich gemeldet. Waalis Taylor ist an Bord der GALACTIC DREAM. Soll er seine Reise abbrechen und herkommen, oder genügt es, ihn vorerst über Hyperfunk zu befragen?«

»Befragen Sie ihn per Hyperfunk und entscheiden Sie dann selbst, ob er kommen soll oder nicht. Auf welchem Planeten wird Taylor als Nächstes landen?«

»Auf Opghan.«

»Ich werde veranlassen, dass ein Agent dort an Bord geht und ihn überprüft.«

Damitter nickte und sah auf meine leere Tasse. »Soll ich Ihnen noch einen Synth-Kaffee bringen, Lordadmiral?«

»Warum nicht, vielleicht hilft es ja.« Ich dachte an die Scharen von Polizisten und die Ozeane von Kaffee, die sie im Laufe der Geschichte auf Terra und allen möglichen Kolonialplaneten in sich hineingekippt hatten.

Damitter ließ mich wieder mit den Speicherkristall-Stapeln allein, die sich neben dem Gerät häuften.

Ich schloss die Augen und versuchte, mir den genauen Hergang der Flucht von Decaree vorzustellen. Für ihre Mitarbeit musste sie unter Drogen gesetzt worden sein. Trotz der Mentalstabilisierung hatte irgendwer es geschafft, sie so zu beeinflussen, dass sie ihren Zustand vor dem Klinikpersonal geheim hielt und kooperierte. Wie war das möglich, ohne einen permanenten Kontakt zu haben? Ohne Kontrolle? Nelson Bhitt hatte Decaree den Unterlagen zufolge einmal wöchentlich besucht, und die meiste Zeit über hatte er sich mit ihr in Bereichen bewegt, die per Kamera überwacht wurden. Diese Aufzeichnungen wurden durchgängig gesichtet, und keiner vom Überwachungspersonal hatte darauf etwas Verdächtiges bemerkt. Wie konnte das sein?

Vielleicht gab es einen permanenten Kontakt, schlug der Extrasinn vor. *Einen, den keiner außer Decaree wahrnehmen konnte.*

Ich hoffe, sie hatte nicht das Pech, einen Logiksektor aktiviert zu bekommen, spöttelte ich in einem Anflug von Hilflosigkeit.

Der Gedanke schreckte mich auf. »Eine Stimme in ihrem Kopf«, sagte ich laut.

Damitter kam mit dem Synth-Kaffee herein. »Bitte, Sir?«

»Decaree – Miss Farou – sie hat Schläuche in ihrem Kopf seit einem Vorfall in NGC 4833. Unmittelbar nach dem Verlust ihrer Augen mussten ihr diese Schläuche eingesetzt werden, um die Augenhöhlen zu befeuchten. Diese Schläuche enden in Versorgungs-Patronen über ihren Ohren. Wer hat diese Patronen gewechselt?«

»Nelson Bhitt«, sagte Damitter sofort und stellte den dampfenden Synth-Kaffee ab. »Deshalb kam er wöchentlich in ihr Apartment. Das Medopersonal hat die Patronen lediglich einmal täglich frisch befüllt, aber Bhitt hat sie gewechselt.«

»Was, wenn Nelson Bhitt nicht nur die Patronen eingesetzt hat, sondern eine Funkvorrichtung, über die er oder seine Verbündeten mit Decaree verschlüsselt Kontakt aufnehmen konnten? Einen Kontakt, der Decaree vorgekommen wäre wie eine Stimme in ihrem Kopf. Ich kann mir vorstellen, dass eine solche Stimme im Zusammenhang mit Drogen trotz Mentalstabilisierung zu Verwirrungszuständen führt.

Decaree hätte die Stimme für ihre eigene halten können. Zumal sie durch die Beeinflussung der Unal-Splitter immer wieder mit Wahnvorstellungen konfrontiert wurde.«

Die Stimme des Kommissars klang anerkennend. »Sie sind ein hervorragender Ermittler, Lordadmiral. Ihre Theorie erscheint absolut plausibel und würde erklären, warum Miss Farou die Klinik scheinbar freiwillig verließ.«

»Aber wer steckt dahinter?« Ich betrachtete die Hyper-Speicherkristalle und schwor mir, dass ich es herausfinden würde. Bei Arkon. Wenn ich diese Mistkerle erwischte, konnten sie sich auf etwas gefasst machen.

Es klopfte erneut, und Haana Lamet trat mit einer jungen Frau ein, deren Gesicht voller Metall hing. Ich schob einen schwankenden Stapel Speicherkristalle ein Stück zur Seite und sah die Polizeichefin von Tahun fragend an. Damitter zog sich zur Tür zurück und nahm meinen leeren Donut-Teller mit.

»Diese junge Dame möchte mit Ihnen sprechen, Sir«, sagte Miss Lamet knapp und fixierte die Frau, deren Gesicht über und über mit Metallplättchen bedeckt war. Einen Augenblick war ich versucht zu glauben, dass sie einer fremdartigen Spezies angehöre. Irritierenderweise ergaben die Plättchen in ihrer Gesamtheit Muster, die Worte aus dem Altlemurischen bildeten. Da das linke Wort in etwa Kloake bedeutete und das rechte Schaltzentrale, war ich mir sicher, dass ihre Trägerin sie nach rein ästhetischen Kriterien ausgewählt hatte.

Die Polizeichefin schob die Frau noch näher an den Schreibtisch. »Erzählen Sie ihm, was Sie zu sagen haben, Miss Alexis.«

Ich stand auf und kam um den Schreibtisch herum.

Miss Alexis verschränkte trotzig die Arme vor der Brust. Vielleicht wäre sie sogar hübsch zu nennen gewesen, wenn ihr Gesicht genug freie Haut geboten hätte. Ich fragte mich unweigerlich, warum es immer wieder Lebewesen gab, die sich freiwillig Metall durch den Körper treiben ließen. Und dann auch noch in solchen Mengen.

»Erst will ich meine Belohnung. Die im Trivid haben von einer Belohnung gesprochen.«

»Berichten Sie, was Sie zu sagen haben«, sagte Haana Lamet drohend, und der weiche Zug um ihren Mund war mit einem Mal verschwunden. Die Wärme wich aus ihren Augen, stattdessen zeigte sich in ihrem Gesicht eine Unnachgiebigkeit, die ich ihr nicht zugetraut hätte. Ihre Stimme klang fast so unterkühlt wie diejenige Hoyka Kahs. »Wir haben viele Zellen in diesem Gebäude die leerstehen, Schätzchen.«

Die Drohung in ihren Worten war unmissverständlich. Die junge Frau verzog die grün geschminkten Lippen zu einem Schmollmund und zupfte an dem Ausschnitt ihres Kleides, der in einem schmalen Streifen bis zum Nabel reichte.

»Okay, okay, Lady. Lassen Sie mich mit Ihrem Boss allein und ich werd's erzählen.«

Haana Lamet warf mir einen verschwörerischen Blick zu und ging zusammen mit Damitter aus dem Büro.

Ich sah gespannt zu der Frau mit den blauroten Locken, die mir bis ans Kinn reichte.

»Wollen Sie sich setzen, Miss Alexis?«

Sie missachtete den vor ihr stehenden Stuhl, schwang sich auf meinen Schreibtisch und stieß mit dem Po den Stapel an sorgfältig sortierten Speicherkristallen um. »Frenny, okay? Einfach Frenny. Miss Alexis klingt ja nach galaktischer Steinzeit.«

Ich bemühte mich, nicht ungeduldig zu werden und ihr impertinentes Verhalten zu ignorieren. Sie wirkte auf mich nicht wie ein Mensch, der mit seiner Handlung provozieren wollte. Für sie schien es normal zu sein, auf Tischen zu sitzen. Anhand ihrer kaum vorhandenen Bekleidung und der Art ihres Auftretens konnte ich nicht davon ausgehen, es mit einer Trägerin des Crest-Gedächtnispreises zu tun zu haben.

Da ich in Tahun üblicherweise nur das Medocenter der USO sah, musste ich mir hin und wieder bewusst machen, dass hier nicht nur hochkarätige Fachkräfte tätig waren und dass nicht alle einfacheren Tätigkeiten von Robotern ausgeführt wurden.

»Okay, Frenny«, ging ich auf ihre Forderung ein, um eine Basis zwischen uns zu schaffen. »Was haben Sie zu sagen?«

»Krieg' ich meine Belohnung? Die 1000 Solar?«

»Wenn das, was Sie sagen, hilfreich ist, dann ja.«

»Und wer sagt mir, dass Sie mich nicht verarschen, Arkonide?«

Mir wurde plötzlich klar, dass diese Frau keine Ahnung hatte, wer ich war. Vermutlich hielt sie mich für den amtierenden Polizeichef von Tahun. Ich legte die Hände hinter dem Rücken ineinander und betrachtete sie aufmerksam.

»Sie sehen sich nicht oft Nachrichtensendungen an, nicht wahr, Frenny?«

Ihre Stirn zeigte eine kleine Falte. »Nachrichten? Nö. Kara hat mir von dem kurzen Bericht über Nelson erzählt, und dass Ihr Laden Mithilfe brauchen kann.«

Richtig vermutet. »Ich gebe Ihnen mein Wort, dass Sie die Belohnung erhalten, wenn Ihre Aussage hilfreich ist.«

»Ach. Worte. Ich hab's schon der braunhaarigen Lady gesagt, ich will's schriftlich. Ich würd' nicht mal dem Großadministrator vertrauen, wenn der vor mir stehen und mir mit seinem Bubi-Lächeln die Hand drauf geben würde.«

»Kann ich mir vorstellen. Aber ich habe es eilig, und ich lasse nicht mit mir spielen. Also reden Sie, oder vergessen Sie es.«

Einen Augenblick sah sie mich abwägend an und schien zu dem Schluss zu kommen, dass ich es ernst meinte.

»Na schön.« Ihre grauen Augen wurden so rund, als wollten sie aus den Höhlen rollen. »Ich kannte Nelson Bhitt«, verkündete sie mit einem triumphierenden Lächeln.

Ich hob eine Augenbraue. »Woher kannten Sie ihn?«

Sie kicherte und griff sich an eine glitzernde Kette, die zwischen ihren Brüsten baumelte. »Er kam hin und wieder vorbei. Hat mir Geschenke gemacht und gut bezahlt.«

»Ich verstehe.«

»Tun Sie nicht.« Sie verzog das Gesicht und sah plötzlich traurig aus. »Is' er echt tot?«

Ich nickte. »Echt.«

»Schade.« Sie legte den Kopf schief und wirkte, als würde sie in die Vergangenheit blicken. Vielleicht sah sie mit ihrem inneren Blick die Geschenke, die Nelson Bhitt ihr mitgebracht hatte und bedauerte, dass es keinen Nachschub geben würde.

»Was wollen Sie mir erzählen, Frenny?«

Sie plapperte darauf los, als habe sie meine Frage gar nicht gehört. »Ich glaube, er war beziehungsunfähig. Geliebt hat er nur seine Gleiter und seinen Job. Frauen wollten ihn schon, aber er wollte keine, die ihn rumkommandiert. Sie können sich ja denken, was wir so trieben. Er war nicht pervers oder so. Er kam einfach vier-, fünfmal im Monat zu mir, das war alles. Aber letztes Mal war es anders. Das war vor vier Wochen, glaub' ich. Ich weiß nicht genau. Jedenfalls hatte er einen Anruf bekommen und wirkte danach gar nicht mehr wie er selbst.«

Ich horchte auf. »Wer hat ihn angerufen?«

»Er hat versucht, das Display von seinem Armband zu verbergen, aber ich hab's trotzdem gesehen. Der Anruf kam von einem Klub. Das weiß ich genau, weil die so ein Logo haben.

Jedenfalls war Nelson nach dem Anruf wie ausgewechselt. So hab' ich ihn noch nie erlebt. Er ...« Sie zögerte und ihr kindliches Gesicht wirkte nachdenklich.

»Ja?«, drängte ich sie.

»Er wirkte wie einer, der Todesangst hat. Als ob er bei sich selbst Lashat-Pocken festgestellt hätte. Komisch, oder?«

Ich nickte und fragte mich, ob das tatsächlich ein guter Ansatzpunkt war. Vielleicht war Nelson Bhitt erpresst oder bedroht worden.

»Wissen Sie, wie der Klub heißt?«

Sie schüttelte den Kopf und zog eine zerknitterte Papierserviette hervor. »Nein. Ich kenne nur das Logo, weil die so ein lustiges Tier drin haben. Ich hab's aufgemalt.«

Ich betrachtete die Zeichnung, die überraschend gut war. Darauf sprang ein kaninchenartiges Säugetier mit runden Ohren durch einen Ring, in dem die Buchstaben E.T. standen. Das musste sich finden lassen. »Danke. Können Sie mir mehr über Nelson Bhitt erzählen?«

»Nelson? Klar. Er liebte Partys. Er lebte und ließ leben. Soweit ich weiß, hatte er nicht viele echte Freunde, aber er kannte verdammt viele Leute. Wenn er nicht gearbeitet hat, hat er gefeiert oder nach seinen Gleitern geschaut. Er hatte einen eigenen Hangar in der Nähe vom Raumhafen.«

»Das klingt, als würden Sie ihn gut kennen.« Mir kam der Gedanke, ob Nelson Bhitt vielleicht in seinem Hangar ermordet worden war oder dort zumindest die Täter getroffen hatte. Die geringe räumliche Distanz legte den Verdacht nah.

Frenny streckte stolz ihre Brust vor. »Die, die zu mir kommen, reden gern. Manche zahlen sogar nur dafür.«

»Haben Sie weitere Informationen über Doktor Bhitt?«, blieb ich beim Thema.

Sie schüttelte heftig den Kopf. »Ne. Krieg' ich jetzt die Belohnung?«

»Sie bekommen von meiner Kollegin eine Anzahlung. Wenn Ihr Hinweis uns tatsächlich weiterhilft, erhalten Sie den vollen Betrag, der im Trivid genannt wurde. Schließlich kann es sein, dass die Nachricht, die Nelson Bhitt erhalten hat, überhaupt nichts mit seinem Tod zu tun hat.«

»Meinetwegen.« Sie sprang vom Tisch. »Aber ich meld' mich wieder und prüf' das nach. Ich kann sehr hartnäckig sein. Wenn Sie mich verscheißern, sag ich's allen Trivid-Sendern.«

»Das glaube ich Ihnen.«

Sie seufzte theatralisch. »Ich wollte Ihnen nicht drohen. Hat Ihnen schon mal jemand gesagt, dass Sie einen hübschen Arsch haben? Eigentlich mag ich keine Arkoniden, weil die alle gleich aussehen, aber ihr Hintern ist echt was Besonderes. Wenn Sie mal im Vergnügungsviertel sind und wen für ein paar Stunden Tiefenentspannung brauchen ...«

»Nein danke«, unterbrach ich ihren Redefluss vehement. »Das ist nichts für mich.«

Sie zuckte enttäuscht mit den Schultern und zupft an einer fingernagelgroßen Metallplatte in ihrer Wange. »Na ja, dann nicht. Hoffentlich erwischen Sie den Mistkerl, der Nelson ermordet hat.« Damit drehte sie sich um und stolzierte aus dem Büro.

Ich betrachtete das Logo, das sie aufgemalt hatte. Es war die einzige Spur, die wir bislang hatten. Mit der Serviette in der Hand ging ich hinaus, um mir Unterstützung bei der Suche zu holen.

Atlan: Spuren

Eine knappe Stunde später hatte ich den Namen des Klubs herausgefunden und saß wieder in einem Besprechungsraum. Dieses Mal war es ein Zimmer im 52. Stock der Tahun-Polizeizentrale, und außer mir saßen Haana Lamet, Khelex Damitter und Hoyka Kah in dem hellblau gestrichenen Raum, dessen Glassitfronten vom Boden bis zur Decke reichten. Von meinem Sitzplatz konnte ich aus dem Fenster zwischen mehreren niedrigeren Hochhäusern hindurch bis zum Meer sehen. Türkisblaues Wasser brandete an eine felsige Küste.

Während Haana Lamet noch ihre Unterlagen zurechtlegte, blickte ich vom Fenster fort, zu Hoyka Kah. Die Generalin sah müde aus, und ich begriff plötzlich, dass sie nicht geschlafen hatte. Was hatte sie in der TOLMAN gemacht?

Rate mal, antwortete der Extrasinn auf die Frage.

Ich nehme an, sie hat sich um Belange von Quinto-Center gekümmert, kam ich der Aufforderung nach.

Das wäre zu erwarten. Es gibt einen Punkt, in dem seid ihr euch trotz aller Unterschiede unglaublich ähnlich.

Ich runzelte die Stirn. *Und der wäre?*

Ihr könnt nur schwer Verantwortung abgeben.

Ich dachte darüber nach und kam zu dem Schluss, dass der Extrasinn recht hatte. Hoyka Kah war nicht nur eine unterkühlte Prinzipienreiterin mit eiserner Disziplin, sie war in der Tat auch jemand, der ungern Verantwortung abgab. Ob man so sein musste, wenn man in der höheren Liga der USO spielte? Decaree war nie so gewesen. Bevor sie geglaubt hatte, mir oder sich selbst etwas beweisen zu müssen, war es ihr leicht gefallen, von der Arbeit abzuschalten und Aufträge zu delegieren, auch wenn ihr Job für sie alles bedeutet hatte.

»Die pathologische Untersuchung ist abgeschlossen, und der Bericht liegt nun vor«, eröffnete Haana Lamet die Sitzung. Sie schob drei Datenkristalle nach links und rechts. Hoyka Kah reichte mir meinen weiter.

»Nelson Bhitt ist eindeutig ermordet worden«, fuhr Lamet fort. »Seine inneren Organe haben versagt. Es sah zunächst nach einer einfachen Vergiftung aus, aber ich habe den Pathologen in diesem Fall alles mehrfach untersuchen lassen und auf breit gefächerten sowie ungewöhnlichen Untersuchungsansätzen bestanden.«

Sie hob leicht den Kopf, in ihrer Stimme schwang eine Spur Stolz mit. »Glücklicherweise, denn sonst hätten wir das Verborgene vielleicht übersehen. Nelson Bhitt starb zwar an einer Vergiftung, aber diese Vergiftung wurde durch Drogen ausgelöst, denen er schon zuvor ausgesetzt war. Der Befund legt den Verdacht nahe, dass er am Absetzen der Droge gestorben ist.«

Eine Weile herrschte Schweigen. Damitter sah Hoyka Kah an, dann mich und Haana Lamet.

»Vielleicht bin ich ja zu müde, um klar zu denken, aber welchen Unterschied macht das bitte?«

Haana Lamet lächelte ihren Kollegen nachsichtig an. »Es macht den großen Unterschied, dass Nelson Bhitt vielleicht schon Wochen vor seinem Tod um sein Leben fürchten musste.« Ihr Lächeln verschwand, und ihr Gesicht bekam einen angewiderten Ausdruck. Ich glaubte, Verachtung in ihren Augen zu erkennen. »Wer auch immer das getan hat, ist ein Verbrecher sondergleichen. Er – oder sie – hat Nelson Bhitt von einer Substanz abhängig gemacht, deren Nichteinnahme tötet. Begreifen sie, was das heißt?«

»Doktor Bhitt befand sich in der Hand eines Erpressers«, antwortete Hoyka Kah sofort. »Er wurde gezwungen, bei der Entführung von Miss Farou zu helfen.«

»Es gibt noch mehr Indizien, die dafür sprechen«, bestätigte Haana Lamet. »Die Untersuchungen haben ergeben, dass Nelson Bhitt fast drei Tage gefangen gehalten wurde. Er hat in dieser Zeit keine feste Nahrung zu sich genommen, außerdem finden sich schwache Einschnittspuren an Hand- und Fußgelenken, die vermutlich von Kunststoffbändern stammen. Das passt ebenfalls ins Bild, denn wir hatten Bhitt niemals zuvor auch nur ansatzweise im Verdacht, mit einem Geheimdienst zu konspirieren. Bhitt war ein Vorzeige-Mediker, der Liebling seiner Eltern, der Jahrgangsbeste und ein Mann, der voll im Leben stand. Es deutet nichts auf einen aktiven Verrat von seiner Seite aus hin. Ich denke, wir können davon ausgehen, dass er auf grausame Weise zur Mitarbeit genötigt wurde und sich aus Furcht um sein Leben niemandem anvertraute.«

»Was sind das für Drogen?«, wollte ich wissen. »Wer verfügt über etwas Derartiges?«

»Eben das ist ein großes Rätsel.« Haana Lamet sah auf das Dossier vor sich. »Die Drogen sind Unikate. So etwas bekommt man nicht bei seinem Dealer um die Ecke. So pervers das klingen mag, wir haben es mit einem Meister zu tun, dessen Design im Universum einzigartig ist. Ich bin mir sicher, dass diese Drogen nicht von Tahun stammen. Sie enthalten Zusätze, die man nicht durch die Zollkontrollen bekommt, zumindest nicht in großem Stil. Bereits einzelne Komponenten des Cocktails können tödlich wirken und bestehen aus Pflanzenanteilen und tierischen Extrakten, die bislang auf Tahun fremd sind. Außerdem ist nie zuvor ein Mensch auf Tahun nachweisbar an dieser Droge gestorben. Auch das ist für mich ein Hinweis. Ich bin überzeugt, wir haben es mit einer Organisation von außerhalb des Planeten zu tun. Diese Organisation hat vermutlich mindestens einen Ara in ihren Diensten, denn die Handschrift dieses Teufelszeugs verweist auf die besten Mediker der Milchstraße.«

Ich schaltete mich ein und berichtete von meinem Gespräch mit Frenny Alexis.

»Dieser Klub hat vielleicht mit den Drogen zu tun«, schloss ich. »Miss Alexis sagte aus, Nelson Bhitt habe Todesangst gezeigt. Das deckt sich mit unseren Vermutungen, dass er durch die Droge massiv bedroht und abhängig gemacht wurde. Es ist bislang die heißeste Spur, die wir haben, und ich finde, wir sollten ihr umgehend nachgehen, bevor sie kalt wird.«

»Entschuldigung.« Damitter hob zögernd die Hand, als wolle er sich melden. »Aber es ist nicht die heißeste Spur, Sir.« Er lehnte sich vor und sah mich und Hoyka Kah eindringlich an. »Ich habe die letzten Stunden damit verbracht, alles aus dem Leben von Nelson Bhitt auf den Prüfstein zu stellen und bin dabei ich auf eine weitere Ungereimtheit gestoßen.« Er machte eine dramatische Pause. »Nelson Bhitt hat einen Betrag von 15.000 Solar auf Umwegen an ein Konto auf Tahun überwiesen. Interessant sind vor allem zwei Aspekte: Erstens sollte der Transfer geheim gehalten werden, und es hat mich viel Mühe gekostet, ihn zu rekonstruieren. Zweitens ging das Geld an einen Ertruser namens Japut Tolagan, den wir seit Längerem unter Beobachtung haben.«

Ich horchte auf. »Tolagan?« Dank fotografischem Gedächtnis erinnerte ich mich an eine Akte, die diesen Namen trug.

Damitter legte die Hände auf dem Tisch ineinander. »Eine Scheinidentität. Tolagan heißt eigentlich Markes Jonas. Jonas hat den ertrusischen Geheimdienst vor nicht ganz zehn Jahren verlassen, um überzulaufen. Damals warf der Carsualsche Bund ihm Sabotage vor, weil ihm während eines Einsatzes auf einem Eisplaneten der Antrieb eines Raumschiffs eingefroren war. Jonas sollte für den Schaden aufkommen, doch stattdessen zog er die Flucht vor.«

Hoyka Kah mischte sich ein. »Sie glauben, der Mann könnte noch immer Kontakte nach Ertrus haben? Dass er ein Doppelagent ist?«

»Jonas arbeitet nicht im Dienst der USO«, verbesserte ich sie und sah dank meines Gedächtnisses die Akte in meiner Erinnerung so deutlich, als läge sie vor mir. »Ich selbst habe ihn abgelehnt. Er war im Carsualschen Bund nur ein kleines Rädchen in einem gigantischen Getriebe und hat gegen gewisse geringfügige Informationen Immunität und einen Wohnsitz auf Tahun erhalten. Ronald Tekener hat das geregelt. Über Quinto-Center und die USO weiß Jonas nicht mehr als jeder andere. Ich habe der Geschichte damals nicht getraut und befürchtet, er wäre ein Spion, auch wenn ich nichts gegen ihn in der Hand hatte.«

»Das bedeutet, Sie haben ihm misstraut«, warf Damitter ein. »Das macht den Mann für mich um so verdächtiger.«

»Wo befindet sich Jonas in diesem Moment?«, fragte die Generalin.

Damitter berührte seine noch immer leicht geschwollene Nase, die Decaree gebrochen hatte. Obwohl sie inzwischen ohne Zweifel behandelt worden war, konnte man deutlich eine dunklere Verfärbung an der Wurzel erkennen. »Soweit ich weiß, hat er ein privates Anwesen nahe Davira. Wir können hinfliegen und ihn befragen.«

Mein Instinkt hielt mich davon ab, sofort loszustürmen. Die Drogen und die Aussage von Frenny Alexis bildeten für mich trotz allem die heißere Spur, auch wenn Damitter vielleicht etwas anderes glaubte.

»Wir sollten uns aufteilen«, schlug ich vor. »Ich bereite mich auf den Einsatz in dem Klub vor und nehme eine Scheinidentität an; Hoyka Kah und Sie, Kommissar Damitter, überprüfen Jonas. Sorgen Sie dafür, dass wir immer wissen, wo er sich befindet. Er darf die Stadt nicht verlassen, geschweige denn den Planeten, und muss zu unserer vollen Verfügung stehen. Wenn er nicht kooperiert, nehmen Sie ihn fest.«

»Gut.« Damitter sah Hoyka Kah an und lächelte mit seinen strahlend weißen Zähnen, als wolle er Werbung für Zahnpflege machen.

Es war nicht zu übersehen, dass die Generalin keineswegs begeistert von der Aussicht war, mit dem übergewichtigen Kommissar zusammenzuarbeiten, aber sie legte keinen Protest ein, dafür war sie zu professionell.

Haana Lamet wirkte aufgeregt. Sie versuchte zwar, es zu verbergen, doch ihre Augen verrieten sie. »Vielleicht wissen wir schon an diesem Abend, wo sich Miss Farou aufhält, und wer dahinter steckt.«

Ich stand auf. Auch mich hatte die Unruhe gepackt. Wir hatten vielversprechende Spuren, die ich nicht warten lassen wollte.

Kapitel 4

Decaree: Visionen

Du erwachst und siehst die Galaxis, die du geschaffen hast. Du bist Göttin und Sonne. Alles, was ist, ist dein Werk. Wenn es dir nicht gefällt, wirst du explodieren, und alles Sein wird vergehen. Göttinnen dürfen explodieren.

Um dich her breitet sich violettblaues All aus, eine Wolke aus tausend transwarischen Feldern, die du einzeln spüren kannst. Fünf Planeten sind in deiner Nähe, achtundzwanzig Monde, zwei Asteroiden. Sie sind auf mehrere Dimensionen verteilt, doch du siehst sie alle. Deine Protuberanzen werfen sich ihnen entgegen wie Zungen, die über raue Oberflächen lecken möchten, aber sie kommen nie an.

Frei und gebunden, frei und gebunden.

Du weißt, du bist nicht nur Sonne, nicht nur Lebensspenderin und vernichtende Kraft. Du kannst alles sein, was du siehst.

Vor dir treiben sie durch den Raum. Magirnis hast du sie getauft. Allschweber. Sie sind durchsichtig, aus Wellen bestehend wie die Felder, die sie umgeben, aber die Magirnis sind anders. Sie sind multidimensionales Leben.

Du brichst aus der Sonne hervor, näherst dich einem Jungwesen, das sich auf den unsichtbaren Strömungen treiben lässt und verschmilzt mit ihm.

Oh, wer behauptet, das All sei lautlos? In dir hörst du es summen und schwirren, kannst die Felder und Wellen spüren, die dich wiegen, so sanft wie eine Mutter ihr Neugeborenes. Es ist ein Gesang in deinem Inneren, der nie endet. Berauschend schön; erfüllt von der Freude des Daseins.

Du gleitest durch den Raum und bist versucht, zu Dunkler Materie zu werden. Alles in dieser Dimension zu verschlingen. Aber nein, nein. Es ist nicht der richtige Zeitpunkt, um zu explodieren. Du bist keine Sonne mehr. Du bist ein Magirnis und musst den ultimativen Fleck finden; die Stelle im Raum, in der du wachsen und dich vergrößern kannst. Die Alten haben davon berichtet in den Transfers. Wenn du die ultimative Stelle findest, wirst du im Klang der inneren Lieder anschwellen, auch wenn kein biologisches Leben das wahrzunehmen vermag. Aber du wirst es wahrnehmen. Du wirst wachsen und zu etwas werden, das Macht hat und Dinge formen kann. Zu mehr als einer Sonne, die sich immerzu nur um sich selbst dreht und nicht ausbrechen kann aus ihrer vorherbestimmten, ewig verdammten Bahn. Nein. Du wirst durch die Welten treiben. Durch alle Welten, und das Sein selbst wird sich vor dir verneigen.

Ein Kribbeln überzieht dich, es ist, als würdest du geladen, als seien die winzigen Teilchen, aus denen du bestehst, in polarisierter Aufregung. Und sind sie es nicht?

Die Lieder in dir werden lauter. Mutig drehst du dich um dich selbst, ziehst Schlangenlinien durch die violette Weite auf der Suche nach dem einen Punkt, der Werdung verspricht.

Reiß dich zusammen, flüstern die anderen – die Herde der Magirnis. *Bleib bei uns.*

Sie sind noch nicht so weit, ja, sind neidisch, weil ihre Zeit für die Konvokation nicht gekommen ist. Hören sie nicht den melodischen Ruf, der das Sein durchdringt? Die strenge, wissende Stimme, die lautlos schreit und doch in deinem Inneren erklingt?

Immer weiter entfernst du dich von der Herde der Intelligenzen, ziehst deine eigene, freie Bahn, auch wenn du weißt, du wirst die anderen verlieren. Es gibt kein Zurück. Der Ruf hat dich ereilt, und du musst ihm folgen. Die Partikel in dir vibrieren freudig, als du die richtige Stelle findest und dich schlagartig ausbreitest. Die Umgebung verwindet, du stürzt durch die Dimensionen. Dein Fall dauert eine Kontraktion und doch weißt du, du bist tief gestürzt, mitten durch das Universum. Nun liegst du am Zielpunkt, zu dem es dich durch alle Dimensionen gezogen hat. Du kannst nicht mehr fort, bist an das All genagelt und zuckst in Krämpfen.

Umwandlung. So schmerzhaft.

Metamorphose ins Sein oder in die Vernichtung, das weißt du nicht mehr.

Du schreist nach der Herde, aber sie ist weit, weit fort. Viele Lichtjahre bist du gesprungen, hast den Weg durch die Unendlichkeit genommen, um .... was? Endgültig zu zerfallen?

Nein. Du gibst deine Gegenwehr auf, vertraust auf die Bilder der Alten. Vertrauen. Vertraue denen, die größer sind als Götter und Sterne.

Schmerz durchzuckt dich, bestimmt dein Sein. Du bist Schmerz, und der Schmerz trägt deine Signatur. Wenn du nur schreien könntest, wie die Primitiven auf Silizium- und Kohlenstoffbasis. Wenn du nur einen Mund hättest und Fäuste, die sich ballen.

Ach, jetzt willst du wieder Sonne sein, dich zumindest um dich selbst drehen können, aber du bist Magirnis in Metamorphose und hast jeden Spielraum verloren. Was tröstet das Morgen, an dem sie dich anbeten, wenn das Jetzt aus Qual besteht?

Tage, Wochen, Monate. Wie lange bist du an das All genagelt? Du weißt es nicht. Das Erste, was du wahrnimmst, als der Schmerz verblasst, sind die aufsteigenden Farben. Du bist Licht geworden, bist nun so sichtbar wie die Planeten, denen du einst als Sonne Leben gabst. Bist schillerndes Spektrum, das sich selbst neu erfindet, mit jeder Bildphase deines Seins.

Du glaubst, da ist nichts im All, aber da ist doch etwas, und es nähert sich dir. Deine Mentalsignatur tastet nach dem Fremden und du verstehst.

Sie sind da. Sie sind wie Schneeflocken durch das Sein gefallen, und sie treiben, aus dem Nichts aufgetaucht, um dich herum.

Unal, Unal, Unal, flüstert eine Stimme und du weißt, es ist eine andere Stimme als die, die du hörtest, bevor du Göttin und Sonne warst.

Die Gebilde vor dir sehen aus wie die Schneeflocken auf dem vierten Planeten deines Sonnensystems. Ja, Schneeflocken. Dendritische Gebilde mit gleichmäßig abstehenden Ästen, die ein Kernstück rahmen. Aber sie sind nicht kälter als das All, sondern warm, und sie glühen in einem rötlichen Licht. Ihre abzweigenden Äste sind spröde wie Kristall.

Wie schön sie sind. Erhaben. Du möchtest überwechseln, möchtest nicht mehr Magirnis sein, sondern Unal.

Unal, Unal, Unal.

War es nicht das, was fremde Wesen aus einem fernen Universum und in einer anderen Zeit *Himmel* nannten? Du warst im Himmel, denn du warst Unal. Aber *er* hat dich herausgerissen, als du nicht Magirnis, nicht Sonne, nicht Göttin, nicht Fliehende warst. Als du glücklich warst.

Warum?, fragst du dich. Warum hat der Arkonide dich herausgerissen aus dem Unal, aus der Schönheit, dem perfekten Sein? Alles danach war nicht vollkommen. Leere und Trauer.

Du warst nicht vollkommen. Nicht vorher und nicht danach.

Du kannst Sonne, kannst Göttin, kannst Magirnis sein. Aber vollkommen bist du niemals mehr.

Du willst weinen, aber was – was, geliebter Arkonide – sind Tränen?

Verloren. Alles verloren. Entrissen. Ausgetrocknet.

Das Unal schwebt heran. Seine Vollkommenheit macht dich unendlich traurig, denn du weißt, du wirst niemals wieder darin aufgehen. Das Wissen ist wie ein bösartiges Geschwür, das jede Hoffnung tötet.

Kehre um, Kaltschattenreiter, hörst du eine Stimme, die so viel sanfter, so viel verständnisvoller ist als die grausame Stimme, die da war, als du noch einen Kopf hattest.

Kehre um, und tue, was nötig ist.

Du bist Magirnis, nicht Kaltschattenreiter. In dir erwacht Protest.

Tun, was nötig ist. Warum?

Die Stimme antwortet nicht auf deine Frage. Du weißt, was sie will. Das Tor schwingt in zwei Richtungen, und du bist das Tor. Das Unal sieht durch dich in eine Welt, die fern von der liegt, die dich umgibt.

Namen steigen in dir auf: Milchstraße. NGC 4833. Quinto-Center. Tahun.

Sie wollen die Milchstraße wahrnehmen und sammeln Gerüche, Geräusche und die Bilder aus deinen Träumen und Erinnerungen. Sie erforschen eine andere Welt, in die sie dich zurückschicken möchten.

Nicht umkehren!, schreist du das Unal an. *Nimm mich auf. Schenk mir Frieden.*

Du weißt, das geht nicht.

Das Magirnis stürzt in sich zusammen, wird klein und unsichtbar, wie die Welle, die es einst war, als zwei andere Wellen aneinanderstießen und es unabsichtlich belebten. Du bist nicht mehr als ein Signatur-Embryo, ziehst dich zusammen und tust dir leid, so unendlich leid im violetten All einer anderen Welt.

Du merkst, wie betroffen das Unal ist. Es will dir nichts Böses und versteht nicht einmal, was mit dir geschieht. Ihr seid einander zu fremd, um euch jemals wirklich zu verstehen. Nicht, wenn ihr getrennt seid. Die Splitter ermöglichen einen Kontakt, aber kein Begreifen.

Du bist müde, so unendlich müde. Darfst du vergehen wie das Magirnis, das vom Embryo zum Nichts wird?

Kehre um, verlangt das Unal mit Nachdruck, und auch wenn du keine Worte hörst, sind die Bilder für dich wie eine Stimme. *Erinnere dich an dich selbst und lebe.*

Das Unal kommt auf dich zu. Seine Linien flimmern und gewinnen an Kontur. Es ist schärfer gezeichnet, als es gezeichnet sein darf. Licht bricht aus seinem Inneren und erleuchtet das System, dessen Sonne du einst warst. Bist du zurückgetrieben? Drehst du dich im Kreis, seitdem die Umwandlung einsetzte, oder hat dein Versagen als Magirnis dich zu dem Punkt zurückgeschleudert, an dem du vor unendlich langer Zeit aufgebrochen und durch das All gestürzt bist?

Die Zweige des Unal bewegen sich wispernd, als würde Wind durch die Schwärze streifen. In dir hörst du das Klirren eines kosmischen Winters. Du streckst die Arme aus, und das Unal nimmt dich auf, trägt dich zu der Sonne, treibt durch sie hindurch in eine andere Welt.

Du musst Informationen sammeln. Du hast eine Aufgabe.

Nicht Sonne, nicht Göttin, nicht Magirnis.

Mensch. Frau.

Da ist ein Wissen in dir: das Wissen, dass alles falsch läuft. Und doch ist es, wie es sein soll, und folgt der Bestimmung. Der Gedanke verwirrt dich.

Das Unal setzt dich ab und treibt davon.

Du weißt, da ist eine Stimme, auf die du nicht hören darfst. Eine böse Stimme. Sie gehört nicht zu dir.

Du blinzelst und schlägst die Augen auf.

Decaree: Erwachen

Nein, keine Augen. Sie drehte sich in ihrem Bett schwerfällig auf die Seite und begriff, dass es keine Augen waren. Es waren die Splitter des Unal, durch die sie etwas erkennen zu können glaubte. Sie schüttelte den Kopf. Das war reine Einbildung. Sie konnte durch die Splitter nur Dinge aus einer anderen Welt sehen, nicht solche aus ihrer eigenen.

Allerdings hatte sich tatsächlich etwas gravierend verändert: Sie war nicht nur wach, sondern klar bei Verstand. Die vernichtende Kraft der Bilder hatte schlagartig nachgelassen. Der Wahnsinn war gewichen, und sie fühlte sich, als habe sie Monate ihres Lebens in einem Dämmerzustand verbracht, aus dem sie nun erwachte. Ging es ihr besser? Vielleicht war sie endlich auf dem Weg der Heilung.

Wo war sie? Warum war sie zurückgekehrt aus der Traumwelt, in der sie eine Göttin sein konnte? War es überhaupt eine Traumwelt?

Sie sah Dinge, die das Unal irgendwann auf seiner unendlich langen Reise wahrgenommen hatte. Reale Dinge. Durch die Verschmelzung mit der außerirdischen Lebensform war sie zu einer Mittlerin zwischen den Welten geworden.

»Was ist passiert?« Vorsichtig setzte sie sich auf und fühlte die vertraute Unterlage. Es roch angenehm nach Mango und Zitronengras.

Zögernd stand sie auf, ging vorsichtig durch den Raum und betastete Möbel, Wände und einen Spiegel. Sie lächelte glücklich. Das war ihr Apartment in Quinto-Center. Da lagen ihre Kleider bereit, sie musste sie nur anziehen. Langsam streifte sie das Nachtgewand ab und griff nach der Uniform.

Freude durchströmte sie. Endlich wurde ihr Zustand besser. Sie hätte nicht sagen können, wann sie sich das letzte Mal so leicht und vollständig gefühlt hatte. So klar. Sie war Decaree Farou, und sie hatte eine Arbeit, der sie nachkommen musste. Atlan hatte es endlich eingesehen und sie nach Quinto-Center zurückgeholt.

Waren es die Mediker auf Tahun gewesen, die ihr geholfen hatten? Es musste so sein. Die Mediker hatten den Wahnsinn geheilt, der sie befallen hatte. Immer mehr hatte sie sich zurückgezogen, seit sie sich nicht mehr hatte abgrenzen können. Die Bilder, die sie durch die Splitter sah, hatten Fremdgefühle in ihr ausgelöst. Als ob sie zu dem werden müsste, was sie wahrnahm. Aber das war nun endgültig vorbei.

»Sonne. Göttin. Magirnis.« Sie schüttelte den Kopf und griff nach einer Bürste, um ihr dunkles Haar zu kämmen. »Schwachsinn.«

Vorsichtig berührte sie ihr Gesicht und fühlte, wie teigig und faltig die Haut war. Es war, als sei sie dick gewesen, habe aber zu schnell abgenommen. Dagegen musste sie etwas unternehmen, am besten ging sie gleich nachher in einen Fitnessraum.

Das Schott des Apartments glitt begleitet von einem feinen Summen auf, und jemand trat ein. »Guten Morgen, Decaree.«

Decaree drehte sich zu ihm um und lächelte. »Kone-Bay. Mein Lieblings-Seelenberater. Du hattest recht. Als ich nach Tahun umziehen musste, fürchtete ich, Quinto-Center nie wieder zu betreten, aber nun hat Atlan mich zurückgeholt. Wo ist er?« Sie stand in die Richtung von Kone-Bay und hatte blitzlichtartig wieder den Eindruck, sehen zu können. Der Seelenberater war schlaksig und trug einen freundlichen Gesichtsausdruck. Seine großen Hände wirkten vertrauenerweckend. Wie oft hatte er sie gestützt, um ihr beim Gehen zu helfen?

»Weißt du, wo du dich befindest?«, fragte Kone-Bay zögernd.

Sie lachte. Was für eine dumme Frage. »Natürlich. In Quinto-Center. Und ich habe im Moment keine alles überstrahlende Vision. Die Bilder sind fort. Offensichtlich haben die Mediker doch eine Lösung für das Problem gefunden, die das Gehirn nicht massiv angreift.«

Er klang ernst. »So ist es. Wenn du die Medikamente auf dem Tisch neben dir regelmäßig einnimmst, wird es so bleiben. Es besteht die Aussicht auf vollständige geistige Genesung. Atlan wartet bereits auf dich. Er arbeitet in der Hauptzentrale.«

Sie griff nach einer schlichten Jacke und wollte sie überziehen, aber sie war sehr schwach, und Kone-Bay musste ihr helfen. Wie es sein würde, Atlan nach all der Zeit zu treffen? In ihr tobten die unterschiedlichsten Gefühle wie in einem Hypersturm: Zorn, weil er sie auf Tahun nie besucht hatte, Trauer über ihr gemeinsames Schicksal und zugleich Hoffnung und Sehnsucht nach dem Arkoniden, den sie über alles liebte. Obwohl sie wusste, dass es für sie und ihn keine Zukunft mehr gab, träumte sie davon, wieder bei ihm zu sein, so wie früher, als sie einander geholfen hatten, das harte Leben im Dienst der USO angenehmer zu gestalten. Gab es noch eine Chance? Es war nicht ihre Blindheit gewesen, vor der Atlan zurückgeschreckt war, sondern ihr geistiger Zustand. Vielleicht war doch nicht alles verloren. Aber wie sollte sie in ihrem Zustand um ihn kämpfen?

»Ich sehe furchtbar aus, nicht wahr?«, flüsterte sie und berührte erneut ihr eingefallenes Gesicht. »Als wäre ich meine eigene Großmutter.«

»Atlan ist das egal«, beruhigte Kone-Bay. Er fand immer die richtigen Worte. Außer Atlan hatte sie ihn auf Tahun am meisten vermisst, aber zumindest hatte er sie besucht. Sie erinnerte sich daran, wie er einmal mit dem Mediker Waalis Taylor aneinandergeraten war, als es um eine Heilmethode ging. Doch dann hatten die beiden sich geeinigt und waren auf einen Vurguzz in die nächste Kneipe gegangen. Decaree hatte sie gehen lassen und sich in sich selbst zurückgezogen, um vom Unal zu träumen. Vom Einssein in ihrem persönlichen Himmel. War es nicht besser, dorthin zu flüchten? Sollte sie wirklich versuchen, sich in einer Welt zurechtzufinden, in der sie nicht mehr zu Hause war?

Sie griff mit zittrigen Fingern nach einem Lippenstift, der auf dem Tisch stand, und warf ihn um. Kone-Bay trat zu ihr. Er schminkte und frisierte sie, ehe er ihren Arm nahm, um sie zu stützen.

»Es wird alles gut. Mach dir keine Sorgen, und lass uns gehen. Wir wollen den Lordadmiral nicht länger warten lassen.«

Sie nickte und setzte vorsichtig einen Fuß vor den anderen. Ihr Knöchel schmerzte, als sei er verstaucht. Für den Bruchteil einer Sekunde sah sie ein Bild, das wie ein Blitz vor ihr die Dunkelheit erhellte. Da war eine Treppenstufe. Die letzte Treppenstufe, so, wie sie es sich vorstellte, denn sie hatte diese Stufe nicht gesehen, sondern gefühlt. Trotzdem wusste sie, dass sie sich genau dort den Fuß verletzt hatte. Aber wo in Quinto-Center gab es außerhalb der Not- und Fluchtwege Treppen? Das musste falsch sein. Es gab nur Antigravschächte, Laufbänder und ...

»Du siehst hinreißend aus«, holte Kone-Bay sie aus ihren Gedanken. »Und du wirkst ausgesprochen stabil und kraftvoll. Was hältst du davon, wenn du vorgehst? Ich bleibe dicht hinter dir und fange dich auf, falls du stürzt.«

»Sicher.« Sie ließ ihn vorsichtig los und ging ohne seine Hilfe. Zuerst fühlte es sich sehr wackelig an, fast so, als würde sie auf einem Laufband gehen, das nicht richtig justiert war, doch dann war es ganz einfach. Sie hatte als Blinde lang genug in Quinto-Center gelebt, um sich dort zurechtzufinden.

Sie kamen an ein verschlossenes Schott, und sie gab den Kode ein. Das Schott öffnete sich.

»Gut so«, flüsterte Kone-Bay mit sonderbar erregter Stimme. »Du machst das großartig.«

Warum klang er heiser? Sie hatte schon früher den Verdacht gehabt, Kone-Bay sei an ihr interessiert, diesen Verdacht aber wieder verworfen. Vielleicht hatte sie damit doch richtig gelegen.

»Was ist los, Kone-Bay? Starrst du mir auf den Hintern?« Sie lächelte, drehte sich zu ihm um und hatte plötzlich wieder den Eindruck, ihn sehen zu können. Wie konnte das sein? Waren das Vorstellungen, die sie in Bilder umsetzte? Das menschliche Gehirn konnte viele wundersame Leistungen vollbringen, wenn es um die Kompensation von unvollständigen Daten ging. In ihren Träumen sah sie ja auch noch. Nun war es, als würde sie im Wachzustand träumen. Verunsichert sah sie in Kone-Bays freundliches Gesicht und wollte in seine Augen blicken, aber waren da überhaupt Augen? Sie hätte nicht sagen können, ob es Augen waren, geschweige denn, welche Farbe sie hatten.

Der zwei Meter große Mann nahm sie wieder am Arm.

»Geh weiter«, sagte er freundlich, während Decaree versuchte, sich an die Form seiner Nase zu erinnern, doch sie kannte sie ebenso wenig wie die Farbe seiner Augen.

Es war gleichgültig. Sie zuckte mit den Schultern und ließ sich von Kone-Bay weiterführen.

Sie erreichten einen Kreuzungspunkt. Noch immer war ihr, als könne sie ihre Umgebung verschwommen wahrnehmen. Lange, menschenleere Gänge führten in verschiedenen Richtungen zu vier der fünfhundert Hauptdecks. Wo entlang wollte sie? Sie versuchte, sich zu erinnern. Ihr Kopfschmerz nahm massiv zu, und ihr wurde schwindelig. Je mehr sie sich konzentrierte, desto heftiger wurde das Gefühl, von winzigen Nadeln attackiert zu werden, die ihr Gehirn aufspießten.

Kone-Bays Hände lagen auf ihren Hüften.

»Weiter.« Seine Stimme war nun hart und fordernd. Wo war seine Geduld geblieben?

Auch das war egal.

Zögernd wählte sie den rechten Gang und schleppte sich vorwärts. Dabei bemühte sie sich, ihre quälenden Gedanken zu sortieren.

Atlan, sie musste zu Atlan in die Hauptzentrale. Wenn sie bei ihm war, würde alles gut sein. Er war ein Monolith, der unverwüstliche Fels in einer Brandung aus Lava. Er würde wissen, was zu tun war, und ihr helfen, mit den Veränderungen in ihrem Leben fertig zu werden.

Sie griff sich an die schmerzende Stirn und schmeckte Bitterkeit in ihrem Mund. Hatte sie das nicht schon einmal gedacht und war enttäuscht worden? Nein, Atlan war nicht mehr ihr strahlender Held, der ihr von einer Siegertreppe aus zuwinkte. Er war genauso fehlerbehaftet wie jeder andere auch.

Wieder bogen sie ab. Die Gänge zogen sich endlos. Warum war niemand zu hören? Keiner der über 100.000 USO-Mitarbeiter, die in Nicht-Krisenzeiten in dem ausgehöhlten Asteroiden stationiert waren, schien sich in diesem Bereich aufzuhalten. Das war ungewöhnlich.

Ihre Beinmuskeln brannten und wurden mit jedem Schritt schwerer. Ihr Atem ging schneller und flacher, ihre Lungen schienen nicht mehr richtig arbeiten zu wollen. Verwirrt griff sie sich an die Brust.

»Keine Luft ...«, brachte sie schwach hervor.

Kone-Bay fluchte. Sie sank nach hinten, in seine Arme, die sich unwirklich anfühlten. Das Licht ging aus, und sie blieb allein in der Dunkelheit zurück. Die Worte Kone-Bays klangen unverständlich und gedämpft, nur das Pochen ihres eigenen Herzens hallte in ihrem Kopf wieder. Ihr war, als explodiere in ihrem Schädel eine Sonne.

»Göttinnen dürfen explodieren«, murmelte sie erschöpft und verlor das Bewusstsein.

Kapitel 5

Hoyka Kah: Annäherungsversuche

Das leise Sirren des Antriebs wurde von einer bezirzenden Frauenstimme übertönt, die in weichem Interkosmo von ihrer Sehnsucht nach einem verschollenen Prospektor sang. Töne, die wie ein Gemisch aus Mandolinen- und Harfenlauten klangen, durchfluteten den Innenraum des Polizei-Gleiters.

Hoyka Kah presste ihre Lippen zusammen und hoffte, ihren Zielort – ein Villenanwesen auf der Nordhalbkugel – zu erreichen, bevor das katzenhafte Gejaule sie zu unbedachten Äußerungen hinriss. Sie war übermüdet, da sie seit dem Auslösen des Alarms auf den Beinen war, und die Tatsache, dass sie nun gegen die Tahun-Zeit zurück in die Nachmittagssonne flogen, machte ihr den fehlenden Schlaf erst richtig bewusst.

Missmutig zupfte sie an ihren falschen Haaren herum und ärgerte sich darüber, dass sie sich zum Anlegen dieser lächerlichen Langhaarperücke entschieden hatte, um weniger Aufsehen zu erregen.

Khelex Damitter strahlte sie vergnügt an, während er das Fluggerät in der exakt eingehaltenen Soll-Flughöhe über Felder aus Sonnenblumen und Arkonrosen steuerte.

»Mögen Sie Kira da Miratha, Generalin?«, fragte er beiläufig.

»Nein.« Sie warf einen schnellen Blick hinter sich, wo ein Kampfroboter vom Typ Gladiator im Stand-by-Modus auf den Einsatz wartete. Aus den Augenwinkeln beobachtete sie ihren Begleiter.

Damitter sah enttäuscht aus, wie ein Hund, dem man einen Leckerbissen fortgenommen hatte. Mit einem gezielten Griff regelte er den Ton manuell nach unten.

»Welche Musik mögen Sie?«

»Auf einen Einsatz gehört keine Musik. Das lenkt vom Wesentlichen ab.«

Trotz ihres abweisenden Tonfalls lächelte Damitter. »Es gibt interkosmische Studien, die das Gegenteil behaupten. Musik kann anregen und stark motivieren. Mit Musikunterstützung mussten die Anzüge von Agenten des Solaren Imperiums in Extremsituationen angeblich weniger Aufputschmittel einsetzen als ohne. Ist das nicht eine schmerzfreie und damit überlegene Methode?«

Sein fragender Blick bettelte um eine zustimmende Antwort.

»Ich bevorzuge die Injektion.«

Er schüttelte den Kopf. Auf sein Gesicht stahl sich ein Ausdruck, den sie nicht das erste Mal sah. Es war, als stelle er ihr die unausgesprochene Frage, ob es für sie eigentlich ein Leben *vor* dem Tod gab. Sie unterdrückte ein Grinsen. Die wenigsten Terraner konnten verstehen, warum Disziplin und Berechnung die Grundpfeiler allen Handelns sein sollten. Sie waren wie Kinder, die die Unabdingbarkeit einer konsequenten Haltung scheuten und dafür an Effektivität einbüßten.

»Hören Sie überhaupt Musik?«, versuchte es der untersetzte Polizist mit einem nun kläglich wirkenden Lächeln.

Sie hob eine Augenbraue und ließ ihn warten. Er wollte zweifelsfrei mit ihr flirten, und sie hatte nicht vor, darauf einzugehen. Sollte er auf Terkonitstahl beißen. Sein Verhalten war unprofessionell und nur teilweise damit zu entschuldigen, dass er als Polizist Tahuns nicht das harte Auswahlverfahren eines Risiko-Agenten hinter sich gebracht hatte, das Weltraumschrott von Howalgonium trennte.

Sie senkte den Kopf und biss sich auf die Lippen. Ihre Gedanken waren arrogant. Damitter brachte eine Saite in ihr zum Klingen, die mehr als unharmonisch schwang. War vielleicht ein winziger Teil von ihr verunsichert, weil sich ein Mann trotz all ihrer Narben, der Prothese und ihrem Rang als Generalin der USO für sie interessierte? Es gab viele, die ihr heimlich anerkennende Blicke zuwarfen. So offen wie Damitter versuchten es die wenigsten, was mit Sicherheit auch daran lag, dass sie in der USO – besonders unter den Rekruten – den Ruf hatte, so gefühlsbetont und verständnisvoll wie eine Arkonbombe zu sein. Sie sah Damitter nicht an, als sie antwortete.

»Ich verbringe meine Zeit lieber mit wichtigen Dingen. Zum Beispiel mich auf einen Einsatz zu konzentrieren.«

»Verstanden, Generalin.«

Der Rest des Fluges verlief in eisigem Schweigen. Es war ein Schweigen, in dem sich Hoyka Kah wohlfühlte.

Sie erreichten die am Meer liegende Villa, die von einem weiten Gartengelände umgeben war, und gingen in den Tiefflug. Palmblätter wehten im künstlich erzeugten Wind, als sie auf einem sandigen Platz vor dem Anwesen landeten.

Hoyka Kah schloss den Helm ihres leichten Kampfanzugs für Planeteneinsätze und gab dem Gladiator Instruktionen. Sie zogen gegen einen Ertruser ins Feld und mussten deshalb besonders vorsichtig sein. Wegen der auf Ertrus herrschenden hohen Schwerkraft waren diese Kolonialterraner nicht nur größer, sondern auch stärker und schneller, als es gewöhnliche Sterbliche ohne Hilfsmittel sein konnten. Darüber hinaus war Markes Jonas ein ausgebildeter Agent.

Damitter überprüfte die Werte seiner Ausrüstung im Display an seinem Handgelenk. Er wirkte wie jemand, der sich nicht wohl in seinem Kampfanzug fühlte. Vermutlich trug er den Anzug nur selten und war nicht daran gewöhnt. Hoyka fragte sich, ob es nicht besser gewesen wäre, statt des Polizisten einen ihrer Leute von der TOLMAN mitzunehmen. Aber schließlich war er es gewesen, der auf diese Spur gestoßen war, und auch er hatte eine solide Ausbildung vorzuweisen. Es wäre mehr als unhöflich gewesen, ihn zu übergehen. Trotzdem hatte sie veranlasst, dass ein Team der TOLMAN nur auf einen Funkspruch von ihr wartete. Falls es Schwierigkeiten gab, konnten sie innerhalb weniger Minuten vor Ort sein. Mit einer wegwischenden Geste verdrängte sie den Gedanken und konzentrierte sich ganz auf die Umgebung.

Die Villa vor ihr war von einer hohen weißen Mauer umgeben. Die Architektur bestand aus einer Mischung aus ertrusischer Moderne und terranischem Asien. Sie traten vor ein eindrucksvolles Tor, das von über vier Meter hohen Elefanten aus Stein flankiert wurde.

Damitter stieß im Helmfunk einen leisen Pfiff aus. »Der Verrat am Carsualschen Bund scheint sich finanziell gelohnt zu haben. Ich hätte Mühe, mir solche Statuen vor mein Haus zu stellen.«

»Konzentration, bitte«, sagte Hoyka ungerührt. »Bewundern Sie nicht die Kunstgegenstände, sondern machen Sie Ihren Job.«

Der Gladiator aktivierte mit leisem Sirren seinen Antigrav, hob vom Boden ab und flog ein Stück nach oben.

»Madam, der Individualtaster erfasst eine humanoide Lebensform in Inneren der Anlage. Laut Schwingungen stimmen die Werte mit denen der Zielperson überein.«

»Sichere die Rückseite des Anwesens«, wies Hoyka den Roboter an, der sich unverzüglich auf den Weg machte. Sie berührte mit einem behandschuhten Finger ein Sensorfeld, mit dem sich Besucher ankündigen sollten. Jonas stand zwar unter Verdacht, aber er konnte ebenso gut unschuldig sein. Darüber hinaus mochte das Eindringen in das Haus eines ehemaligen Agenten zu einer Situation führen, die weit gefährlicher war, als Jonas auf diese Weise durch ein Signal zu warnen. Der Gladiator würde ihn ohnehin nicht entkommen lassen, falls er versuchen sollte zu fliehen.

Ein durchdringender Ton erklang, der an einen Raumschiff-Alarm erinnerte. Damitter zuckte zusammen.

Sie warteten. Es rührte sich nichts. Hoyka Kah begann, unruhig zu werden. Sie durften Jonas auf keinen Fall entkommen lassen. Wenn er schuldig war, stellte er die direkte Fahrkarte zu Miss Farou dar. Sie deutete nach oben.

»Wir benutzen die Gravo-Paks.«

Damitter gab ein Okay-Zeichen und stieg dicht hinter ihr in die Höhe. Sie registrierte zufrieden, dass er keinerlei Probleme damit hatte, sich ihrer Führung unterzuordnen.

Sie flog auf eine Höhe von vier Metern und zoomte im Helmvisier per Sprachbefehl auf eine zehnfache Vergrößerung. Das Anwesen unter ihr war gut vierzig Meter lang und zehn Meter breit. In einem exotischen Garten lagen mehrere niedrige Gebäude verteilt. Neben einem Swimmingpool ortete die Anzugpositronik zwei Schutzschirme über mit Seerosen bedeckten Becken, in denen krokodilartige Tiere mit pockennarbiger Haut aus dem Wasser ragten. Sie konnte insgesamt drei Gebäude ausmachen, die alle nicht höher als ihre Position waren. Eines davon schien eine Gleiter-Garage zu sein.

»G-1«, sprach sie den Gladiator über Funk an. »Achte besonders darauf, dass kein Gleiter die Garage verlässt.«

Der Roboter gab den Klarbefehl, während Hoyka langsam auf der anderen Seite der Mauer tiefer ging.

»Individualtaster«, befahl sie der Anzugpositronik, die unmittelbar reagierte und die entsprechenden Daten in das bläuliche Helmdisplay spielte.

»Sehen Sie ihn auch?«, fragte Damitter über Funk.

»Zielperson geortet«, bestätigte sie. »Wir gehen runter.«

»Verstanden.« Damitters Stimme klang gepresst.

Sie setzte auf dem Boden auf, und aktivierte ihren Deflektorschirm samt der zugehörigen Antiflex-Brille. Die Brille ermöglichte es, Damitter, der ebenfalls den Deflektor benutzte und für alle anderen unsichtbar wurde, nach wie vor zu sehen.

Da sie noch immer geortet werden konnten, bewegten sie sich von Deckung zu Deckung.

Sie überquerten eine kleine Brücke, die einen künstlich angelegten Bachlauf überquerte. Vor Hoyka erstreckte sich ein winziger Garten im Garten, mit zahlreichen Palmen und einem im Boden eingelassenen Sprudelbad. Der Ertruser lag mit ausgebreiteten Armen im weiß schäumenden Wasser und hatte die Augen geschlossen. Hoyka zoomte näher heran und ortete, dass innerhalb eines Akustikfeldes Musik lief.

Sie gab Damitter ein Zeichen zurückzubleiben und wollte mit gezücktem Kombistrahler vor den Mann treten, als der Polizist im Helmfunk aufschrie.

»Zurück!«

In ihrem Helmdisplay wurde höchster Alarm angezeigt: Feindortung. Angriff.

Damitter stieß sie hart zur Seite, gleichzeitig verwandelte sich die Welt in ein Inferno. Eine rote Feuersbrunst explodierte aus dem Nichts und riss sie und Damitter mit sich. Flammen tanzten auf ihrem Anzug. Sie breiteten sich hell züngelnd auf Schultern und Helm aus, ehe sie in sich zusammenfielen. Die Belastungsanzeige in ihrem Display schnellte auf 110 Prozent, und die Temperatur im Inneren stieg um mehrere Grad.

Sie fuhr herum, den Kombistrahler auf den Feind gerichtet.

»Verdammt«, fluchte sie, als sie sah, womit sie es zu tun hatte.

Aus der breiten Mündung am Arm eines martialischen, übergroßen Kampfroboters rasten rote Lichter auf sie zu.

Atlan: Sehen und gesehen werden

Das E.T. erwies sich als Klub mit dem vollständigen Namen *Extra Terrestrica.* Er lag im Norden des Vergnügungsviertels von Kartum, in der Nähe des Raumhafens. Von außen war es eine traumhafte Anlage mit Palmen und hohen roten Mauern, die im Abendlicht in ihrer verschwenderischen Weitläufigkeit einladend wirkte. Goldene Lichter bildeten über dem Hauptgebäude die Form des Tieres, das Frenny mir aufgemalt hatte. Auch im Innern präsentierte sich der Klub gepflegt und teuer eingerichtet.

Obwohl es noch früh am Abend war, herrschte reger Betrieb. Syntho-Musik krachte aus den Lautsprechern des Hauptsaales und zuckende Tänzer huldigten auf ihre Weise ihrer Existenz. Sie bewegten sich auf einer zwei Meter hohen Schwebeplattform, die von mehreren Prallfeldern umgeben war. Ich konnte mir gut vorstellen, dass dieser Schutz nötig war, wenn der Abend voranschritt, mehr getrunken wurde und der eine oder andere über den Rand gestürzt wäre. Nicht-Tänzer vermochten solche Vorgänge hervorragend von den Balkonen aus zu beobachten, die an den Seiten des Saales auf einer Höhe von fast vier Metern angebracht waren. Unter der Schwebeplattform befand sich ein Restaurant, das in akustische Felder gehüllt war, um den Lärm der Musik auszublenden.

Ich hatte Glück, denn trotz einer Eingangskontrolle wurde der durch ein Dämpfungsfeld vor Anmessungen geschützte Gürtel an meinem schlichten schwarzen Anzug nicht gefunden. Der Gürtel besaß zahlreiche nützliche Funktionen auf siganesischer Mikrobasis, wie einen Deflektor und einen Individualschirm.

Während ich mir an einer Bar im oberen Balkonbereich einen Cognac holte, beobachtete ich die Menschen und Nichthumanoiden im Raum. Am größten war erwartungsgemäß der Anteil der Terraner und Kolonialterraner, aber auch einige Arkoniden und zwei Echsenartige waren anwesend, sowie weitere Besucher unterschiedlichster Herkunft.

In meiner Maske als Halbarkonide und mit der Identität eines noch vor wenigen Wochen in Wien auf Terra arbeitenden Arztes hatte ich bislang kein Aufsehen erregt. Die Identität stammte dieses Mal nicht aus den Reihen der USO selbst, sondern von deren Unterorganisation, der Tahun-Polizei. Die ID-Daten waren dicht und würden einer Überprüfung mühelos standhalten. Dank meinem fotografischen Gedächtnis würde ich die Daten für immer abspeichern: Leo Fegerl, Mediker mit Schwerpunkt auf alternativer Medizin und paronischer Massage, die als sanfte Heilmethode innerhalb des letzten Jahrzehnts einige fachliche Anerkennung gefunden hatte. Nebenbei war ich Kampfkünstler und hatte in der terranischen Disziplin Judiko – einer Abwandlung des historischen Judo – mehrere Preise gewonnen. Ich war nicht verheiratet, ein Einzelgänger und durchaus für das Leben nach Sonnenuntergang in den Vergnügungsvierteln zu haben.

»Allein unterwegs?« Eine Schwarzhaarige blieb vor mir stehen und lächelte mich mit leicht schräg gelegtem Kopf herausfordernd an. Sie trug einen Hosenanzug aus schillerndem silberfarbenen Stoff, der einen tiefen Einblick bot.

»Sieht so aus.« Ich lächelte zurück und prostete ihr zu. Sie erwiderte die Geste mit ihrem langstieligen Sektglas.

Ich musterte sie und entdeckte auf der nackten Schulter neben dem Stoff der Weste das Logo des Klubs. Es musste eine Art semimagnetischer Stempel sein, denn das Tier im Logo, das mich entfernt an den Mausbiber Gucky erinnerte, hob und senkte die Ohren. »Du gehörst zu den Mitarbeiterinnen«, stellte ich fest.

Sie lächelte. »Erwischt. Ich bin Kitti. Und du bist neu. Ich habe dich nie zuvor gesehen, dabei bin ich an fünf Tagen die Woche da.«

»Leo«, stellte ich mich knapp vor. »Ich bin eben erst von Terra eingetroffen.«

Ihre grüngrauen Augen blitzten im Licht der Stroboskop-Leuchten. »Ein Halbarkonide von Terra. Interessant. Mediker, nicht wahr? Auf Tahun sind sie das alle ...« Sie betrachtete die Ausbuchtung unter meinem schwarzen Hemd. »Du trägst Schmuck?«

Ihre schlanke Hand griff nach dem Zellaktivator. Ich drängte sie sanft, aber unnachgiebig zur Seite. »Setzen wir uns doch.« Mit Sicherheit wusste sie, wer in diesem Laden das Sagen hatte.

Du solltest dich lieber vor ihr in Acht nehmen, wisperte der Extrasinn. *Ihre Zielstrebigkeit gefällt mir nicht. Warum greift sie sofort nach dem Aktivator?*

Das muss nichts bedeuten, gab ich zurück, auch wenn ich mir vornahm, wachsam zu sein.

Ich stellte das Glas ab, setze mich auf einen der breiten Sessel und bot ihr den Platz neben mir an. Sie blieb stehen und lächelte erneut. »Wollen wir nicht lieber in eines der hinteren Zimmer gehen? Ich kann dir Sachen mit meiner

Zunge zeigen, die du noch nie gesehen hast, und es wird dich kaum etwas kosten.«

Ich lächelte und schüttelte den Kopf. »Daran habe ich kein Interesse. Aber du kannst mir anderweitig behilflich sein, wenn du dir ein paar Solar verdienen willst.«

Sie schnurrte, stellte ihr Glas neben meins und ließ sich auf meinen Schoß sinken. Um nicht aufzufallen, ließ ich sie gewähren. Es wäre mir lieber gewesen, sie hätte wenigstens die Finger von mir gelassen. Ihre Hände streichelten rastlos meine Hüfte und meinen Oberschenkel. Ich achtete darauf, dass sie sich nicht dem Zellaktivator näherten, und musterte sie aus der Nähe. Obwohl ihr Gesicht hübsch war, erschien es mir verbraucht. Was für ein Mensch steckte hinter der Schminke und den langen Wimpern aus künstlichem Rotgold?

Sie schmiegte sich an mich, und obwohl ich ihre Berührung weder gewollt, noch provoziert hatte, kam ich mir schäbig vor. Auch Decaree Farou hatte schwarze Haare, aber ihre Augen waren einstmals so viel strahlender gewesen als die von Kitti. Grün wie ein schimmernder See, wenn sie nicht gerade Kontaktlinsen getragen hatte. Schon an Decarees Vorfahrin, die ebenfalls für die USO gearbeitet hatte, hatten mich diese Augen fasziniert.

Kitti bemerkte mein Widerstreben nicht oder wollte es nicht bemerken und schnurrte zufrieden.

»Das Wort Solar höre ich immer wieder gern. Es hat einen berauschenden Klang. Erzähl mehr davon.«

»Meinetwegen. Aber sei so gut und lass deine Hände bei dir.«

Sie schüttelte ungläubig den Kopf, lachte perlend hell auf und griff nach dem Glas mit Syntho-Sekt. »Du bist der Erste, der nicht von mir angefasst werden will, Leo. Du glaubst gar nicht, wie lang die Liste derer ist, die dafür eine Menge hinlegen würden. Ich lasse mich keineswegs mit jedem ein.«

»Ich bin gekommen, weil ich Informationen suche, nichts anderes.«

Vorsicht, warnte der Extrasinn, *du fällst mal wieder mit der Tür ins Haus, alter Narr. Es hätte nicht geschadet, ein wenig unauffälliger vorzugehen.*

Dafür habe ich keine Zeit, entgegnete ich eine Spur zu scharf. Ich wusste, dass der Logiksektor recht hatte, aber ich wollte schnelle Ergebnisse und vertraute auf meine Lebenserfahrung. Selbst wenn Kitti gegen mich arbeiten sollte, war sie ein brauchbarer Ansatzpunkt. Ich war überzeugt davon, dass ihr Wissen mich weiterbringen würde. Wichtig war nur, meine Trümpfe nicht vorschnell auszuspielen und auf der Hut zu bleiben.

Kitti lehnte sich gegen meine Brust, ließ aber zumindest ihre Hände von mir. Sie drehte den Kopf und säuselte mir verschwörerisch ins Ohr: »Was willst du wissen, mein Herzblatt?«

»Laut den offiziellen Quellen gehört dieser Klub einem Marthut Kapsaar, aber dieser Kapsaar ist nirgendwo zu finden. Wer hat hier wirklich das Sagen?«

Sie griff nach einer meiner langen weißblonden Haarsträhnen und wickelte sie mit dem Finger auf. »Das ist Miraana. Sie ist die Chefin hier.«

»Ist sie schon lang im Geschäft?«

»Keine Ahnung.« Kitti sah gelangweilt aus, aber sie wirkte nicht wie jemand, der mir misstraute, weil ich zu viele Fragen stellte. Ihre Antworten klangen freimütig. »Sie kam vor etwa sechs Monaten nach Tahun, und sie ist langweilig. Kapsaar ist verschwunden, niemand weiß wohin. Die Neue versteht einfach keinen Spaß. Sie hat ein Herz wie eine Maschine, und sie zahlt miserabel. Du bezahlst sicher viel besser, nicht wahr, mein Herzblatt?« Sie hob ihre Finger an meine Wange. »Ich bin sicher, du bist Unternehmer. Ein

Mediker mit Visionen, der andere unter sich arbeiten lässt. Das verrät deine Ausstrahlung.«

Es gab noch mehr Fragen, die ich ihr stellen wollte, aber trotz des Lärms fühlte ich mich belauscht. Vielleicht stand ich längst unter Beobachtung. Wenn ich schnell genug vorging, schaffte ich es mit ein wenig Glück, diese Miraana zu überraschen, ehe sie mir zuvorkam. Dafür musste ich herausfinden, wo sich die Besitzerin des Klubs aufhielt. Mit dem Deflektorschirm würde ich sie ungesehen aufsuchen können. Aber dafür musste ich an einen einsameren Ort.

Ich schob Kitti von meinem Schoß. »Wo können wir hingehen, um ungestört zu reden?«

Sie seufzte theatralisch. »Du willst wirklich nur *reden*? Na gut. Komm mit. Aber vergiss das Zaubermittel nicht. Ohne Solar keine weiteren Auskünfte.«

»Einverstanden.«

Ich folgte ihr und dachte dabei über ihre Worte nach. Diese Miraana war zu einer Zeit in den Klub gekommen, in der Decaree bereits auf Tahun lebte. Vielleicht hatte man sie nur deswegen in diesen Klub beordert: um von diesem Ort aus ein Netz zu spannen.

Pass auf, Traumtänzer!, zischte der Extrasinn, als ich durch eine Tür trat.

Ich reagierte unmittelbar und aktivierte das Schutzfeld an meinem Gürtel.

Nichts geschah. Der Strahl eines Schockers erwischte mich voll. Das Letzte, was ich sah, waren die dunklen Augen eines kleinen, blauhäutigen Mannes, der nur aus Muskeln zu bestehen schien.

Ich erwachte auf einem Sessel sitzend in einem kleinen Raum, gegenüber einer wunderschönen, kupferhaarigen Frau mit traurigen violettgrauen Puppenaugen. Sie lächelte, als sie bemerkte, dass ich bei Bewusstsein war.

»Hallo mein Hübscher«, sagte sie mit einer sonderbar unterkühlten Stimme. »Wie geht es dir?« Ihr Plauderton wirkte auf mich bedrohlicher, als wenn sie eine Waffe auf mich gerichtet hätte. Ich hatte den Eindruck, es mit einer eiskalten Killerin zu tun zu haben, und spürte für einen Moment, wie meine Augen vor Aufregung feucht wurden. Mit einem tiefen Atemzug drängte ich meine Gefühle zurück.

Meine Hände waren mit einem Strick auf dem Rücken gefesselt und das blauhäutige Muskelpaket, das mich zuvor kalt erwischt hatte, stand mit dem Schockstrahler in der Hand hinter der Couch, auf der die Frau saß. An der blauen Hautfarbe war der kleine Mann unschwer als Ferrone zu erkennen. Ein zweiter Aufpasser mit langen, dürren Armen voller Brandnarben stand auf der anderen Seite der Dame.

Narr, schimpfte der Extrasinn. *Läufst dieser Kikki hinterher wie ein Hahn einer Henne.*

Ich wusste, dass der Extrasinn Kittis Namen absichtlich verunglimpft hatte, trotzdem kam ich nicht gegen den Impuls an, ihn gedanklich zu korrigieren. *Kitti. Sie heißt Kitti, nicht Kikki. Und zumindest habe ich gefunden, wonach ich suchte,* gab ich sarkastisch zurück.

Deine Pläne scheinen mit jedem Lebensjahr schlechter zu werden. Ist das Altersschwäche oder eine sich anbahnende Todessehnsucht? Beziehst du dein Ableben neuerdings aktiv in die Kalkulation deiner Planungen ein?

Ich beachtete den Spott meines Logiksektors nicht und konzentrierte mich ganz auf die Frau in dem samtig-braunen Kleid, das bei jeder Bewegung schimmerte.

»Sie sind Miraana.«

Sie nickte. »Ja. Und du bist ein Schnüffler der Tahun-Polizei, nicht wahr? Zu schade. Wenn ihr nur ein paar Tage länger gebraucht hättet, mich zu finden, hättest du überlebt.« Obwohl ihre Stimme emotionslos klang, wirkten ihre Worte überraschend ehrlich, ganz so, als würde sie meinen baldigen Tod tatsächlich bedauern.

»Wenn Sie mich ohnehin töten wollen, warum atme ich dann noch?«

Es beruhigte mich, dass ich nicht erkannt worden war. Auch meinen Zellaktivator hatte ich noch um den Hals hängen.

Die Frau legte ihre Hände in den Schoß und beugte sich vor. »Eine gute Frage, Schnüffler. Ich will hören, was deine Organisation weiß. Wie viel habt ihr herausgefunden?«

Ich biss die Zähne aufeinander und schwieg.

»Der Stand der Ermittlungen.« Sie lächelte und ihr Gesicht wirkte wie das eines Engels. »Muss ich dich wirklich foltern? Ich erfahre immer, was ich will.«

»Das glauben Sie«, gab ich betont gleichgültig zurück. Meine Finger suchten auf dem Rücken nach meinem Gürtel. Er war nicht mehr da.

Sie griff neben sich und hob den Gürtel vom Boden auf. »Suchst du etwa das? Dieses Ding hat dich schon beim Reinkommen verraten. Ich habe Kitti gesagt, sie soll es desaktivieren. Sie wirkt zwar, als sei sie unterbelichtet wie ein Schwarzes Loch, aber sie ist eine der fähigsten Technikspezialistinnen, die wir haben. Besonders was siganesische Erzeugnisse betrifft.«

Sie sprach von einem »Wir«. Also gab es tatsächlich eine Organisation, die hinter dem Ganzen steckte. Aber diese

Organisation konnte nicht auf Tahun sitzen. Davon hätte die USO gewusst. Vermutlich war dieser Klub die einzige Bastion, die die Organisation auf dem Planeten hatte.

Sei nicht zu vorschnell, warnte der Extrasinn. *Und beschäftige dich lieber damit, wie du lebend aus dieser Sache herauskommst.*

Ich setzte einen unbeteiligten Gesichtsausdruck auf. »Wenn Sie mich töten, wird es in Ihrem Klub bald vor Polizisten wimmeln.«

Sie lehnte sich zurück und schlug eines ihrer schlanken Beine genüsslich langsam über das andere. »Das mag sein, aber ich habe ohnehin vor, zu verschwinden. In dreißig Stunden bin ich fort und keiner wird wissen, wo er mich finden kann.«

»Bei Ihrem Anführer«, mutmaßte ich. Es war ein Schuss ins Blaue, der voll einschlug.

Ihre Augen funkelten zornig. »Was weißt du, Halbarkonide?«

Wenn es mir nur gelungen wäre, meine Fesseln zu lösen. Es musste doch möglich sein, die Frau zu packen und vor den Strahler zu stoßen, der mich noch immer bedrohte.

»Gebt ihm die erste Injektion«, befahl Miraana scharf. Der lange Dürre pfiff eine kleine Maschine herbei, die hinter der Couch hervorglitt. Sie war eindeutig ein Roboter der Aras. Ein dünner Schlauch fuhr aus, der erstaunlich stabil war und auf dessen Spitze eine Nadel saß. Mit einer zuckenden Bewegung stieß die Nadel in meinen Oberschenkel. Ich unterdrückte einen Fluch.

Die Schönheit vor mir wirkte zufrieden. »Bald schon werden wir alles über dich wissen.«

»Das war unhöflich«, sagte ich trocken und überlegte erneut, wie ich aus der Situation entkommen konnte. Mein Zellaktivator begann, sich zu erwärmen, während ich einen leichten Schwindel fühlte. Der Aktivator würde die Droge neutralisieren, die die Maschine mir gespritzt hatte. Das war meine Chance. Wenn ich den Berauschten überzeugend mimte, wurden meine Wächter vielleicht unaufmerksam. Ich musste aus diesem Raum verschwinden und zwar mit Miraana als Geisel. Sie war der Schlüssel, der ein Tor zu Decaree öffnen konnte, und ich brauchte sie lebend.

»Name und Dienstgrad«, forderte die Frau hart. Sie beugte sich vor, als wolle sie sich vergewissern, dass die Drogen auch anschlugen.

»Fegerl. Leo Fegerl. Inspektor der ...«, ich tat, als würde das Sprechen mir schwerfallen, da ich kurzzeitig ein leichtes Taubheitsgefühl im Mund hatte. »Tahun-Polizei.«

»Sehr schön. Und wie ist der Stand der Ermittlungen, Leo? Was wisst ihr über mich?«

Ich zögerte. Einerseits konnte ich nicht »nichts« sagen, weil ich dann vermutlich schneller tot war, als ich bis drei zählen konnte. Andererseits wusste ich ja tatsächlich nichts. Ich musste pokern, und der Einsatz war mein Leben.

»Sie ... Sie haben geholfen, Decaree Farou zu entführen.«

Ihre Augen wurden zu schmalen Schlitzen. Mein Herzschlag beschleunigte sich. Wusste sie tatsächlich etwas über Decaree?

»Ihr habt sie vom Planeten geschafft«, setzte ich hinzu. Hinter meinem Rücken erkundete ich den Sitz der Fesseln. Sie hatten einen leichten Spielraum, den ich vorsichtig auslotete.

»Und weiter?«, fragte sie scharf.

Ich zögerte. Ihre Hand fuhr ruckartig vor und packte meinen Hals. »Ich traue ihm nicht. Seine Pupillen sind zu klein. Ich glaube, er ist gegen die Wahrheitsdrogen immun oder mentalstabilisiert und spielt uns etwas vor. Am besten, wir schaffen ihn sofort aus dem Weg. Das Opfer ist bedauerlich, aber es muss gebracht werden.«

In meinem Inneren schrillte ein nervenaufreibender Alarm, während der Extrasinn mich scharf anfuhr: *Raus hier! Sofort!*

Ich riss an den Fesseln und schaffte es dank meiner Gewandtheit und Kraft tatsächlich, meine Hände zu befreien. Die Wachen stießen einen Fluch aus, als ich Miraana packte und sie vor die Mündung des Strahlers stieß. Im selben Moment fühlte ich einen scharfen Stich im Bein. Ich senkte den Blick und starrte auf den vor mir verschwimmenden Medo-Roboter, der mir eine weitere Nadel in den Muskel getrieben hatte. Eine Welle aus Übelkeit überschwemmte mich. Meine inneren Organe fühlten sich an, als würden sie zerrissen, gleichzeitig begann die Haut zu spannen, als sei mein Körper innerhalb von einer Sekunde zu groß für sie geworden. Der Zellaktivator glühte. Er schien sich in meine Brustplatte brennen zu wollen.

Mit einem erstickten Laut stürzte ich auf den Sessel zurück und verlor das Bewusstsein.

Hoyka Kah: Im Kreuzfeuer

Hoyka Kah sprang zur Seite. Rotes Feuer hüllte sie ein, während vor ihrem inneren Auge der monströse Anblick des Kampfroboters stand. Er war Marke Eigenbau und kannte nur ein Ziel: die Eindringlinge zu vernichten.

Sie fluchte, aktivierte per Sprachbefehl das Absetzen des Notrufs an das TOLMAN-Team und zögerte, G-1 zu rufen. Der Gladiator hatte ebenso eine Aufgabe wie die Maschine vor ihr. Wenn sie ihn von dieser Aufgabe abzog, würde Markes Jonas entkommen.

»Bei allen Wassern Parons.« Sie biss die Zähne zusammen. Feuchtigkeit perlte aus ihrer Haut, als sie herumfuhr und das Feuer auf die Maschine eröffnete.

Der Augenblick der Überraschung war vorbei. Mensch und Maschine standen einander gegenüber. Hoykas Schirm ließ die einsetzenden Projektil-Schüsse abprallen, die Maschine dagegen schluckte die Angriffe. Der Desintegrator riss Löcher und Ausbuchtungen in das Metall, trotzdem stand der Roboter noch voll funktionsfähig vor ihr. Er riss den Arm nach oben. Durch gezielte Schüsse verhinderte Hoyka Kah das Auslösen einer weiteren Bombe. Mit der ihr eigenen Präzision hielt sie die Maschine durch ihre Angriffe beschäftigt und zuckte zusammen, als sie ihren Schutzschirmstand prüfte. Der überraschende Bombenangriff hatte seinen Tribut gefordert. Sie war dem Tod näher als dem Leben. Jeder abgefeuerte Schuss ihrerseits war auch für sie eine Gefahr, weil er den Individualschutzschirm partiell durchlässig machte.

Der Roboter donnerte auf sie zu. Sie wusste, dass sie nur mithilfe des Anzugs schneller war als er und dass sie noch eine Richtung zur Verfügung hatte: Gedankenschnell ließ sie sich nach oben steigen. Offensichtlich besaß die Maschine kein Gravo-Pak. Das war ein Lichtblick.

Sie sah, wie Damitter aus einer Deckung hinter einer Palme heraus seinen Desintegrator auslöste. Der Roboter beachtete ihn nicht, er schien sich ganz auf Hoyka eingeschossen zu haben. Seine riesige Faust erinnerte sie an die eines übergroßen Haluters. Er packte die Brücke, die über den künstlichen Bachlauf führte, riss ein großes Stück aus dem holzähnlichen Kunststoff heraus und schleuderte es auf sie.

Die Generalin wich aus, wurde aber an der Schulter getroffen. Der Schutzschirm hielt stand, trotzdem drückte die Wucht des Aufschlags sie herum. Sie wollte sich in eine Deckung sinken lassen, doch die Maschine hatte den Moment ihrer Ablenkung genutzt und ergriff sie am Fußgelenk. Die Hand der Maschine saß an dem Arm mit dem Bombenwerfer. Schon glühte an dem Aufsatz eine rote Diode. Wenn der Roboter aus dieser Nähe eine Bombe auslöste, war ihr Schutzschirm Geschichte. Selbst wenn ihr Angreifer sich dabei selbst vernichtete, war es unwiderruflich auch ihr Ende.

Hoyka reagierte unmittelbar. Sie stellte den Desintegrator auf die höchste Stufe und trennte den mächtigen Arm vom Rumpf. Das rote Licht erlosch flackernd, und die Generalin stürzte zu Boden, weil das Gravo-Pak sich nicht schnell genug fing, und der nun nutzlose Arm der Maschine noch immer mit seinen Fingern ihr Gelenk umfasste und sie mit seinem Gewicht belastete.

Die Maschine kam hinter ihr her. Hoyka befreite ihren Fuß und konnte zwei Schüssen aus einer Strahlenwaffe am anderen Arm durch Rollen entgehen, dann war der Koloss über ihr. Er kümmerte sich nicht um ihren Beschuss. Mehrere faustgroße Löcher prangten in seiner Brust, als er den Fuß hob und sein stählernes Gewicht auf ihren Brustkorb setzte. Sie schrie und wollte erneut schießen, doch ihr Arm wurde unglücklich vom dreizehigen Fuß der Maschine blockiert. Sie starrte hinauf zu der einfach gearbeiteten Fratze mit dem runden Mund. Der Anzug würde nur noch wenige Sekunden standhalten, dann gab es zwischen ihr und den Zentnern aus Stahl kein Prallfeld mehr.

Sie wand sich, konnte aber nicht entkommen. Der Tod stand über ihr und sie wusste, dass dies die letzten Sekunden in ihrem Leben sein würden, wenn sie keinen Ausweg fand.

Mit brennenden Augen dachte sie an einen Satz, den Atlan da Gonozal Erzählungen zufolge irgendwann einmal gesagt haben soll: »Wenn der Tod unausweichlich ist, dann stelle ich mich ihm mit Würde.«

Das Gewicht der Maschine drückte sie Zentimeter um Zentimeter in die Erde, je weiter der Schirmschutz abnahm. Sie biss die Zähne aufeinander und griff mit der freien Hand des Prothesenarms nach ihrem Strahler, der nutzlos in ihren Fingern hing.

»Ich habe keine Zeit zum Sterben«, presste sie hervor.

Jeder Atemzug schmerzte, als sie die Waffe aus ihrer blockierten Hand nahm und sie auf den Kopf der Maschine richtete. Sie spürte kaum, wie der Anzug ihr eine Injektion verabreichte, um ihre Leistungsfähigkeit zu steigern.

Punkte tanzten vor ihren Augen, und das Gefühl, unter einem landenden Schweber geraten zu sein, wurde übermächtig. Dennoch kämpfte sie die Panik zurück und spannte alle Muskeln an, als könne sie so das Gewicht des Roboters halten.

Der erste Schuss traf den fast drei Meter großen Riesen dicht neben dem Loch in seiner Brust. Aber das Monster reagierte nicht. Trotzdem griff der Roboter sie nicht an. Sein zweiter Arm verharrte über ihr, ohne Strahlen oder Projektile auszulösen.

Erneut züngelten Flammen auf und die Maschine über ihr sackte zur Seite. Mit einem lauten Krachen fiel sie auf die Wiese und blieb regungslos liegen. Keine Sekunde zu spät.

Heftig atmend starrte Hoyka auf die mageren zwei Prozent Schutz, die ihr geblieben waren und den Schirm vom Zusammenbruch trennten.

»Sind Sie okay?«, erklang Damitters Stimme im Helmfunk.

»Was ... was ist passiert?«, keuchte sie. Warum war die Maschine umgefallen? War die Verstärkung der TOLMAN gekommen?

Damitter trat in ihren Sichtbereich. An seine Brust gepresst hielt er den Arm des Roboters, den sie abgetrennt hatte. Hoyka verstand: Damitter hatte deren eigene Waffe gegen die Maschine eingesetzt und ihr damit vielleicht das Leben gerettet.

»Feuer bekämpft man mit Feuer«, sagte er mit dem bereits vertrauten Lächeln. Er ließ den Arm fallen und half ihr auf die Füße.

Hoyka nahm sich keine Zeit, sich zu erholen. Sie stakste zu der Maschine und richtete den Desintegrator auf deren Kopf.

»Ich mag keine Überraschungen«, knurrte sie, während sie den Kopf nach und nach auflöste, und Damitter keines Blickes würdigte. »Woher ist dieses Ding so plötzlich gekommen?«

Damitter wies auf die Schultern der Maschine, an denen verbrannte Pflanzenteile klebten.

»An seinen Schultern hingen Seerosenblätter und er war nass. Ich glaube, er kam aus einem der Krokodilteiche, die mit einer energetischen Wand geschützt waren. Deshalb konnten wir ihn nicht vorher anmessen.«

Hoyka straffte ihre Schultern und blickte auf den Roboter vor sich, der nun nur noch ein Schrotthaufen war. »Danke, Damitter.« Mehr sagte sie nicht, und sie fand die wenigen Worte absolut ausreichend.

Er geriet tatsächlich ins Stottern. »Also ... ich finde wir sollten auf diesen Sieg gemeinsam einen Vurguzz oder Venus Sekt trinken gehen.«

»Vergessen Sie's.« Sie drehte sich zu ihm um. »Ich habe bereits ein Date. Mit Markes Jonas.«

Mit verächtlichem Kiemenflattern schleuderte sie ihre Perücke in ein Blumenbeet.

Atlan: Ein Toter im Gleiter

Ich kam in absoluter Dunkelheit zu mir und spürte eine Bewegung. Zum Glück war ich nicht mehr gefesselt. In meinem Inneren rumorte es, und der Zellaktivator glühte noch immer, als wolle er mir ein Brandmal verpassen. Ohne das lebensrettende Geschenk von ES wäre ich längst tot, und das war auch der Grund, warum ich ungefesselt in einem Sack lag und offensichtlich irgendwohin abtransportiert wurde: Die Verbrecher hielten mich für eine Leiche.

Ich kämpfte gegen einen Magenkrampf und fühlte in meine Organe hinein. Noch immer wütete das Gift der verabreichten Drogen in meinem Körper und wurde nur allmählich neutralisiert.

Eine Weile lag ich reglos, und langsam gewöhnten sich meine Augen an die Verhältnisse. Es war nicht völlig dunkel. Vorsichtig zupfte ich an dem Sack, sodass noch mehr schwache Lichtspuren hineinfielen. Ich hörte die Stimmen der beiden Leibwächter Miraanas. Offensichtlich saßen sie vor mir in einem Gleiter. Ob ich einen Blick riskieren sollte? Ich entschied mich dagegen.

Warte lieber, bis sie dich ausladen, unterstützte der Extrasinn meinen Gedankengang. *Sonst verlierst du den Überraschungsmoment. Ganz davon abgesehen, wie geschwächt du bist. Nutz die Zeit, um dich zu erholen.*

Ich verzichtete auf eine Antwort und blieb erschöpft liegen. Mein Magen krampfte unangenehm und mir war schlecht.

Es dauerte nicht lange, bis der Gleiter landete. Kühle Nachtluft strömte ins Innere, als sich eine Luke hinter mir öffnete. Während die beiden Männer ausstiegen und um den Gleiter herumgingen, riskierte ich einen Blick nach draußen. Überraschenderweise konnte ich mich sofort orientieren. Ich befand mich in der Nähe des Platzes, an dem wir Nelson Bhitt gefunden hatten. Nicht weit entfernt war der Unterstand für die desaktivierte Schneidemaschine. Das Gelände gehörte ohne Zweifel zu der brachliegenden Holzfabrik, die bereits vor ewigen Zeiten Insolvenz angemeldet haben musste. Direkt neben mir stand ein abstrus großes Gebilde, das an einen riesigen Müll-Container erinnerte.

Der Konverter, schoss es mir durch den Kopf. Sie hatten Nelson Bhitt zu einem Konverter schaffen wollen, der allerdings zu gut überwacht worden war.

Das Glück scheinst du nicht zu haben, unkte der Extrasinn. *Oder siehst du irgendwelche Wächter?*

Ich konnte tatsächlich keine Wächter oder Wachroboter sehen. Und das erst so kurze Zeit nach dem Tod Nelson Bhitts. Ob der Besitzer des Geländes bestochen worden war? Oder zumindest seine Angestellten?

Der Ferrone kam gefolgt von Narbenhaut an die geöffnete Ladeluke, und ich schloss hastig die Augen.

Narbenhaut beugte sich über den Sack. »Hast du das Ding nicht richtig zugeschnürt? Der rutscht ja halb raus.«

»Halt bloß deine vorlaute Klappe, und lass uns das so schnell wie möglich hinter uns bringen.« Der Ferrone packte den Sack. Ich entspannte mich und stellte mich tot, während er den groben Stoff fortzog.

»Der is' immer noch nich' blau«, stellte Narbenhaut fest.

Der Ferrone machte ein Geräusch, das wie das Grunzen eines Wildschweins klang und wohl seine Gleichgültigkeit ausdrücken sollte.

»Lass uns schaun, ob er noch was Brauchbares bei sich hat, ehe er frikassiert wird.«

Narbenhaut tastete über meine leeren Taschen und griff nach dem Zellaktivator. Jetzt oder nie. Ich sprang auf und rammte dem Mann meinen Kopf unters Kinn. Er schrie, ruderte mit den Armen und stürzte nach hinten. Er fiel unglücklich und blieb reglos liegen.

»Was bei allen ...«, weiter kam der Ferrone nicht, der mich mit riesigen Augen ansah, als sei ich wortwörtlich von den Toten auferstanden. Beherzt griff ich zu und wendete an seinem Nacken einen Dagor-Griff an, der den Blutfluss stoppte. Ohne Gegenwehr sackte der Mann zur Seite.

Ich atmete schwer und musste mich abstützen. Mir war schwindelig, und zum ersten Mal seit einer glückselig langen, aber dennoch viel zu kurzen Zeit musste ich mich übergeben. Was war das nur für ein widerliches Zeug, das mir die kupferfarbene Schönheit hatte verabreichen lassen? War es dieselbe Droge, der Nelson Bhitt zum Opfer gefallen war?

Nach einigen tiefen Atemzügen und der konzentrierten Anwendung einer akonischen Entspannungstechnik schaffte ich es, zur Kanzel des Gleiters zu gehen und dort nach meinen Sachen zu suchen. Ich fand den Gürtel und nahm einem der Männer seinen Kombistrahler ab. Den zweiten Strahler warf ich in den Konzern-Konverter. Mit einer Flasche Wasser neben dem Pilotensitz spülte ich meinen Mund aus.

Nachdem ich das Muskelpaket mit einem Schockerschuss zusätzlich betäubt hatte, fesselte ich den Dürren mit den vielen Brandnarben auf klassische Weise mit dem Strick, der beim Sack gelegen hatte. Ich brachte ihn auf die Knie und verband die zusammengebundenen Hände über das Seil mit den Fußfesseln, sodass er weder aufstehen noch weglaufen konnte.

»Aufwachen«, meine Stimme war hart, und ich wusste, wie ich in diesem Moment aussah und wirkte. Auch wenn mir noch immer übel war, bot ich einen Furcht einflößenden und zu allem entschlossenen Anblick.

Der Mann stöhnte und öffnete zuckend die Lider. Er sah mich verängstigt und verwundert an. Auf seiner Stirn arbeitete es.

»Du ... du bist tot, Mann«, brachte er stammelnd hervor.

»Sicher?« Ich grinste kalt und hielt ihm den Strahler an den Kopf. »Können Tote das hier?«

Er wurde blass. Wenn ich nicht so wütend gewesen wäre, hätte er mir leidgetan. Diese Kerle hatten versucht, mich wie den Inhalt eines Abfallcontainers in einen Konverter zu werfen. Sie und ihre feine Miss Miraana hatten Nelson Bhitt auf dem Gewissen, und mit Sicherheit wussten sie etwas über Decarees Verschwinden.

»Wo finde ich Ihre Chefin?«

Er wand sich. »Bitte, ich ... sie wird mich umbringen, wenn ich rede!«

Meine Stimme wurde noch eine Spur kälter. »Und was glauben Sie, was ich mit Ihnen vorhabe? Karten spielen?«

Er schluckte sichtlich. »Ich ... Sie hat ein Stadthaus, aber da kommst du eh nicht rein, Mann. Hau einfach ab, und genieß ...«

Ich stieß den Strahler hart gegen seinen Kopf. Er fluchte.

»Okay, okay. Ich ... ich geb dir die Adresse ...«

»Wunderbar. Welche Sicherheitsvorkehrungen hat Miraana getroffen?«

Er sagte mir, was ich wissen wollte. Seine Angst wirkte echt, und seine Blicke glitten immer wieder zu dem ferronischen Muskelprotz. Er konnte nicht wissen, dass sein Begleiter noch lebte und lediglich betäubt war. Trotzdem konnte es sein, dass er nur ein Teilwissen preisgab. Leider hatte ich keine Zeit, ihn gründlicher zu verhören. Miraana hatte davon gesprochen, Tahun zu verlassen. Mit Sicherheit war sie schon beim Packen, falls es nicht bereits zu spät war.

Ich hob den Strahler. »Gute Nacht.«

»Nein, Mann! Warte ...!«

Er sank leblos zur Seite. Die Betäubung würde ihn für mehrere Stunden außer Gefecht setzen, genau wie seinen Kollegen. Bis dahin hatte die Tahun-Polizei beide im Gewahrsam. Schwerfällig stand ich auf und zog die beiden Männer in den Schatten der Fabrikhalle. Dann schwang ich mich in den Gleiter und gab die Zieladresse ein.

Kapitel 6

Decaree: Misstrauen

Decaree erwachte. Wohltuende Dunkelheit umgab sie. Keine Magirnis, keine Visionen von anderen Welten. Ihr Kopf fühlte sich klar und frei an, als habe sie nie an Wahnvorstellungen gelitten. Sie berührte ihre gespaltenen Lider und versuchte sich zu orientieren. Wo war sie? Ein schwacher Geruch nach Zitronengras stieg ihr in die Nase und sie erinnerte sich. Das war das Raumparfüm ihres Apartments in Quinto-Center. Langsam schlug sie die Decke zurück und setzte sich auf. Der Vorgang erschien ihr vertraut, als sei sie schon hundert Mal seit ihrer Rückkehr von Tahun in diesem Bett aufgewacht. Oder war es nur gestern gewesen?

Sie berührte eine Schaltfläche an der Seite des Bettes und ließ die Liegefläche höher gleiten, damit sie einfacher aufstehen konnte. Im Schlaf befand sich die Liegefläche nur knapp über dem Boden, damit sie nicht zu tief stürzte, falls sie während einer Vision aus dem Bett fiel.

Obwohl sie nach wie vor nichts sah, fühlte sich alles um sie herum vertraut an. Sie war zu Hause. Im Sitzen versuchte sie sich zu erinnern, wie oft sie seit dem Verlassen der Klinik schon in diesem Raum aufgewacht war, aber da war keine Erinnerung. Sie bemühte sich, das schwarze Nichts in ihren Gedanken zu durchdringen, und scheiterte. Trotzdem lächelte sie. Selbst diese schwarze Dunkelheit war besser als die Bilder, die sie zuvor gequält hatten.

Ein Summton erklang, und jemand betrat das Zimmer.

»Guten Morgen, Decaree.«

»Kone-Bay. Der Lieblings-Seelenberater.« Ihr Lächeln erstarb, und eine unbestimmte Furcht erfasste sie. Sie hatte diese Szene bereits erlebt. Etwas war ganz und gar nicht so, wie es sein sollte. Ein Zittern überfiel ihren Körper.

Kone-Bay trat zu ihr und berührte ihre Schulter. »Reiß dich zusammen, Decaree. Du musst aufstehen. Atlan wartet auf dich.«

Sie nickte mechanisch, und das Zittern ließ nach.

Atlan. Hatte sie ihn gestern gesehen? Sie wusste es nicht, dabei war diese Erinnerung wichtig. Warum erinnerte sie sich nicht an eine Zusammenkunft von solcher Bedeutung? Atlan zu sehen ... Wie lange hatte sie davon geträumt und die Erfüllung des Traums zugleich mehr gefürchtet als den Wahnsinn des Unal?

»Denk nicht so viel nach.« Kone-Bay berührte ihre Wange. »Ich gebe dir nun die Tabletten, die du nehmen musst. Dann geht es dir besser. Sie helfen dir gegen die Dissoziation und die Verwirrung.«

Er schob ihr zwei Tabletten in den Mund und drückte ihr ein Glas Wasser in die Hand. Überrumpelt trank sie.

Kone-Bay half ihr beim Anziehen, Frisieren und Schminken. Seine Bewegungen waren ruhig und konzentriert, trotzdem kam es Decaree vor, als ob er es eilig hätte. Vielleicht lag es an seinen Atemzügen, die ihr beim Ausatmen zu schnell erschienen. Seit sie blind war, konnte sie selbst das leiseste Atemgeräusch in unmittelbarer Nähe hören.

Er nahm sie an der Hand und am Ellbogen, um sie zu stützen. Gemeinsam verließen sie das Zimmer.

»Ob sie jemals wieder sehen wird?«, flüsterte sie tonlos.

Kone-Bays Stimme klang tadelnd. »Sie? Es heißt ich. Warum sprichst du von dir selbst in der dritten Person? Ich dachte, diese Phase läge hinter dir.« Er hielt im Gehen inne. Wollte er ihr nun eine Predigt halten, wie die Seelen-Beraterin auf Tahun, deren Schal immer nach Orangen geduftet hatte? Doch er schien lediglich auf eine Antwort zu warten.

Decaree senkte den Kopf. »Sie ist ein Teil. Ein Teil des Unal.«

Unsicher verharrte sie und versuchte sich zu entspannen. Ihre eigenen Worte fühlten sich falsch an. Sie wusste, sie sollte zu sich selbst »ich« sagen, aber sie brachte es nicht über die Lippen. War das ein Rückfall? Ihre Stimme klang in ihren Ohren leise und mutlos.

»Kann es Heilung geben?«

»Du machst großartige Fortschritte. Wenn du die Medikamente immer nimmst, wirst du bald wieder ich sagen können. Und nun komm.« Er ging eine Spur zu ruckartig los und Decaree fühlte sich von ihm fortgerissen. Sie schritten eine Weile schweigend nebeneinander, bis er ihr wieder vorschlug, allein vorzugehen. Sie wollte zum Herz der achthundert Meter breiten Kugel der Hauptzentrale. Die letzten Meter würde sie ganz allein gehen müssen, denn jeder, dessen Individualschwingungen nicht mit den positronisch hinterlegten Vergleichswerten übereinstimmten, wurde ohne Vorwarnung liquidiert. Aber noch waren sie ein gutes Stück vom Kern entfernt, das wusste sie.

Sie blinzelte mit den aufgeschlitzten Lidern, als sie spürte, wie die Splitter in ihren Augenhöhlen warm wurden. Sie konnte sich nicht erinnern, wann sie sich jemals so angefühlt hatten. Sicher, es war zu Anfang mehr als unangenehm gewesen, Fremdkörper im Gesicht zu haben, und nicht selten hatten ihre Augenhöhlen gebrannt. Aber diese Wahrnehmung war anders und erschreckte Decaree. Sie blieb stehen und griff zu den Splittern.

»Was ist?« Kone-Bay beugte sich zu ihr.

Erstaunt hielt sie die Luft an. Sie konnte ihn sehen! Die Unalsplitter schenkten ihr ein Bild von Kone-Bay. Es war leicht verzerrt wie die Bilder ihrer Visionen, und sie konnte Kone-Bays Gesicht nicht erkennen. Seine Umrisse wirkten seltsam unscharf.

Sie hörte, wie ihre Stimme leicht zitterte. »Nichts, Kone-Bay. Nur ... Schwäche. Sie fühlt sich schwach. Unendlich schwach.«

Warum sagte sie ihm nicht, was sie wahrnahm? Weil es nicht sein konnte? Hatte sie Angst, er würde die Dosis der Medikamente erhöhen?

Nein, wisperte eine Stimme tief in ihr, die nicht feindlich war und direkt vom Unal zu stammen schien. *Du misstraust ihm. Das ist gut. Sag ihm nichts. Misstraue ihm. Das ist unser Geheimnis, und es geht ihn nichts an.*

Die Stimme verklang und Decaree fühlte sich einsam.

»Komm weiter«, forderte Kone-Bay sie auf.

Gehorsam setzte sie einen Fuß vor den anderen. Wenn es der Wahnsinn war, der zurückkehrte, warum fühlte er sich dann so ganz anders an als zuvor? Ihr wurde schwindelig, und sie musste an die Tabletten denken, die sie genommen hatte. Sollten die nicht den Wahnsinn eindämmen und ihren Kreislauf stabilisieren? Ihr schien es eher, als würden die Tabletten sie betäuben und ihren Verstand wie eine Droge verwirren.

Die Gedanken verschwammen und sie ging weiter, wie es von ihr verlangt wurde. Wieder wunderte sie sich, warum ihnen niemand begegnete. Hunderttausend Mitarbeiter, und alle hatten frei?

Sie kamen in einen Gang. Decaree meinte sich zu erinnern, dass er gestern ins Leere geführt hatte. Wie konnte ein Gang ins Leere führen? Sie musste gestern bereits Bilder über die Unalsplitter gesehen haben, anders war der Gedanke nicht zu erklären. Bilder aus der realen Welt. Warum das ausgerechnet jetzt geschah, verstand sie nicht. Jahrelang war sie blind gewesen und hatte nur das gesehen, was die Splitter ihr aus den Erinnerungen des Unal sandten.

Sie folgte dem Gang, bis sie an eine Wand mit einem eingelassenen Schott kam. Jeder Schritt wurde schwerer, und sie blieb schwer atmend vor dem Zugang stehen.

Kone-Bay war ein Stück hinter ihr zurückgeblieben. Dabei war das nicht einer der Zugänge zur Hauptzentrale, der dem Seelenberater hätte gefährlich werden können. Es war das Schott eines der Archive für Speicherkristalle.

Sie hatte vergessen, warum sie losgegangen war, und es war ihr inzwischen auch gleichgültig. Mechanisch gab sie den Kode ein. Sie tastete die Wand ab.

»Es ist anders als sonst«, stellte sie fest.

»Anders?«, fragte Kone-Bay. In seiner Stimme lauerte eine Gefahr. Wie gern wäre sie umkehrgekehrt, in ihre sichere Zuflucht, ihr Bett. Die Müdigkeit nahm rapide zu. Sie stützte sich an der Wand ab.

»Die Positronik«, murmelte sie und versuchte sich zu konzentrieren. »Da sind nicht alle Kontrollen. Die Sicherheitsmechanismen stimmen nicht überein.« Jedes Wort kostete unendlich viel Kraft. Ihr Kopf pulsierte. Sie spürte, wie ihre Knie nachgaben.

Bittend wandte sie sich Kone-Bay zu und konnte wieder für einen Augenblick seine Umrisse erkennen. »Zu müde«, murmelte sie erschöpft. »Zurück.«

»Nein.« Seine Stimme war grausam. »Mach weiter!«

Ihre Finger tasteten erneut über die Wand und fühlten nichts als Terkonitstahl. »Ein Scanner«, murmelte sie. »Er fehlt.«

Ihr wurde schwindelig. Die Dunkelheit kehrte zurück und mit ihr kam der Eindruck, sie würde sich in einer wahnwitzigen Geschwindigkeit um sich selbst drehen. Wurde sie wieder zu einer Sonne? Verzweiflung stieg in ihr auf. Wann nahm der Wahnsinn endlich ein Ende!

Sie spürte, wie sie fiel. Den Aufprall fühlte sie nicht mehr.

Kapitel 7

Atlan: In der Höhle des Löwen

Über mir war es endgültig Nacht geworden, als ich die genannte Adresse anflog. Der Gleiter erhellte die Straßenschluchten unter mir und reihte sich in den gemächlichen Spätabendverkehr der Großstadt ein.

Miraana. Wer war diese Frau, und warum hatte sie geholfen, Decaree Farou zu entführen? Ging es ihr um Geld, Ehre, Genugtuung? Oder vielleicht um Rache? Es war immer gut, seinen Feind zu kennen, und nun zog ich gegen eine Person ins Feld, über die ich nicht mehr wusste, als ihren Vor- oder Kunstnamen.

Der Aktivator auf meiner Brust erwärmte meine Haut. Heftige Kopfschmerzen plagten mich, doch mit den von Fartuloon erlernten Dagor-Techniken drängte ich den Schmerz erfolgreich zurück.

Miraana. Das war mein Ziel und hoffentlich die Antwort, nach der ich suchte.

Meine Gedanken wirbelten im Kreis. Sie brachten mich immer wieder zu Decaree. Ob es ihr trotz der Entführung einigermaßen gut ging? War vielleicht schon alles zu spät, weil ich zu lange brauchte?

Ich hatte daran gedacht, mir Hilfe zu holen und Gucky oder einen der anderen Mutanten einzuschalten, aber die waren alle durch Spezialaufgaben und Einsätze gebunden, und darüber hinaus hielt mich ein innerer Widerstand ab.

Ich musste Decaree retten. Nicht Gucky, Ras, Fellmer oder sonst jemand. Es war meine Aufgabe, und wenn ich scheitern sollte, musste ich damit auch allein fertig werden.

Immer positiv in einen Einsatz gehen, zitierte der Extrasinn eine der goldenen Regeln des Handbuchs für USO-Spezialisten.

»Richtig.« Inzwischen war ich mit dem Gleiter vertraut und positiv überrascht über seine Sonderfunktionen. Ich hatte einen kurzen Funkspruch an Haana Lamet gesendet, und die Tahun-Polizei bereitete sich darauf vor, das Areal um Miraanas Stadthaus weiträumig abzusperren. Wenn die Dame zu Hause war, würde sie nicht entkommen.

Wo du gerade so nett an die Verstärkung denkst: Du solltest auf sie warten, kommentierte der Extrasinn meine Gedanken. *Ein Alleingang ist ein zu großes Risiko. Du bist noch immer geschwächt.*

Ich aktivierte das Waffensystem des Gleiters, der über zwei leichte Bordkanonen mit Thermostrahlern verfügte.

Negativ, Spaßbremse. Ich habe eine Rechnung zu begleichen.

Natürlich ging es mir weder um den Spaß noch um Rache, und der Extrasinn wusste das, deshalb schwieg er auch. Es gab Zeiten, verdeckt zu ermitteln, und Zeiten anzugreifen. Nun wollte ich angreifen. Ich brauchte Antworten.

Auf dem Schirm holte ich mir über den Zoom das Stadthaus heran. Es war von einer hohen, roten Mauer umgeben, die ich ohne Probleme überflog. Der Gleiter von Miraanas Wächtern passierte ein unsichtbares Schutzfeld. Unter mir gingen die beiden leichten Kampfroboter in Stellung, von denen Narbenhaut mir erzählt hatte. Ich schaffte es zu beschleunigen und punktgenau auf dem Vorderen zu landen, noch ehe er richtig feuern konnte.

Der hintere Roboter wich aus, und ich gab einen Schuss ab, der voll einschlug. Der Gleiter hatte ihm ein Bein abgerissen, trotzdem eröffnete er seinerseits das Feuer. Ich glitt frontal auf ihn zu, ließ ihn den Gleiter zusammenschießen, setzte einige Treffer und überrollte auch ihn. Danach betätigte ich die Kanone erneut und richtete sie so aus, dass die Glasfront des größten Zimmers beschossen wurde. Wie ich erwartet hatte, war das Haus von einem Schutzschirm umgeben, der erst nach mehreren Schüssen zusammenbrach.

Das Glas krachte und splitterte. Ich sprang aus dem Gleiter, den Kombistrahler in der Hand. Auch der Gürtel war wieder einsatzfähig. Kitti hatte ihn lediglich vorübergehend desaktiviert, aber nicht in seinen Funktionen beeinträchtigt.

Ich drang über die zerstörte Front in das Haus ein und sah mich überraschend Miraana gegenüber. Wir befanden uns in einem Wohnraum mit riesigen Möbeln, der akkurat sauber gehalten war. Miraana stand neben einem breiten Tisch mit integriertem Holovid-Kubus. Ihre violettblauen Puppen-Augen schienen mich mit ihrem Blick zu sezieren. Auch sie hielt einen Strahler in der Hand. In ihrem Rücken erhob sich eine Vitrine neben einem zwei Meter langen Aquarium, in dem sechseckige Wesen mit winzigen Flossen schwammen.

»Leo«, zischte die Frau. »Wie kommst du hierher? Wieso lebst du noch?«

Ich suchte den Raum mit Blicken ab und konnte keine weiteren Feinde ausmachen.

»Wie es scheint, bin ich gegen Ihre Drogen immun, Miraana.«

Sie lachte. Es klang aufgesetzt. »Lügner. Niemand ist gegen diese Drogen immun.«

»Ergeben Sie sich, Miraana. Verstärkung ist schon unterwegs. Alles was ich von Ihnen will, sind Antworten. Sie müssen Ihr Leben deswegen nicht riskieren.«

»Mein Leben?« Ihre Augen nahmen einen verträumten Ausdruck an. »Was ist wahres Leben? Mein Leben kann geopfert werden. Es ist bedeutungslos.«

Wahres Leben?, echote der Extrasinn. *Du hast eine Spekulation vergessen, als du darüber nachdachtest, warum diese Frau handelt. Sie könnte wahnsinnig sein. Völlig durchgedreht und ...*

Ein Ruck ging durch den Körper Miraanas. Aus ihren Augen verschwand jeglicher Ausdruck. Ihre Stimme wirkte metallen.

»Das Geheimnis wird gewahrt werden, Verräter an der Menschheit.«

»Ho.« Ich hielt den Strahler eine Spur höher. »Verräter an der Menschheit wurde ich in den letzten elftausend Jahren recht selten genannt.«

In mir kam die Hoffnung auf, mit der Frau reden zu können. Für wen oder was glaubte sie, zu arbeiten? Wenn sie mich für einen Verräter an der Menschheit hielt, war sie vielleicht getäuscht worden.

Miraana legte den Kopf mit den kupferfarbenen Haaren schief. »Elftausend Jahre? Behauptest du etwa, ein Unsterblicher zu sein, Verräter?«

Ich betrachtete ihre Haut an den Unterarmen, die ihre Farbe veränderte. Noch immer trug sie das braun schimmernde Kleid, doch nun lenkte mich das Schillern und Glittern des Stoffes nicht mehr von ihrer Haut ab. Sie war künstlich. Nur das konnte die Flecken erklären, die langsam größer wurden und sich wie hässliche Brandmale ausbreiteten. Ich spürte eine plötzliche Hitzeentwicklung und roch verschmortes Bioplast.

Sie ist eine Maschine, raunte mir der Extrasinn zu.

Konnte es sein? Ich musste auf das vertrauen, was ich sah. Ein absurd erscheinender Gedanke drängte sich mir auf.

Wahres Leben, wisperte der Extrasinn, *sie ist ...*

»Ein Posbi. Du bist ein Posbi. Und ja, ich bin ein Unsterblicher. Ich bin Atlan da Gonozal.«

Die Farbe ihrer Haut stagnierte. Ich begriff, dass sie die Selbstzerstörung eingeleitet hatte, sie aber nun wieder abbrach. Warum? Lag es an der Nennung meines Namens? Posbis waren die Freunde der Menschheit.

»Du hast Atlan da Gonozal beleidigt«, sagte sie emotionslos. »Ehe ich mich zerstöre, töte ich dich.«

Ich wich aus, als sie schoss, und erwiderte das Feuer. Gleichzeitig aktivierte ich mit der freien Hand den Individualschirm am Gürtel.

Sie wirbelte durch den Raum und ging hinter einem schweren Marmortisch in Deckung.

Ich presste mich gegen einen Schrank und wartete.

Stille senkte sich über den Raum. Offensichtlich war dieser Posbi hochgradig fehlerhaft. Irgendwer musste ihn in seinem Sinne verändert und vielleicht sogar die winzige Menge an Bioplasma manipuliert oder ersetzt haben, über die Posbis üblicherweise verfügten. Seit dem Friedensschluss mit dem Zentralplasma im Jahr 2114 hatte ich nie mit einem Posbi zu tun gehabt, der mich töten wollte.

Ich presste die Zähne zusammen.

Wenn der Posbi sich vernichtete, während ich hinter diesem Möbelstück kauerte, war alles verloren. Dann waren meine Informationen zerschmolzen. Ich hatte keine Zeit zu verlieren. Aber wie konnte ich den Posbi von der Selbstzerstörung abhalten?

Ich wagte mich vor und sah mich in dem Raum um. Schwere Möbelstücke und Teppiche beherrschten ihn. An den Wänden hingen Holo-Bilder, und in einer Vitrine waren mehrere Schmuckstücke und Messer ausgestellt.

Ein Schuss traf auf meinen Schutzschirm, und ich fuhr zu Miraana herum, die sich von der Seite annäherte. Ich wich einige Schritte weit in das Zimmer aus. Glas knirschte unter meinen Stiefeln.

Draußen erklang das Geräusch mehrerer Triebwerke, und die Scheinwerfer von Polizei-Gleitern flackerten über die Wiese in den verwüsteten Raum herein. Über uns erscholl die Stimme Haana Lamets.

»Hier spricht die Polizei von Tahun! Ergeben Sie sich. Sie sind eingekreist, ein Entkommen ist unmöglich. Sämtliche Kampfhandlungen sind unmittelbar einzustellen!«

Schlechtes Timing, stöhnte ich innerlich, denn ich hätte gern mehr Zeit gehabt. Das Auftauchen der Tahun-Polizei setzte Miraana unter Druck.

»Noch mehr Verräter«, sagte Miraana. »Aber mich bekommt ihr nicht. Ich bleibe treu!«

»Hör zu«, begann ich, um sie hinzuhalten. »Du musst niemanden verraten, am wenigstens die Menschheit.«

»Willst du mir erzählen, wir könnten über alles reden?«, höhnte sie mit emotionsloser Stimme. »Nein, Verräter der Terraner. Der Weg endet hier. Es ist zu spät. Ich hätte gern mehr getan, aber es sollte nicht sein.«

Ich hatte ihren kurzen Monolog genutzt, um mich zu der Vitrine vorzuarbeiten. Mit einem Sprung überbrückte ich die letzten Meter und schlug das Glas mit dem Ellbogen ein. Ich griff nach einem der längsten Vibro-Messer und fuhr zu Miraana herum, die im Raum verharrte wie eine Statue. Ihre Haut hatte sich auf den Armen noch dunkler verfärbt. Ein erster Tropfen dampfenden Kunststoffs löste sich von ihrem Finger und fiel zu Boden. Der Gestank nahm zu, und die Temperatur im Raum stieg schlagartig.

Miraanas violettblaue Augen waren weit aufgerissen und leer. Sie hatte erneut die Selbstvernichtung eingeleitet. In wenigen Sekunden konnte sich ihr gesamter Körper auf mehrere Hundert Grad erhitzen und nicht mehr als eine

Pfütze zurücklassen. Ich durfte keine Zeit mehr verlieren und rannte zu ihr.

Entschlossen stieß ich mit dem Messer in die weich gewordene Masse.

Haana Lamet starrte mich an wie eine Erscheinung, als ich voller Kunststoffspritzer in teils noch flüssiger Form vor ihr stand.

»Danke, dass Sie so rasch eingegriffen haben«, sagte ich statt einer Begrüßung.

Sie trat einen Schritt von mir zurück. »Entschuldigung, Lordadmiral, aber Sie stinken wie eine bombardierte Kautschukfabrik.«

Ich grinste. »Dafür habe ich das hier gefunden.« Triumphierend hob ich das angeschmorte Positronikmodul in die Höhe, das ich hatte sicherstellen können. »Mit etwas Glück finden sich auf diesem winzigen Ding genau die Antworten, die ich brauche.« Der Erfolg machte mich eine Spur zu euphorisch und half mir, den penetranten Geruch zu ignorieren, der in schwacher Form sicher noch in einer Woche an mir kleben würde.

Hanna Lamet legte den Kopf schief. »Verzeihen Sie erneut, Sir, aber was Sie wirklich brauchen, ist eine Dusche.«

Ich konnte es mir nicht verkneifen, eine meiner verschmierten Hände auf ihre Schulter zu legen. Ein hässlicher, grünbrauner Fleck entstand auf ihrer Uniform.

»Okay, Mädchen. Ich gehe duschen. Wir sehen uns morgen früh zu einer Besprechung. Bis dahin weiß ich hoffentlich mehr.«

Haana Lamet verzog keine Miene. »Einverstanden, Sir. Ich werde Sie persönlich zur TOLMAN fliegen. Allerdings hätte ich gern eine Antwort auf die Frage, was Sie mir eben an die Uniform geschmiert haben.«

»Flambierten Posbi.«

Ihr entgeisterter Gesichtsausdruck wirkte komisch. »Posbi, Sir?«

»Genau. Es ist eine längere Geschichte, die ich auch noch nicht ganz verstehe. Ich hoffe der Datenträger gibt Aufschluss.«

Sie blickte auf meine Hände. Obwohl ich versucht hatte, sie mit dem hitzebeständigen Stoff des Spezialanzugs zu schützen, hatte ich leichte Verbrennungen erlitten. Ihre Augen weiteten sich besorgt. »Sie müssen in ein Krankenhaus, Sir.«

»Das ist keine große Sache«, winkte ich ab. »Kommen Sie, ich erzähle Ihnen alles unterwegs.«

Atlan: Neue Erkenntnisse

Als ich nach einer medizinischen Kurzbehandlung, dem Abschluss der Posbi-Positronik-Untersuchungen und mehrfacher Tiefenreinigung in der Nasszelle meiner Unterkunft an Bord der TOLMAN am nächsten Vormittag endlich in die Hauptzentrale der Tahun-Polizei kam, warteten Haana Lamet und Khelex Damitter bereits auf mich. Hoyka Kah hatte mich inzwischen über die Ereignisse in Markes Jonas' Anwesen in Kenntnis gesetzt und betrat das vereinbarte Besprechungszimmer nur wenige Minuten nach mir.

»Jonas leugnet, irgendetwas mit der Entführung Decaree Farous zu tun zu haben«, sagte Haana Lamet gerade und machte eine unschlüssige Geste mit den Händen. »Ich dachte, Sie wollen ihn vielleicht selbst noch einmal verhören, Lordadmiral. Da er als ehemaliger Außen-Agent des Carsualschen Bundes mentalstabilisiert ist, hat ein entsprechendes Verhör wenig Sinn. Aber vielleicht gewinnen Sie aufgrund

Ihrer Erfahrung und Kenntnis von Intelligenzwesen einen wichtigen Eindruck.«

Ich stand von meinem Sitzplatz auf. »Bringen Sie ihn rein.«

Während die Polizeichefin den Ertruser holte, führte ich einen kurzen Dialog mit meinem Extrasinn.

Erfahrung und Kenntnis von Intelligenzwesen, spöttelte mein untrennbar mit mir verbundener Begleiter. *Da scheint aber jemand ein wenig in dich verschossen zu sein.*

Major Lamet leistet vorbildliche Arbeit, hielt ich dagegen. *Und nur weil* du *mir wenig zutraust, heißt das nicht, dass andere nicht das Recht haben, meine Qualitäten zu schätzen. Deshalb muss sie nicht gleich in mich verliebt sein.*

Du musst es wissen, alter Mann.

Ich hob die Schultern. Selbst wenn Haana Lamet Gefühle für mich hegte, würde das keine Rolle spielen. Ich beabsichtigte, so bald wie möglich mit der TOLMAN zu starten, und Haana Lamet hatte auf mich bisher den Eindruck gemacht, eine Frau zu sein, die nicht nur die Planeten im All, sondern auch den unter ihren Füßen wahrnahm. Sie würde sich keine falschen Hoffnungen machen und sich in irgendwelche Phantasien verrennen.

Ich sah auf, als Lamet, Markes Jonas und ein zweiter Polizeibeamter eintraten. Der Beamte hielt einen Kombistrahler auf den Ertruser gerichtet, um ihn jederzeit paralysieren zu können.

Markes Jonas wirkte mitgenommen. Seine Lippe war geschwollen, und er hinkte leicht. Offensichtlich war der Gladiator der TOLMAN, den Hoyka Kah mitgenommen hatte, bei der Festnahme nicht zimperlich gewesen.

»Atlan da Gonozal«, brachte Jonas hervor. »Was für eine Überraschung.« Er sah erstaunt aus, und in seinen Augen erkannte ich Angst. War es die Angst vor den Konsequenzen der Geschehnisse, oder war er doch in Decarees Entführung verwickelt? Ich hatte wenig Zeit und entschloss mich, nicht lange um die heiße Muurt-Wurmsuppe herumzureden.

»Markes Jonas. Wir hatten noch nicht das Vergnügen. Warum haben Sie meine Mitarbeiterin auf Ihrem Anwesen angegriffen?«

»Das war eine automatische Abwehr«, platzte es aus Jonas heraus. »Sie war für den Fall aktiviert, dass Agenten vom Carsualschen Bund mich finden und ausschalten wollen. Sie war nicht für Ihre Leute gedacht, Lordadmiral.« Er sah Hoyka Kah trotzig an. »Sie sind ohne Vorankündigung auf mein Grundstück eingedrungen, Generalin. Da dürfen Sie sich nicht wundern, wenn ich nicht erst nach Namen und Dienstgrad fragen lasse.«

»Ich habe die Meldeanlage betätigt«, antwortete die Generalin frostig.

»Und ich habe Musik gehört«, ereiferte sich Jonas und verschränkte die Arme vor der Brust. »In meinem Akustikfeld konnte ich das leider nicht wahrnehmen.«

Hoyka Kah schürzte die Lippen. Ihre Stimme klang humorlos. »Und wieder einmal ist die Musik Auslöser für Leid und Gewalt im Universum.«

Als ich ihren Seitenblick auf Khelex Damitter registrierte, fragte ich mich, was, bei Arkon, zwischen den beiden eigentlich los war. Was sollte dieser Seitenhieb auf die Musik?

Bleib beim Wesentlichen, mahnte der Extrasinn. *Um deine Lieblingsgeneralin kannst du dich auch später noch kümmern.*

Mein Blick heftete sich wieder auf Jonas. »Was haben Sie mit der Entführung von Decaree Farou zu tun?«

»Ich wusste nicht mal, dass Miss Farou auf Tahun war. Ich dachte, sie sei in Quinto-Center oder sonst wo.«

»Und was ist mit den 15.000 Solar?«, fragte Damitter dazwischen. »Nelson Bhitt hat Ihnen dieses Geld zukommen lassen. Haben Sie ihn erpresst?«

Jonas schüttelte heftig den Kopf. »Ich habe niemanden erpresst. Doktor Bhitt sammelte Erstausgaben terranischer Gleiter, und ich hatte Finanzprobleme. Deshalb habe ich ihm meine Korvette-Stardust X-110 verkauft.«

Ich runzelte leicht die Stirn. »Wenn es ein ganz normaler Deal war, warum haben Sie und Bhitt dann versucht, den Fluss des Geldes zu verschleiern?«

Jonas senkte den Kopf. »Bhitt wollte nicht, dass man ihn mit mir in Verbindung bringt. Er wusste zwar nicht, dass ich ein ehemaliger Agent des Carsualschen Bundes bin, aber er hat mir misstraut und fürchtete wohl, ich hätte die Korvette auf unredliche Weise erworben.«

Seine Worte klangen plausibel, und in Anbetracht der neueren Entwicklung wirkten sie glaubwürdig. Trotzdem würde ich das überprüfen.

»Geben Sie Miss Lamet die Kennung der Korvette. Wenn Bhitt diesen Gleiter tatsächlich gekauft hat, steht er sicher bei den anderen in seinem privaten Hangar.«

Jonas wirkte geknickt. »Ich hatte wirklich nicht vor, eine Generalin der USO und einen Polizisten umzubringen, Lordadmiral. Den Kampfroboter habe ich selbst zusammengebaut, um mich zu schützen, und nicht um Ihre Leute zu gefährden.«

»Woher hatten Sie denn den Bausatz?«, fragte ich ironisch nach.

Der Ertruser zog den Kopf ein. »Das ... also .... ich ...«, stammelte er.

Ich winkte ab. »Verfahren Sie mit Jonas, wie Sie wollen, Miss Lamet. Ich habe genug gehört.«

Die Polizeichefin nickte entschlossen.

Damitter runzelte die Stirn, während Haana Lamet den Ertruser nach draußen begleitete. Seine wasserblauen Augen verengten sich argwöhnisch.

»Entschuldigung, Lordadmiral, aber Sie glauben diesem Subjekt doch nicht, oder?«

»Doch.« Ich lächelte grimmig und zog ein gereinigtes, leicht angeschmolzenes Positronikmodul aus der Tasche meines Anzugs. Obwohl mir von Miraanas Drogen noch immer leicht übel war, fühlte ich mich mental gestärkt. Es gab Fortschritte, die mich aufbauten. »Ich habe herausgefunden, dass ein Rad im Getriebe unserer Gegner ein äußerlich menschenähnlicher Posbi war. Ehe er sich selbst vernichtete, konnte ich einen Teil der im Kopf verankerten Positronik retten.«

»Ein Posbi?«, echote Damitter verständnislos. »Warum um alles im Universum ein Posbi? Ich dachte, das sind die Freunde der Menschheit.«

Hoyka Kah und ich sahen einander an. Ich hatte die Daten aus der Positronik gemeinsam mit der Generalin und dem technischen Team der TOLMAN ausgewertet. Dabei waren wir auch auf individuelle Aufzeichnungen des Posbis gestoßen, die wir rekonstruiert und zu einem stimmigen Bild zusammengesetzt hatten. Darüber hinaus hatten wir über die Hyperfunkrelaiskette eine kurze Rücksprache mit dem Zentralplasma auf der Hundertsonnenwelt gehalten, das von der Existenz dieses Posbis in der Milchstraße nichts wusste.

Obwohl alle Posbis mit dem Zentralplasma verbunden waren, mussten hin und wieder einzelne Exemplare wegen Entartung aussortiert werden. Das Zentralplasma hatte Miraana als einen solchen Fall in Erinnerung. Darüber hinaus hatten wir in der Positronik organische Spuren entdeckt, die nicht von einem Posbi stammten. Irgendetwas war zusätzlich im Kopf des kybernetischen Geschöpfes gewesen und hatte sich über winzige Fangarme in die hypertoyktische Verzahnung eingeschaltet.

»Das ist eine längere Geschichte. Der Posbi wurde getäuscht und war darüber hinaus entartet, aber das tut nichts zur Sache. Wichtig ist nur, dass wir nun wissen, wer die Drogen hergestellt hat, die Nelson Bhitt umbrachten. Es ist ein Ara, der innerhalb der Organisation eine hohe Position einnehmen muss. Leider wusste der Posbi nicht, wohin Decaree Farou gebracht wurde. Aber ich bin sicher, wir können ausschließen, dass Markes Jonas in den Fall verwickelt ist. Weder auf ihn noch auf den Carsualschen Bund finden sich innerhalb der Positronik irgendwelche Hinweise.«

Haana Lamet trat wieder in den Raum und stellte sich neben Hoyka Kah.

»Wie heißt dieser Ara?«

Ich spürte, wie Zorn in mir aufstieg. Wie gern hätte ich diesen Verbrecher schon in diesem Augenblick vor mir gehabt, um ihn zu verhören. »Totthamir.«

»Totthamir«, entfuhr es Damitter. »Aber der ist doch schon lange aus dem Geschäft!«

»Offensichtlich hat er seine Geschäfte wieder aufgenommen.« Ich sah in die Runde. »Wir müssen so schnell wie möglich herausfinden, wo ...«

Haana Lamet unterbrach mich. »Er ist auf Peron.« Sie sah mich entschuldigend an. »Ich wollte Ihnen nicht ins Wort fallen, Lordadmiral, aber Totthamir befindet sich unseres Wissens nach auf Peron. Ich weiß das, weil wir vor zwei Jahren einen Verdacht gegen ihn hatten, aber wir konnten ihm im Verlauf der Ermittlungen nichts nachweisen. Seitdem überprüfen wir regelmäßig seinen Aufenthaltsort. Die Drogen tragen seine Handschrift, auch wenn uns nicht bekannt war, dass er immer noch solche Mittel herstellt. Das passt alles zusammen.«

»Dann bleibt uns nur zu hoffen, dass dieser Totthamir weiß, wo sich Decaree Farou aufhält«, sagte Hoyka Kah düster. »Wir müssen ihn so schnell wie möglich festsetzen.« Ihr Blick in meine Richtung sprach Bände. Er erzählte vom Aufgeben des Standortes der Basis USO-1. Ich biss die Zähne aufeinander. »Wir werden ihn finden, Generalin.«

»Darf ich mitkommen?«, fragte Damitter unvermittelt.

Ich zögerte. »Warum?«

»Miss Farou ist auch mein Fall, und ich wäre gern dabei, wenn Totthamir gefasst wird.« Er blickte Hoyka Kah treuherzig an und präsentierte sein eindrucksvolles Zahnpflege-Lächeln. »Sie schulden mir etwas.«

»Warum nicht«, sagte die Generalin zu meiner Überraschung. »Wenn der Lordadmiral nichts dagegen hat. Aber danach sind wir quitt. Außerdem hören Sie auf, mir mit Ihrem Hundeblick samt der Gebissschau auf die Nerven zu fallen und gehen mir während des gesamten Einsatzes aus dem Weg.«

Damitter bekam rote Ohren. »Einverstanden.« Er sah mich bittend an und erinnerte mich dank Hoyka Kahs Worten tatsächlich an einen hechelnden Bernhardiner.

Ich nickte. »Also gut. Auf nach Peron.«

Kapitel 8

Miraana: Die Treue eines Posbis

Am 13. Mai 3114 wurde ich aussortiert und sollte in einer der Müllpressen der Hundertsonnenwelt entsorgt werden, weil eine fehlerhafte Analyse ergeben hatte, ich sei entartet.

Doch es kam anders.

Dies war der Tag meiner Rettung. Ich durfte teilhaben an einem Geheimnis, das seither mein Sein beherrscht.

Er fand mich. Zuerst verbarg *er* das Gesicht vor mir und zeigte sich mir nicht. In seinem Raumschiff fand ich zu neuen Kräften und wurde gut behandelt. Ich wurde eingeweiht in die Vorgänge auf dem galaktopolitischen Schachbrett.

Es hätte kaum schlimmer sein können.

Als *er* sein Gesicht offenbarte, war er kein anderer als Atlan da Gonozal. Kristallprinz und ehemaliger Imperator Arkons, ein Freund und Gönner der Menschheit. Schon seit Monaten kämpfte er gemeinsam mit seinem Freund Perry Rhodan gegen die »Große Verschwörung«. Es gibt Feinde, die die USO und das Solare Imperium infiltriert haben. Feinde, die sich nicht bekämpfen lassen – zumindest noch nicht. Denn Gonozal und Rhodan wissen zum gegenwärtigen Zeitpunkt nicht zur Gänze, welcher Agent solidarisch zu ihnen steht und welcher sie hintergangen hat.

Besonders der Verrat einer Frau schmerzt Atlan. Sie heißt Decaree Farou, und sie wollte Daten der USO weitergeben. Da sie geistig verwirrt war, hat Atlan es nicht über sein großes Herz gebracht, sie einzusperren. Außerdem wollte er ihr nicht zeigen, dass er ihr auf die Schliche gekommen war, um die anderen unter seiner Beobachtung stehenden Schläfer nicht zu beunruhigen. Er ließ Miss Farou nach Tahun bringen, wo sie in einer Klinik bewacht wurde. Aber Decaree Farou war nach wie vor gefährlich. Sie musste von Tahun fortgeschafft werden. Atlan konnte das nicht veranlassen, ohne die Feinde misstrauisch zu machen, die ihn umgaben, und die ihn ihrerseits beobachteten. Der Feind sollte nicht wissen, wie nah Atlan ihm schon gekommen war.

Also fasste der unsterbliche Arkonide den Plan, mich einzusetzen. Ich sollte Miss Farou fortschaffen lassen. Wohin verriet er mir nicht. Er weihte mich nur soweit in den Plan ein, dass ich Miss Farou möglichst unauffällig zu einem Raumschiff bringen konnte.

Ich entschied mich, Nelson Bhitt als Werkzeug zu benutzen. Als engster Arzt der Verräterin war er ideal geeignet. Vertrauen durfte ich ihm nicht. Sein Opfer war tragisch, aber notwendig. Im Dienste der gesamten Menschheit ist kein Opfer zu gering. Er musste helfen, damit Miss Farou tat, was sie tun sollte.

Ich leitete alles in die Wege, ehe ich meine eigene Abreise vorbereitete, um zu Atlan zurückzukehren.

Es verbleiben mir nur noch wenige Stunden auf Tahun. Ich bin gespannt, was mein Meister als Nächstes von mir verlangt. Vielleicht kann ich der Menschheit vor meiner Selbstzerstörung einen weiteren großen Dienst erweisen und die Verräter der USO bekämpfen.

Eines steht fest: Wir müssen die Reihen säubern, ehe es zur Katastrophe kommt und der Feind seinen Plan der Übernahme ausführt. Außerdem müssen wir erfahren, wer hinter all dem steckt. Ich bin froh, dabei mitwirken zu können. Nichts ist größer, als die Treue eines Posbis. Atlan wird stolz auf mich sein.

Buch 2
Verrat an der USO

Kapitel 1

Totthamir: Unruhe

Er starrte mit albinotisch roten Augen auf das Holobild an der Wand, auf dem das 38 Lichtjahre von Arkon entfernt gelegene Kesnar-System im Kugelsternhaufen Thantur-Lok zu sehen war. Mit seinen modifizierten Augenlinsen konnte er auf einen Mikroskopblick mit Faktor 50 umschalten und jedes Detail der dreidimensionalen Darstellung erkennen. Dabei lag sein Augenmerk auf dem vierten der insgesamt sieben Planeten, die sich um Kesnars goldenen Glanz drehten. Auf der smaragdfarben schimmernden Oberfläche erhoben sich acht Kontinente, von denen einer sein besonderes Interesse erregte: Doun, mit der eher unscheinbaren Stadt Arat'la, in der er geboren worden war.

Wie immer stellte sich kein Gefühl ein, als er das Bild betrachtete. Er spürte weder Heimweh noch eine größere Sehnsucht, trotzdem beruhigte ihn der Anblick auf seine Weise. Er bewies ihm, dass er nichts verloren hatte und sich nicht nach seinem Suhyag sehnte. Der Großklan hatte jede Bedeutung für ihn verloren und war ihm ferner als Terrania. Seit Jahren bevorzugte er es, Einzelgänger zu sein und niemandem Rechenschaft abzulegen. Vor allem nicht seinem Vater, der in ihm einen erstklassigen Galaktischen Mediziner gesehen hatte, von dem er dann aber als »Giftmischer« beschimpft worden war, nachdem er sich erdreistet hatte, nicht das zu tun, was der Suhyag wünschte.

Nachdenklich berührte er die wenigen weißen Stoppeln auf seinem spitz zulaufenden Kopf. Andere Aras hätten die vereinzelten Haare wachsen lassen, weil es etwas Besonderes unter den Aras war, in seinem Alter noch Haare zu besitzen. Aber ihm war es nicht wichtig. Ihm war nie etwas wichtig gewesen, so schien es ihm, außer den verschiedenen Essenzen und Reagenzien, mit denen sich Drogen komponieren ließen. Für ein besonderes Produkt, den Extrakt einer Dagor-Raupe zum Beispiel, war er bereit zu töten. Andere Aras lösten in ihm weder Furcht noch Freude aus, nur die Stoffe erregten ihn und seine überragende Fähigkeit, aus den tödlichen Gaben des Universums Waffen aus Gift zu extrahieren.

Seine Gedanken flossen zähflüssig wie der Schleim einer Rudyn-Schnecke.

Warum hatte er in der vergangenen Nacht so schlecht geschlafen? Warum wartete er mit Grauen auf den anstehenden Hyperfunkspruch seines Verbündeten? Träume waren nicht mehr als eine Verarbeitungsmethode des Gehirns. Ihre Inhalte waren der konvertierte Müll des Unbewussten und hatten für ihn keine Bedeutung. Terraner mochten darüber lamentieren und ganze Speicherkristalle mit ihren Ansichten füllen. Sie schwafelten über die Bedeutung von Symbolen und die Möglichkeiten psychischer Reifung und Verarbeitung durch das nächtliche Traumgeschehen, da es einen direkten Weg zu tieferen Bewusstseinsschichten darstelle. Alles Unsinn. Er bevorzugte die konkrete Wissenschaft, das Abmessen von Gramm und Milligramm und das Mischen in perfekt ermittelten Verhältnissen.

Dennoch war er seit dem Traum unruhig. Äußerlich drückte sich das nicht aus. Er stand wie eine Statue im Raum, blickte auf das Holo seiner Heimatwelt und hielt seine mechanisch optimierten Hände mit den künstlichen Fingergliedern bewegungslos auf dem Rücken verschränkt.

In ihm sah es anders aus, und das erschreckte ihn, weil es ungewöhnlich war. Vielleicht sollte er sich selbst eine Tablette verschreiben. Zweieinhalb Gramm Dadostemin, und die Sache mit der Nervosität war erledigt.

Das charakteristische Ankunftssignal der erwarteten Hyperfunkübertragung erklang, und Totthamir wandte sich dem Holovidwürfel zu, in dem sich ein verschwommenes Bild aufbaute. Er konnte die Umrisse eines Humanoiden erkennen und sprach, ehe der andere ihm zuvorkam.

»Was wollen Sie? Warum dieses zusätzliche Gespräch?«

Der Unbekannte, der ihm schon viele Solar und Chronners verschafft hatte und darüber hinaus über Quellen von höchst seltenen tierischen Derivaten verfügte, war im Holovid-Würfel nur undeutlich auszumachen. Seine Stimme klang hoch, fast weiblich, aber auch das war nur ein Teil seiner Tarnung, davon war Totthamir überzeugt.

»Warum so unhöflich? Ich hätte mich nicht gemeldet, wenn es nicht wichtig wäre, mein Freund. Auch ich habe zu tun. Aber es gibt Gerüchte, Lordadmiral Atlan da Gonozal sei auf dem Weg nach Peron. Offensichtlich ist uns der alte Arkonide näher gekommen, als uns lieb sein kann. Vielleicht ist er sogar schon auf der Station.«

Totthamir wurde ganz ruhig. Der Erhalt der schlechten Nachricht ließ die Nervosität von einer Sekunde auf die andere verschwinden. Sie klärte die Situation und zeigte ihm auf, wie er zu handeln hatte. »Wie nah ist da Gonozal mir?«

»Zu nah. Miraana ist tot. Sie war ein nützliches Werkzeug, aber ich weiß nicht, ob sie mich letztendlich nicht doch enttäuscht hat. Sie sollte sich laut ihrer Umprogrammierung zerstören, und keine Informationen preisgeben. Stattdessen scheint sie Atlan direkt zu Ihnen geführt zu haben.«

Totthamir fluchte leise. Miraana hatte seinen Aufenthaltsort gekannt, da er ihr Drogen geschickt hatte, aber nicht den ihres gemeinsamen Auftraggebers. Totthamir war einer der ganz wenigen, die wussten, wo er war, denen seine Identität bekannt war, auch wenn er den Namen in einem Gespräch niemals nennen würde. Sollte dieser Funkspruch trotz aller Vorsichtsmaßnahmen und Sicherungen aufgefangen werden, würde nichts auf die wahre Identität seines Auftraggebers schließen lassen.

Weiß ich wirklich, wer er ist?, fragte sich der Ara, der nur einen Namen kannte. Aber was bedeutete schon ein Name? Was tatsächlich hinter der unscheinbaren Fassade des verschwommenen Bildes im Holovid-Würfel lag, wusste auch er nicht. Vielleicht wusste das niemand.

»Das *scheint* also so zu sein, ja? Warum wissen Sie nichts Konkretes?«, fragte er übellaunig. Er wusste, was er sich erlauben konnte. Sein Auftraggeber war von der Lieferung seiner Drogen abhängig. Er brauchte seine Meisterwerke, um die Mentalstabilisierung von Decaree Farou zu umgehen. Ohne ihn und sein Können war er aufgeschmissen und würde nie erfahren, was er über Quinto-Center wissen wollte. »Haben Sie nicht gesagt, Sie haben einen Mann an der Front?«

»Mein eigenes Sicherheitsbedürfnis richtet sich gegen mich«, sagte der andere ungewohnt reumütig. »Mein Mann an der Front kann keinen direkten Kontakt zu mir aufnehmen, und er weiß auch nicht, wo ich mich derzeit aufhalte. Aber ich gehe davon aus, dass wir bald mehr erfahren. Ich bin sicher, mein Verbündeter findet einen Weg, sich uns mitzuteilen.«

Totthamir betrachtete seine Finger, die perfekte Kunstwerke waren und selbst den Unterschied einer Milligrammbelastung wahrnahmen. Es war Zeit zu handeln. »Darauf warte ich nicht. Ich werde fliehen.«

»Einverstanden. Bereiten Sie Ihre Flucht vor, aber seien Sie vorsichtig. Sie können auf kein Schiff der Aras zugreifen, diese Schiffe wird die USO überwachen. Folgen Sie dem Notfallplan, den wir entwickelt haben, falls es soweit kommt.«

Totthamir nickte. »Wie läuft es mit meiner Patientin?«

Der andere machte eine Geste mit der Hand, die Totthamir wegen des pixelartig verwischten Bildes nicht klar deuten konnte. »Sie ist auf einem guten Weg. Vielleicht noch zwei Wochen, dann wird sie überflüssig sein. Die Drogen halten, was sie versprechen. Ihre Arbeit ist ausgezeichnet.«

»Sparen Sie sich die Schmeicheleien, sie sind an mich verschwendet. Mich interessiert nur, ob die Drogen funktionieren. Ich hoffe, ich erhalte später alle Analysen zur Auswertung, um meine Mischungen verbessern zu können.«

»Selbstverständlich. Ich werde mich an die Vereinbarungen halten, aber nun gibt es Wichtigeres zu tun. Vergessen Sie Atlan da Gonozal nicht. Ich weiß, wie zielstrebig er sein kann. Der Lordadmiral ist hartnäckig und wird nicht aufgeben, nach Ihnen zu suchen.«

»Ich bin schon fast abgereist.«

»Gut. Sie wissen, wie Sie mich erreichen. Leben Sie wohl.« Der andere unterbrach die Verbindung.

Totthamir dachte an die Springer-Passage, bei der er sich jederzeit einkaufen konnte, um die Station unbemerkt zu verlassen. Das nächste Schiff ging in fünfzehn Stunden. Bis dahin musste er sich beeilen. Sein Laboratorium war teuer und wertvoll, und viele der darin gelagerten Chemikalien hatten ein Vermögen gekostet. Er musste retten, was zu retten war, ehe die USO ihre gierigen Finger danach ausstreckte und sein Eigentum beschlagnahmte.

Er grinste hämisch. In sein Labor würde niemand eindringen, um seine zurückbleibenden Schätze zu heben. Dafür würde er sorgen.

Kapitel 2

Atlan: Freihandelszone Peron

Ich hatte ein längeres Gespräch mit Ronald Tekener und Quinto-Center hinter mir und fühlte mich ausgelaugt. Tek war ungehalten, weil ich ihn nicht sofort über Decarees Verschwinden informiert hatte, und das nicht nur, weil er hin und wieder als mein Stellvertreter innerhalb der USO agierte. Die beiden hatten ein gutes Verhältnis und waren vor wenigen Jahren gemeinsam in einem Einsatz gewesen. Decaree hatte gerne mit ihm geflirtet, um mich eifersüchtig zu machen, auch wenn sie gewusst hatte, dass ich über derartigen Gefühlen stand.

Tust du das?, hakte der Extrasinn nach. *Oder würdest du es nur gern, Kristallprinz Unnahbar?*

Wichtig ist nur, dass Tek hinter mir steht und die USO bereithält. Er wird Schiffe aktivieren und in Bewegung setzen. Für Peron brauchen wir vielleicht eine Armee.

Ich trat an das Fenster meiner Kabine und blickte hinaus in den Normalraum. Wir hatten den Linearraum verlassen und waren nur noch eine halbe astronomische Einheit von Peron entfernt, der Station, auf der Totthamir sein Refugium besaß. Die Ungeduld in mir war kaum zu bezähmen. Obwohl die Sterne an uns vorbeiflogen, wünschte ich mir einen Transmitter, der mich direkt vor diesen Ara führte, oder noch besser, direkt zu Decaree.

Ich schüttelte leicht den Kopf und entschloss mich, nicht sinnlos aus dem Fenster zu starren und die wenigen Sonnen in der großen Leere zwischen dem Solsystem und Thantur-Lok zu studieren.

Auf meinem Weg zur Kommandozentrale dachte ich über Miraana und ihre Geschichte nach. Eine Anfrage an das Zentralplasma hatte ergeben, dass Miraana nicht vermisst worden war. So wie das Plasma bereit war, seine Posbis für die Terraner in den Krieg zu schicken und dort zu opfern, weil es ihre Existenz als geringer achtete als menschliches Leben, so ging es auch mit biopositronischen Fehlentwicklungen um, ohne dass ihm das grausam erschien. Im Gegenteil: Im Zentrum stand das gemeine Wohl, denn alle Posbis waren über ihre biologische Komponente mit dem Zentralplasma verbunden. Fehlerhafte Posbis wurden aussortiert. Miraana wurde auf der Hundertsonnenwelt als »entsorgt wegen Entartung« geführt. Offensichtlich war »sie« dieser Entsorgung auf nicht nachvollziehbare Weise entgangen. Der Bericht, den wir hatten retten können, ließ keinen Zweifel daran, dass Miraana geglaubt hatte, mit der USO zusammenzuarbeiten.

Es bereitete mir Bauchschmerzen, dass da vielleicht irgendjemand losgezogen war, um einen entarteten Posbi zu entführen und zu manipulieren. Hatte der Unbekannte eine Biomolplast-Maske benutzt, damit er wie ich aussah?

Er kann die Informationen auch einfach nur innerhalb der Positronik verankert haben, als der Posbi nicht aufnahmefähig und bereits teildesaktiviert war, schlug der Extrasinn vor. *Das ist sogar wahrscheinlicher.*

Du meinst, der Posbi hatte falsche Erinnerungen? Kann ein Posbi sich davon täuschen lassen?

Das ist möglich. Du selbst hattest schon jede Menge falsche Erinnerungen, und erschienen sie dir nicht real?

Ich nickte langsam und dachte an die Monolith-Krise vor einigen Jahren. Damals hatte ich nicht nur falsche Erinnerungen von einem Einsatz eingepflanzt bekommen, ich war sogar kurzzeitig von meinem Extrasinn getrennt worden. Auch wenn ich es dem Extrasinn gegenüber ungern zugab, war diese Zeit grauenvoll gewesen.

Trotzdem hat jemand in meinem Namen ein Geschöpf getäuscht und für seine Zwecke eingespannt – auch wenn es sich dabei nur *um einen biopositronischen Roboter gehandelt hat. Ich muss dem ein Ende setzen.*

Das wäre anzuraten, wisperte der Extrasinn.

Ich betrat die Kommandozentrale und ging nach einer kurzen Begrüßung zu Gerry Hanaly. »Wie sieht es aus, Major?«

»Peron ist gerade im Kontakt, Sir. Die Station ist dabei, uns ein Landefenster zuzuweisen, aber sie zieren sich wie siganesische Kaffeehändler, die ihren Vorrat umsonst rausrücken sollen.«

»Wo liegt das Problem?«

Neben mir verdrehte die Funkerin Irina Tarasow die Augen. »Sie wollen Geld, Lordadmiral. Sie feilschen um jeden Chronner. Je eher wir landen wollen, desto mehr wollen sie haben.«

Ich überlegte kurz. Für die Handelsstation Peron war die TOLMAN laut ihrer Kennung zwar ein Schiff der USO, aber keines, das den Lordadmiral persönlich an Bord hatte. Auch wenn wir auf die Schnelle auf keines der getarnten Schiffe der USO hatten zurückgreifen können, sollte zumindest meine Anwesenheit verborgen bleiben. Auch das Äußere des Schiffes war neutral gehalten und bot einem unbeteiligten Beobachter keine verräterischen Anhaltspunkte. »Geben Sie ihnen mehr, als sie fordern.«

»Warum, Sir?« Irina Tarasow runzelte die Stirn. »Warum sollen wir ihnen gutes Geld in den Rachen werfen?«

»Damit sie neugierig werden. Soweit ich unterrichtet bin, herrscht auf Peron ein Geschwisterpaar aus dem Khasurn der Jemanth. Das ist ein zwielichtiges Volk, heruntergekommen, degeneriert und vielleicht auch ein wenig wahnsinnig, da man ihnen Inzucht vorwirft. Aber mit Solar oder Chronners sind sie immer zu bestechen. Von jedem. Nutzen wir das vorerst. Ich will keine unnötige Zeit verlieren. Kaufen Sie uns das nächstbeste Landefenster und eine gute Parkposition, und machen Sie denen verständlich, dass unsere Ankunft geheim zu bleiben hat.«

»Verstanden, Sir.« Irina Tarasow nahm erneut Kontakt zur Station auf.

Ich fragte mich, wo Hoyka Kah steckte. Führte sie noch Gespräche mit hohen Funktionsträgern von Quinto-Center? Von ihren letzten Unterredungen fehlten noch immer die Protokolle. Verheimlichte sie etwas vor mir?

Sie ist mir manchmal eine Spur zu selbstständig, informierte ich den Extrasinn.

Ich hatte erwartet, er würde mir widersprechen, doch das tat er nicht. *Sie verfügt über eine sehr ausgeprägte Persönlichkeit und ein ausgesprochen stabiles Selbstwertgefühl, sonst hätte sie Khelex Damitter nicht vor dir erlaubt, mit uns nach Peron zu kommen.*

Langsam nickte ich und bemerkte den zurückhaltenden Blick Gerry Hanalys. Der Kommandant hatte noch nicht oft mit mir zu tun gehabt und kannte die kurzen Phasen innerer Einkehr nicht, in denen ich mit meinem Extrasinn kommunizierte. Sie mussten befremdlich auf ihn wirken.

Ich konzentrierte mich wieder auf die Kommandozentrale und ging zum Waffenleitstand. Der Feuerleitoffizier war ein Topsider namens Drann'dyr mit ungewöhnlich breiter Schnauze und dünnen Hornlippen. Wegen seines Stützschwanzes verfügte sein Arbeitsplatz über eine Rückenlehne mit integrierter Schwanzmulde, aber nicht über einen Stuhl. Wenn es zu Turbulenzen oder Angriffen kam, konnte er sich mit elastischen Plast-Bändern an der Lehne fixieren lassen. »Wie sieht es aus, Leutnant? Welche Verteidigungsanlagen gibt es?«

Drann'dyr legte die Ansichten mehrerer kugelförmiger Schlachtschiffe auf den in seine Konsole integrierten Schirm. »Es sieht so aus, als verließen sich die Jemanth ganz auf eine Raumabwehr«, schnarrte er in einem zwar perfekten, aber fremdartig modulierten Interkosmo. »Das sind altersschwache Kugelraumer der FUSUF-Klasse. Überreste der Robotflotte des seligen Regenten, und soweit ich das bisher anmessen konnte, sind sie mehr als schlecht bewaffnet und instand gesetzt. Es gibt insgesamt fünf dieser Pötte. Mit den passenden Mitteln können wir sie leicht in die Schranken weisen.«

»Sie meinen, ein Angriff der USO stellt kein Problem dar?«

Die Antwort kam prompt. »Nein, Sir. Unsere modernen Schiffe sind diesem winzigen Arsenal sozusagen khasurnhoch überlegen. Übrigens besteht die ganze Raumstation aus derartigem Schrott. Da hat jemand offensichtlich nach der Zerstörung des Robotregenten ein paar TUSSAN-Schlachtschiffe erbeutet, teilweise zerstückelt und dann zusammengeschweißt. Die verbliebenen Waffensysteme sind allesamt unbedeutend und völlig veraltet. Auch Peron selbst ist also militärisch gesehen nur ein Krogwurmhappen.«

Ich nickte. »Das sehe ich ähnlich. Danke für Ihre Einschätzung.«

Ein kurzer Ankündigungston erklang, und eine gelangweilte, näselnde Männerstimme meldete sich.

»Peron an TOLMAN. Wir haben ihre Überweisung erhalten und bedanken uns im Namen der Hoheiten del Jemanth für Ihre Großzügigkeit. Ihre Parkposition wird Ihnen umgehend übermittelt, einfliegen können Sie sofort.

Carion und Motyra del Jemanth haben dem Eigner des Schiffes mit den eingehenden Daten eine Einladung für den heutigen Ball geschickt. Das Motto des Abends lautet »Ferronische Nächte«. Wir wünschen Ihnen einen angenehmen Aufenthalt auf Peron, der Freihandelswelt zwischen den Imperien.«

»Von ferronischen Nächten habe ich vorerst genug«, murmelte ich, als ich an den blauhäutigen Handlanger Miraanas dachte, der mich mit einem Schocker betäubt und später fast in einen Konverter geworfen hatte.

»Bitte, Sir?«, fragte die Funkerin irritiert nach.

»Schon gut, Leutnant. Antworten Sie entsprechend. Wenn es einen arkonidischen Ball gibt, muss ich mich wohl noch umziehen.«

Meine Stimmung erreichte einen neuen Tiefpunkt. Ich brauchte Ergebnisse und keine verkommenen arkonidischen Adeligen, die ihre Zeit ebenso wie ihre Finanzmittel verschleuderten und auf belanglose Gespräche und sinnlose Zerstreuung aus waren. Die hatte ich in meiner Zeit als Imperator eines Sternenreiches zur Genüge kennengelernt. In Gedanken sah ich mich in einem Szenario stehen, das einem barocken, europäischen Königshaus glich und nur aus leerem Pomp und Schaulaufen bestand.

Du bist in letzter Zeit viel zu negativ, wisperte der Extrasinn. *Erkennst du denn nicht die Chance, die sich dir bietet? Wenn jemand weiß, wie du diesen Ara findest, dann sind es die Jemanth. Ihnen gehört die Station, und auch wenn sie degeneriert sein mögen, sie kontrollieren ihre kleine Welt und wissen, wer sich wo aufhält. Sie wären dumm, wenn sie das nicht täten.*

Ich nickte und stellte mich meinem Schicksal.

Als ich wenige Minuten später erneut in die Kommandozentrale trat, waren wir kurz vor der Landung. Direkt vor dem Schiff öffnete sich ein hell erleuchteter Schlund, der mit Positionslichtern aller Sternenvölker gespickt zu sein schien, und mich bei einem Einflug eher irritiert als unterstützt hätte, doch Major Hanaly flog punktgenau ein und schien keinerlei Probleme mit der Bewältigung der Lichterflut zu haben. Wir glitten einem Band aus grünen Leuchtmarkierungen hinterher.

Ich trug wieder die Biomolplast-Maske des Medikers Leo Fegerl. Die blauen Kontaktlinsen ließen mich blinzeln. Es würde ein paar Minuten dauern, bis ich mich an die Fremdkörper in meinen Augen gewöhnt hatte.

Hoyka Kah und Damitter sahen ausgeruht aus. Der Tahun-Polizist unterhielt sich angeregt mit der Funkerin, während die Generalin ein Stück abseits stand und die Station auf dem Schirm musterte, als sei sie ein Hort des Bösen.

»Peron ist ein gefährlicher Ort«, sagte sie leise, als ich in einem arkonidischen Gala-Anzug für öffentliche Anlässe neben sie trat. Sie hatte die Arme verschränkt und sah mich beim Reden nicht an. Ihre Uniform war kurzärmlig und ließ ihre Arme bis zu den schwarzen Handschuhen frei. Ich ertappte mich dabei, wie mein Blick fasziniert auf ihre Prothese fiel, die Knochen und Sehnen sichtbar machte. Als ich ein Stück nach oben sah, erkannte ich Abscheu in ihrem symmetrischen Gesicht. Ihre Stimme klang angewidert. »Ich habe recherchiert, wer sich alles unter dem Schutzmantel der Jemanth bewegt, und das Ergebnis ist erschreckend.«

»Ich weiß, aber wir sind trotzdem sicher.« Meine Stimme klang beruhigend, obwohl mir gar nicht danach zumute war, ausgerechnet Hoyka Kah zu besänftigen.

So bist du eben, spottete der Extrasinn. *Kaum zeigt ein weibliches Wesen auch nur eine Spur von Sorge, spielst du den Retter des Weltalls.*

Ich ignorierte den unsachgemäßen Kommentar.

»Sicher?« Die Generalin hob eine Augenbraue. »Meinen Sie, mich belügen zu müssen, Sir? Wir sind hier so sicher wie in irgendeiner Spelunke auf Lepso. Diese sogenannte Freihandelsstation zwischen Arkon und Terra liegt 60 Lichtjahre von jedem anständigen Benehmen entfernt. Die Jemanth sind gefährlich, weil sie bereits alles verloren haben. Sie wissen selbst, dass dieser Khasurn einst über ein eigenes Sonnensystem verfügte und es verprasste. Solche sind am schlimmsten, weil sie nichts mehr zu verlieren haben.«

»Da irren Sie sich«, widersprach ich. »Der Verlust des Sonnensystems liegt viele Jahrhunderte zurück. Carion und Motyra del Jemanth haben sehr wohl etwas zu verlieren: Peron.«

Die Generalin schnaufte, als sei die gesamte Handelsstation nicht mehr wert als der Dreck unter ihren Stiefeln. »Selbst wenn es so ist, bewegen sich einige der übelsten Verbrecher der Milchstraße frei in dieser Station. Ein Schiff der USO wird sie aufschrecken. Wir werfen mit Steinen auf ein zugegipstes Hornissennest.«

Innerlich darüber schmunzelnd, dass ausgerechnet die von einer insektenfreien Wasserwelt stammende Paronerin dieses Bild benutzte, erwiderte ich: »Deswegen haben wir uns auch das Stillschweigen der Jemanth erkauft. Es wird nicht durchdringen, dass ein USO-Schiff angelandet ist. Ich bin sicher, dass die Geschwister Totthamir ausliefern, wenn der Preis stimmt.«

»Sie finanzieren damit auf direktem Weg das Verbrechen«, warf sie mir frostig vor. »Ich würde es vorziehen, Totthamir auf eigene Faust zu finden und die Gelder der USO in sinnvollere Bereiche zu investieren, wie etwa in die Ausbildung der Rekruten.«

»Nehmen Sie das als Ansporn. Sie und Kommissar Damitter suchen Totthamir auf eigene Faust. Ich versuche, mehr zu erfahren. Sehen wir, wer schneller ist. Wenn Sie Totthamir vor mir finden, werde ich zusätzliches Geld in ihr derzeitiges Ausbildungsprogramm investieren.«

»Einverstanden, Sir.«

Ich überlegte, ob ich die Arkoniden wirklich bestechen musste. Vielleicht würde es auch genügen, den Jemanth zu drohen. Die USO verfügte über eine eigene Flotte, und Peron konnte aufgrund seiner zwielichtigen Geschäfte weder von den Splitterreichen Arkons noch von Terra Unterstützung erwarten, wenn es angegriffen wurde. Im schlimmsten Fall stand die Station allein da. Wenn auch die galaktopolitische Lage angespannt war, keiner würde wegen eines Angriffs auf Peron einen Krieg beginnen. Dafür waren zu viele Verbrecher jedes Volkes auf der Handelsstation untergekrochen.

Aber eine Drohung war immer ein zweischneidiges Schwert, weil es den Bedrohten zwanghaft zum Feind machte, und ihn in zu einem Gegenschlag drängte. Eine friedliche Einigung war auf jeden Fall vorzuziehen. Ich würde auf mein Gefühl vertrauen, wenn ich den Jemanth gegenüberstand.

Auf dasselbe Gefühl, das dich wie ein Hahn hinter Kikki hat herstolzieren lassen?, fragte der Extrasinn.

Kitti, verbesserte ich automatisch. *Und mein Gefühl hat mich nicht getrogen. Sie wusste etwas.*

Der Extrasinn schwieg und ersparte mir weitere fruchtlose Debatten. Das Raumschiff kam zum Stillstand. Wir hatten unsere Parkposition erreicht und konnten von Bord gehen.

Kapitel 3

Decaree: Wahrheiten

Es gab keinen Kone-Bay. Decaree saß im Bett, beherrscht von diesem einen Gedanken: Es gab keinen Kone-Bay. Welche Konsequenzen hatte das? War das tatsächlich ihr Bett in Quinto-Center? Oder befand sie sich an einem ihr fremden Ort?

Sie versuchte das Zittern zu unterdrücken, das sie überfallen wollte. Obwohl sie sich stabil fühlte wie seit Monaten nicht mehr, machte diese neue Entwicklung ihr Angst.

Sei kein Feigling, Decaree, dachte sie, und zum ersten Mal seit langem war es ihre eigene Stimme, die zu ihr sprach, nicht die des Unal oder eine Fremdstimme.

Hatte es diese Fremdstimme wirklich gegeben? Sie erinnerte sich an die feindlichen Worte in ihrem Kopf. Die Stimme hatte lehrbuchartig geredet, so, wie es von einer endogenen Psychose erwartet wurde. Aber es war keine Psychose gewesen, oder?

Nein. Eine Erkenntnis durchfuhr sie und ließ sie zusammenzucken.

Sie unterdrückte den Impuls, die Nachfüllpatronen unter der Haut an ihren Schläfen zu betasten, die sie zur Befeuchtung der Augen brauchte. Jemand hatte ihr eine siganesische Funkvorrichtung implantiert. Nur deshalb hatte sie eine Stimme in ihrem Kopf gehört. Die Stimme hatte direkt in ihr Ohr geflüstert, doch sie stammte nicht aus ihrem Gehirn, sondern von einem machtvollen Feind.

Langsam legte sie sich zurück und versuchte, ruhig und gleichmäßig zu atmen. Sie stand unter Beobachtung. Bald würde er kommen, der hagere Mann, der sich Kone-Bay nannte. Aber es hatte nie einen Kone-Bay gegeben. Er war eine Suggestion, etwas Fiktives, das man trotz der Mentalstabilisierung in ihr Gehirn gepflanzt hatte. Vermutlich hockte da draußen ein ganzes Heer von Geheimdienst-Spezialisten, die nur eines wollten: Daten über USO-1.

Das Gefühl der Hilflosigkeit drohte sie zu ersticken. Sie glaubte keine Luft mehr zu bekommen, als ob die Atmosphäre sich plötzlich geändert hätte und kein Sauerstoff zur Verfügung stünde. Sie war allein auf einem Todesplaneten. Niemand würde kommen, um sie zu retten, bevor der nächste Ausbruch an Gamma-Strahlung kam und alles Leben mit der Macht von über tausend Arkonbomben vernichtete.

Reiß dich zusammen, fuhr sie sich selbst an. *Denk an deine Ausbildung.*

Sie hatte eine umfangreiche Ausbildung zur Risiko-Agentin erhalten, und auch wenn andere USO-Mitarbeiter wie Hoyka Kah gern auf sie herabsahen, hatte sie dieses Programm nicht durch Atlans Unterstützung und ihre Beziehung zum Lordadmiral bestanden, sondern sich selbst hindurchgekämpft. Oft war sie am Rand eines Nervenzusammenbruchs gewesen, und nur zu gern hätte sie die USO in manchen Momenten komplett in die Luft gesprengt. Aber in diesem Augenblick fühlte sie Dankbarkeit darüber, nicht geschont worden zu sein. Man hatte sie auf Situationen wie diese vorbereitet.

Sie atmete tief ein und aus, erinnerte sich an ihre Meditationseinheiten und glaubte, Atlans beruhigende Hand auf ihrem Brustkorb zu spüren.

»Du bist das Zentrum deines Universums. Du bist die Auslöserin deiner Angst, denn du erschaffst sie.« Seine Stimme war in ihr verankert, ebenso wie seine innere Projektion, und es war fast, als würde er neben ihr stehen. Sie hatte von ihm und der USO eine Menge lernen können. Nun konnte sie all dieses Wissen anwenden, anstatt zitternd im Bett zu liegen und sich vor den Entführern zu fürchten, denen sie ausgeliefert war.

Hör auf, das Opfer zu sein. Du musst den Spieß umdrehen.

Der Gedanke gab ihr Mut. Wo konnte sie ansetzen? Das größte Glück im Unglück war ihre wiederkehrende Sehkraft. Das Unal schenkte ihr immer wieder Bilder der realen Welt. Anscheinend spürte es, dass sie in Gefahr war, und wollte ihr helfen, die Bedrohung abzuwenden. Oder hatte der durch Medikamente zurückgedrängte Wahnsinn eine Blockade gelöst, die sie zuvor am Sehen durch die Splitter gehindert hatte? Es war nicht wichtig. Wichtig war nur, überlegt vorzugehen und jede sich bietende Chance zu nutzen.

Als der vertraute Ankündigungston durch das Zimmer klang und Kone-Bay den Raum betrat, war sie die Ruhe selbst. Ihre Furcht hatte sie tief in sich verborgen.

»Guten Morgen, Decaree.«

»Guten Morgen?«, sagte sie scherzhaft. »Woher willst du auf einem ausgehöhlten Asteroiden wissen, welche Tageszeit herrscht, Kone-Bay?«

Sie hatte längst preisgegeben, dass Quinto-Center ein ausgehöhlter Asteroid war. Aber wo USO-1 lag, das wusste Kone-Bay nicht, und wenn es nach ihr ging, sollte er sich die Zähne daran ausbeißen, es herauszufinden.

»Dir scheint es besser als gestern zu gehen, meine Liebe. Hast du gut geschlafen?«

Die geheuchelte Freundlichkeit, mit der er sich an ihr zu schaffen machte, ihr aus dem Nachthemd half und vielleicht ihren fast nackten Körper begaffte, machte sie wütend. Das war gut. Wut ließ sich in Tatkraft umsetzen. Sie lähmte nicht, wie es Furcht tat.

»Hervorragend, ich bin nur ein wenig zu früh aufgewacht. Was machen wir heute?«

»Du möchtest zu deinem Arbeitsplatz.«

»Selbstverständlich.« Sie bemühte sich, nicht durch ihre Stimme zu verraten, wie sehr sie ihm misstraute. Es war qualvoll sich von ihm schminken und frisieren zu lassen. Seine Hände kannten nahezu jeden Zentimeter ihrer Haut. Vielleicht sogar jeden. Wer war Kone-Bay? Ein Mensch? Zumindest fühlte er sich so an, aber es gab etwas, was sie seit Tagen verstörte: Er roch nicht. Selbst wenn seine Haut ganz nah an ihrer Nase war, konnte sie keinen Geruch wahrnehmen. War er überhaupt ein Humanoider?

Nicht Tage, korrigierte sie sich in Gedanken. *Es können keine Tage sein. Du musst aufpassen, was du denkst, Decaree. Sie haben dich wieder und wieder aufwachen lassen. Vielleicht alle zwei oder drei Stunden. Aber so oft, wie sie dich aufwachen ließen, wurde nicht Tag. Denk aus ihrer Sicht. Sie brauchen Ergebnisse, und das schnell. Deshalb wecken sie dich in einem regelmäßigen Rhythmus und kontrollieren deinen Schlaf durch Medikamente. Das erklärt auch die tiefe Erschöpfung, die du fühlst.*

Kone-Bay gab ihr die Tabletten, doch dieses Mal ließ sie sich nicht überrumpeln. Sie tat, als würde sie brav hinunterschlucken, und wandte sich anschließend sofort geschäftig ihrem Bett zu, um es in Ordnung zu bringen. In einer beiläufigen Geste wischte sie sich über das Gesicht und verbarg die Tabletten in ihrer Hand. Sie schob sie in den Bezug des Kissens.

»Lass das doch«, sagte Kone-Bay.

Decaree erstarrte. Hatte er gemerkt, was sie tat?

»Du musst dein Bett nicht machen«, setze er hinzu, und sie entspannte sich. Ihre Aktion war unentdeckt geblieben. Allerdings musste sie so bald wie möglich ein anderes Versteck finden, denn das Bett wurde sicher überprüft.

»Gut«, sagte sie so fest sie konnte und ließ das Kissen sinken.

»Wir müssen los.« Er fasste ihre Schulter. Sie ließ sich von ihm führen und tat absichtlich ein wenig unbeholfen, als sei sie schwach und kraftlos. In Wahrheit fühlte sie sich erstaunlich stabil, dafür, dass sie wahrscheinlich seit geraumer Zeit keinen geregelten Schlaf fand und jedes Mal bis an ihre Grenze belastet wurde. Sie erinnerte sich, mehrfach ohnmächtig geworden zu sein. Vermutlich lag diese Form des Kontrollverlustes über ihren Körper an der Sperre durch die Mentalstabilisierung. Zwar konnten die Drogen sie beeinflussen, und solange ihr Verstand vom Wahnsinn angegriffen war, ließ sich sogar die Stabilisierung ein Stück weit dehnen, aber nun war sie fester, als ihre Feinde ahnten. Ob das trotz der Überwachung lange ein Geheimnis bleiben konnte? Sie straffte entschlossen die Schultern. Ein guter Agent konnte eine Ohnmacht nicht nur vortäuschen – er konnte ohnmächtig werden, wenn es sein musste.

Aufmerksam musterte sie die Umgebung, ohne den Kopf dabei zu bewegen. Durch die Splitter erkannte sie verschwommen Wände, wie es sie in Quinto-Center gab – allerdings stimmte der Farbton der Wände nicht überein. Da sie als blind galt, hatten sich die Feinde nicht die Mühe gemacht, die richtigen Farben zu verwenden. Vielleicht kannten sie diese auch nicht. Ihre Zunge fuhr zu der Lücke, in der ihr Backenzahn gesessen hatte. Das alles stank nach Geheimdienst. Sie musste einen Weg aus diesem falschen Quinto-Center finden und einen Hyperfunkspruch absetzen, damit die USO sie befreien konnte.

Ein Schauer überlief sie, als sie daran dachte, wie viele Informationen sie ihren Feinden bereits preisgegeben hatte. Aufgrund der anfänglichen Verwirrung konnte sie es nicht genau sagen, aber sie vermutete, dass sie bereits ein Drittel der Strukturen von Quinto-Center offenbart hatte.

»Lass uns zur Hauptzentrale gehen«, forderte Kone-Bay sie auf.

Sie schlug den Weg ein, der dorthin führte, und war sich nicht sicher, wie weit sie zuvor schon gegangen war. Wenn sie einen falschen Weg wählte, war alles aus. Falls der Gegner den richtigen Weg schon kannte, würde er ihn mit dem falschen vergleichen und wissen, dass sie das makabere Spiel durchschaute, das man für sie arrangiert hatte.

Sie müssen so aufwendig vorgehen, um die Mentalstabilisierung zu überlisten, erkannte sie, als sie darüber nachdachte. Nur auf diese subtile Weise war es überhaupt möglich geworden, dass sie so viel verraten hatte. Ob sie bereits Identitäten von Agenten preisgegeben hatte? So sicher sie war, die Koordinaten von Quinto-Center für sich behalten zu haben, so unsicher war sie in diesem Punkt. Der Gedanke schwächte sie. Mussten ihretwegen Agenten sterben? Wurden vielleicht in diesem Moment andere entführt, die nicht das Glück hatten, mentalstabilisiert zu sein? Nicht jeder USO-Mitarbeiter konnte das von sich behaupten, da ein solches Verfahren teuer und aufwendig war.

Sie beobachtete Kone-Bay aus den Splitterwinkeln. Erstaunlicherweise konnte sie nun fast so sehen, als hätte sie Augen. Außer leichten Verzerrungen und Unschärfen gab es keinen Unterschied.

Kone-Bay ging neben ihr her und hielt ein flaches Gerät mit einem breiten Bildschirm in der Hand. Darauf zeichnete er mit dem Finger einen Weg nach. Offensichtlich machte er sich einen Plan der Station oder er verglich, wohin sie gerade gingen. Aber gingen sie überhaupt? Sie hatte mit einem Mal den Eindruck, ihr Vorwärtskommen sei nur eine Illusion. Ging sie auf einem Antigravband? Was um sie herum war real, und was vielleicht nur in ihrem Kopf vorhanden?

Sie passierten eine Kreuzung, die keine war, und Decaree blickte in einen Gang, der plötzlich endete. Dahinter kam einige Meter nichts als grauer Boden, und sie bekam einen Einblick in eine große Halle sowie auf ein gut acht Meter entferntes Schott. Andere Intelligenzwesen waren nicht zu sehen. Wieder blickte sie zu Kone-Bay. Obwohl sie die Umgebung gut wahrnehmen konnte, war sein Gesicht nicht zu erkennen.

Sie blinzelte und ging weiter. Dabei wurde die Welt wieder dunkler. Es war, als würde die Kraft des Unal nachlassen, aber zumindest quälten sie keine Bilder aus anderen Universen, obwohl sie die Tabletten nicht genommen hatte.

Inzwischen war sie überzeugt, dass eine der Tabletten tatsächlich ihren Wahnsinn dämpfte, während die andere nur aus Drogen bestand, die sie benebeln und leichter beeinflussbar machen sollten. Sie musste die erste Tablette strecken und die Zweite regelmäßig im Raum mit der Nasszelle vernichten. Da sie vermutlich mehrmals am Tag geweckt und in das falsche Quinto-Center geführt wurde, nahm sie pro Tag Unmengen an Tabletten ein, was nicht gesund sein konnte.

An einem Schott gab sie den richtigen Kode ein. Sie war sicher, schon einmal mit Kone-Bay an dieser Stelle gewesen zu sein, und wollte ihn nicht misstrauisch machen. Wie lange konnte sie noch gehen, ehe sie ihre Schwäche vortäuschen und eine Ohnmacht herbeiführen musste? Sie wollte auf keinen Fall weitere Strukturen der Station offenbaren und begann systematisch zu wenig zu atmen, um einen Mangelzustand an Sauerstoff herbeizuführen und ihre Werte zu verschlechtern. Falls Kone-Bay sie mit einem Individualabtaster kontrollierte, mussten ihre Vitalwerte glaubhaft absinken. Gleichzeitig konzentrierte sie sich darauf, ihren Herzschlag zu verlangsamen.

Wie schon zuvor trieb Kone-Bay sie an, als sie Schwäche zeigte. Sie ging noch ein Stück weiter, ehe sie kaum mehr atmete und ihr tatsächlich schwindelig wurde.

»Zu müde«, murmelte sie. »Muss ... schlafen.«

Nächstes Mal würde sie vielleicht dank des Unal noch mehr von ihrer Umgebung sehen können. Sie brauchte weitere Informationen, ehe ein Ausbruchsversuch Aussicht auf Erfolg hatte. Sie musste herausfinden, woher Kone-Bay kam und wohin er verschwand. Das war der Weg ihrer Flucht.

»Noch nicht«, widersprach Kone-Bay. »Reiß dich zusammen.«

»Atlan«, murmelte sie leise, als sei der Name ein Auslöser für die Wandlung, die sie an sich selbst vollzog: Sie ließ ihre Furcht aus dem Gefängnis ihres Geistes heraus. Das abgrundtiefe, schreckliche Gefühl der Hilflosigkeit, das sie zittern ließ und ihren Körper überschwemmte. Wieder war sie auf einem Todesplaneten gestrandet, von dem es keine Rettung gab.

»Geht nicht ...«, brachte sie hervor. »Nicht mehr ...«

Die Welt schien sich um sie zu drehen, auch wenn sie es nicht mehr sehen konnte. Es war, als würde der Boden unter ihren Füßen schwanken.

Kone-Bay fluchte, als Angst und Sauerstoffmangel ihr halfen, ohnmächtig zu werden.

Kapitel 4

Atlan: Wege und Irrwege

Da nach der auch auf Peron geltenden terranischen Standardzeit erst früher Nachmittag war, fragte ich von der TOLMAN aus um eine gesonderte Audienz bei Carion und Motyra del Jemanth an, doch ich wurde auf den abendlichen Ball vertröstet. Im Rahmen der alltäglichen Feierlichkeiten sei es möglich, ein kurzes privates Gespräch zu führen. Motyra del Jemanth würde deswegen eigens auf mich zukommen und mich empfangen.

»Wie gehen wir vor?«, fragte Hoyka Kah, die sich mit mir und Damitter in einem kleinen Besprechungsraum innerhalb der TOLMAN zusammengesetzt hatte. »Gibt es eine Möglichkeit an die Daten heranzukommen, die wir brauchen?«

»Darüber habe ich nachgedacht.« Ich tippte mit dem Finger auf die transparente Tischplatte und hielt inne, als mir meine nervöse Geste bewusst wurde. »Wir könnten versuchen die Stations-Positronik zu knacken, aber wenn wir scheitern, ist alles verloren. Dann stehen wir den Jemanth feindlich gegenüber und müssen uns auf Kampfhandlungen einstellen. Wenn wir es schaffen, besteht durchaus die Möglichkeit, keine detaillierten Angaben von Totthamirs Aufenthaltsort zu finden. Dann wären wir das Risiko eines Kleinkrieges umsonst eingegangen. Ich kann mir vorstellen, dass keine offiziellen Angaben vorhanden sind, schließlich zahlt das Gesindel vor Ort ordentlich dafür, nicht auffindbar zu sein.«

Damitter nickte langsam. »Aber wie finden wir Totthamir?«

»Mischen Sie sich unter das Leben und geben Sie vor, Drogen kaufen zu wollen. Besondere Drogen. Natürlich dürfen Sie nicht zu plump dabei vorgehen. Oder Sie versuchen, Informationen zu erwerben. Aras haben oft große Familienverbände und schließen sich zu Gruppen zusammen. Wenn Sie einen Ara finden, kann der vielleicht weiterhelfen.«

»Und Sie?« Hoyka Kah musterte mich eindringlich. Sie wirkte misstrauisch. Glaubte sie, dass ich wegen der ständigen Belastung durch Decarees Entführung nicht voll einsatzfähig war? Natürlich bedrückte mich die Situation, trotzdem enttäuschte mich das geringe Zutrauen, das die Generalin in meine Fähigkeiten hatte. Es war nicht das erste Mal, dass ich in einer angespannten Lage agieren musste, und es würde gewiss nicht das letzte Mal sein.

»Ich werde mich ebenfalls umhören und mehr über die hiesigen Verhältnisse herausfinden. Außerdem brauchen wir einen umfassenden Plan der Station, falls wir schnell auf Totthamir zugreifen müssen. Wissen kann eine wertvollere Waffe sein als ein Kombistrahler oder eine Arkon-Bombe.«

Die Generalin deutete ein Nicken an. Ihr anmutiges Gesicht wirkte, als sei sie die Liebenswürdigkeit in Person und verbarg die Härte ihres Inneren. Ich hatte noch immer nicht ihre Berichte vorliegen, was sie mit Quinto-Center besprochen hatte, wollte ihr aber auch nicht das Gefühl geben, sie zu kontrollieren. Ich musste wenigstens meinen eigenen Leuten vertrauen können, was mir bei ihr schwerer fiel als mir lieb war.

Weiche Schale, harter Kern, verdrehte der Extrasinn ein altes terranisches Sprichwort.

Ich neigte leicht den Kopf. »Haben wir neue Ergebnisse wegen Totthamir, Generalin? Haben Ihre Nachforschungen in Kooperation mit Quinto-Center etwas ergeben?«

»Nein, Lordadmiral.«

Seit wir wussten, dass Totthamir in den Fall verstrickt war, beschäftigte mich vor allem eine Frage: Steckten die Aras hinter Decarees Entführung? In diesem Fall war USO-1 mehr als nur gefährdet, denn die Aras waren die besten Mediziner der Milchstraße. Wenn jemand in der Lage war, einen Drogen-Cocktail zu mixen, der selbst eine Mentalstabilisierung überwand, dann waren es die Galaktischen Mediziner. Aber mussten es die Aras sein? Einerseits lag eine Verbindung auf der Hand, weil Totthamir ein Ara war. Andererseits konnte jede Partei sich eines Aras bedienen und damit gleichzeitig eine falsche Fährte legen. Wenn man herausragende Drogen oder speziellere Medikamente brauchte, war man mit den Spitzköpfen gut beraten. Vielleicht konnten die Aras sogar einen Weg finden, die bei der Mentalstabilisierung gekappten Nervenverbindungen im Gehirn durch eine Operation wieder herzustellen.

Ich seufzte kaum hörbar. Eine Anfrage beim Geheimdienst der Aras würde mich nicht weiterbringen. Sollte ich der Aracom dennoch drohen? Erreichte ich damit mehr, als Decarees Leben zu gefährden, falls sie sich in den Händen der Aras befand? Wir hatten keine Beweise. Unsere Recherchen hatten diesbezüglich nicht den geringsten Hinweis ergeben. Es war der USO nicht bekannt, ob es eine Verbindung zwischen Totthamir und dem Geheimdienst gab. Natürlich konnte eine solche Verbindung trotzdem bestehen.

Deine Gedanken bringen dich im Moment nicht weiter, Herr Lordadmiral, wisperte der Extrasinn. *Hol dir Totthamir.*

»Also gut«, sagte ich abschließend. »Versuchen Sie herauszufinden, was möglich ist, und informieren Sie mich, wenn es Fortschritte gibt.«

Hoyka Kah und Damitter bestätigten. Auch sie hatten sich Tarnidentitäten zugelegt, wenn sie auch ihre Gesichter nicht stark verändert hatten. Einzig Hoyka Kahs Prothese und die Beine wurden komplett von schlichter Kleidung verdeckt, weil sie als Widererkennungsmerkmal zu auffällig waren. Die beiden würden auf der Station als zwielichtige Händler unterwegs sein und konnten im Bedarfsfall Waffen der USO zum Verkauf anbieten.

Wir trennten uns, und ich nutzte die wenigen Stunden bis zum Abend, um mir selbst ein Bild der Station zu machen. Es beruhigte mich, die TOLMAN samt ihrem Team in der Hinterhand zu haben. Im Notfall würde ein Funkspruch genügen, um Verstärkung zu bekommen.

Trotzdem hättest du nicht wieder allein losziehen müssen, rügte der Extrasinn.

Ich stimmte ihm zu, aber ich brauchte diese Zeit für mich. Nach den beiden vergangenen anstrengenden Tagen wollte ich eine Weile allein sein. Auf dem Flug nach Peron war ich mit Hyperfunksprüchen beschäftigt gewesen. Nun wollte ich eine Weile niemandem Rechenschaft ablegen und meine Gedanken sortieren.

Peron zeigte sich von seiner charmantesten Seite. Die Beleuchtung war stark gedämpft, als müsse Strom gespart werden, und verbarg die Risse und Unstimmigkeiten in der tausend Jahre alten Konstruktion. Bei einem näheren Blick kamen in mir Zweifel auf, ob der Stahl tatsächlich hielt, was er versprach. Aber solange die Station nicht ausgerechnet während meines Aufenthalts auseinanderbrach, konnte es mir gleichgültig sein.

Mehrere Wesen gingen achtlos an mir vorbei. Einige Terraner, viele Arkoniden, aber auch Akonen, Springer und Vertreter anderer Sternenvölker. Perons Bewohner bildeten ein wildes Sammelsurium, nur eines hatten diese Wesen gemein: Sie schienen einer Art ungeschriebenem Dress-Code unterworfen zu sein. Selbst der schmierigste Springer war herausgeputzt, als habe der Sonnenkönig persönlich ihn auf sein Schloss eingeladen. Ich war froh, einen Gala-Anzug zu tragen und nicht weiter aufzufallen.

Ich schwebte wahllos in einigen Antigravschächten nach oben und unten. Wie ich schnell herausfand, lebten und feierten die Geschwister del Jemanth im Zentrum der Station. Dort lag ihr von Robotern bewachter Spielbereich, den man nicht ohne ausdrückliche Genehmigung betreten durfte. Es gab Bereiche, die dem öffentlichen Leben dienten, wie Sektion C, in der vor allem galaktische Restaurants und Bars vorherrschten, aber auch gesperrte, durch Roboter gesicherte Abschnitte, in denen Sauerstoff produziert wurde und die Lebenserhaltungssysteme untergebracht waren, sowie Bezirke, in denen man Wohneinheiten mieten konnte. Die Wohneinheiten waren keineswegs nach Völkern sortiert. Wie bei unserer Landung schien es vor allem darauf anzukommen, wie viel man bezahlte. Dabei wurden die Unterkünfte von außen zur Mitte hin immer prächtiger und vor allem auch gepflegter. Die Jemanth residierten wie in einer mittelalterlichen Stadt auf Larsaf III: Von der Mitte her gingen Kreise aus und alle Wege führten letztlich zur Mitte zurück. Ihre Residenz war der Kern dieses winzigen Kosmos.

Sie bevorzugen eindeutig eine feudalistische Struktur, wisperte der Extrasinn. *Sie müssen auch symbolisch der Nabel ihrer Welt sein.*

Ich nickte leicht. Einerseits hatte ich kein Interesse an einer versnobten, feudalistischen Gesellschaft, andererseits weckte sie Erinnerungen an andere Zeiten, die vielleicht nicht die schlechtesten waren. Auch wenn ich keinen gesteigerten Wert auf Aristokratie und Pomp legte, wusste ich ein gutes

Leben sehr wohl zu schätzen und verstand, warum manche Wesen diese Bequemlichkeiten vorzogen.

Wirst du gerade sentimental, Kristallprinz?, fragte der Extrasinn nach.

Ich beachtete ihn nicht und ging weiter.

Auf Totthamir konnte ich nirgends schließen. Weder gab es spezielle Unterkünfte für Aras, noch konnte ich Fabriken oder Laboratorien ausmachen, die besonders gut für die Herstellung von Drogen geeignet wären. Aber ich hatte auch erst ein Fünftel der Station gesehen, und es ging auf den Abend zu. Peron richtete sich nach der terranischen Standardzeit, und langsam musste ich mich bei den Jemanth einfinden. Vielleicht konnten sie mir weiterhelfen.

Hoyka Kah: Ein Ara auf Drogen

»Ich wollte nie Prospektor werden«, sagte Khelex Damitter und stellte einen Humpen mit einem widerwärtig stinkenden Gebräu ab. Es hatte die unappetitliche Farbe von geronnenem Blut.

»Was, bei allen schwarzen Löchern, trinken Sie da?« Hoyka Kah sah sich in der Spelunke um, die am Rand der Station lag und schmutzig wirkte.

»Halutisches Rotbier. Wollen Sie?« Er hielt ihr den Humpen entgegen. »Die Brühe hat mit Halutern selbstverständlich so viel zu tun wie plophosische Ostereier und wird in irgendeiner Brauerei auf Archetz zuammengepanscht, aber sie schmeckt lecker!«

Sie kniff die Lippen aufeinander und schüttelte den Kopf. »Ich bevorzuge einen klaren Verstand.« Sie hätte am liebsten hinzugefügt, dass sie sich in einem Einsatz befänden, aber sie schluckte die Worte hinunter, um ihre Tarnung nicht zu gefährden. Wie gern hätte sie in diesem Augenblick auf dem Aussichtsturm über einem körperlichen Ertüchtigungsfeld auf USTRAC gestanden und mit der Helmoptik das Bild der USO-Frischlinge herangezoomt, die in dampfendem Schlamm versanken oder von freischwebenden Plattformen in Schlingäste stürzten. Alles war besser als in dieser Verhöhnung einer Bar an Informationen kommen zu wollen, die es an diesem Ort nicht gab. Vermutlich hatte ihr Gegenüber sie aus ganz anderen Gründen zum Einkehren überredet: Damitter konnte einfach nicht aufgeben, auf seine verrückte Art um sie zu werben. An die Vereinbarung, sich von ihr fernzuhalten, fühlte er sich jedenfalls nicht gebunden, aber zumindest hatte er seit dem Verlassen Tahuns kein einziges Mal seine Zähne präsentiert. Hoyka Kah wertete das als Fortschritt.

Damitter stellte den Humpen ab und schob ihn über die zerkratzte Tischplatte in ihre Richtung. »Sie sind einfach nicht locker genug, Hoyka. Schalten Sie ab. Wir haben einen anstrengenden Flug hinter uns und gute Geschäfte gemacht.«

Er zwinkerte ihr zu und setzte mit einem Blick auf das Bier leise hinzu.

»Wegen der guten Geschäftsabschlüsse, *Prospektorin*.«

Sie schob den Humpen fort und bestellte sich bei einem rothaarigen Akonen einen sempronesischen Orangensaft. Dabei musterte sie die Anwesenden in der Bar. Einige sahen ziemlich heruntergekommen aus, und an einer Ecke am Tresen, neben einem sonderbar aussehenden Metallkastenspiel, entdeckte sie drei Aras.

Sie beugte sich zu Damitter vor und aktivierte dabei ein Akustikfeld. »Sind die drei Eierköpfe der Grund, warum wir in dieser Bar gelandet sind, oder Ihre Vorliebe für unzumutbare Getränke?« Aras lebten in Suhyags, in sogenannten Klans, die oft nicht nur die Familie einschlossen, sondern auch andere Vertreter ihres Volkes. Wie Atlan bereits erwähnt hatte, gab es eine große Wahrscheinlichkeit dafür, dass die auf Peron untergetauchten Aras einander kannten.

»Beides.« Damitter nickte zu den Aras hinüber und trank. »Es dürfte nur schwierig werden, ihr Interesse zu erregen, ohne aufzufallen. Ich schlage vor, wir warten, bis einer von ihnen die Bar verlässt, und heften uns dann an ihn. Vielleicht können wir ihn bestechen und ein paar Informationen erhalten.«

Hoyka hatte keine Einwände. Ein unverfängliches Gespräch mit drei derart abgerissenen Aras anzufangen hatte wenig Aussicht auf Erfolg. Zum einen würden die Aras sich nicht gern mit fremden Rundköpfen abgeben, zum anderen wirkten diese drei, als wären sie die größten Konsumenten eigener Drogen. Der Mittlere schwankte auf dem Barhocker, während sein links sitzender Kollege unverwandt auf den Tresen starrte, ohne auch nur mit einem Muskel zu zucken. Bedenklich waren Details, die Hoyka nicht entgingen. Narben und falsch zusammengewachsene Handknochen, die von Schlägereien stammen konnten. Da die Aras sie nicht richtig hatten behandeln lassen, waren sie offensichtlich stolz auf diese Kampfspuren. Ob das Auftragsmörder waren? Giftmischer vielleicht, die entweder nicht vor dem Zuschlagen zurückschreckten oder sich ein besonders abschreckendes Äußeres hatten zulegen wollen? Sie sahen jedenfalls aus, als könnten sie ein paar Solar gut gebrauchen. Ihre bunten Mäntel, die sie als Händler auszeichneten, hatten schon bessere Tage gesehen.

Damitter griff auf die Mitte des Tisches und zog aus einer Vertiefung ein Kartenspiel hervor, das einen 3-D-Stempel des Khasurns del Jemanth trug. »Terranische Tarotkarten«, sagte er mit einem Lächeln. »Im barocken Stil. Auf Peron gibt es doch erstaunliche Dinge.« Er hielt ihr die Karten entgegen. »Ziehen Sie eine.«

Hoyka griff nach einer Karte und zog sie aus dem Stapel. Dabei ließ sie die Aras nicht aus den Augen. Sie fragte sich, wie Damitter die drei so viel früher als sie hatte entdecken können. Offensichtlich besaß er mehr Talente, als sie bisher angenommen hatte.

Sie legte die Karte auf den Tisch und Damitter grinste. Seine wasserblauen Augen strahlten sie vergnügt an. »Die Liebenden. Vielleicht weiß das Schicksal mehr als wir?«

Sie sah auf die Karte. »Ich glaube nicht an ein Schicksal. Haben Sie mich oder das Spiel irgendwie manipuliert, damit ich diese Karte ziehe?«

»Das würde ich nie ...«

Sie griff nach dem Stapel Karten in seiner Hand, drehte ihn um und ließ ihn über den Tisch gleiten. Die Karten rutschten auseinander, bis zum Rand, aber keine fiel hinunter. Sie alle trugen dasselbe Bild: das eines königlich gekleideten arkonidischen Paares mit der Nummer sechs. Die Karte der Liebenden.

Hoyka kniff die Augen zusammen. »Das sind Carion und Motyra del Jemanth. Sind sie ein Liebespaar?«

Damitter hob die Schultern. »Ich bin das erste Mal auf Peron. Keine Ahnung, wie die hiesigen Gepflogenheiten sind.«

»Woher wussten Sie dann von den Tarotkarten?«

»Die Funkoffizierin hat es mir erzählt. Leutnant Tarasow. Ich hatte gehofft, Sie damit zu beeindrucken, aber offenbar ist es leichter einen Planeten aus seiner Bahn zu bringen, als Sie zu überraschen.«

»Ich sagte Ihnen bereits auf Tahun, wie wenig ich Überraschungen schätze.«

Er beugte sich vor. In seinen Augen lag ein fiebriger Glanz. »Ich jage gern, Hoyka. Wie wäre es, wenn Sie sich gehen lassen? Warum spielen Sie nicht mit?«

Sie erwiderte seinen Blick, ohne zu blinzeln. »Weil das Leben für Spiele zu kurz ist. Sie würden sich selbst einen großen Gefallen tun, wenn Sie aufhören würden, einer Illusion nachzuhetzen. Ich bin nicht an einer Beziehung interessiert, ganz gleich welcher Art.«

»Und was ist mit Sex? Auch Sie müssen unterdrückte Triebimpulse haben. Da Sie die nicht im Konsum von Süßigkeiten oder Alkohol ersticken, müssen Sie an ihnen leiden.«

Hoyka Kah lächelte. »Ihr simples Gemüt und Ihre nicht durchdachten Worte können mich weder provozieren noch schockieren. Offensichtlich brauchen Sie dringend eine Frau, aber bitte verschonen Sie mich mit Ihrem Anliegen. Für Mildtätigkeit und Opferbereitschaft bin ich nicht bekannt.«

Damitter lehnte sich zurück. »Meinetwegen. Ich gebe auf. Wer kaut schon gern auf Stahlplast herum. Sie sind ungenießbar, Hoyka.«

»Das fasse ich als Kompliment auf. «

Er legte den Kopf schief und betrachtete sie mit einem Ausdruck von Respekt. »Vielleicht sollten wir von vorn beginnen. Ich habe Sie unterschätzt, und das wird nicht noch einmal geschehen.«

Hoyka ertappte sich dabei, Damitters Antrag nicht abgeneigt zu sein. Eine gesunde Portion Sturheit wusste sie zu schätzen. Durchhaltevermögen zeichnete einen guten Agenten aus, und auch das Festhalten an Zielen, obwohl eine Situation aussichtslos schien. Aber waren Damitters Worte mehr als ein erneuter Versuch, sie zu beeindrucken?

Sein Mund verzog sich zu einem schiefen Lächeln. »Sind Sie da...?«

Er unterbrach sich und stand hastig auf. Einer der Aras hatte den Tresen verlassen. Es war der Mittlere, und er schwankte so stark, dass ein sicheres Erreichen des Ausgangs an ein Wunder grenzte.

Hoyka stand ebenfalls auf und folgte Damitter und dem Ara. Das Gespräch mit ihm drängte sie in den Hintergrund. Ab jetzt zählte nur der Auftrag des Lordadmirals.

Sie gingen einen langen Gang entlang, der an der Außenseite der sich drehenden Station lag und in die Richtung einer Sauerstoffanlage führte. Durch die Panzertroplonscheibe konnte sie die Sterne und ein Kugelschiff der Jemanth erkennen. Da der Gang verlassen war, nutzten sie stillschweigend die Chance, gingen schneller und holten den Ara ein.

»Warten Sie«, sagte Damitter und griff den Schwankenden an der Schulter. »Wir haben ein paar Fragen.«

Der Ara blieb stehen und drehte sich schwerfällig um. Sein eiförmiger Kopf pendelte über den Schultern. Hoyka rechnete mit einem Schlagangriff, doch der Ara kniff lediglich die Augen zusammen, um sie besser fixieren zu können. Seine Stimme war abweisend.

»Was wollt ihr? Xerxas? Ich bin kein Dealer, klar. Ich hab's nur für den Eigenkonsum, das ist nicht verboten.«

»Wir wollen keine Drogen«, mischte sich Hoyka ein. »Wir wollen Informationen über Peron kaufen.«

»Informationen?« Der Ara lachte keckernd. »Die gibt's beim Bewahrer, hübsche Dame, aber der lässt nicht jeden vor. Ihr seid neu auf Peron, oder?« Er stützte sich an der Wand ab. »Frischlinge, das seid ihr.« Sein Blick fixierte Hoyka Kah, es war, als sei Damitter nicht mehr vorhanden. »Aber Sie sind keine, mit der man sich anlegen sollte, nicht? Sehn aus, als könnten Sie kein Schwingquärzchen heben, und ham sicher mehr Blut an den Händen als der ganze Rest. So was seh' ich an der Iris. Is 'ne ganz normale

Diagnostik, wenn man weiß, worauf man achten muss.« Er wandte sich Damitter zu. »Und Sie sind scharf auf die Braut. Armer Irrer.«

Hoyka fragte sich, ob der Ara sie vielleicht in der Bar belauscht hatte. Manche Aras ließen sich künstlich optimieren. Vielleicht hatte dieser ein verbessertes Gehör, oder er trug eine hochwertige Abhörtechnik bei sich.

Damitter ließ ihn los und trat einen Schritt zurück. Auf die Worte des Aras ging er nicht ein. »Wir bezahlen gut.«

Der Ara kratzte sich an seinem kahlen, mit beweglichen Dornenranken tätowierten Kopf. »Kann sein, aber so läuft das auf Peron nicht. Wir alle haben Dreck an den Händen. Keiner wird den anderen verraten, das ist die Piraten-Ehre.«

»Piraten-Ehre«, schnaubte Hoyka leise. »Sie haben Angst, von den anderen Stationsbewohnern gelyncht zu werden, das ist es doch.«

Damitter sah sie strafend an. »Hören Sie, Sie sollen niemanden ausliefern. Wir suchen jemanden zum beiderseitigen Vorteil.«

Der Ara legte den Kopf schief. »Ach ja? Und wer sagt mir, dass ihr zwei Vögel nicht vom Solaren Imperium seid«, er spuckte auf den Boden, »oder von der USO?«

Hoyka war erstaunt, wie klar sich der Ara auf Interkosmo artikulieren konnte. Sie hatte erwartet, es mit einem Wesen zu tun zu haben, das vollkommen benebelt war, doch dieser Ara schien noch klar bei Verstand zu sein und die richtigen Schlüsse zu ziehen.

»Dieser Bewahrer – wo ist er?«, fragte sie mit neutraler Stimme.

Der Ara legte die krummen Finger ineinander und starrte auf seine schmutzigen Nägel. »Der ist ganz innen. Ist ein Liebling von Motyra. Nur sie kann Termine vergeben. Manche munkeln, sie hätte was mit ihm.«

Hoyka wechselte einen Blick mit Damitter. Das war zumindest eine Information, die dem Lordadmiral weiterhelfen konnte. Vielleicht konnte er sich einen Termin bei diesem Bewahrer geben lassen, falls er nicht über die Geschwister del Jemanth herausfand, was er wissen wollte.

»Was weiß der Bewahrer?«, fragte Damitter nach.

»Alles über Peron«, schnappte der Ara. »Und jetzt entschuldigen Sie mich, ich habe zu tun.«

Er riss sich von Damitters Hand los und wankte den Gang hinunter.

Hoyka sah ihm nach. »Ich werde den Lordadmiral in Kenntnis setzen«, sagte sie leise und aktivierte dabei sicherheitshalber ein Akustikfeld.

Damitter stimmte ihr zu. »Und ich werde weiter versuchen, mehr über die Station herauszufinden. Vielleicht sind nicht alle Bewohner so zugeknöpft wie dieser, und ich finde jemanden, der redet.«

Als sie sich trennten, musste Hoyka daran denken, dass es wohl keine gesonderten Finanzmittel für USTRAC geben würde, da der Lordadmiral klar im Vorteil war und herausfinden würde, wo sich Totthamir befand. Das Gespräch mit Damitter in der Bar hatte sie schon so gut wie vergessen.

Atlan: Familienbande

Ich betrachtete den verschwenderischen Reichtum der Residenz der Jemanth. Das wabenartig strukturierte Zentrum bildete einen starken Gegensatz zu der heruntergekommenen Station. Es wurde von metallenen Stützpfeilern gehalten, die es wie eine Station innerhalb einer Station aussehen ließen. Ein Antigravschacht genau unterhalb der Residenz schien der einzige Zugang zu sein.

Aufgrund der Einladung wurde ich von den Wachrobotern problemlos zum Schacht vorgelassen und von einem Bedienroboter in eine Vorhalle im mittleren und breitesten Bereich des kugelförmigen Zentrums geleitet. Da die Halle einen transparenten Boden hatte, konnte ich weitere Wachroboter und imposante Statuen sehen, die unter mir standen. Als ich mich bewegte, verdunkelte sich der Boden und eine Vielzahl kleiner Lichter erhellte die Umgebung wie winzige Sonnen.

»Von hier aus können Sie sich frei bewegen, Zhdor. Alle nicht zugänglichen Türen sind verschlossen und gesichert. Bitte respektieren Sie diesen Privatraum meiner Herren.«

Ich machte eine zustimmende Geste und ging durch die leere Vorhalle hindurch, die durch Projektionen an der Wand den Eindruck vermittelte, direkt durch die Milchstraße zu spazieren. Dabei wanderte ich nicht an irgendwelchen Sternen und Planeten vorbei, sondern an einem bestimmten Abschnitt. Die Projektionen zeigten die Heimatwelten der Arkoniden und führten auf ein System zu, das den Jemanth vor einigen Jahrhunderten gehört hatte: Kornihs, mit den beiden Hauptwelten Imponta und Damens. Beides waren keine wirklich schön zu nennenden Planeten. Zwar verfügte Damens über traumhafte Landstriche, doch die tektonischen Platten des Planeten waren nicht so stabil wie etwa auf Larsaf III oder Arkon und es kam immer wieder zu schweren Beben. Bei Imponta bestand dagegen das Problem, dass alle zehntausend Jahre Lava aus dem Erdkern nach oben abfloss und für ein heilloses Durcheinander sowie für ein Abtauen von Eisregionen sorgte.

Trotz der Mängel des Systems schienen die Jemanth noch immer stark an ihm und der Vergangenheit zu hängen, wie überhaupt viele Arkoniden dazu neigten, zu sehr im Vergangenen zu leben. Seit der Auflösung des Vereinten Imperiums und der Vernichtung seiner Kriegswelt war Arkon weitgehend in der Bedeutungslosigkeit versunken, und es gab nicht wenige, die den glorreichen alten Zeiten nachtrauerten. Sie träumten vom Glanz und vom Ruhm des Tai Ark'Tussan und verweilten lieber im Gestern, als nach vorne zu sehen.

Ich hielt kurz inne, als mich eine Nachricht von Hoyka Kah erreichte. Die Generalin informierte mich darin über einen *Bewahrer*. Vielleicht war das ein bestimmtes Amt innerhalb des Stationsgefüges. Ich würde es herausfinden.

Ein Schott öffnete sich vor mir und ein Gemisch aus Musik, lauten Stimmen und Lachen drang mir entgegen. Ich betrat einen großen Saal, der nach oben hin weiter wurde und sichtlich der Trichterform eines Khasurn nachempfunden war. Springbrunnen und plätscherndes Wasser, sowie eine Vielzahl exotischer Pflanzen schufen eine ungewöhnliche und zugleich luxuriöse Atmosphäre. Auch in diesem Saal war der Boden teils durchsichtig und gewährte Einblicke in zauberhafte Blumengärten, die zum Lustwandeln über ihnen einluden und in ihrer Gesamthöhe nicht mehr als vierzig Zentimeter maßen. Mir fiel auf, dass sogar verschiedene Jahreszeiten dargestellt waren. Unter der Platte zu meinen Füßen ragten weiße, krokusartige Blüten aus violettem Schnee hervor.

Gut hundert Terraner, Arkoniden und andere Wesen standen in kleinen Grüppchen über den Blüten zusammen und unterhielten sich. Viele tranken Wein. Ich entdeckte auch einige Einzelgänger, die die wertvollen Arbeiten aus schimmernden Steinen und Edelhölzern an den Wänden betrachteten, und imitierte ihr Verhalten, um mich anzupassen. Die Steine bildeten Mosaike, die Feuer und Eis zeigten, und immer wieder Ansichten der beiden Planeten Imponta und Damens lieferten. Es war, als sei der gesamte Raum ein Schrein der Vergangenheit, der die schönsten Dinge des Kornihs-Systems bewahren sollte.

Ein Roboter rollte geschäftig an mir vorbei und drückt mir im Fahren ein leeres Glas in die Hand. Was sollte ich mit einem leeren Glas? Neugierig beobachtete ich andere Gäste. Eben hatte ein Epsaler sein Glas geleert und ging auf einen der Brunnen zu. Er tauchte das Gefäß hinein, und ich bemerkte erst in diesem Moment das rot gefärbte Wasser.

Die Springbrunnen im Raum lieferten offensichtlich Wein. Ich folgte dem Beispiel des Epsalers und füllte mein Glas, als es plötzlich still wurde. Durch eine Flügeltür traten in pompösen Gewandungen Carion und Motyra del Jemanth in den Mittelpunkt des Geschehens. Die Anwesenden bildeten respektvoll eine Gasse, durch die das Geschwisterpaar in die Raummitte zu einem besonders schön gefertigten Kristallbrunnen schritt. Beide wirkten noch jung, und sie hielten einander so eng umschlungen, als seien sie ein Liebespaar.

Während ich einen Schluck trank – der Wein war vorzüglich und genau auf die richtige Temperatur gebracht – klatschte Motyra in die Hände und die Musik erklang erneut. Das Reden und Lachen setzte wieder ein, wenn es mir auch eine Spur zurückhaltender erschien als noch vor wenigen Augenblicken.

Ich leerte das Glas und beschloss, keine Zeit zu verlieren. An den Steinbildern entlanggehend suchte ich die Nähe der Jemanth und passte einen Moment ab, in dem sie nicht von Anbetern belagert waren. Mit forschen Schritten ging ich auf Carion del Jemanth zu. Der junge Mann hatte eine arkonidenuntypisch dunkle Hautfärbung, während seine Schwester für eine Vertreterin meines Volkes ziemlich bleich war. Vielleicht hatten die beiden mit bestimmten Mittelchen nachgeholfen, um sich von der Masse abzusetzen.

»Darf ich Ihnen meine Aufwartung machen, Carion und Motyra del Jemanth?«

Die Geschwister sahen einander an, und ich glaubte, Verachtung in ihren Gesichtern zu sehen. Vielleicht war es doch ein Fehler gewesen, die Maske von Leo Fegerl zu behalten, der Halbarkonide war und deshalb für die Aristokraten einen geringeren Wert hatte. Ich musste mich mit den beiden allein unterhalten, um schneller zu brauchbaren Ergebnissen zu kommen. In der Abgeschiedenheit konnte ich die Maske fallen lassen.

»Wer ist Er?«, fragte die durchaus gut aussehende Frau, um deren Mund ein arroganter Zug lag. Carion dagegen wirkte wie ein Träumer, der noch nicht in der Realität angekommen war. Seine weichen Lippen ergänzten große, rotbraune Augen – offenkundig durch Kontaktlinsen oder Injektionen gefärbt. Er zog seine Schwester noch ein Stück näher zu sich und legte seine feingliedrige Hand auf den bauchigen Stofflagen ihres Kleides ab.

»Ich bin erst vor wenigen Stunden gelandet und habe Ihnen eine Kleinigkeit zukommen lassen. Wenn möglich würde ich gern allein mit Ihnen reden.«

»Allein mit Ihm reden? Er ist recht forsch, nicht wahr, Motyra?«, fragte Carion seine Schwester und ließ seine Hand dabei vom Stoff des Kleides zu ihrer geschnürten Taille gleiten.

»Ich will nicht unhöflich erscheinen.« Ich lächelte die beiden freundlich an und versuchte die Hand zu ignorieren, die nun auf der Hüfte Motyras ein Eigenleben zu führen schien. »Aber ich habe wenig Zeit. Können wir uns in einem privaten Raum unterhalten? Allein?«

Carions Blick war abweisend. »Er ist nicht der Einzige, der mit uns reden möchte, und wir haben Zeit genug für uns und Ihn.«

Ich atmete tief ein. Im Betteln war ich nicht besonders bewandert, aber es war auch nicht ratsam, meine Identität vor dem versammelten Saal offenzulegen. Es konnte leicht ein Spion unter der Menge sein, jemand, der Totthamir kannte oder ihn gegen Geld warnte, dass ich anwesend war.

Ich schenkte Motyra meine ganze Aufmerksamkeit. »Es wird nicht lange dauern. Verzeihen Sie meine Impertinenz, aber man hat mir im Vorfeld bestätigt, Sie seien bereit, ein Gespräch mit mir zu führen.«

Motyra klatschte die Hände zusammen und erinnerte mich damit kurioserweise an eine Seekuh, die ihre Hinterflosse aufschlug.

»Er kommt von dem USO-Schiff!«, quietschte sie vergnügt.

Ich war versucht ihre Hände zu packen, unterdrückte den Impuls aber. »Oh ja, und Er hat dafür bezahlt, dass das nicht publik wird«, zischte ich ihr zu. Geduld war nie meine größte Stärke gewesen, und in diesem Augenblick spürte ich deutlich, wie sie sich von mir verabschiedete.

Motyra sah verwirrt, aber auch verärgert aus. »Carion, schicke ihn weg. Ich mag nicht, wie er mit mir redet.«

Auf das fein geschnittene Gesicht des arkonidischen Adeligen schlich sich ein Lächeln. »Ich soll einen ehemaligen Imperator wegschicken? Einen Zhdopanthi? Welcher Arkonide von Format kann das schon?« Er wies auf die Ausbuchtung unter meinem schwarzen Hemd.

Der weißhaarigen Frau schienen die Augen aus dem Gesicht fallen zu wollen, aber wenigstens klatschte sie nicht mehr in ihre Hände. »Du meinst ...? Das ist ein *Zellaktivator*?«

»Ja, Schatz, ich meine. Sieh ihn dir doch an. Er ist durch und durch ein Gonozal, ungestüm, fordernd und hartnäckig. Mit Sicherheit trägt er eine Maske.«

Gratulation, Ex-Imperator, kommentierte der Extrasinn. *Alle sehen euch an. Sicher hat der halbe Saal belauscht, worüber ihr sprecht. Wenn dein Zellaktivator nicht auf dich geeicht wäre, könntest du die nächste Nacht in einem Hochsicherheitstrakt verbringen. Ging das nicht unauffälliger?*

Wenn du wieder einmal alles besser weißt, warum meldest du dich dann nicht rechtzeitig?, gab ich unwirsch zurück.

»Können wir nun in einen separaten Raum gehen, oder nicht?«, fragte ich mit einer eisigen Ruhe, die ich innerlich keineswegs spürte. Das kindische Verhalten der Jemanth machte meine Mission noch schwerer und vereitelte vielleicht einen Zugriff auf Totthamir. Am meisten beunruhigte mich, dass ich dieses Verhalten nicht einschätzen konnte. Es war irrational. Waren die Jemanth tatsächlich so simpel gestrickt, wie sie sich mir gegenüber präsentierten, oder stellten sie sich so naiv, um ihre Schützlinge auf der Station zu warnen? Mir erschien die zweite Möglichkeit plausibler, und das beunruhigte mich.

Motyra del Jemanth löste ihren Arm von ihrem Bruder und bot ihn mir mit einer huldvollen Geste an. »Kommt mit«, säuselte sie. »Es gibt einen Flora-Prunkraum, gleich nebenan, der über einen akustischen Schutz verfügt.«

Carion folgte uns in gemessenem Abstand und ich beobachtete, wie Motyra ihm einen verheißungsvollen Blick zuwarf. Entweder waren die beiden gar keine Geschwister oder es störte sie nicht, dass sie welche waren. Ihre Beziehung schien weit inniger als unter Geschwistern üblich.

Wir kamen in einen Raum, der mit einer Unzahl von akkurat geschnittenen Pflanzen in allen nur erdenklichen Farben ausgestattet war. Unter dem künstlichen Licht standen Sofas, Stühle, Tische und sogar Vasen, die aus getrimmten Pflanzen geformt waren. Neben mir stand ein Sessel aus violettroten Darikibüschen von Damens.

»Nicht hinsetzen«, kicherte Motyra. »Sie sondern ein Gift ab, das die Nerven irritiert. Es ist nicht tödlich, aber sehr unangenehm.«

Ich machte einen Schritt von der Pflanze fort und wartete, bis Carion das Akustikfeld um uns gelegt hatte.

»Sie wissen, wer ich bin«, kam ich sofort zum Punkt. »Ich möchte Ihnen keine Unannehmlichkeiten machen, aber ich suche einen Ara, der auf dieser Station untergekrochen ist. Je schneller ich diesen Ara gefunden habe, desto schneller bin ich verschwunden.«

Motyra löste sich von mir und schmiegte sich wieder an ihren Bruder. »Einen Ara? Wie heißt er?«

»Totthamir.«

»Er betreibt ein Labor«, sagte Carion überraschend zugänglich. Ich hatte nicht damit gerechnet, Kooperationsbereitschaft bei ihm vorzufinden. »Aber ich weiß nicht wo.«

Der Nachsatz dämpfte meine Hoffnung. Versuchten die Jemanth mit mir zu spielen?

»Die Aras!« Motyra sah nachdenklich aus. »Von denen nehme ich immer denselben Betrag, aber wohnen dürfen sie, wo etwas frei ist. Wir erlauben sogar das Wechseln und Tauschen von Wohneinheiten innerhalb der Station, aber sind nicht darüber informiert, versteht Ihr? Das ist eine Schutzabmachung für Fälle wie diesen.« Sie kicherte und fing sich einen strafenden Blick ihres Bruders ein. Offensichtlich war ihm seine Schwester zu geschwätzig.

Ich spielte den Trumpf aus, den mir Hoyka Kah zugesteckt hatte. »Was ist mit dem Bewahrer? Kann ich ihn sprechen?«

Carions Blick wurde misstrauisch. »Ihr wisst vom Bewahrer, Zhdopanthi?«

»Ich weiß einiges, und ich lasse mich nicht für dumm verkaufen. Vergessen Sie nicht, wer ich bin.«

Vorsicht, warnte der Extrasinn. *Wenn du ihn zu hart angehst, wird er in die Defensive gehen und dichtmachen.*

Sie werden reden, sandte ich mental zurück. *Entweder infolge von Drohungen oder von Geld.*

»Der Bewahrer ist unsere lebende Positronik«, kicherte die weißhaarige Arkonidin. Sie berührte eine glitzernde Kette an ihrem Hals, mit der sie ohne Probleme einen Großraumgleiter hätte kaufen können, falls die Steine echt waren. »Er weiß und sammelt alles. Sein Gedächtnis ist fotogen.«

»Fotografisch«, verbesserte ihr Bruder. »Aber das musst du Atlan da Gonozal nicht erklären, nicht wahr?«

»Oh.« Ihre Augen strahlten, als sie begriff, worauf ihr Bruder sie hinwies. »Er hat selbst eines. Wie ist das so, wenn man sich alles merken kann und niemals ein Detail vergisst?«

Ich musterte sie von oben bis unten, und es war mir egal, ob ich in diesem Augenblick respektlos wirkte. »Manchmal bedauert man es. Wer oder was ist dieser Bewahrer?«

»Er ist nur ein armer, alter Eigenbrötler, der wirr geworden ist«, murmelte Carion abweisend. »Wir sollten ihm seinen Frieden lassen.«

»Ich will ihn sehen, sofort«, verlangte ich mit der stolzen Haltung eines arkonidischen Imperators. Ich merkte, dass die Geste durchaus Eindruck auf die beiden machte.

Motyra seufzte. »Ist er nicht herrlich? So dominant. Am liebsten würde ich ihn behalten, Carion. Er dürfte mir sogar ein Tamasoori-Halsband anlegen.«

Ihr Bruder gab ihr einen Klaps auf die Stofflagen über ihrem Po. »Vergiss das, Schatz. Er passt nicht in deine Sammlung. Führ ihn zum Bewahrer, bevor er uns mit einer Flotte der USO droht.«

Ich war überrascht, wie schnell Carion auf dieses Thema kam. Wusste er von den Schiffen? Offensichtlich steckte in dem Arkoniden mehr als ein ewig Träumender, der dem Glanz vergangener Zeiten nachhing.

Der Arkonide sah mich herausfordernd an. »Ihr habt doch einen eigenen kleinen Verband in einem Ortungsschatten liegen, Zhdopanthi, nicht war? Eines unserer wenigen Patrouillenschiffe hat sie entdeckt, diese Flotte. Noch sind es nur drei Schiffe, aber sicher werden es bald mehr sein. Man munkelt, Einheiten der USO vermehrten sich rasch. Wie lang habt Ihr vor, uns besetzt zu halten?«

»Nur solange, bis ich bekomme, was ich will.«

Motyra verdrehte die Augen. »Wenn das so ist, dann kommt mit, bevor der ganze Spaß vorbei ist und ich die Feierlichkeiten verpasse.«

Sie stolzierte aus dem Akustikfeld. Carion und ich tauschten einen langen Blick, und ich fragte mich, wie der Arkonide zu mir stand. Hasste er mich, wie so viele Arkoniden, weil ich maßgeblich am Auflösen des einstigen Großreiches beteiligt gewesen war? Oder gab es in ihm einen Funken Respekt vor meiner Geschichte und vor allem meiner hochadeligen Herkunft? Wenn ich Pech hatte, hatte ich in ihm einen Feind, der Totthamir warnte. Ich musste eine Flucht des Aras auf jeden Fall unterbinden.

»Einen Augenblick noch.« Ich versuchte auf den Grund von Carions Sein zu schauen, aber ich erkannte nichts als die glatte Fassade eines geübten Schauspielers. Er inszenierte sich jeden Tag selbst, und er konnte auch mich täuschen.

»Was denn nun?«, fragte Motyra unwirsch. »Erst geht es Euch nicht schnell genug, dann ...«

»Lassen Sie kein Schiff mehr starten«, unterbrach ich sie.

Carion verengte die Augen. »Es ist Euch ernst mit Eurer Ansage, nicht wahr? Ihr wollt diesen Totthamir unter allen Umständen.«

»Es ist mir ernst. Werden Sie einen dementsprechenden Befehl veranlassen?«

Der Arkonide seufzte. »Ich werde es tun. Aber erwartet nicht, dass sich alle Schiffe daran halten. Falls jemand gegen meinen Befehl aufbricht, werde ich ihn nicht abschießen. Das muss der ehemalige Imperator schon selbst erledigen.«

»Einverstanden.«

»Können wir gehen?«, mischte sich Motyra ungeduldig ein, und ich fragte mich, ob sie jemals erwachsen sein würde. Sie war ein Kind im Körper einer Frau. Wahrscheinlich hatte sie nie um irgendetwas kämpfen müssen. Sie lebte in einem Schlaraffenland und ging davon aus, dass jedes ihrer Bedürfnisse umgehend befriedigt wurde. In ihrer Welt wuchsen ihr die Trauben vor den Mund.

Ich folgte ihr, und sie führte mich in einen kreisrunden Raum, der nur am Boden und an der Decke abgeplattet war, wie ein Planet an seinen Polen. Der Raum war mit Regalen angefüllt, die über die gesamten Wände reichten und ihn noch kleiner wirken ließen, als er ohnehin schon war.

Auf einem in einem Antigravfeld schwebenden Podest stand ein kleines Männchen, das mir kaum bis zur Brust reichte. Es hatte ein stark gebogenes Rückgrat und einen wilden, in alle Richtungen wuchernden weißen Haarschopf. Ob der Mann Terraner oder Kolonialterraner war, konnte ich nicht erschließen. Vielleicht war es sogar ein Arkonide, der an einer sehr seltenen Krankheit meines Volkes litt.

Motyra ging wieder hinaus und ließ mich mit dem kleinen Mann allein.

»Entschuldigen Sie die Störung«, sagte ich höflich, als ich merkte, wie erschrocken der Alte über meine Anwesenheit wirkte. »Sie sind der Bewahrer?«

»Einen anderen Namen trage ich nicht mehr«, murmelte er mit rauer Stimme und ließ die Plattform nach unten sinken, bis wir beide auf Augenhöhe waren. In dieser Position ließ er die Plattform schweben und glich damit den Größenunterschied zwischen uns aus. »Und wer sind Sie?«

»Leo Fegerl. Ich suche einen Ara namens Totthamir.«

»Totthamir, so so«, der Alte strich sich fahrig über seinen Hals und richtete den Kragen an seinem Hemd. Etwas an der Geste irritierte mich, aber ich konnte nicht sagen, was es war.

»Wo finde ich ihn?«, setzte ich hinzu.

Die Augen des Alten schimmerten rötlich. Er blickte einen Moment in eine undefinierbare Ferne. »Wollen meine Kinder, dass ich Ihnen helfe, Leo Fegerl?«

»Ihre Kinder?«, echote ich verblüfft.

Er meint Carion und Motyra, belehrte mich der Extrasinn. *Siehst du denn nicht die Ähnlichkeiten zwischen ihnen?*

»Ja«, schaltete ich sofort, und musste dem Extrasinn zustimmen. Anscheinend war der alte Arkonide krank, und seine Wirbelsäule hatte sich verformt, trotzdem konnte ich die Ähnlichkeit der Geschwister und des alten Mannes gut ausmachen. Besonders um die Augen und Nasenpartie gab es Gemeinsamkeiten, und alle drei hatten eine hohe Stirn und volle Augenbrauen.

»Sie sind eine Schande. Alles an diesem Ort ist eine Schande. Nur die Hyperkristalle sind gut. Sie lügen niemals und drehen sich nicht um sich selbst.«

»Totthamir«, erinnerte ich den Bewahrer. Er warf mir einen düsteren Blick zu.

»Und Sie? Ungeduldig sind Sie. Von ein paar Minuten Warten wird das Universum nicht untergehen.«

»Manchmal schon«, entgegnete ich mit einem schwachen Lächeln. Unter anderen Umständen hätte ich dieses Gespräch genießen können, denn wer wusste besser als ich, wie wichtig manchmal ein paar Minuten waren, wenn es um die Rettung eines Universums ging.

»Sie reden wie einer von diesen Aktivatorträgern. Wie jemand, der innerhalb von Sekunden desintegriert, was andere Jahrtausende lang aufgebaut haben. Ich muss da entlang, also löse ich die Steine in ihre Moleküle auf. Ich brauche Platz, na schön, dann sprenge ich eben einen Planeten ...«

»Bitte«, unterbrach ich so respektvoll wie möglich, denn der Alte wirkte auf mich verbittert und gekränkt, aber nicht bösartig. Vermutlich war er einsam und konnte mit niemandem über seine Gefühle sprechen. Kurioserweise schien er tatsächlich bewahren zu wollen, während seine Kinder sich darüber keine Gedanken zu machen schienen. »Wo ist Totthamir?«

Der Bewahrer warf seine weißen Haare zurück und sprach nun schnell und verärgert. »Er hat ein Labor in Sektor E, Nummer 52-3. Ich habe es ihm selbst zugewiesen. War's das?«

»Vielen Dank für die Information.«

Ich hob mein Multifunktionsgerät und gab die Adresse sofort an Hoyka Kah weiter. Danach wandte ich mich wieder an den Mann, der sich von mir fortgedreht hatte und sichtlich missmutig in einem Regal wühlte.

»Wie ist es mit seiner Wohnung? Wurde ihm eine Einheit zugewiesen?«

»Verschwinden Sie, wenn ich geantwortet habe?«

»Ja.«

»Ebene B, Sektor D, Nummer 9.«

»Gibt es einen Öffnungskode?«

»Den kann jeder nach Festlegung der Individualschwingung selbst verstellen.«

»Ich verstehe. Danke. Sie haben mir sehr geholfen.«

Ohne weitere Zeit zu verlieren, machte ich mich auf den Weg zu der angegebenen Wohneinheit und informierte die Besatzung der TOLMAN.

Hoyka Kah: Der Weg ins Verderben

»Wir haben die Adresse des Labors«, verkündete Hoyka Kah. Sie sah Khelex Damitter an. »Ich befürchte, Sie wollen mitkommen?«

»Natürlich.« Der Polizist zeigte seine weißen Zähne. »Ich kann Sie doch nicht allein lassen. Hinterher taucht wieder ein selbst gebauter Kampfroboter auf, der Ihnen zusetzt, Generalin.«

»Reden Sie nicht so viel, und kommen Sie.« Seine Selbstgefälligkeit ärgerte sie. Hoyka verließ die Kommandozentrale der TOLMAN, ohne sich noch einmal nach Damitter umzudrehen. Sie war sicher, er folgte ihr auf dem Fuß.

Gemeinsam mit zwei Gladiator-Robotern und fünf Männern und Frauen vom Sicherheitspersonal der TOLMAN suchte sie die angegebene Adresse auf. Trotz der Eile, mit der sie aufgebrochen waren, trugen alle leichte Kampfanzüge. Hoyka wusste, wie entscheidend es sein konnte, über eine gute Positronik und den nötigen Schutz zu verfügen. Außerdem nutzten sie die Deflektorschirmprojektoren der Anzüge und blieben bis zu ihrem Ziel unsichtbar. Erst dort enttarnten sie sich, da es in einer größeren nicht sichtbaren Gruppe trotz der Antiflexbrillen leicht zu Unfällen kommen konnte.

Sektor E war gekennzeichnet durch größere Trakte, in denen die wenigen industriellen Bereiche der Station zwischen verschiedenen Lagerhallen untergebracht waren. Der Zugang zu 52-3 lag zwischen zwei vorragenden Metallwänden und war so schmal, dass man ihn leicht übersehen konnte. Er wirkte auf den ersten Blick wie die glatte Stationswand, die überall in den Gängen sichtbar war. Erst als ein Roboter den Arkonstahl berührte, glitt er zur Seite und gab einen langen Gang frei.

»Das ist ein verdammt enger Gang«, hörte Hoyka Marys a Fantus sagen, eine kleinwüchsige Marsianerin mit rotbrauner Haut.

»Ja, Leutnant«, bestätigte sie knapp. »Fallen können in einem solchen Gang verheerend wirken. Wir schicken die Roboter vor.«

Die Gladiator-Roboter arbeiteten sich langsam in den Gang hinein, während Hoyka angespannt wartete und die Zeit gleichzeitig nutzte, den Stationsplan zu studieren, den Hanaly anhand von heimlichen Scans so weit wie möglich hatte rekonstruieren lassen. Laut dem Plan gab es zwei Möglichkeiten für weitere Ausgänge, die auf der Rück- und der Oberseite des Traktes lagen. Auch auf der Unterseite gab es eine Schwachstelle.

»Oberstleutnant Swarnos, suchen Sie sich zwei Leute aus, und überprüfen Sie alle Seiten des Labors. Achten Sie besonders auf mögliche Fluchtwege nach oben und unten. Wir brauchen genauere Analysen.«

»Verstanden, Generalin.« Der breit gebaute Mann wählte zwei seiner Begleiter aus und machte sich auf den Weg.

Inzwischen waren mehrere Passanten stehen geblieben und starrten die kleine USO-Einheit an. Damitter forderte sie auf weiterzugehen, was lediglich dazu führte, dass sie einen größeren Abstand hielten. Es waren in erster Linie Springer, die gerade in einem Nachbargebäude eine Ladung verstaut hatten.

»Verdammte Schaulustige«, murmelte Öris Rey, der Kommandant des Sicherheitsteams, der bei Hoyka Kah geblieben war.

Die Roboter machten sich an einem metallenen Tor zu schaffen. Wenige Minuten später glitt das Tor nach oben auf.

»Einzeln vorrücken«, befahl Hoyka den Robotern. »Gebt einen Bericht, sobald ihr den Raum überprüft habt.«

Der Bericht kam nur wenige Sekunden später.

»Keine Gefahrenquellen gefunden«, schnarrte Glad-1. »Keine Personenanmessung, aber weitere Sicherheitstüren. Anmessung auf der anderen Seite wegen vorhandener Energieabschirmung nicht möglich.«

»Verstanden.« Hoyka gab den anderen Handzeichen. Sie führte die Gruppe an, hinter ihr gingen Öris Rey und Damitter. Von der Flugfunktion der Anzüge machten sie keinen Gebrauch.

»Keine aktivierbare Lichtquelle ausfindig zu machen «, berichtete Glad-1 weiter. Der Roboter schaltete auf seinem Kopf eine Lampe ein, die blaues Licht abgab und die Umgebung taghell erleuchtete.

Hoyka blinzelte. Sie kam in einen steril wirkenden, weiß gekachelten Raum ohne jede Eigenfärbung, die auf einen Benutzer hingewiesen hätte. Auf einer Ablagefläche, die eine ganze Wand bedeckte, standen Fotometer, Zentrifugen, Mikroskope und andere Geräte zwischen thermokonstanten Wasserbädern, Pipettenständern und Färbeschalen. Hoyka musterte die Einrichtung nur flüchtig. Sie wollte Totthamir stellen, nicht sein Labor ausräumen.

»Wie weit seid ihr mit dem Öffnen der Türen?«

Die Maschinen hatten sich je einer der Türen gewidmet und arbeiteten auf Hochtouren, um die Kodes und Sicherheitsvorkehrungen zu knacken.

»Es gibt Schwierigkeiten«, meldete Glad-1. »Das Öffnen kann weitere zehn Minuten in Anspruch nehmen.«

Hoyka zog in Erwägung, die Türen mit Thermostrahlen zu beschießen oder zu desintegrieren. Sie besah sich im Display des Helms die Analysen ihrer Positronik. Von einem Strahlenbeschuss wurde dringend abgeraten, weil sie nicht wissen konnten, was sich in den Räumen hinter der Tür befand. Es gab hochexplosive Stoffe, die auf Strahlen reagierten. Sie ließ die etwaige Zeit für eine behutsame Desintegration der Türen ermitteln und kam auf über fünfzehn Minuten.

»Beeilt euch«, forderte sie die Maschinen auf, auch wenn der Kommentar überflüssig war, denn die Roboter taten ohnehin, was sie konnten.

Öris nutzte die Zeit, das Labor zu untersuchen. »Wie es aussieht, hat der Spitzkopf alle wertvolleren Geräte mitgenommen«, sagte er beherrscht, trotzdem glaubte Hoyka, Enttäuschung in seiner Stimme zu hören. »Ich vermute, Totthamir wurde gewarnt.« Er begann die zahlreichen Schubladen unter der Ablagefläche aufzuziehen, während Damitter sich an einem sichtgeschützten Hängeschrank zu schaffen machte, aber die hydraulische Verriegelung nicht aufbekam.

»Alles leer«, konstatierte Öris. »Als ob Totthamir gewusst hat, dass wir kommen.«

Hoyka fluchte lautlos in sich hinein. Es war schlimm genug, keinen direkten Zugriff auf Totthamir zu haben, aber wenn er wirklich gewarnt worden war, entwischte er vielleicht in diesem Augenblick. Sie nahm Verbindung zu Gerry Hanaly auf und schärfte dem Piloten und Kommandanten ein, kein Schiff ohne Überprüfung starten zu lassen.

»Tür 1 ist offen«, meldete der zweite Gladiator. Dank eines integrierten Gerätes zur Kodefindung war diese Kampfmaschine schneller als ihr Pendant.

»Gut.« Hoyka zog ihren Kombistrahler, den sie sich hatte anfertigen lassen, und überprüfte das Energiemagazin. Der Strahler lag gut in der Hand und war besonders leicht. »Hilf dem anderen Roboter. Wir gehen rein.«

Der letzte Satz richtete sich an Damitter und Öris.

Der Polizist von Tahun ließ den Hängeschrank Hängeschrank sein und wandte sich ihr zu. Der Blick seiner blauen Augen wirkte nervös, trotzdem lächelte er. Seine Hand beschrieb eine einladende Geste in die Richtung der Sicherheitstür. »Ladies First.«

Als ich Ebene B und den genannten Sektor wenige Minuten später erreichte, war von einer Verstärkung nichts zu sehen, aber sie musste jeden Moment eintreffen.

Ich hielt mich nicht lange damit auf, einen Kode zu entschlüsseln, der nicht ohne bessere Hilfsmittel zu knacken war, und zerstörte in einem unbeobachteten Moment den Verriegelungsmechanismus der Eingangstür mit dem Desintegrator meines Kombistrahlers. Die Metalltür schob ich zur Seite. Sie gab den Blick in eine beengte Wohnung frei, die nur aus einem einzigen, größeren Raum bestand. Mein Handstrahler zeigte ins Leere. Es war niemand vorhanden, den ich hätte bedrohen können. Versteckte sich Totthamir? Ohne eine funktionstüchtige Positronik war das schwer zu sagen. Ich besaß zwar mein Multifunktionsarmband, aber ich wollte mich nicht auf seine mageren Messungen verlassen. Vielleicht entging dem Gerät eine Schwingung, die es nicht anmessen konnte.

Die Wohneinheit war spartanisch eingerichtet und wirkte unbenutzt. Es lagen keine Gegenstände des täglichen Gebrauchs herum. Staub sammelte sich auf einem Esstisch aus Kunststoff und einer pneumatischen Liege. Eine kleine, blitzblanke Robotküche wirkte bis auf die Staubschicht wie bestellt und nicht abgeholt. An diesem Ort hatte seit Monaten niemand mehr gelebt. Das bedeutete, dass der Bewahrer mir entweder die falsche Adresse genannt oder nichts von Totthamirs Umzug gewusst hatte. Die Geschwister hatten mir gegenüber ja erwähnt, es sei möglich, dass ihre Mieter die Unterkünfte wechselten. Vielleicht war der Ara sogar nie in diese Einheit eingezogen.

Ich durchsuchte die wenigen Schränke, immer auf der Hut, ob sich nicht doch eine Wandverkleidung öffnete und ich angegriffen wurde. Zur Sicherheit hatte ich den Individualschirmprojektor an meinem Gürtel eingeschaltet, aber es sprang niemand aus der Wand oder Decke.

»Lordadmiral?«, hörte ich die fragende Stimme von Gerry Hanaly, der mit einem Team von sieben Mann in den Raum kam, und dabei seinen Deflektorschirm desaktivierte. Es sah interessant aus, wie er samt seiner Mannschaft blitzartig sichtbar wurde und plötzlich mitten im Zimmer stand. »Haben Sie Totthamir stellen können?«

»Nein, Major.« Hanaly war sicher froh, etwas tun zu können, nachdem er die beiden Tage auf Tahun in Wartestellung verbracht hatte. »Wo ist Hoyka Kah?«

»Die Generalin befindet sich mit einem weiteren Team auf dem Weg zum Labor.«

»Gut. Nehmen Sie hier alles auseinander. Vielleicht finden wir doch noch eine Spur des Gesuchten.« Ich hatte Mühe, mir meine Enttäuschung nicht offen anmerken zu lassen. Wo war Totthamir? Hatte Carion del Jemanth ihn gewarnt, oder ein anderer, der ihm etwas schuldete?

Wieder erinnerte ich mich überdeutlich an mein Gespräch mit dem Bewahrer.

Ein Gefühl stieg in mir auf. Das Gefühl, einen entscheidenden Punkt übersehen zu haben. Die innere Alarmglocke schrillte so laut, dass ich sie nicht überhören konnte. Ich rief mir das Gespräch mit dem alten Arkoniden mit allen Einzelheiten ins Gedächtnis und stolperte über eine Stelle: Der Bewahrer zog den Kragen seines fleckigen Hemdes zurecht.

Mit einer Dagor-Technik entspannte ich mich, um jedes Detail des Bildes wahrzunehmen. Auch Eindrücke, die ich nur unbewusst wahrgenommen hatte, drangen so an die Oberfläche. Ich fixierte das Bild und stellte mir vor, es heranzuzoomen. Auf dem samtig-braunen Hals des Arkoniden zeichnete sich ein dunkler Fleck ab. Er zog sich länglich am

Hals entlang und war mehr zu erahnen als zu sehen. Waren das ...?

Würgemale, schaltete sich der Extrasinn ein. *Es könnten Würgemale sein.*

Ich überlegte, welche Schlussfolgerungen sinnvoll waren. Jemand war vor mir beim Bewahrer gewesen. Er hat ihn bedroht und angegriffen. Aber warum? Wenn der alte Arkonide nicht hatte reden sollen, warum lebte er dann noch und war nicht ausgeschaltet worden?

»Kommen Sie mit«, wies ich Hanaly an, und winkte zwei weiteren Männern.

Ich drehte mich um und rannte zum Antigravschacht und zu den Transportbändern, die mich ins Innere der Station trugen.

Die Roboter am Eingang der Residenz waren nicht kompromissbereit, und da ich kein offenes Feuergefecht inszenieren wollte, ging ich allein in den Wohnsitz der Jemanth. Die Geschwister waren weder überrascht, noch erfreut, mich zu sehen.

»Wo ist der Bewahrer?«, fragte ich Carion del Jemanth, und dieses Mal gab ich mir noch weniger Mühe, freundlich zu sein. Vielleicht war es Carion selbst gewesen, der seinen Vater bedrohte? Nein, das ergab keinen Sinn. Carion hatte mich zu ihm gelassen. Auch wenn er widerwillig agiert hatte, hätte er das Zusammentreffen doch auf andere Weise verhindern können.

»Im selben Raum wie vor einer knappen Stunde, ehemaliger Imperator«, antwortete Carion gelangweilt.

Ich ließ ihn stehen und fand dank meinem fotografischen Gedächtnis auf Anhieb den Weg, den mich Motyra del Jemanth geführt hatte.

Der Bewahrer war tatsächlich noch immer auf der Plattform im Kugelraum mit den Regalen und fuhr zwischen den Speicherkristallen hin und her.

Mein erster Impuls war, ihn aufzufordern, die Plattform zu verlassen, doch der panische Blick und sein entsetztes Gesicht, als er mich sah, hielten mich zurück.

Dieser Mann wird bedroht, bestätigte der Extrasinn. *Vermutlich wird der Raum durch eine Drohne überwacht, deshalb kann er nicht offen mit dir sprechen.*

Aber was bedrohte ihn? Eine abstrakte Drohung konnte ich mir nicht vorstellen, dazu wirkte der Arkonide zu panisch. Er sah aus wie jemand, der eine direkte Konsequenz fürchtete. Er hatte Todesangst.

Wie wäre ich vorgegangen, wenn ich ein Verbrecher wäre und auf keinen Fall wollte, dass der alte Arkonide redete? Es ging in diesem Fall nicht darum, viel Zeit zu gewinnen. Es ging darum, soviel Zeit zu gewinnen, dass eine Flucht Totthamirs möglich wurde. Zugleich war es wichtig, kein Aufsehen zu erregen und vor allem nicht den Zorn der Jemanth heraufzubeschwören. Auch wenn ihre Beziehung zu ihrem Vater höchst kurios erschien, wollten sie sicher nicht seinen Tod.

Die Plattform, wisperte der Extrasinn. *Eine Anzugpositronik wäre vorteilhaft, dann könntest du sie auf Sprengstoffe oder Energiesignaturen untersuchen.*

Ich biss die Zähne zusammen. *Ich gehe einfach vom Schlimmsten aus.*

Die Plattform sank ein Stück hinab und ich sprang hinauf, hinter den kleinen Arkoniden. Ich packte ihn und aktivierte den Individualschirmprojektor an meinem Gürtel. Keine Sekunde zu früh.

Eine Explosion brandete auf und tauchte den Raum um uns in rotes Licht. Der Bewahrer jammerte laut, aber seine

Worte gingen im infernalischen Krachen der einstürzenden Regale unter. Über uns zerplatzte eine Glassitscheibe und ergoss sich in Myriaden von Bruchstücken in den Raum.

Wir wurden zur Seite geschleudert, doch das Prallfeld verhinderte jede größere Verletzung. Zwar wurden wir kräftig durchgeschüttelt, aber nicht von herumfliegenden Teilen getroffen. Gleichzeitig hatte uns der Gürtel mit seinem unsichtbaren Energiefeld vor der entstandenen Hitze geschützt. Ein Problem konnte entstehen, wenn der Raum über uns zusammenbrach.

Endlich legte sich Stille über die zerborstenen Regale und ich sah zu, dass ich gemeinsam mit dem noch immer jammernden Bewahrer aus der gefährdeten Zone entkam.

Draußen vor der nicht mehr vorhandenen Tür hatte sich bereits eine illustre Runde angesammelt. Der Krach zog sie magisch an. Einige hatten noch immer ihre Weingläser in der Hand, andere steckten tuschelnd die Köpfe zusammen. Immer wieder hörte ich erstaunte Ausrufe und das durchaus lustvoll ausgesprochene Wort »Katastrophe«.

»Vater«, sagte Motyra del Jemanth schockiert und kam auf uns zu. Sie packte meinen Arm. »Was ist denn passiert?«

»Gehen Sie zur Seite, Motyra.« Ich legte den Arkoniden vorsichtig ab und überprüfte mit dem Multifunktionsarmband seine Werte. Er war geschwächt. Wenn meine Vermutungen richtig waren, hatte er mindestens zwei Stunden Todesangst ausgestanden und war damit bis an seine Grenze getrieben worden. Die ausgelöste Explosion hatte ihm psychisch stark zugesetzt und seinen Kreislauf beeinträchtigt.

»Er hat mich erpresst«, brachte der alte Arkonide zitternd hervor. Seine Augen sahen müde aus und ich war nicht sicher, ob die Belastung nicht zu viel für ihn gewesen war. »Er hat gesagt, er käme wieder, wenn Totthamir geflohen sei.

Solange wollte er mich mit der Bombe kontrollieren. Als ich mich wehren wollte, hat er mich gewürgt.«

»Wer war das?«, fragte Carion zornig. »Und wie ist er hineingekommen?«

»Er ... er hatte einen Deflektorschirm. Ich ... konnte ihn nicht sehen, nur hören.« Das Zittern des Bewahrers wurde stärker, seine Lider flatterten. »Er muss sich an den Robotern vorbeigeschlichen haben.«

»Wo finde ich Totthamir?«, kam ich auf das Wesentliche, damit ich nicht, falls er ohnmächtig werden sollte, wertvolle Zeit verlor. Ich hob ihn gemeinsam mit Motyra del Jemanth auf die Medoliege, die von Robotern eilig herbeigebracht wurde. Einer der Roboter schien sich auf Medizin zu verstehen und nahm Messungen vor.

»Er ... hat eine Passage ... Springerraumschiff.« Der Bewahrer kämpfte mit den Worten. Er schien mit jeder Silbe schwächer zu werden.

Carion del Jemanth verengte die Augen. »Ein Springerraumschiff? Welches?«

»Die BLOGON VIII«, stöhnte der Alte gequält.

»Danke.« Ich spürte instinktiv, dass der Arkonide dieses Mal die Wahrheit gesagt hatte. Seine tiefe Erschöpfung konnte nicht gespielt sein, ebenso wenig wie die Wut, die trotz der ausgestandenen Angst in seinen Augen zu sehen war.

»Ich ... habe zu danken«, er schüttelte den Kopf. »Meine Daten ... die ganzen Daten ... Wie soll ich denn den Überblick behalten ... Mein Gedächtnis ist nicht mehr, was ... was es war ...«

»Beruhige dich«, Motyra fasste seine Hände, während Carion mich zur Seite nahm. Alle Affektiertheit war von ihm abgefallen.

»Einen Angriff auf unsere Residenz lasse ich nicht ungestraft zu. Sie können mit meiner vollen Unterstützung rechnen, wenn Sie die BLOGON VIII aufbringen wollen.«

»Gut. Diese Hilfe nehme ich gern an.« Ob ich Carion tatsächlich trauen konnte, wusste ich nicht, aber es spielte keine Rolle. Ich musste die Springerwalze aufhalten, ehe sie die Station verließ. »Ich rufe meine Leute zusammen, dann können wir ...«

»Das Labor ...«, krächzte hinter mir der Bewahrer, als habe er Sand in der Kehle.

Ich drehte mich zu ihm um und ahnte das Schlimmste.

»Es ... ist eine Falle.«

Hoyka Kah: Todeshauch

Hoyka Kah war im Begriff, durch das entsperrte Schott in den hinteren Teil des Labors zu treten, als ihr Multifunktionsarmband akustisch eine direkte Kontaktaufnahme des Lordadmirals signalisierte. Sie trat einen Schritt zurück.

»Sir?«

»Generalin, verlassen Sie umgehend das Labor!« Die Stimme ihres Vorgesetzten war scharf, und Hoyka sah die Furche zwischen seinen Augen. Sie zögerte keine Sekunde.

»Das Labor verlassen!«, ordnete sie an. »Alle raus!« Sie wich vor dem Schott zurück und beorderte Oberleutnant Swarnos und die beiden Teammitglieder zu sich, die von außen nach weiteren Zugängen suchten. Schnell und ruhig verließ sie das Labor. Dabei wandte sie sich an den Lordadmiral.

»Was ist passiert, Sir?«

»Das Labor ist eine Falle. Carion del Jemanth wird es versiegeln und weitläufig sperren lassen. Kommen Sie mit Ihren Leuten zu Hangar D, Sektion 2. Totthamir ist im Begriff, mit einer Springerwalze zu fliehen.«

»Verstanden, Sir.«

Der Lordadmiral beendete die Verbindung, und Hoyka gab Anweisungen, das Labor wieder zu verschließen. Sie wandte sich an einen der Roboter.

»Du bleibst und bewachst den Eingang, bis Carion del Jemanth seine Sicherheitskräfte schickt. Es darf niemand das Labor betreten, bis die Verstärkung da ist. Danach kannst du wieder zu uns stoßen.«

Der Roboter bestätigte das. Hoyka bedauerte seinen Verlust, aber sie hatten das Labor geöffnet, und wenn sie es unbewacht zurückließ, konnte sie davon ausgehen, dass zwielichtiges Gesindel einbrach, um sich an der Einrichtung zu bereichern. Noch immer warteten in respektvollem Abstand einige schaulustige Lagerarbeiter, von denen einige durchaus so aussahen, als würden sie sich keine Chance entgehen lassen.

Der Gladiator baute sich breit vor dem Eingang auf und sorgte dank seines martialischen Aussehens und seiner Waffen für Abschreckung.

Khelex Damitter sprang neben der Generalin auf das Transportband, das nach außen zu den Hangars führte. Er wirkte nervös. »Warum ziehen wir uns zurück?«

»Der Lordadmiral hat Totthamir ausfindig gemacht. Er will mit der BLOGON VIII ...«

Weiter kam sie nicht. Der ohrenbetäubende Knall und die Druckwelle einer Explosion rissen sie von den Füßen. Gleichzeitig spürte sie eine stoßartige Hitzewelle, die sie trotz des leichten Kampfanzugs aufschreien ließ. Die Belastungswerte rasten nach oben. Sie stürzte hart auf das Band und sah Damitter neben sich fallen. Eine schwarzrote Wolke zerfetzte über ihr und verrauchte. Es sah aus, als hätte sich ein gigantischer Tintenfisch mitten in die Luft entleert.

Das Band stoppte automatisch, und Hoyka rollte sich schwer atmend hinunter. Schweiß lag auf ihrer Haut, und die Kühlung des Anzugs setzte ein. Die Werte fielen genauso rasch, wie sie gestiegen waren. Sie sah zurück. Schreie sich windender Verletzter drangen nur schwach an ihr Ohr, denn die Explosion hatte ihre Hörkraft beeinträchtigt. Sie blinzelte und checkte ihr Team durch. Niemand war ernsthaft zu Schaden gekommen, aber die ungeschützten Schaulustigen litten an Verbrennungen. Zwei von ihnen regten sich nicht mehr. Sie hatten in der unmittelbaren Durchzugsschneise der Hitzewelle gestanden. Der kurze, scharfe Hauch aus dem Labor war ein Hauch des Todes gewesen, der mit seiner extremen Temperatur alles vernichtet hatte, was sich in seiner direkten Bahn befand. Vermutlich hätte auch sie selbst nicht gerettet werden können, trotz des Anzugs, wenn sie genau im Zentrum der Welle gestanden hätte.

Ein Schauer lief über ihren Rücken. Dort, wo der Eingang des Labors gewesen war, klaffte ein schwarzes Loch. Die Wände und Decken des Stationsgangs waren dunkel verfärbt. Der Gladiator war in sich zusammengesunken und rührte sich nicht. Es wirkte, als seien Teile von ihm zerschmolzen. Zwar blinkte an seiner Seite noch eine rote Kontrollleuchte, aber einsatzfähig war er nicht mehr. Aus seiner Brust quoll Rauch empor.

»Was bei allen Schwarzen Löchern ...«, setzte Leutnant Öris an.

Von der anderen Seite des Ganges klangen Schritte und aufgeregte Rufe. Die Sicherheitskräfte der Jemanth trafen ein.

Erneut sendete das Multifunktionsband ein akustisches Signal. Hoyka Kah fühlte sich, als wäre sie in Watte gepackt, und schüttelte ärgerlich den Kopf. Ihr Blutdruck war zu schnell abgesackt. Sie hatte einen leichten Schock und ließ sich von der Anzugpositronik ein stabilisierendes Mittel spritzen, erst dann nahm sie den Ruf des Lordadmirals an.

»Generalin?« Der Lordadmiral schien erleichtert, sie zu sehen. »Die Jemanth teilten mir mit, es habe eine Explosion gegeben. Ist Ihr Team unverletzt?«

Hoyka sah sich um. Ihre Leute prüften ihre Anzüge, wie es von ihnen in einer derartigen Situation verlangt wurde. Sie gaben ihre Klarzeichen. »Wir sind einsatzbereit, Sir. Sicherheitskräfte sind vor Ort.«

Der Lordadmiral sah mitgenommen aus. Sein Gesicht war verzerrt. Wahrscheinlich konnte er die Schreie im Hintergrund hören, die nur für sie gedämpft waren. Auch seine Stimme klang wie aus weiter Ferne. »Gab es viele Opfer?«

»Sechs Verletzte, Sir und vermutlich zwei Tote. Der Sicherheitsdienst kümmert sich um sie. Wir sind unterwegs zu Hangar D. Dieser Mistkerl darf nicht entkommen.«

Kapitel 5

Totthamir: Das Ende

Die Explosion war noch in Hangar D zu spüren: Eine leichte Erschütterung lief durch den stählernen Boden und übertrug sich auf das Raumschiff, als sei die gesamte Station in Bewegung geraten. Unter anderen Umständen hätte Totthamir sich gefreut, denn sicher waren viele zu Schaden gekommen, die es gewagt hatten, ihre schmutzigen Hände an seine Schätze zu legen. Sie hatten sich erdreistet, seinen geheimen Raum zu öffnen, indem er seine Vorräte und Utensilien lagerte, und damit die Bombe aktiviert, die dank ihrer großen Hitze alles im Labor zusammenschmelzen ließ und es auf diese Art vor dem gierigen Zugriff Fremder schützte.

Aber es waren keine anderen Umstände. Er starrte im schwachen Licht einer winzigen Diode auf die Linien in seinen Handflächen, aus denen die künstlichen Fingerglieder entsprangen. War es vorbei? Die Springerwalze hob nicht ab. Er kauerte auf einem ausgeklappten, pneumatischen Sitzbrett in einer winzigen Kammer, die zwischen den Wänden zweier Transporträume lag und auf den ersten Blick nicht auffiel. Der Raum war nicht viel breiter als seine Schultern, aber es war nicht die Platzangst, an der er litt, es war die Ungeduld und die Furcht vor seinen Gegnern.

Worauf wartete dieser verlauste Mehandor? Blogon hatte seine Chronners bereits erhalten – zumindest eine Hälfte davon, die zweite gab es bei der Landung. Nun sollte er sich auch an die Abmachung halten und die BLOGON VIII hinausbringen.

Totthamir schloss die Augen. Ihm war, als könne er seine Zukunft ebenso heranzoomen und vergrößert betrachten, wie es ihm seine optimierten Augen mit seiner Umwelt erlaubten. Das Schiff würde geentert werden, sie würden ihn gefangen nehmen und unter Drogen setzen. Vor Psychopharmaka fürchtete er sich nicht, aber davor, was geschah, falls sie einen Weg fanden, den Namen seines Auftragsgebers und dessen Aufenthaltsort herauszufinden.

Wie unter Zwang musste er an seinen Vater denken, der immer gewollt hatte, dass er Chirurg wurde. Was würde sein alter Herr wohl dazu sagen, wenn er ihn in diesem Augenblick sehen könnte, zusammengekauert im geheimen Raum einer Springerwalze?

Bereute er seinen Lebensweg?

Totthamir schüttelte den Kopf. Nein. Er hatte Pech gehabt. Der Verbündete hatte ihn zu spät gewarnt, und er hatte sich nicht entscheiden können, welche Drogen er mitnahm, und was er zurückließ. Seine sonst so überragende Fähigkeit, Entscheidungen zu treffen, hatte gelitten, als es darum ging, ob er die Waakiris-Extrakte, die Muurt-Wurm-Gallerte oder die Tyaheel-Essenz retten sollte. Wertvolle Minuten waren verstrichen und vielleicht war es von Anfang an zu spät gewesen.

Atlan, der verfluchte Arkonide, hatte seinen Kreis um Peron gezogen. Der Verbündete sprach von einer Flotte der USO, die im Ortungsschatten einer nahen Sonne wartete. Und der Springer-Patriarch – ein Typ, der so hoch wie fett war – trödelte herum. Vermutlich lähmte ihn die Angst und machte damit die letzte Hoffnung auf Rettung zunichte.

Totthamir zog einen Fingernagel aus Metall nach oben und betrachtete die winzige Menge Derankalis, die darin verborgen war. Das Zeug stammte von seinem Auftraggeber, und es war in der Milchstraße so gut wie nicht zu bekommen. Die Prise genügte, um ihn wie einen Stein tot zu Boden fallen zu lassen. Er würde nicht leiden, und er würde auch keine Zeit haben, über sein Sterben nachzudenken. Derankalis zu nehmen war schneller und wirkungsvoller als sich von einer Brücke zwischen zwei Hochhäusern zwischen die Gleiter zu werfen.

Nachdenklich starrte er das unscheinbare orangefarbene Pulver an. Wenn er es nahm, vergab er sich jede Chance auf ein Weiterleben. Die USO hatte ihre Statuten, und sie behandelte Gefangene gut. Ein Aufenthalt auf einer ihrer Stationen war ein Urlaub im Vergleich zu dem, was er von seinem Auftraggeber zu erwarten hatte. Solange er nicht redete, musste er nichts befürchten.

Ein Zittern lief über seinen Körper. Wenn er allerdings redete, war sein Leben verwirkt. Dann konnte ihm niemand mehr helfen. Sein Gönner war so mächtig wie einer der Unsterblichen. Er würde ihn finden, selbst in einem Gefängnis der USO oder der Solaren Abwehr. Und wenn er ihn nicht gleich fand, würde er niemals aufgeben. Dann musste er, Totthamir, in der ewigen Angst leben, jeden Augenblick vergiftet oder anderweitig getötet zu werden. Wollte er das?

Das Pulver in seinem Fingernagel schien von innen heraus zu leuchten. Es wisperte ihm zu, sprach von einem schnellen, stilvollen Abgang, der ihm gerecht wurde. Wenn er starb, dann durch ein Gift des Kosmos. Es war eine süße, verlockende Stimme, die ihn bezirzte. Das Problem war nur: Er wollte nicht sterben. Es gab Hoffnung für ihn, solange er unbehelligt in diesem Raum kauerte.

»Flieg endlich los, Fettarsch«, zischte er ungehalten.

Als hätte der Springer-Patriarch ihn gehört, lief eine weitere Erschütterung durch die Walze. Dieses Mal stammte sie nicht von einer Explosion, sondern von den Antriebsaggregaten. Der Patriarch hatte sich entschieden: Er wagte die Flucht nach vorn, trotz der USO-Schiffe, die ihm folgen würden.

Totthamir verschloss den Nagel an seinem künstlichen Finger sorgfältig. Noch war sein Ende nicht gekommen.

Atlan: Sturm auf die BLOGON VIII

Ich ließ mich über die TOLMAN mit Quinto-Center verbinden und erfuhr, dass Oberst Dahim Abrahik Neffers den kleinen Flottenverband anführte, der in der Nähe von Peron wartete. Vielleicht würde ich auf Neffers zurückgreifen müssen, wenn die Mehandorwalze startete. Ich durfte sie auf keinen Fall aus dem Normalraum entkommen lassen.

Gemeinsam mit einem zehnköpfigen Team der TOLMAN und zwanzig Sicherheitskräften, die Carion del Jemanth mir zur Verfügung gestellt hatte, stürmte ich in den Hangar, in dem das Raumschiff der Springer soeben erste Startvorbereitungen traf. Über mir hörte ich die Stimme von Carion del Jemanth, die aus verborgenen Lautsprechern tönte und sicherlich auch an Bord der BLOGON VIII gesendet wurde.

»Peron an BLOGON VIII. Sie haben keine Starterlaubnis. Ich wiederhole: Es liegt derzeit keine Starterlaubnis vor. Wenn Sie die Station verlassen, wird das Feuer eröffnet!«

Der Antrieb erstarb, und der Eigner der Springerwalze – ein untersetzter, rotgesichtiger Patriarch – kam uns über eine breite Luke entgegen. Er blieb schnaufend vor mir stehen und schien mich instinktiv für den Anführer der Gruppe zu halten. Vielleicht lag es neben meiner Ausstrahlung auch daran, dass ich als einziger weder Schutzanzug noch Uniform trug, sondern noch immer in meiner Galakleidung unterwegs war.

»Was soll das, Halbarkonide? Wir haben verderbliche Ware gelagert. Jamas-Bohnen! Das Zeug wird schlecht, wenn wir nicht bald starten.«

»Wie Sie gehört haben, wurde Ihnen der Start von den Jemanth verboten. Kooperieren Sie mit uns, und es wird Ihnen nichts geschehen.«

»Drohen Sie mir?« Er sprach so heftig, dass mir kleine Spuckefetzen ins Gesicht flogen, doch ich unterdrückte den Impuls, sie fortzuwischen, und starrte ihn unverwandt an, ohne mich beirren zu lassen.

»Sie stehen unter Verdacht, einen Flüchtigen an Bord zu haben. Einen Ara. Lassen Sie uns das Schiff durchsuchen.«

Der Patriarch fluchte und verfiel in einen rüden und genuschelten Dialekt, den ich trotz Hypnoschulungen und fotografischem Gedächtnis nicht verstand und auch nicht verstehen wollte. Offensichtlich bedachte er das gesamte Universum mit Schimpfworten.

»Also gut«, brachte er irgendwann hervor und ging zur Seite. »Machen Sie, was Sie wollen.« Er zwirbelte verdrossen in den roten Zöpfen seines Bartes und funkelte mich dabei mit Blicken an, die mich wohl hätten töten sollen, es aber zum Glück nicht taten.

Ich wischte mir das Gesicht ab und gab Anweisungen, wie wir uns aufzuteilen hatten. Es war wichtig, das gesamte Schiff zu umstellen, damit Totthamir nicht unbemerkt von Bord verschwinden konnte, falls er überhaupt im Inneren der Walze war.

Der Chef des Sicherheitspersonals orderte mehrere Roboter zur Unterstützung, während ich mit Gerry Hanaly bereits an Bord ging. Nur wenige Minuten später stießen Hoyka Kah und ihre kleine Gruppe zu uns. Sie rochen wie angebrannte Hähnchen, und ihre Anzüge waren teilweise verfärbt, aber das hinderte sie nicht daran, zweihundert Prozent zu geben.

Die fiebrige Erregung in der Luft war spürbar: Wir wollten diesen Ara und jeder von uns gab sein Bestes, um endlich einen Erfolg verbuchen zu können. Spätestens seit der Explosion nahm das Team die Sache persönlich.

Systematisch durchsuchten wir die Frachträume und Kabinen.

Die Springer mussten ihr Schiff verlassen, was sie nicht ohne Widerworte und Flüche taten, aber zumindest taten sie es. Jeder von ihnen musste sich vor dem Sicherheitsdienst mit ID-Chip ausweisen und sich mit einem Individualtaster scannen lassen, mit dem überprüft wurde, ob sich Totthamir als Springer getarnt hatte.

So ordentlich ging es auf Peron vermutlich noch nie zu, kommentierte der Extrasinn die schimpfenden Rothaarigen vor dem Raumschiff. *ID-Karten herzeigen, sich scannen lassen – das kennt in diesem Schlupfloch keiner. Im Grunde hatten wir Glück, dass die Familie Jemanth persönlich betroffen ist. Ohne den Vorfall mit dem Bewahrer hätten wir es schwerer.*

Wenn unsere Feinde das hätten vermeiden wollen, hätten sie nicht ausgerechnet in der Residenz der Jemanth einen Anschlag verüben sollen, ergänzte ich die Gedanken meines Plagegeistes, während ich gleichzeitig einen Raum durchsuchte und Messungen vornahm.

Apropos Anschlag, wisperte der Extrasinn. *Du weißt noch immer nicht, wer diesen Anschlag verübt und den Bewahrer erpresst hat.*

Darum muss ich mich später kümmern. Vermutlich hat Totthamir mehr als einen Verbündeten auf Peron.

Ich scannte den vor mir liegenden Bereich und konnte weder verborgene Hohlräume noch Lebewesen oder Energiesignaturen von Waffen ausmachen. Nach einer weiteren Messung rückte ich mit Major Hanaly in den nächsten Raum vor – einem Speisesaal mit breiten Tischen und

Stühlen aus gehärtetem Leichtmetall, die am Boden verankert waren.

Du begehst einen Denkfehler, informierte mich der Extrasinn. *Du glaubst, der Bewahrer wurde von einem Bewohner dieser Station attackiert, aber das passt nicht zusammen. Warum sollte ein Bewohner von Peron den alten Arkoniden aufsuchen?*

Ich zog die Augenbrauen zusammen. *Es könnte Totthamir selbst gewesen sein, der den Bewahrer angriff, oder ein Handlanger von ihm.*

Aber warum, nachdem die TOLMAN gelandet ist? Warum genau zu diesem Zeitpunkt? Totthamir wurde gewarnt, und ich wette mit dir, dass es kein Bewohner Perons war, der den Bewahrer angriff, und auch kein Handlanger. Totthamir war mit seiner Flucht beschäftigt und damit, sein Labor zu präparieren. Er wusste, dass es gefunden wird.

Mir dämmerte, worauf der Extrasinn hinauswollte, und mir wäre dieser Umstand schon früher aufgefallen, wenn mich die Suche nach Totthamir nicht derart gefangen genommen hätte. Ich stöhnte leise und verzog das Gesicht, als ich mir der vollen Tragweite des Gedankens bewusst wurde.

»Was ist?«, fragte Hanaly neben mir verunsichert. »Haben Sie Schmerzen, Sir?«

»Nein, Major. Ich hatte gerade einen erschreckenden Gedanken. Darum muss ich mich wohl später kümmern.«

Hoyka Kah schloss zu uns auf. »Welchen Gedanken hatten Sie, Sir?«

Ich musterte sie kurz und konnte keine Verletzungen oder Beeinträchtigungen feststellen, deshalb ersparte ich ihr und mir die Frage, ob es ihr gut ging. Wäre sie dienstunfähig gewesen, hätte sie sich krankgemeldet.

»Der Bewahrer wurde von jemandem angegriffen. Leider konnte ich mir nicht die Zeit nehmen, ihn ausführlich zu befragen. Er stand kurz vor einer Ohnmacht und wirkte nicht vernehmungsfähig. Aber es gibt da einen Punkt, den ich gern unter vier Ohren mit ihnen besprechen würde.«

Hanaly nickte mir respektvoll zu. »Ich schließe mich der Gruppe vor uns an, Sir. Sollten wir Totthamir finden, erstatten wir Meldung.«

Ich nickte. Hoyka Kah nahm ihren Helm ab, verankerte ihn zusammengefaltet am Gürtel und sah mich fragend an. Auf ihrer bleichen Stirn war der Auswuchs eines wirbelförmigen Tattoos zu sehen, das sich langsam in Kopfmitte schob. Mit einem schnellen Blick vergewisserte ich mich, dass ich mit ihr allein war, und senkte meine Stimme.

»Wir haben es mit mehr als einem Feind zu tun, Generalin, und der zweite unserer Feinde stammt von innerhalb.«

»Innerhalb, Sir? Sie meinen, er kommt aus der TOLMAN?«

»Ja, das meine ich. Der Bewahrer wurde angegriffen, *weil er wusste, wo Totthamir war*. Das bedeutet, der Angreifer wusste das *nicht*. Aber er wollte zu Totthamir, um ihn zu warnen. Was liegt näher als anzunehmen, dass es sich um einen Verräter an Bord der TOLMAN handelt, der Totthamir kontaktieren wollte? Wenn ich nicht zum Bewahrer zurückgegangen wäre, würde sich die BLOGON VIII vielleicht schon im All befinden. Natürlich hätten wir auch dort versuchen können, sie aufzuhalten, aber hätten wir im Ernstfall tatsächlich das Schiff zerstört, und damit unzählige Leben, ohne einen konkreten Verdacht zu haben? Das hätte gegen den Kodex der USO verstoßen, den ich selbst geprägt habe.«

»Ich hätte das Schiff nicht entkommen lassen, Sir«, sagte Hoyka entschieden. »Aber das tut nichts zur Sache. Ihr Verdacht ist schwerwiegend. Wir müssen überprüfen, wer die TOLMAN zum ungefähren Zeitpunkt des Angriffs auf den Bewahrer verlassen hat. Es kommen nicht viele Verdächtige infrage.«

Ich nickte und verbot mir, darüber nachzugrübeln, wer es gewesen sein konnte. Ich brauchte meine Geistesgegenwart für die aktuelle Situation.

Auf dem Display des Helms kam eine Nachricht von Gerry Hanaly. Ich nahm die Verbindung an.

»Major?«

»Sir, wir haben einen Hohlraum gefunden. Zwei Räume weiter, zwischen der Ladung. Die Individualschwingung deutet auf ein Lebewesen hin.«

»Wir kommen.«

Ich beschleunigte meine Schritte und lief durch einen Raum, in dem schwarzviolette Riesenbohnen gestapelt lagen. Es roch feucht und ein wenig nach Maronen. Der Geruch schien von dem mir fremden Gemüse zu stammen.

Major Hanaly, zwei Mitarbeiter der USO und drei Sicherheitsleute standen vor einer glatten Wand, die keinen Ein- und Ausgang zu haben schien.

»Dahinter befindet sich der Hohlraum, Sir.«

Ich zog den Kombistrahler und stellte ihn auf Desintegration. »Wir werden gleich sehen, ob sich Totthamir dort verbirgt.«

Totthamir: Verbündete

Das Dröhnen der Triebwerke hörte abrupt auf, und ihm wurde kalt. Es war eine Kälte aus dem Inneren, gegen die keine Wärme von außen half. Sie waren da. Sie hatten ihn. Die letzte Hoffnung auf Flucht, die vermutlich ohnehin Illusion gewesen war, erstarb, und etwas in ihm zerbrach. Es war vorbei.

Totthamir hockte in dem engen Raum und wartete. Sollte er hinausgehen, über die Luke nach unten? Sicher war die

Walze der Mehandor bereits umstellt. Wenn kein Wunder geschah, war er verloren. Er dachte an das orangefarbene Gift, aber er konnte sich nicht überwinden, es zu nehmen.

Es dauerte quälende Minuten, bis er das charakteristische Geräusch eines Desintegrators hörte, der das Metall neben ihm auflöste. Aus Furcht, getroffen und ebenfalls aufgelöst zu werden, zog er sich nach oben und wollte die Luke öffnen, doch sie war verschlossen. Der verdammte Blogon hatte ihn eingesperrt! Er wollte schreien und toben, aber er wusste, dass ihn ein solches Verhalten nicht ans Ziel brachte, deshalb riss er sich zusammen.

Inzwischen war unter ihm ein großes Loch entstanden.

»Ich kann eine Schwingung anmessen«, hörte er die dunkle Stimme einer Frau. Sie wirkte unterkühlt. Es war ein Tonfall, den er mochte und den er anziehend gefunden hätte, wenn es nicht gerade um sein Leben gegangen wäre. »Da drin befindet sich eindeutig ein Ara, Lordadmiral.«

Das blendende Licht einer Stablampe fiel in sein Gesicht.

»Ich ergebe mich«, brachte er hervor. Er ließ sich fallen und landete unsanft auf der Hälfte des ausgeklappten Sitzes, die noch nicht desintegriert war.

Auf der anderen Seite des Lochs entdeckte er mehrere Terraner, eine fremdartig aussehende Frau und einen Halbarkoniden. Der Halbarkonide bildete den Mittelpunkt der Gruppe und war von der Frau mit »Lordadmiral« angeredet worden.

Atlan, fuhr es ihm durch den Kopf. Das war Atlan da Gonozal in einer Maske. Der Zellaktivatorträger persönlich hatte ihn zur Strecke gebracht. Er hatte seinen Meister in dem uralten Arkoniden gefunden, und er wusste, wann ein Spiel verloren war.

Langsam trat er mit erhobenen Händen ins Freie, zwischen die Kisten, in denen Bohnen und anderes Obst und

Gemüse aufbewahrt wurden. Obwohl es kalt im Lagerraum war, schwitzte er.

»Totthamir«, sagte Atlan da Gonozal ohne jede Regung. »Wir hätten da ein paar Fragen an Sie.«

Totthamir senkte das Kinn. Sollte er reden? Sollte er die Geheimnisse preisgeben, nun, nachdem alles verloren war? Er hatte einen Eid geschworen, und auch wenn er sich nicht viel aus Gefühlen wie Treue machte, konnte er die Hoffnung noch nicht aufgeben. Wenn er redete, war sein Leben verwirkt. Dann würde er niemals an all die Dinge kommen, die sein Verbündeter ihm versprochen hatte. Seine Träume stürzten zusammen wie ein Schloss aus Sand.

Er betrachtete die schöne kahlköpfige Frau mit der Prothese und den Kiemen sowie die USO-Mitarbeiter und Leute der Peron-Sicherheit in ihren Uniformen. Zuletzt musterte er Atlan, den stolzen Arkoniden, der ihn nicht aus den falschen blauen Augen ließ.

»Eine nette Maskerade«, plauderte er los, nur um irgendetwas zu sagen und den Knoten in seinem Hals zu überspielen.

»Ich wollte mit Ihnen nicht über mein Aussehen sprechen«, informierte da Gonozal ihn. »Mir geht es vor allem um ein bestimmtes Thema.«

Totthamir bewegte die künstlichen Fingerglieder der erhobenen Hände.

»Also gut. Reden wir.« Vielleicht konnte er die USO auf eine falsche Fährte setzen und Zeit gewinnen.

»Nicht an Bord der BLOGON VIII«, sagte Atlan kurz angebunden. »Wir gehen auf die TOLMAN.«

Totthamir wollte eben die Arme ausstrecken, um sich vom Sicherheitsdienst fesseln zu lassen, als einer der Terraner vorsprang, seinen Kombistrahler zog und ihn der Frau mit dem elfenhaften Gesicht an die Kiemen hielt.

»Nein, das werden wir nicht.« Sein unerwarteter Helfer trug weder eine Uniform der USO noch die der Sicherheitskräfte von Peron. Er war offensichtlich ein Polizist mit planetarer Zugehörigkeit. Auf der Jacke über seiner Schulter konnte der Ara die Worte: »Tahun Polizei« erkennen. Der Fremde zeigte seine strahlend weißen Zähne, als wolle er sie blecken.

Atlan da Gonozal wirkte wie erstarrt. Offensichtlich war die Gefangennahme seiner Mitarbeiterin für ihn eine unliebsame Wendung.

Totthamir grinste humorlos. Er war nicht mehr allein. Der Mann an der Front hatte ihn gefunden.

Atlan: Fehlende Sekunden

Hinter dir!, warnte der Extrasinn, aber es war zu spät. Die Bewegung, die ich in meinen Augenwinkeln sah, ließ mich mit dem Strahler in der Hand herumfahren. Khelex Damitter hatte ebenfalls seinen Kombistrahler gezogen und presste ihn gegen den Hals von Hoyka Kah, die ihren Helm für das Gespräch mit mir abgenommen hatte.

»Die Generalin, ich und Totthamir werden die Station mit der Springerwalze verlassen.« Er sah mich herausfordernd an. »Wenn Sie uns aufhalten, da Gonozal, wird sie sterben.«

Ich war wie erstarrt. Es war nicht die Tatsache, dass ich nicht schnell genug auf die Idee gekommen war, Khelex Damitter sei ein Verräter, und es war auch nicht die Situation, die mich blockierte: Es war das fotografische Gedächtnis. In Gedanken sah ich Hoyka Kah und einen Topsider, der sie bedrohte und erschoss. Ich war wieder in der Übung in Quinto-Center und glaubte, die heiße, staubige Luft von Lepso auf der Haut fühlen zu können. Das detailgetreue

Bild des toten Körpers der Generalin nahm mir jede Entschlusskraft. Ich wollte schießen, aber ich konnte meine Waffe nicht einmal anheben.

Reiß dich zusammen, ehemaliger Imperator!, forderte der Extrasinn.

»Sie ziehen sich umgehend zurück«, verlangte Damitter.

Hoyka Kah sah genauso trotzig aus wie in meiner Erinnerung. »Tun Sie, was Sie immer tun, Sir«, verlangte sie herrisch und sah mir unverwandt in die Augen.

Du hast es gehört, wisperte der Extrasinn. *Erschieß Damitter. Paralysiere ihn.*

Ich konnte es nicht. Die Bilder der Erinnerung wollten nicht verschwinden. Sie überlagerten das Gesicht von Khelex Damitter, Hoyka Kah und den Rest des Teams, das wie erstarrt um uns herum stand. Alle hatten ihre Kombistrahler gehoben und warteten auf meine Anweisungen.

Khelex Damitter sah mich ungehalten an, und ich erblickte durch das Doppelbild von Lepso den Schweiß auf seiner Stirn.

»Worauf warten Sie? Ziehen Sie sich zurück, oder ich schieße!«

Ich ließ die Waffe langsam sinken.

»Tun Sie es nicht!«, begehrte die Generalin auf. Sie wollte sich gegen Damitters Griff wehren, doch der stieß mit der Waffe noch fester zu.

»Stillhalten, oder ich schieße Ihnen ein Loch in die Schulter, Madam.«

Die Generalin hielt inne und starrte mich aus großen Augen an.

Wir können das Schiff auch später aufbringen, dachte ich so ruhig ich konnte. *Wir haben eine Armee da draußen, sie können uns nicht entkommen. Dieser gesamte Versuch Damitters, mit Totthamir zu fliehen, ist reiner Selbstmord.*

Und wenn sie es doch schaffen?, fragte der Extrasinn. *Vielleicht haben sie etwas in der Hinterhand. Stell dir vor, sie simulieren ihren Abflug nur und benutzen einen uns unbekannten Transmitter. Du kannst Totthamir nicht entkommen lassen. Er ist der Schlüssel zu Decaree und zu dem Feind, der die USO bedroht.*

Obwohl das stimmte, konnte ich nicht darauf eingehen. Ich fühlte mich wie gelähmt, als würde zähflüssiger Schleim meine Gehirnwindungen entlangkriechen.

»Wir tun, was Sie verlangen«, brachte ich heiser hervor. »Wir ziehen uns ...«

Hoyka Kah holte aus und trieb Damitter den Ellbogen in den Magen, während sie gleichzeitig die Waffe von ihrem Hals stieß. Ein heller Energieblitz zischte durch den Raum und schlug in einer Bohnenpalette ein. Totthamir hatte eine Hand zur Faust geballt und wollte die Generalin niederschlagen, doch Hanaly kam ihm zuvor und gab einen Paralyseschuss ab, der Totthamir nach hinten springen ließ.

Die Waffe war noch immer in Damitters Hand und Hoyka Kah kämpfte verzweifelt darum, den Waffenarm zu kontrollieren. Die beiden rangen miteinander, und es sah nicht gut für die Generalin aus. Der Strahler kam ihrem Gesicht mit jeder Millisekunde näher. Mir war, als könne ich plötzlich langsamer als in Zeitlupe sehen. Das Raum-Zeit-Gefüge brach subjektiv auseinander, und meine Augen weiteten sich, während sie vor Aufregung zu tränen begannen.

Tu endlich etwas!, fauchte der Extrasinn. Es sandte einen scharfen Impuls durch mein Denken, der mich aus der quälenden Paralyse des fotografischen Gedächtnisses holte.

Ich hob die Hand und schoss, ehe Damitter die Oberhand gewann. Der Strahl traf den Polizisten an der Schläfe. Er sackte in sich zusammen, während die Generalin heftig atmend die Waffe des Verräters an sich riss und herumfuhr, als wolle sie ihn erschießen.

Inzwischen war auch Totthamir paralysiert worden, und eine beängstigende Stille legte sich über den Lagerraum.

»Stecken Sie die Waffe weg«, forderte ich die Generalin auf, die noch immer auf Damitter zielte und den Mann ansah, als wolle sie ihn am liebsten töten. Meine Worte veränderten ihren Gesichtsausdruck. Ihre Zornesmimik verschwand völlig, als sei in ihrem Kopf ein Schalter umgelegt worden. Sie nickte und ließ den Kombistrahler sinken. »Das war knapp. Warum haben Sie nicht früher geschossen, Sir?«

»Weil ich Ihr Leben nicht unnötig gefährden wollte«, hörte ich mich selbst antworten, dabei war das nur die halbe Wahrheit. Ich hatte die entscheidende Sekunde des Schusses verpasst, weil meine Erinnerung mich blockiert hatte. Wenn ich wieder in Quinto-Center war, würde ich mich untersuchen lassen. Solche Flashbacks musste ich unter Kontrolle bringen, sonst gefährdete ich nicht nur mein Leben.

Ich wies auf Totthamir und Damitter. »Schaffen sie die beiden auf die TOLMAN«, befahl ich Hanaly und seinem Team.

Der Chef der Sicherheitskräfte der Jemanth wandte sich an mich. »Brauchen Sie uns noch, Sir?«

»Nein, danke für Ihre Mithilfe. Richten Sie Carion del Jemanth aus, dass er die Abflugsperre wieder aufheben kann. Was er mit dem Springer und seinem Schiff tut, überlasse ich ihm. Ich werde so bald wie möglich abreisen und die Jemanth nicht weiter behelligen.«

»Ich werde es ausrichten.« Der Mann grüßte nach arkonidischer Art und verließ mit seinen Leuten das Schiff.

Langsam ging ich auf Hoyka Kah zu. Sie sah mitgenommen aus. »Alles in Ordnung, Generalin?«

Sie nickte. »Ich weiß, warum ich Überraschungen hasse. Ich habe durchaus Schlechtes über Hauptkommissar Damitter gedacht, aber dass er ein Verräter ist, sicher nicht. Ich könnte mich ohrfeigen bei dem Gedanken, wie nah wir den Antworten auf unsere Fragen die ganze Zeit über waren.«

»Da irren Sie sich«, korrigierte ich sie. »Ich bin überzeugt, Damitter weiß weder, wo Decaree Farou ist, noch wer sie entführt hat. Er ist ein Schläfer, und er wurde mit Informationen knappgehalten, eben weil er an vorderster Front war. Das erklärt auch, warum er den Bewahrer bedroht hat: Er musste erst herausfinden, wo sich Totthamir aufhielt, um ihn persönlich warnen zu können, oder zumindest erfahren, ob der Ara in Sicherheit war. Zum Glück war er nicht schnell genug, Totthamir früher zu finden und ihm von der Raumschiffpassage abzuraten.«

»Ich hätte ihn nicht allein auf der Station lassen dürfen«, warf sich Hoyka Kah vor. »Das hat ihm die Zeit verschafft, hinter unserem Rücken zu agieren.«

»Er hat uns alle getäuscht«, tröstete ich sie.

Im Nachhinein ergab Damitters Verrat eine neue Sichtweise auf sein Verhalten auf Tahun. Er war es gewesen, der uns auf die falsche Spur mit dem Überschweren gesetzt hatte, und er hatte nur deshalb mit uns kommen wollen, um auf Peron vor Ort eingreifen zu können.

»Er wird lange Zeit haben, über sich und sein Verhalten nachzudenken«, sagte die Generalin frostig.

Ich stimmte ihr zu. »Gehen wir auf die TOLMAN. Totthamir schuldet uns Antworten.«

Zwischenspiel

Sr'rem: Am Ende der Welt

Er war am Ende der Welt. Sr'rem war neun Samwar-Standardjahre alt und überzeugt von diesem Gedanken. Irgendwo gab es einen blühenden, pulsierenden Mittelpunkt des Universums voller Frieden, Kreativität und Wachstum, und von dem war er unvorstellbar weit entfernt. Die Hüter der Ewigen Hitze waren einst erzürnt gewesen und hatten die Zr'rak vertrieben, indem sie ihre Heimatwelt in Frost erstarren ließen. So sagten es die Urtümlichen, und so sagte es auch Kr'rom, sein drei Jahre älterer Bruder, und Kr'rom hatte immer recht. Deshalb war sein Volk gezwungen gewesen, auf Samwar Zuflucht zu suchen.

Sie waren Fremde und wurden nur geduldet. Die weißhaarigen Fußgeher herrschten, obwohl sie kaum an die Bedingungen des Planeten angepasst waren. Zum Glück gab es nur wenige von ihnen, und er konnte sich manchmal tagelang vorwärts ziehen, ohne einen von ihnen zu sehen. Irgendwann würde er eine Welt finden, wo sie nicht herrschten. Ein blühendes Zentrum, fern von der Schuld seines Volkes. Er hob den Kopf und starrte mit allen vier Augen in den orangefarbenen Mittagshimmel, als könne er hinter der satten Farbe eine bessere Welt sehen.

»Träumst du etwa wieder?«, fragte Kr'rom verärgert und schlug ihm mit der Schwanzspitze gegen die Seite. »Die Glassitkuppel geht nicht von allein auf.«

Eilig holte Sr'rem den Sprengsatz hervor, den sein Bruder vorbereitet hatte. Er hätte gern gewusst, wie man ihn baute, aber noch war er zu jung, sagte Kr'rom. Er hielt Abstand, während sein Bruder die Sprengung vorbereitete, und blickte über die Weite des Raumschifffriedhofs. Sie waren allein in diesem Abschnitt. Zwei verrottete Kugelraumer ragten neben ihnen aus dem Sand. Es wären kleinere Schiffe, sagte Kr'rom, und er musste ja recht haben, trotzdem konnte Sr'rem es kaum glauben. Die Schiffe waren einst so riesig gewesen, dass er und sein Bruder sich zwanzig Mal aufeinanderstellen mussten, um von unten nach oben zu kommen. Geblieben waren nur Überreste. Das Meiste wurde vom Sand verborgen, aber einiges war noch zugänglich, denn der immerwährende Wind auf dem Kontinent blies die grauweißen Kristallwehen davon. Einzelne Teile stachen hervor, wie die Brustplatten von Arkonidenskeletten.

Der Krach der Explosion ließ ihn die obersten Hände auf die Ohrlöcher pressen. Er drehte sich langsam zur Seite und sah, wie sein Bruder im Inneren des Wrackteils verschwand. Wenn sie Glück hatten, fanden sie im Schiff seltenes Metall, das noch nicht demontiert worden war. Sicher, die großen Mengen waren schon weg, aber es gab immer noch kleinere Funde, die ihnen einige Chronners einbrachten und damit für ihr Überleben sorgten. Durch ihre dicke Schuppenhaut konnten sie sich länger als Arkoniden in dem Gebiet aufhalten, denn sie waren unempfindlicher gegen die Strahlung, die von den uralten Raumschiffen ausging.

»Hallo Sr'rem«, sagte eine Stimme auf Interkosmo, und er fuhr zusammen. Hinter ihm hatte sich Lt'tek angeschlichen, der Organisator seines ehemaligen Far'rurks. Seit seine Gelegemutter Sir'rk tot war, hatte er den alten Lt'tek nicht mehr gesehen.

»Kr'rom!«, brüllte er und schlug mit der Schwanzspitze in den Sand. »Kr'rom, Lt'tek ist da!«

Sein Bruder steckte die breite Schnauze aus der zerborstenen Glassitkuppel und schwang sich mithilfe seines Schwanzes hinaus in den Sand.

»Was willst du, Organisator?«, fragte er barsch.

Lt'tek fuhr sich mit einem seiner Seitenärmchen über die mäandernde Musterung seiner Schuppen. »Ich will, dass ihr zurückkommt. Das Far'rurk vermisst euch.«

Kr'rom stellte sich auf die Schwanzspitze und machte sich dadurch größer. Sr'rem war immer wieder beeindruckt, wie gut sein Bruder diesen Trick beherrschte. Er selbst kam nur halb so hoch. »Wir haben unsere Meinung nicht geändert. Die Humanoiden mit den langen Köpfen sind Verbrecher. Sie verseuchen unseren Planeten, und wenn sie keiner bekämpft, dann bleibt uns nur eine Wahl: Genug Chronners zu bekommen, um von diesem Drecksplaneten zu verschwinden.«

Der Alte legte den Kopf schief und blinzelte mit dem unteren Schlitzaugenpaar. »Kannst du dir denn mehr als Tar-Tang und Wasser kaufen, Kr'rom? Legst du tatsächlich Chronners zurück, von denen du glaubst, es könnten irgendwann genug für eine Passage für dich und deinen Bruder sein?«

Sein Bruder schwieg, und Sr'rem sah ihn verunsichert an. Viel Geld hatten sie bislang nicht zurücklegen können, trotzdem wollte sein Bruder nicht aufgeben. Ihre Gelegemutter war an Bakterien gestorben, gegen die es keine Heilung gab. Gegen Bakterien, die vom »Hort des Bösen« stammten, wie die Zr'rak das Zentrum allen Übels nannten, von dem die Seuchen ausgingen. Viele Zr'rak waren an ihnen gestorben.

»Ich gebe nicht auf«, stieß Kr'rom hervor und wollte sich abwenden.

»Warte«, sagte der Organisator. »Denk an deinen Bruder. Es bekommt ihm nicht, solange in der Strahlung zu sein. Sein Organismus hat weniger als sechzig Prozent seiner Reife erlangt.«

»Ich komme sehr gut klar«, begehrte Sr'rem auf.

Die beiden anderen beachteten ihn gar nicht. Es war, als würden sie einen Kampf mit Blicken austragen, und er wusste nicht, wie er sich verhalten sollte. Ihre vier Augenpaare starrten ineinander.

»Hast du mir einen Vorschlag zu machen, Lt'tek?«, fragte sein Bruder abweisend.

Der Alte verfärbte eine bestimmte Schuppenpartie am Hals dunkler, was seine Zustimmung ausdrückte. »Das habe ich. Kommt zurück nach Mahoniak und ich gebe euch eine Aufgabe, mit der ihr Chronners verdienen könnt. Es werden nicht viele sein, aber mehr als ihr mit der Arbeit hier bekommt. Wenn dann ein Jahr vergangen ist und ihr noch immer fort möchtet, wird sich der Far'rurk nicht in euren Weg stellen.«

Sein Bruder zögerte. Sr'rem dachte daran, wie lange er keine Manja-Fliegen mehr bekommen hatte. Manja-Fliegen legten ihre Eier in der Nähe der Biotope ab, in dem Gebiet, das von den Fußgehern verändert worden war. Dort gab es viel Sauerstoff und nur wenig Strahlung. Manchmal regnete es sogar in der Kuppel, und es gab leckere Würmer unter dem Sand.

»Was sagst du?«, sprach sein Bruder ihn überraschend an. »Wollen wir zurück?«

Sr'rem überlegte, ob die Frage eine Falle war. Er machte sich ganz klein. »Entscheide du.«

»Also gut«, zischte sein Bruder. »Wir gehen zurück.«

Kapitel 6

Atlan: Gegen den Kodex

Major Hanaly hatte keine Einwände vorgebracht, als ich befahl, einen der Räume für das Verhör von Totthamir freizugeben. Es war ein Raum der winzigen Medo- und Wissenschaftsstation der TOLMAN. Totthamir war mit einem Fesselfeld fixiert und mit einer von ihm abgewandten Konsole verbunden, die regelmäßig seine Vitalwerte scannte und auf einem integrierten Monitor abzeichnete. Er starrte mich und Hoyka Kah aus alten, hasserfüllten Augen an.

»Ihr bekommt mein Labor nicht«, krächzte er heiser. »Niemand bekommt meine Schätze.«

Ich biss die Zähne aufeinander und beugte mich vor. Das Labor des Aras war so zerschmolzen, dass sich nichts mehr bergen ließ, aber das brauchte er nicht zu wissen. Ihm schien nichts heilig zu sein außer seinen Drogen.

»Ihr Labor wird in diesem Moment geräumt. Wir haben Ihre Fallen gefunden und sie entschärft.«

»Sie lügen, Gonozal.« Totthamir spannte den gesamten Körper, aber gegen das Fesselfeld kam er nicht an. Er konnte sich keinen Zentimeter bewegen. Nicht einmal die künstlich ersetzten Finger konnte er einknicken.

»Wo ist Decaree Farou?«, fragte ich eindringlich.

»Ich kenne keine Decaree Farou«, behauptete der Ara frech.

Hoyka Kah hatte die Arme vor der Brust verschränkt und sezierte ihn mit ihren Blicken. »Was wissen Sie über einen

Transfer von Designerdrogen mit Ihrer Handschrift nach Tahun?«

»Ich stelle schon lange keine Drogen mehr her.«

»Ach kommen Sie.« Die Stimme der Generalin war verächtlich. »Eben noch haben Sie versucht, in einem Versteck innerhalb eines Mehandorschiffs zu fliehen, und Sie und ihr sauberer Kumpan wollten sich den Freiflug durch das Erpressen der USO mit meinem Leben erkaufen. Und dafür gab es überhaupt keinen Anlass?«

Totthamir sah unbeteiligt zur Decke des Raumes. »Vielleicht leide ich ja an paronischer Dragestionie. Das ist ein plötzlicher Gedächtnisverlust, der nicht heilbar ist. Als Paronerin müssten Sie ihn kennen.«

»Dann sollten Sie Ihrem Gedächtnis auf die Sprünge helfen, bevor wir die Geduld verlieren«, brachte ich zornig hervor. »Decaree Farou ist mit genau diesen Drogen in Verbindung gekommen, und ein Posbi namens Miraana hat diese Drogen laut seiner Positronik von Ihnen erhalten.«

»Ein Posbi? Warum sollte ich mit Posbis Geschäfte machen? Die Freunde der Menschheit, ich bitte Sie. Da könnte ich ebenso gut mit Perry Rhodan oder Gucky anbandeln.« Der Ara verdrehte die Augen.

Hoyka Kah fuhr nach vorne und packte die Griffe der Liege, auf der er in der Halbsenkrechten lag. »Hör zu, Eierkopf, das ist kein Spaß. Wenn du noch mehr dumme Sprüche bringst, endet dein Leben innerhalb der nächsten vierundzwanzig Stunden.«

»Sind wir endlich beim Du angekommen, meine Hübsche?« Der Ara zwinkerte. »Das war aber eine schwere Geburt.«

Die Generalin ballte die Hand zur Faust. Ich packte sie an der Schulter. »Lassen Sie mich einen Moment mit Totthamir allein.«

Sie löste ihre Körperspannung und schüttelte ihren Arm leicht aus, als leide sie an einem Krampf. »Wie Sie meinen, Sir. Ich warte draußen. Wenn Sie meine Hilfe brauchen ...«

»... sage ich es Ihnen«, beendete ich den Satz für sie.

Sie würdigte den Gefangenen keines Blickes, als sie durch das Schott ging.

Konzentriert richtete ich meine gesamte Aufmerksamkeit auf Totthamir und gab mir dabei keine Mühe, die Wut in meinen Augen und meiner Körperhaltung zu verbergen.

»Sie wissen nicht, was ich Ihnen antun kann, Totthamir.«

Er klang verächtlich. »Sie stehen der USO vor, Gonozal. Sie können gar nichts tun. Mich einsperren, ja, das können Sie. Mich vielleicht sogar töten und behaupten, ich hätte mich gewehrt oder es sei ein tragischer Unfall gewesen. Aber Sie sind nicht wie ich. Sie haben keine Mittel, die Wahrheit aus mir herauszuholen, denn selbst wenn Sie mich töten, erfahren Sie nichts. Und Wahrheitsdrogen? Alles, was Sie und Ihr Verein an Drogen zu bieten haben, ist eine Beleidigung für meinen Organismus. Ich werde niemals reden, Arkonide, also töten Sie mich besser gleich oder lassen Sie mich einsperren. Mir ist es egal. Aber hören Sie auf, unsere wertvolle Zeit zu verschwenden.«

Er klang tatsächlich wie ein Intelligenzwesen ohne Angst. Als ob er die Unentrinnbarkeit seiner Lage bereits akzeptiert hätte und nicht darunter litt. Wenn er die Wahrheit sagte, fürchtete er weder den Tod noch ein schnelles Sterben. Kannte dieser Ara überhaupt Gefühle? Wo war sein Schwachpunkt?

Zermürbend langsam ging ich um ihn herum, um ihm einmal mehr zu zeigen, dass er mein Gefangener war, während ich mich frei bewegen konnte.

»Vielleicht vergesse ich meine guten Manieren und die Statuten der USO in diesem Fall.« Meine Stimme war leise, und ich spürte, wie groß die Belastung war, die an mir zerrte. Ich brauchte den Aufenthaltsort von Decaree, und ich würde nicht aufgeben, bis ich bekam, was ich wollte. »Vielleicht foltere ich Sie, bis Sie die Wahrheit sagen.«

»Das wagen Sie nicht«, krächzte Totthamir. »Atlan, der Retter der Menschheit und Rhodans bester Freund. Denken Sie an die ganze negative Trivid-Presse. Denken Sie in Jahrtausenden. Wenn Ihr Ruf ruiniert ist, ist er es für immer. Das ist die Kleine nicht wert.«

Vorsicht, warnte der Extrasinn, als rote Funken vor meine Augen traten und ich spürte, wie meine Augenwinkel vor Erregung feucht wurden. *Er will dich dazu provozieren, ihn gleich zu töten, denn er fürchtet die Folter weit mehr, als er zugibt. Wie du bereits erkanntest, hat er vor einem schnellen Tod weit weniger Angst als vor Schmerzen.*

Ich atmete tief durch und dachte über die Argumente des Logiksektors nach. Das war die Schwachstelle, die ich nutzen konnte. Ich musste Totthamir nur glaubhaft versichern, es ernst zu meinen. Oder sollte ich dieses eine Mal weiter gehen? Ich hatte nicht übel Lust dazu. Was Decaree wert oder nicht wert war, hatte dieser Verbrecher nicht zu entscheiden.

Ich schloss die Augen und stellte mir vor, wie ich Totthamir an die nächste Wand – oder aus Gründen der räumlichen Nähe – mit dem Gesicht in den Boden rammte, bis sein Schädel platzte. Danach fühlte ich mich besser.

»Sie unterschätzen mich«, sagte ich eisig. »Sie wissen nicht, wozu ich fähig bin und was ich in meinem Leben schon alles getan habe.«

»Ich habe viele Intelligenzwesen studiert, Aktivatorträger. Sie durchschaue ich, ohne auch nur ein Mal zu blinzeln.«

»Tatsächlich?« Ich maß ihn mit einem langen Blick. »Sie glauben, keine Schwachstelle zu haben, aber Sie irren sich.

Sie mögen Ihre Drogen, nicht wahr?« Ich lehnte mich wieder zurück und öffnete meine geballten Fäuste. »Sie lieben es, sie zu mischen, sie abzuwiegen, die Macht in Ihren künstlich optimierten Händen zu fühlen. Nur dafür haben Sie sich Ihre Hände operieren lassen. Um noch besser in Ihrem Fachgebiet zu sein und feinste Bewegungen ausführen zu können.«

Totthamir schwieg, und zum ersten Mal, seitdem ich das Verhör begonnen hatte, glaubte ich Unruhe auf seinem Gesicht zu sehen.

»Aber wie ...«, sagte ich leise, »wie wollen Sie messen und abwiegen, wenn Sie weder Finger noch Hände haben? Wenn ich Sie verstümmele und behaupte, es sei ein tragischer Unfall passiert? Sie werden den Rest Ihres Lebens in einer Zelle sitzen, das was von Ihnen noch übrig ist. Als nutzloser Krüppel. Und Sie werden nie wieder eine Droge anfassen können.«

Totthamir atmete heftiger. Die Anzeigen gaben einen erhöhten Herzschlag preis. Er war nicht ganz und gar gefühllos. Vielleicht war das der Punkt, an dem ich ihn brechen konnte.

»Sie haben nichts gegen mich in der Hand, Arkonide«, brachte er hervor. »Ich kenne keine Decaree Farou, und Sie sind ein Verbrecher, wenn Sie mich foltern. Also lassen Sie Ihre leeren Drohungen und fangen Sie endlich an, mich unter Drogen zu setzen. Das wird ein Spaß.«

Anhand der Blut- und Gewebeuntersuchungen meines Feindes wusste ich bereits, dass eine solche Vorgehensweise nicht zum Erfolg führen würde. Der Ara war gegen eine ungewöhnlich große Bandbreite an Drogen immun.

Ich verstärkte das Fesselfeld und erhöhte den Druck der Plastbänder, die Totthamir auf die Liege pressten. Neben mir auf der Ablage lag ein Vibro-Skalpell.

Für Decaree, dachte ich und hob die Klinge.

Totthamir wurde bleich. Sein Herzschlag schien sich zu überschlagen, als ich an seinem Daumen ansetzte.

»Es ist nur ein winziger Schnitt, der einen Finger abtrennt«, sagte ich so kalt ich konnte. In mir sah es anders aus. Ich ekelte mich vor mir. War ich wirklich bereit, ein intelligentes Lebewesen zu foltern? Es zu verstümmeln? Ich war der moralische Maßstab der USO. Wenn ich das tat, verstieß ich gegen alle Regeln, die ich selbst aufgestellt hatte.

Ich wartete auf die warnende Stimme meines Extrasinns, doch der Quälgeist schwieg und schien abzuwarten, wie weit ich gehen würde.

»Ich wünsche Ihnen ein Leben unter Philosophen«, stieß Totthamir zynisch hervor. Für einen Ara wie ihn, der nur konkrete Wissenschaft gelten ließ, bedeutete ein Leben unter Philosophen die Hölle.

»Reden Sie endlich!«, fuhr ich ihn an. »Oder ich werde meine Worte wahr werden lassen! Wir sind allein. Niemand wird es je erfahren.«

Ich wusste selbst nicht, ob ich es ernst meinte oder nicht. Die Angst um Decaree ließ mich schwindeln. Wenn ich Totthamir nicht zum Reden brachte, war sie verloren. Dann gab es keine Hoffnung mehr für sie, nur den Tod. War es nicht besser, dieses Ding vor mir zu verstümmeln, als Decaree im Stich zu lassen? Ich dachte an die Schmerzensschreie der Springer vor dem Labor, die ich über Funk gehört hatte. Totthamir hatte, ohne mit der Wimper zu zucken, andere in den Tod geschickt. Er war Abschaum.

Das Skalpell glitt über die Haut an der Nahtstelle zum Kunstglied und hinterließ eine blutige Spur.

»Du kannst das nicht, Arkonide«, spottete Totthamir, aber seine Augen waren schreckgeweitet, und sein Körper produzierte, auf dem Kontrollschirm gut sichtbar, Unmengen von Adrenalin und Noradrenalin. Ich hielt das blutige Skalpell vor seine Augen, ehe ich es erneut am unteren Ende eines künstlichen Fingers ansetzte.

»Wo ist Decaree Farou?«

Totthamir schrie, als ich fester zudrückte. Er begann, unkontrolliert zu zittern. »Hör auf! Hör gefälligst auf!«

Vor meinen Augen drohte alles zu verschwimmen. Mein Atem ging schnell, und ich starrte auf die Hand vor mir. Es war, als sei alles im Universum geschrumpft und zu dieser Hand mit diesen Fingern geworden. Ich musste eine Entscheidung treffen. Totthamir stand an einer Grenze, und wenn ich ihn nur lange genug folterte, würde er reden. Aber auch ich befand mich an einer Grenze, die ich in all den Jahren meiner Existenz nicht überschritten hatte. Was würde aus mir werden, wenn ich das tat?

Ich zog das Skalpell zurück und wandte mich ab. Mir war übel. Nein, ich wollte kein Monster sein. Zu schnell konnte ich mich verirren und zu einem grausamen Despoten werden, der dank seiner immensen Machtposition Gewalt und Unheil über die Milchstraße brachte. Ich musste aufhören, ehe es begann.

»Wir versuchen es zuerst mit den Drogen«, brachte ich tonlos hervor.

Ich hatte erwartet, Totthamir würde einer seiner zynischen oder spöttischen Kommentare abgeben, weil er gewonnen hatte. Er hatte es vorausgesagt: Ich war nicht der Arkonide, ihn zu foltern. Doch der Ara war still. Als ich mich umdrehte, sah ich, wie kreidebleich er war. Seine Zähne waren hart aufeinandergepresst, sodass sich der Kiefer hervordrückte. In seinen Augen sah ich die Angst eines Kindes.

»Wo ist Decaree?«, versuchte ich es ein letztes Mal, doch er schwieg.

Ich wandte mich ab und verließ den Verhörraum. Draußen im Vorzimmer lehnte ich mich gegen den Terkonitstahl und atmete tief durch. Der Raum war ursprünglich für die Wissenschaftler der TOLMAN eingerichtet worden und direkt mit dem Behandlungsraum verbunden, der nun von Totthamir besetzt wurde.

»Wie ist es gelaufen, Sir?«, fragte Hoyka Kah angespannt.

»Er redet nicht. Ich werde es mit den Drogen versuchen.«

Sie sah das Blut an meinen Händen. Es waren nur wenige Spritzer. »Haben Sie ihn gefoltert?«

Ich gab ihr keine Antwort und schüttelte nur stumm den Kopf. Meine Erschöpfung verlangsamte die Bewegung. Mir war, als müsste ich gegen unsichtbare Felder ankämpfen.

Sie trat durch das Schott zu dem Gefangenen. Ich folgte ihr widerstrebend. Ihre Blicke glitten über die kleine Schnittwunde an Totthamirs Finger. Die Generalin sah mich an. Ihr Blick war trotz meiner Jahrtausende währenden Erfahrung mit Wesen aller Völker nicht zu deuten.

»Wir sollten uns eine Pause gönnen«, sagte sie emotionslos. Sie drehte sich zum Schott, und ich ging voraus. Meine Beine fühlten sich ungewohnt schwach an, und der Zellaktivator schien an Gewicht gewonnen zu haben. Er zerrte an mir, als wolle er mich zu Boden ziehen.

»Einen Cognac«, murmelte ich, als ich durch den Medoraum zum Ausgang ging. »Ich brauche einen Cognac. Und dann sehen wir ...« Verwirrt drehte ich mich um, als das Schott sich mit einem kaum hörbaren Zischen hinter mir schloss.

»Was soll das, Generalin?« Ich lief auf das Schott zu. Es öffnete sich nicht. Hoyka Kah hatte es von innen verriegelt. Fluchend gab ich den Kode am Sensorfeld ein, aber auch das funktionierte nicht. Vor mir ragte unbeugsamer Stahl auf.

»Verdammt, Kah! Machen Sie das Schott auf! Das ist ein Befehl!«

Ich wusste nicht einmal, ob sie mich hören könnte. Aber selbst wenn, schien sie mich nicht hören zu wollen. Ich schlug mit der Seite der Faust hart gegen das Hindernis.

»Öffnen Sie das Schott!«

In diesem Augenblick hörte ich Totthamir. Der Ara begann in hohen Tönen zu schreien, und es machte den Eindruck, als ob er nie wieder aufhören wollte.

Kapitel 7

Kone-Bay: Die Macht der Kontrolle

Er sah auf die schlafende Frau und setzte ihr eine Spritze in den Oberschenkel, zusätzlich zu den Psychopharmaka, die sie ohnehin in Tablettenform bekam. Totthamir hatte ihn gewarnt, dass sich die Patientin bald an geringe Dosen der Droge gewöhnen würde und dann die Gefahr groß war, dass ihre Mentalstabilisierung dominierte. Bislang zeigten sich dafür keine Anzeichen. Decaree Farou arbeitete ausgezeichnet mit, trotzdem war es besser, auf Nummer sicher zu gehen. Eine Mentalstabilisierung zu umgehen war ein Meisterstück. Deshalb bedurfte es mehr als ausgeklügelter Medikamente.

Behutsam griff er neben sich, um einen kleinen Plast-Kasten von der Ablagefläche eines hüfthohen Transport-Roboters zu nehmen. Der Roboter bewachte derzeit vier seiner größten Schätze. Vielleicht waren es die vier Letzten ihrer Art. Auf jeden Fall aber konnte er sicher sein, dass nur er sie besaß. Sie waren seine geheime Waffe, und weder der USO noch der Solaren Abwehr oder irgendeinem anderen Geheimdienst bekannt.

»Wo ist denn meine Versicherungspolice?«, fragte er mit einem ironischen Lächeln, als er eine der Dwykaa-Asseln vorsichtig mit einer Antigravpinzette aus dem faustgroßen Kasten holte. Das Wesen hielt im Schweben ganz still, als würde nichts Ungewöhnliches geschehen. Es war nicht viel größer als eine terranische Zecke und besaß eine länglichere Form. Im Gegensatz zu einem Wurm wand es sich nicht. Durch kleine Greifarme konnte es sich in die Haut hineinarbeiten, und das Beste war: Es war semikybernetisch. Es verfügte über eine winzige Positronik, die er unter Kontrolle hatte.

Während er die Pinzette langsam zum Gesicht der betäubten Frau führte, kam Freude an diesem Geschöpf in ihm auf. Er schätzte semikybernetische Wesen, egal ob sie Posbis waren oder Dwykaa-Asseln. Jedes Leben hatte seine Vorzüge, und er wusste eine Menge darüber, wie er diese Vorzüge für sich einsetzen konnte.

Er setzte die Assel auf der Gesichtshaut ab, und sie zog ihren langen, dreieckigen Körper zielstrebig in die vor ihr liegende Nase. Dabei hievte sie sich auf zehn winzigen Beinchen nach vorn. Das Wesen würde den Platz der letzten Assel einnehmen, die bereits abgestorben war, und sich von deren Überresten ernähren. Aus ihrem vorderen, länglichen Teil konnte sie Fäden vorantreiben, die hauchdünn waren und doch stabiler als die Fäden einer Spinne. Eine der genialsten Eigenschaften dieser Verbindungen war die große Variation ihrer Dichte. Die Dwykaa war unschlagbar, wenn es darum ging, genau die Dicke, Festigkeit und Elastizität zu erzeugen, die in der jeweiligen Gehirnregion gebraucht wurde. Mit diesen Fäden würde die Dwykaa die gekappten Nervenenden im Gehirn des Opfers für vier Tage überbrücken. Danach würde sie absterben, und er musste sie ersetzen. Noch hatte er genug Nachschub. Zwei der verbliebenen Asseln würden sich innerhalb der nächsten zwanzig Stunden teilen und dadurch verdoppeln.

Zufrieden legte er die Pinzette zur Seite und betrachtete den dreidimensionalen Plan von Quinto-Center, der in einer Holovid-Kugel schwebte.

Seine Patientin war nicht in der Lage, ihn oder den Plan zu sehen. Auch seine hübsche, rothaarige Mitarbeiterin erkannte die Schlafende nicht.

»Wie lange noch Chef?«, fragte Chassika Aron mit ihrer melodischen Stimme. Rote Augen funkelten in ihrem Gesicht, und die Haare ließen eine arkonidische Abstammung vermuten.

»Nur noch wenige Tage. Bald haben wir ausgeschöpft, was auszuschöpfen geht. Dann können wir weitersehen.«

Chassika verzog das Gesicht. »Ich bin froh, wenn wir von diesem Planeten herunter sind, Herr. Er ist trostloser als ein Asteroid, und die Einheimischen sind nicht intelligenter als der Sand zwischen den Steinen.«

Er nickte geistesabwesend und verfolgte einen Gang, der zur Hauptzentrale von Quinto-Center führte. »Wie viele Kodes haben wir?«, fragte er seine Assistentin.

Die Frau legte den Kopf leicht schief und schien nachzudenken. »Mit dem neuen Kode des einundzwanzigsten Versuchs sind es dreiunddreißig, Herr. Aber damit werden wir leider nicht weit kommen.«

»Sicher.« Ihm war bewusst, wie wertlos die Kodes waren. Atlan da Gonozal und seine Führungsspitze würden inzwischen dafür gesorgt haben, dass die Kodes geändert wurden. Trotzdem verriet die Länge der Kodes etwas über die Strukturen, die hinter den Sicherungsmechanismen standen. »Atlan hat die Positroniken neu gesichert. Viel wichtiger sind die Informationen, die wir über die Struktur von Quinto-Center erhalten haben. Bei einem gezielten Angriff können wir sie torpedieren.« Nachdenklich betrachtete er eine Ebene unter einem Landedeck. »Es scheint Schwachstellen in der Verteidigung zu geben. Wir müssen die Gefangene dazu bringen, genau diese Schwachstellen offen zu legen. Mit diesem Wissen sind wir klar im Vorteil, wenn wir Quinto-Center angreifen wollen – oder jemand anderes, dem wir diese Daten verkaufen.«

Die Rothaarige lächelte abwesend, und er fragte sich, ob sie geistig noch bei ihrem Auftrag war oder vielleicht doch nur davon träumte, den Öd-Planeten, auf dem sie festsaßen, so schnell wie möglich zu verlassen.

Sie inspizierten die Anlage Quinto-Centers, die in Teilstücken bestimmte Sektionen der USO-Basis nachbildete. Die Imitationen waren nicht gut und hätten einen normal denkenden Agenten nicht überzeugt. Aber dank der Dwykaa-Assel konnte Decaree Farou die Welt um sie herum nicht normal wahrnehmen.

Die Assel vermittelte ihr falsche Informationen und war umgekehrt in der Lage, einfache, direkt auf die Aufgabe bezogene Befindlichkeiten seiner Gefangenen zu extrahieren. Sie speicherte es ab, wenn die Frau verwirrt war, weil zum Beispiel eine Sicherheitsvorrichtung fehlte, und unterstützte den Impuls, diese Verwirrung auszusprechen. Auf diese Art erhielt er wertvolle Hinweise. Außerdem konnte die Dwykaa sekundengenau wie ein Aufzeichnungsgerät sagen, wie lang Miss Farou eine Strecke auf dem Laufband gewählt hatte, ehe sie abbog. Da die Agentin Quinto-Center blind kannte, und ihr die Wege vertraut waren, konnte er sie einfach auf dem Band spazieren lassen und jede Richtungsänderung aufzeichnen. So entstand nach und nach ein Bild der Station. Selbst der Zeitraum, den Decaree glaubte in einem Antigravschacht zu schweben, verriet exakt, wie viele Meter sie sich vermeintlich nach unten oder oben bewegt hatte.

Seine Blicke glitten durch den Raum, und er betrachtete mit Stolz den komplizierten Aufbau in der riesigen Halle, der eigens für Decaree Farou geschaffen worden war. Die blinde Frau hatte keine Ahnung, wo sie sich tatsächlich befand, und das sollte auch so bleiben. Der Mix an Ara-Medikamenten und der semikybernetischen Assel würde ihm letztlich das Tor öffnen, durch das er gehen wollte.

Er schaltete den Strukturplan von Quinto-Center ab und gab Chassika ein Zeichen, die medizinischen Utensilien und das Holovid-Gerät wegzuräumen. Ein Blick auf das Chrono an seinem Handgelenk zeigte ihm, dass Decaree in exakt drei Minuten wieder wach werden würde – das Schlafmittel würde zu diesem Zeitpunkt dank der eben gesetzten Spritze seine Wirkung verlieren.

Leise zog er sich in den Überwachungsraum neben dem Schlafzimmer ihres vermeintlichen Apartments zurück, bis seine Patientin zu sich kam und er als Kone-Bay zu ihr in den Raum trat.

»Guten Morgen, Decaree«, begrüßte er sie mit der Formel, die ihr den letzten Zweifel nehmen sollte, dass sie gerade lang und tief geschlafen hatte.

Zufrieden dachte er an seinen immer weiter anwachsenden Plan von Quinto-Center zurück. Bald schon würde er auf dieses Spiel nicht mehr angewiesen sein und konnte sich der Risikoagentin der USO entledigen.

Decaree: Auf Messers Schneide

Als sie an diesem Morgen erwachte, fühlte sie sich schwach und elend. Ihr war übel, ihre Nase schmerzte an der Wurzel, und ihr Kopf fühlte sich an, als würden winzige Metalldolche durch ihr Gehirn getrieben. Ihr Zustand hatte sich offensichtlich verschlechtert. Hoffentlich kam Kone-Bay bald, um ihr beim Anziehen zu helfen. Obwohl sie sich katastrophal fühlte, wollte sie nicht liegen bleiben. Ein paar Rückschläge musste sie in Kauf nehmen, ohne mit ihnen ihre Passivität zu rechtfertigen. Atlan erwartete das.

Sie berührte ihren schmerzenden Oberschenkel. Hatte sie sich gestoßen? Die Haut fühlte sich malträtiert an, ganz so, als habe sie eine Spritze bekommen. Aber vielleicht hatte sie das auch.

Warum war ihre Erinnerung so verschwommen?

Unal, Unal, Unal, flüsterte eine Stimme in ihrem Kopf, und als seien diese Worte eine magische Formel, konnte sie plötzlich Umrisse ihres Zimmers erkennen, sowie die Farben, die ihr entgegenstrahlten.

Es war hell. Grell sogar. Warum war es so hell?

Der Türmelder schlug an.

»Guten Morgen, Decaree«, erklang die vertraute Stimme Kone-Bays.

Ihr Mund war trocken, sie stand in ihrem Nachthemd auf und griff nach einem Glas mit Wasser.

Kone-Bay verschwamm vor ihren Blicken. Die Decke über ihm war dagegen scharf gezeichnet, aber sie sah falsch aus. Sie hatte nicht den richtigen Farbton. Und warum bestand ihr Apartment nur aus einem Raum? Wo waren die Zugänge zu den anderen Räumen geblieben? Das war nicht richtig.

Vor ihrem inneren Blick schwebte das Unal. *Denk nach!*

Die Erinnerung entführt und in einer fremden Umgebung zu sein, kam so übermächtig über sie, dass ihr das Glas aus den Händen glitt und das arkonidische Goldkristall auf dem Boden krachend zerbarst.

»Entschuldige«, stammelte sie und wandte den Kopf Kone-Bay zu. »Meine ... meine Hände zittern. Offensichtlich geht es mir wieder schlechter.«

»Das macht doch nichts, meine Liebe. Ein Reinigungsroboter wird sich darum kümmern. Du musst deine Tabletten nehmen, dann geht es dir gleich besser.«

Sie erhielt die Tabletten und ein neues Glas Wasser. Langsam setzte sich die Erinnerung, und sie dankte dem Unal im Stillen dafür, dass sie so viel sehen konnte. Zum ersten Mal erkannte sie den Raum deutlich, in dem sie gefangen gehalten wurde. Er war ihrem Schlafraum im Apartment in Quinto-Center ähnlich, aber es gab Abweichungen.

Sie musste die guten Sichtverhältnisse nutzen, um einen sinnvollen Ausgang aus der großen Halle zu finden.

»Gehen wir«, sagte sie, nachdem sie die Tabletten hastig in ihrer Hand versteckt hatte und nur so tat, als würde sie die Medikamente einnehmen.

Kone-Bay lachte leise. »Nicht so eilig, Decaree. Du bist noch nicht einmal angezogen.«

»Oh. Natürlich. Hilfst du mir?«

Sie ließ die Prozedur ungeduldig über sich ergehen, immer in der Angst, ihre Sicht könne wieder schlechter werden, aber dieses Mal sah sie deutlicher als zuvor, und es wurde nicht dunkel.

Als Kone-Bay sie aus dem Raum führte, sah sie den Gang, durch den er sie in eine große Halle brachte, in der die Strukturen Quinto-Centers zu Teilen nachgebaut waren. Der Aufwand, der in der Halle betrieben worden war, um alles möglichst detailgetreu wiederzugeben, war gigantisch. Wie viel ihr Entführer wohl daran verdiente, die USO auffliegen zu lassen?

Sie hatte Mühe, sich ihre Abscheu und Wut nicht anmerken zu lassen, und wendete eine der Atemtechniken an, die Atlan ihr beigebracht hatte.

Das ist der Tag, durchzuckte es sie, dabei wusste sie, es war kein Tag. Es waren nur wenige Minuten, die sie durch das Labyrinth geführt wurde und wie eine Ratte unter Beobachtung den Ausgang zu finden hatte.

Trotzdem war das *der Tag*. Das war der Gang mit Kone-Bay, bei dem sie alles herausfinden musste. Anscheinend hatte man ihr starke Medikamente ins Bein gespritzt, und sie wusste nicht, wie lange sie noch widerstehen konnte. Dieses Mal hatte das Unal sie gerettet, aber wie würde es nächstes Mal sein? Sie musste handeln, und dieser Rundgang war ihre Chance zu *sehen*.

Der Saal mit den Nachbauten war ein kreisrunder Raum, groß wie der Hangar eines Schiffes, und er hatte mindestens zwei Ausgänge. Sie sah sich noch genauer um und begriff, dass ein Großteil der Dinge, die sie zu sehen glaubte, virtuell war. Warum man sich für eine Blinde diese Mühe gemacht hatte, verstand sie nicht. Vermutlich half dieser Aufbau ihren Feinden, damit sie nicht vergaßen, wo sich welche Struktur befand. Der Teil, an dem sie Sicherheitsvorkehrungen preisgeben sollte, musste jedes Mal nachgebaut werden, damit sie ihn anfassen konnte. Oder vermittelte man ihr über irgendwelche Impulse das Gefühl, einen realen Gegenstand anzufassen, auch wenn sie in Wahrheit nur ein virtuelles Duplikat berührte?

Vielleicht fand sie es heraus, vielleicht nicht. Wichtig war nur, einen realen Ausgang zu finden, und kein Trugbild.

An Kone-Bays Seite führte sie ihren Rundgang aus, ohne neue Geheimnisse Quinto-Centers zu offenbaren. Da es ihr so elend ging, musste sie sich immer wieder motivieren, nicht aufzugeben. Sie fühlte sich wie Alice im Wunderland, nur dass sie in einen Albtraum geraten war, mitten hinein in eine Welt, in der alles und nichts Bestand haben konnte. Was war real und was nur in ihrem Gehirn existent?

Sie brauchte ihre gesamte Kraft, um das volle Potenzial ihrer Sehkraft auszureizen. Erst als sie nicht mehr laufen konnte und ihre Beine sich so schwach und schmerzhaft anfühlten, als habe sie mindestens einen gebrochenen Knochen, gab sie auf. Sie hatte mehrmals zwei Schotts gesehen, die sich außerhalb der Aufbauten befanden.

Als der vermeintliche Seelenberater sie nach ihrem Zusammenbruch allein ließ, sah sie ihm mit den Splittern des Unal nach. Er verschwand in dem zweiten Zugang, den sie ausgemacht hatte. Aus demselben Schott kamen ihr nur wenige Sekunden später zwei Roboter entgegen, die sie zurück in ihr Bett bringen wollten. Das war der Weg, den sie nehmen musste.

Sie spürte, wie die Erschöpfung sie tatsächlich zusammenbrechen ließ, und fiel in eine fast vertraut wirkende Ohnmacht.

Beim nächsten Mal, war der Gedanke, an den sie sich im Wegdriften klammerte. *Beim nächsten Mal kommt die Freiheit.*

Kapitel 8

Atlan: Antworten

Ich arbeitete mit Gerry Hanaly und zwei Technikern an dem Schott zum Verhörraum. Wut kochte in mir. Hoyka Kahs Vorgehen war nicht nur skrupellos, die Frau hatte mich eiskalt ausgespielt. Ich hatte mich von ihr übertölpeln lassen wie ein Kadett im ersten Jahr, und ich schwor mir, dass das nie wieder vorkommen würde.

Vielleicht ist sie auf diese Weise erfolgreich, warf der Extrasinn ein, der sich bei meinem Verhör mit Totthamir zurückgehalten hatte.

Wenn sie erfolgreich ist, kann sie ihren Job behalten, dachte ich grimmig. *Ansonsten ist sie ihn los.*

Reagierte ich über? Ich wollte und konnte mir ein solches Verhalten von einer Untergebenen nicht bieten lassen. Ich war der Lordadmiral der USO, nicht Hoyka Kah.

»Bekommen Sie das Schott mit dem Masterkode geöffnet?«, fragte ich einen der Techniker.

Der schüttelte den Kopf und sah bedauernd zu Gerry Hanaly und mir. »Die Generalin hat den Kode geändert, Sir. Wir könnten höchstens desintegrieren, aber ich bitte, davon Abstand zu nehmen.« Der Mann sah gequält aus und schien sich mehr um die TOLMAN zu sorgen als darum, was gerade in dem Raum vor ihm geschah. Kein Wunder. Er hatte keine Ahnung, was Hoyka Kah gerade veranstaltete.

Am liebsten hätte ich mit den Fäusten gegen die Tür getrommelt, aber das wäre albern gewesen, und vor allem hätte es mich nicht weitergebracht. Was trieb Hoyka Kah da drin?

Totthamir schrie nicht mehr, nur hin und wieder glaubte ich, ein Wimmern und Röcheln zu hören. Ich beugte mich über das Tastfeld und wollte erneut versuchen, einen übergeordneten Kode einzugeben, als das Schott sich öffnete. Ich blieb stehen, wo ich war, während Hanaly und die Techniker vor dem Bild, das sich uns bot, zurückwichen.

Hoyka Kah stand in einer gesprenkelten Uniform vor uns. Auf ihrem Gesicht zeichneten sich deutlich die Spuren der letzten zehn Minuten ab, aber es war nicht ihr Blut, das auf der weißen Haut bizarre Muster malte.

Hinter ihr öffnete sich ein Tor in einen menschlichen Abgrund. Totthamir röchelte nicht mehr. Der Ara lag auf dem Rücken auf einem Operationstisch, den die Generalin aus der Wand gefahren hatte. Seine Kehle blutete an mehreren Stellen, die Hände waren nicht mehr zu erkennen, und auf dem Boden breitete sich eine beständig größer werdende Lache aus.

Der Raum glich einem Schlachthof, auch wenn die Decke nichts abbekommen hatte, was mich aber nur noch mehr schockierte. Hoyka Kah hatte punktgenau nur Venen durchtrennt, keine Arterien. Sie hatte ihr medizinisches Wissen ohne jeden Skrupel ausgenutzt.

Mehrere Augenblicke standen Hoyka Kah und ich uns gegenüber. Ich taxierte die Paronerin, die auf den ersten Blick elfenhaft und zerbrechlich wirkte. In mir suchte ich nach Worten, um auszudrücken, wie sehr mich das, was sie getan hatte, erschreckte und anwiderte, aber ich fand die Worte nicht. Auch der Extrasinn schwieg.

In der Stille hörte ich das unterdrückte Würgen eines Technikers.

In Hoyka Kahs Gesicht zuckte kein Muskel. Sie wandte sich zu dem Toten um und betrachtete ihr Werk mit äußerlicher Gleichgültigkeit. Aber in ihrer Stimme lag Bitterkeit und eine Kälte, die mich an einen Eisplaneten denken ließ. »Es herrscht Krieg, Sir.«

Sie wandte sich ab und ging aus dem Raum. Das Schott schloss automatisch hinter ihr. Unter den Blicken aller Anwesenden trat sie an mir vorbei und blieb zwei Schritte weiter erneut stehen. Sie sah mich nicht an.

»Sie ist auf Samwar.«

Ich atmete tief durch. Trotz meiner Empörung spürte ich tiefe Dankbarkeit und Erleichterung. Durch Hoyka Kah wusste ich endlich, wo Decaree festgehalten wurde. Vielleicht war es noch nicht zu spät, ihr Leben zu retten.

»Sehen Sie mir ins Gesicht«, forderte ich sie auf.

Sie wandte sich mir zögernd zu, und hinter der Maske aus Kälte glaubte ich, Anspannung zu erkennen. Meine Stimme war so kalt wie die ihre.

»Das Ergebnis Ihres Vorgehens ist gut, und das ist der einzige Grund, warum ich Sie nicht umgehend einsperren lasse, Generalin. Sie haben nicht die letzte Entscheidung über Leben und Tod zu treffen. Nicht im Fall einer Gefangennahme. Und Sie wissen, dass Sie gegen die Statuten der USO verstoßen haben. Welche Folgen das für Sie hat, wird eine unabhängige Kommission entscheiden, sobald die Suche nach Miss Farou beendet ist.«

»Verstanden, Sir.« Ihr unschuldig wirkendes Gesicht war mit Blutflecken verunstaltet, und sie machte noch immer keine Anstalten, sie fortzuwischen. Der Anblick war makaber.

Ich erkannte, dass ich diese Frau unterschätzt hatte. In ihr verbarg sich eine Härte, die an Schizoidie grenzte, an eine ernsthafte Erkrankung, bei der Gefühle vom Handeln abgespalten waren. Hatte Sie wirklich nur getan, was ihrer Meinung nach getan werden musste?

Unterstellst du ihr Freude am Töten?, fragte das Ergebnis der ARK SUMMIA. *Darauf gibt es keine Hinweise.*

Ich unterstelle ihr, genauso gefühlskalt wie unsere Feinde zu sein. Und sie tut nichts, um sich auch nur ansatzweise zu verteidigen. So wie es aussieht, ist sie mit sich selbst im Reinen, obwohl sie gerade einen Mann zu Tode gefoltert hat.

Ich beendete den kurzen inneren Dialog und wandte mich an Major Hanaly.

»Wir werden umgehend aufbrechen, um Miss Farou zu befreien«, stieß ich hervor. Mit dem Verhalten Hoyka Kahs musste ich mich später in Ruhe befassen. Zuerst war das Wichtigste, Decaree zu retten sowie die Enttarnung unserer Spezialisten und des derzeitigen Standorts von Quinto-Center zu verhindern.

»Natürlich, Sir«, antwortete der blasse Major eine Spur zu schnell.

Hoyka Kah stand noch immer bewegungslos mit leicht gesenktem Kopf vor mir. Ich hatte mich soweit unter Kontrolle, dass ich normal sprechen konnte, ohne mir die Abscheu anmerken zu lassen, die Hoykas blutbeflecktes Erscheinungsbild als Beweis und Mahnmal ihrer schrecklichen Tat nach wie vor in mir auslöste.

»Hat er einen Namen genannt, Generalin?«

Mir war, als würden Hanaly und die Techniker die Luft anhalten, um die Antwort mit keinem unbedachten Geräusch zu stören. Wussten wir nun endlich, wer sich hinter der Entführung verbarg?

Hoyka Kah hob das Kinn. »Ja. Er nannte einen Namen.«

Kapitel 9

Decaree: Flucht nach vorn

Als sie das verhasste »Guten Morgen« Kone-Bays vernahm, schwor sie sich, es zum letzten Mal gehört zu haben. Sie fühlte sich noch immer schwach und ausgelaugt, aber sie wusste, dass da noch verborgene Reserven in ihr waren, und zumindest hatten die Kopfschmerzen nachgelassen. So verrückt das klang, hatte der Wahnsinn der letzten Monate ihr nicht nur gezeigt, welcher Abgrund sich in ihr verbarg, sondern auch, welche Kräfte sie mobilisieren konnte, wenn es sein musste. Es war möglich zu entkommen. Sie musste es nur schaffen, einen Hyperfunkspruch abzugeben, und lange genug durchhalten, bis ein Rettungskommando eintraf.

Die Tabletten hatte sie beim Auskleiden bereits im Innenfutter der Uniformjacke verborgen. Es waren die Tabletten, die den Wahnsinn von ihr fernhielten und die zu begünstigen schienen, dass sie durch das Unal Bilder der realen Welt sehen konnte. Diese Tabletten hatte sie für mehrere Tage gestreckt, während sie die anderen vernichtet hatte.

Sie ließ die inzwischen vertraute Prozedur des Ankleidens und Frisierens über sich ergehen und fühlte anhand der Schmerzentwicklung an ihrem Oberschenkel, dass seit dem Setzen der letzten Spritze etwa sechs Stunden vergangen sein mussten. Im Grunde war sie am Ende ihrer Kräfte, und das wusste sie. Der mangelnde Schlaf, die Drogen und die psychische Belastung zermürbten sie. Aber sie hatte keine andere Wahl, und das ließ sie stark sein. Sie wollte leben. Dieser eine Gedanke hielt sie aufrecht und machte ihren Geist zu einer uneinnehmbaren Festung, die keine Drogen und keine Psychospiele einnehmen konnten.

Du wirst leben und Atlan wiedersehen, sagte sie sich, und unterdrückte ein Lächeln, denn gesehen hatte sie ihren Geliebten schon lange nicht mehr. Ob sie ihn bald durch das Unal erkennen konnte?

Sie rügte sich für ihre Träumereien, auch wenn sie ihr Hoffnung gaben. Es war der falsche Zeitpunkt für Sentimentalitäten.

Konzentriert ging sie vor dem vermeintlichen Kone-Bay her und führte ihn durch die Illusion Quinto-Centers. Je näher sie dem Ausgang kamen – dem Metallschott, durch das sie ihren Feind beim letzten Rundgang hatte verschwinden sehen – desto schwächer stellte sie sich, bis sie sich nur noch mit Mühe vorwärtsschleppte.

Kone-Bay wurde ungeduldig. »Nur noch ein kurzes Stück«, trieb er sie an, als sie fast auf der Höhe der Tür waren.

»Sie ...« Decaree schwankte. »Sie kann nicht mehr. Du musst sie stützen. Wenn du ihr ein wenig hilfst, wird es bestimmt gleich besser.«

»Aber sicher«, sagte er freundlich, offenbar versöhnt, weil sie kooperativ war und nicht verlangt hatte, zurück in ihr Bett gebracht zu werden.

Ein letztes Mal sah sie sich um und konnte niemanden außer Kone-Bay erkennen. Anscheinend waren sie allein, was auch Sinn ergab, denn Kone-Bay wollte sein Wissen über Quinto-Center mit Sicherheit nicht mit x-beliebigen anderen teilen. Vermutlich gab es nur sehr wenige Verbündete Kone-Bays, die zu diesem Ort Zugang hatten.

Der große Mann griff um ihre Hüfte.

Decaree zögerte keine Sekunde. Sie rammte ihm ihre Faust mit voller Wucht gegen die Nase.

Kone-Bay schrie auf und riss die Hände hoch. Sie schlug erneut zu und bemerkte dabei irritiert, wie sich sein Gesicht verschob, als trüge er eine energetische Maske, die durch den Schlag beschädigt worden war.

Der hagere Mann sank neben ihr auf den Boden. Decaree hatte das unbestimmte Gefühl, dass sie ungeheures Glück gehabt hatte, dass Kone-Bay ihr eigentlich körperlich haushoch überlegen war und dass nur das Überraschungsmoment dafür gesorgt hatte, dass sie ihn hatte besiegen können.

Schwer atmend stand sie über ihm und starrte auf die vertrauten Züge. Auch wenn es eine Weile her war und sie einander nie persönlich getroffen hatten, erinnerte sie sich an diesen Mann. Er war ein Ara. Auf seiner Glatze spiegelte sich das kalte Licht der Decke. Am markantesten war seine hervorspringende Nase. Sie war es auch, die Decaree sicher sein ließ, dass er es war. Eine solche Nase hatte kein Zweiter.

»Mobat«, flüsterte sie heiser, während sie vor ihm zurückwich. Das war Mobat, ein hochrangiger Offizier des Ara-Geheimdienstes. Sie hatte vor einigen Jahren mit ihm zu tun gehabt, als sie noch nicht gewusst hatte, was sich hinter dem Kodewort »Sternensplitter« verbarg. Mobat war ihr nicht sympathisch gewesen und hatte sich schon damals als Verbrecher entpuppt, aber damit, dass ausgerechnet er sie entführt und dieser Labyrinth-Tortur ausgesetzt hatte, hätte sie niemals gerechnet.

War nicht Perry Rhodan dem Mann zwischenzeitlich begegnet und hatte sich ganz normal mit ihm unterhalten?

»Du Monster«, zischte sie und riss sich zusammen. Sie durfte nicht zurückweichen. Ihre Reaktion hatte sie wertvolle Sekunden gekostet. Hastig trat sie an den Verbrecher heran und räumte seine Taschen aus. Alles, was sie finden konnte, raffte sie an sich. Sie erbeutete ein winziges Multifunktionswerkzeug und einen Kodegeber für die Türen.

Über ihr erklang ein Alarm. Sie zuckte zusammen unter dem schrillen, an- und abschwellenden Ton.

Nichts wie weg.

Einige weitere wertvolle Sekunden vergeudete sie mit der Überlegung, Mobat als Geisel zu nehmen. Er war zwar ein hochrangiger Offizier, aber in ihren Händen war sein Leben wertlos. Sie konnte ihn bedrohen und erpressen, doch die Aracom war bekannt für ihre Kompromisslosigkeit. Die Spitzköpfe würden lieber zusehen, wie Mobat starb, als eine entführte USO-Agentin laufen zu lassen und damit vielleicht einen Krieg auszulösen.

Ihr Herz hämmerte hart gegen ihren Brustkorb, als sie Mobat zurückließ und auf das Schott zuhetzte, durch die der vermeintliche Kone-Bay zuletzt verschwunden war.

»Bitte«, flehte sie mit den Lippen und benutzte den Kode-Geber.

Das Schott öffnete sich wie das Maul eines hungrigen Haluters. Sie erkannte einen langen, silbrig schimmernden Gang und stürmte los.

Buch 3
Decaree Farou

Kapitel 1

Atlan: Träume

Ich lief durch lange, silberweiße Gänge, den Thermostrahler im Anschlag. Aras waren hinter mir her. In meinem Rücken hörte ich ihre Schritte und sah einen grünen Energieblitz an mir vorbei in eine Wand schießen. Sie kamen näher. Wo war der Ausgang? Ich musste einen Ausweg finden, sonst war ich verloren.

Ein metallenes Schott fuhr vor mir nach oben. Mit einem Sprung warf ich mich hindurch, noch ehe es ganz offen stand, rollte über den harten Boden und kam auf dem Rücken vor einer weiß gekleideten Frau zu liegen. Sie richtete ihren Handstrahler auf mich. Ihre sonst braunen Haare waren rasiert. Das kalte Licht der Deckenlampen spiegelte sich auf ihrer bleichen Glatze, und hellgrüne Augen sahen ausdruckslos auf mich herab.

»Atlan«, flüsterte sie. Der Strahler blieb auf meinen Kopf gerichtet. Ich betrachtete das Muttermal an ihrem Kinn, das ich gern angefasst hätte. Wie lange ich es nicht mehr berührt hatte, hatte ich vergessen.

»Decaree. Wo sind wir?«

Sie antwortete mir nicht, aber ich kannte die Antwort auch ohne ihre Hilfe oder das Einschalten meines Extrasinns: Ich träumte. Nach den anstrengenden Tagen hatte ich mir trotz Zellaktivator ein paar Stunden Ruhe gegönnt, um Kraft zu sammeln für Samwar und die Aufgabe, die vor mir lag.

Decaree nahm den Strahler von meinem Gesicht fort. »Du weißt also, dass du träumst. Aber das ist nicht die Antwort auf deine Frage.« Sie drehte sich um und ging davon. Ich sprang auf, um ihr zu folgen. Obwohl es nur ein Traum war, wollte ich bei ihr sein und sie verstehen. Meine Stimme war eindringlich.

»Dann sag es mir. Sag mir, wo wir sind.«

Sie schwieg und wandte sich mir nicht zu. Es war, als sei ich für sie nicht existent. Als habe sie mich in den wenigen Sekunden vergessen, die seit unserem letzten Blickkontakt vergangen waren.

Die Schüsse hinter uns waren mir egal. Sie kamen aus weiter Ferne und konnten uns nicht mehr treffen. Wichtig war nur Decaree und was sie mir zu sagen hatte. Schwerfällig folgte ich ihr. Es erschien mir, als seien wir zwei Zombies, auf der Suche nach etwas, das wir unwiderruflich verloren hatten.

Wir erreichten das Ende eines Ganges, und Decaree begann, eine lange Metallleiter nach oben zu steigen. Ich tat es ihr nach. Meine Hände umfassten die Sprossen, und meine Finger rutschten ab. Mit einem Fluch fing ich mich im letzten Moment und begriff, warum ich abgeglitten war: Die Sprossen waren voller Blut. Oben, am weit entfernten Ausgang des Schachtes, hing eine reglose, dunkle Gestalt. Sie wirkte hager. Ihre langen, dünnen Arme baumelten mir mit gespreizten Fingern entgegen. Ob das Blut von ihr kam? Jede einzelne Sprosse war damit benetzt.

Decaree beachtete die Gestalt nicht. Auch das Blut schien sie nicht zu stören. Es war, als würde sie es nicht wahrnehmen, denn sie setzte ihren Weg mit der Sturheit eines Roboters fort.

Rotes Licht tauchte die Szenerie ins Unwirkliche. Es drang von der Schachtöffnung zu uns herunter. Ich glaubte, die fernen Einschläge von großkalibrigen Waffen und gezündete Sprengsätze zu hören. Explosion folgte auf Explosion. Irgendwo da draußen tobte ein Krieg von infernalischen Ausmaßen.

Über mir erreichte Decaree den Ausgang. Sie hatte plötzlich einen gewaltigen Vorsprung.

»Warte!«, rief ich ihr nach, aber sie drängte bereits die leblose Gestalt zur Seite, um sich an ihr vorbei aus dem Schacht zu ziehen.

Ich verdoppelte meine Bemühungen. Meine Hände griffen in das Blut. Je näher ich dem Ausgang kam, desto weiter schien er sich von mir zu entfernen, als wolle er mir entkommen.

Es ist nur ein Traum, erinnerte ich mich und kämpfte mich verbissen weiter. Der Ausgang musste kommen. Das war *mein* Traum, und ich würde nicht aufgeben. Diese Leiter hatte mich an ihr Ende zu lassen, weil ich es war, der sie geschaffen hatte. Stück für Stück zog ich mich empor und tatsächlich verringerte sich der Abstand wieder. Ich war endlich in greifbarer Nähe und sah das bleiche Gesicht Totthamirs. Mit aufgeschnittener Kehle hing der Ara an der Leiter herunter. Behutsam schob ich den toten Körper ein Stück zur Seite, um aus dem Schacht steigen zu können.

Ich kam auf ein Plateau unter einen roten Himmel, in dem überall Explosionen blitzten. Es war ein Armageddon, wie es sich Johannes in seiner Offenbarung nicht schlimmer hätte ausmalen können. Über mir erhob sich die Spitze des bronzefarbenen Eiffelturms, und zu meinen Füßen lag Paris. Ich stand regungslos auf der ersten Plattform des Pariser Wahrzeichens und starrte in das Chaos um mich herum. Obwohl die zerstörten und brennenden Häuser ein Paris um das Jahr 1900 nach Christus darboten, zeigte der Himmel ein Spektakel, das Milliarden von Jahren zurücklag: Über mir näherte sich ein Kleinplanet der Erde. Er raste auf den Blauen Planeten zu, der damals eigentlich noch keinen Sauerstoff besessen hatte. Aber in meinem Traum herrschten andere Regeln. Die Atmosphäre brannte, und immer wieder explodierten Fragmente der Planetenkruste im Licht der roten Sonne.

»Paris«, flüsterte ich und spürte eine Schuld, als wäre ich der heranrasende Planet, der drohte, die Erde zu zerreißen, und nach der Kollision zu Luna werden würde.

»Warum?«, fragte eine Stimme über mir, die unendlich traurig klang. »Warum, Atlan?«

Ich blickte auf und sah Decaree auf den Streben des Turmgerüstes stehen. Sie stand gut fünfzig Meter über mir knapp unterhalb der zweiten Plattform, eine winzige Gestalt unter dem roten Inferno. Ihre Silhouette hob sich deutlich gegen die riesige, brennende Kugel ab, die ein Drittel des Himmels einnahm.

»Es tut mir leid«, flüsterte ich.

Sie breitete ihre Arme aus und sprang. Ihr Körper flog durch die Luft, stürzte wie ein Stein in die Tiefe und zerschmetterte vor meinen Füßen.

Ich riss die Augen auf. Wie lange hatte ich keine derartige Traumvision mehr gehabt? Ich hatte sie nicht vermisst. Ihre Symbolträchtigkeit setzte mir zu und spiegelte meine vorherrschenden Gefühle. Der Eiffelturm war vor rund tausend Jahren durch die unsichtbaren Laurins zerstört und später andersfarbig wiederaufgebaut worden. Er war verloren, und doch gab es ihn noch. War das nicht ein Zeichen der Hoffnung in der Trostlosigkeit meines Traums? Es war wichtig, selbst in diesem Schrecken eine positive Botschaft zu finden und die Hoffnung, Decaree lebend zu finden, nicht aufzugeben.

Benommen setzte ich mich auf. Ein Blick auf das Chrono zeigte, dass ich keine drei Stunden geschlafen hatte, aber nun würde ich mich nicht mehr ausruhen können.

»Paris«, sagte ich leise, als würde dieses eine Wort alles erklären.

Kapitel 2

Sr'rem: Neue Wege

Sr'rem war zufrieden. Wenn alles gut lief, würde er Samwar früher oder später verlassen können, auch wenn er noch nicht wusste, wohin er gehen würde. Aber das würde er schon noch herausbekommen. Sie waren zu ihrem Far'rurk zurückgekehrt und hatten eine kleine Sandkuhle im oberen Höhlensystem erhalten, die groß genug als Schlafplatz für sie beide war. In den letzten Wochen und Monaten waren sie immer in Gefahr gewesen, wenn die Todesstürme von Samwar kamen und mit über fünfhundert Stundenkilometern über den Sand rasten. Sie hatten in halb vergrabenen Raumschiffen Schutz gesucht und es oft nur dank ihrer vererbten Veranlagung geschafft, sich nach den Stürmen wieder ins Freie zu kämpfen. In der großen Höhle des Far'rurk war es viel angenehmer. Da wurde einfach der Deckel zugemacht, wie Sr'rem den runden Ein- und Auslass nannte, und die Stürme mussten draußen bleiben. Außerdem gab es Essen im Far'rurk, wie er es ewig nicht bekommen hatte. Würmer und Knollen, die seine zwei Mägen zucken ließen aus Vorfreude.

Kr'rom schien es nicht so gut zu gefallen. Die ersten Tage hatte sein Bruder kaum ein Wort gesagt und sich abseits der Gemeinschaft gehalten. Er misstraute Lt'tek und fürchtete, der Alte meine sein Angebot nicht ernst. Aber dann gab Lt'tek ihnen einen Gesprächstermin in seiner Wohnhöhle und wies sie in ihre Arbeit ein.

»Ihr kennt die weißhaarigen Fußgeher, die den Planeten beherrschen, nicht wahr?«, begann er umständlich mit einer Erklärung, während er sich seine braune Schuppenhaut mit den Knöcheln von vier seiner Händchen scheuerte.

Die Schuppen an Kr'roms Hals verfärbten sich ablehnend hell. »Nein, sie beherrschen den Planeten nicht. Sie glauben es nur und sind zu dumm, die Wahrheit zu sehen.«

»Wie dem auch sei«, sagte der Alte geflissentlich, als wolle er den Einwand nicht hören. »Die weißhaarigen Fußgeher brauchen uns, weil wir auch zwischen den angepassten Teilen ihrer Welt überleben können. Besonders im Norden gibt es mehrere Ansiedlungen, die inzwischen abgeschnitten sind, aber die Weißhaarigen wollen ihre Gebiete nicht aufgeben. Viele von ihnen leben länger auf dem Sandgrund als wir, und sie mühen sich ab, dem Grund Faserpflanzen und Bodenfrüchte abzuringen.«

Sr'rem und sein Bruder nickten. Der sonderbare Zwang der Weißhaarigen, Gewächse anzupflanzen, war bekannt. Die Zr'rak ernährten sich hauptsächlich von Tieren und verstanden nur begrenzt, warum die Weißhaarigen einen solchen Aufwand betrieben. Für sie waren die meisten pflanzlichen Nahrungsmittel ungenießbar.

»Was sollen wir tun?«, fragte Kr'rom ungeduldig.

Der Alte stieß zischend die Luft aus seinen lang gezogenen Lungen. »Ihr sollt ihnen Medikamente bringen. Sie fürchten sich vor den gefährlichen Wegen, auch wenn sie es nicht zugeben. Der Sand steigt oft auf und gerät in die Antriebe. Ihr wisst, wie aggressiv er sein kann. Wenn sie in der Wüste abstürzen, sind sie verloren, aber unser Volk ist es nicht. Wir können viel länger als sie überleben, weil unsere Panzerung uns schützt. Außerdem können wir uns im Notfall vergraben und uns nach einem Sturm wieder freischaufeln.«

Sr'rem schlug mit dem Schwanz auf den steinernen Boden und klatschte vier seiner sechs Händchen zusammen. »Medikamente fliegen? Das klingt nach Spaß!« Er stellte sich vor, wie er den Gleiter allein lenkte und über vielfarbige Dünen raste.

Kr'rom sah weniger begeistert aus. »Wir sollen die Weißhaarigen bedienen? Die, die auf uns herabsehen und sich nicht um uns kümmern? Die uns sogar vertreiben und in schlechtere Gebiete zwingen, wenn ihr Sauerstoff knapp wird?«

Lt'tek wiegte den massigen Schädel. »Willst du nun Geld verdienen, Kr'rom, oder willst du es nicht? Es gibt viele Zr'rak im Far'rurk, die gern bereit sind, die Aufgabe zu erledigen.«

Kr'rom überlegte. Schließlich verfärbten sich seine Halsschuppen zustimmend. »Also gut. Ich nehme an, du stellst uns einen Gleiter?«

Der Alte bestätigte. »Kommt mit.« Er führte sie in eine türkisblaue Halle, die dicht unter der Oberfläche lag und über einen besonders tragfähigen Deckel verfügte, der im Bedarfsfall über mehrere Düsen allen Sand zur Seite blies und sich öffnete. Trotzdem drang beim Öffnen und Schließen immer wieder Sand ein, der von den Zr'rak verhärtet und als Baumaterial verwendet wurde. Ein dreieckiges Fluggerät von gut sechs Metern Länge stand halb in rotem Sand vergraben. Der grüngelbe Lack funkelte im Licht der Deckenstrahler.

»Wow«, entfuhr es Sr'rem. »Das ist hübsch.«

»Fliegt der Schrotthaufen?«, fragte sein Bruder und verzog verächtlich die dünnen Hornlippen, doch Sr'rem kannte ihn gut genug, um an seinen Augen zu sehen, dass er beeindruckt war. Er wollte es sich nur nicht anmerken lassen, um Lt'tek nicht das Gefühl zu geben, ihm etwas Gutes getan zu haben. Das hätte Kr'rom zu abhängig gemacht.

»Es fliegt«, bestätigte Lt'tek. »Ich gebe euch einen Kristall mit den nötigen Daten. Zuerst müsst ihr nach Mahoniak zu dem Verbindungs-Fußgeher fliegen und die Medikamente holen. Danach könnt ihr los. Wenn ihr schnell und zuverlässig seid, könnt ihr den Job behalten.«

Kr'rom blinzelte mit dem unteren Augenpaar. »Warum wir? Warum gibst du uns diese Chance?«

Lt'tek schien verlegen. »Du kannst Gleiter und Raumschiffe gut auseinandernehmen, Kr'rom. Du kannst sie auch zusammenbauen. Deshalb bist du bestens geeignet. Wenn es in der Wüste zu einer Panne kommt, weißt du dir zu helfen.«

»Es gibt ein Dutzend Zr'rak im Far'rurk, die das können«, entgegnete sein Bruder schroff.

Sr'rem fragte sich, warum er so abweisend war. Hatte er etwas übersehen? Für ihn war die Aufgabe ein großes Abenteuer. Vielleicht würde er sogar endlich lernen, einen Gleiter allein zu fliegen. In den Jahren, als seine Gelegemutter Sir'rk noch lebte, hatte es ihm große Freude bereitet, die altersschwachen Gleiter zu studieren, mit denen sie spielen durften. Er erinnerte sich gut an einen Unfall, der seine Spielgefährtin Hr'ran einen Großteil ihrer Schuppenfärbung gekostet hatte, weil sie bei einer versehentlichen Startaktivierung zu nah an den Antriebsauswerfern stand und von einem Hitzestrahl erfasst wurde.

Der Organisator senkte den Schädel. »Vielleicht«, sagte er leise, »vielleicht kann ich deine Wut und deinen Trotz verstehen, Kr'rom. Eure Gelegemutter wollte nur das Beste, und sie war mutiger als der Rest.«

Das Eingeständnis des Organisators machte Sr'rem genauso sprachlos wie seinen Bruder. Ihre Mutter galt als Aufrührerin, die ihren Tod selbst verschuldet hatte. Sie hatte es gewagt, mit den Dienern des Hortes des Bösen Kontakt aufzunehmen, für Verhandlungen. Das war ihr Ende gewesen. Die dürren Humanoiden hatten sie mit Bakterien getötet, gegen die auch die Zr'rak nicht immun waren.

»Also gut«, knurrte Kr'rom nach einigen Sekunden des Schweigens. »Wir machen es. Wann sollen wir losfliegen?«

Kapitel 3

Atlan: Eine nicht akzeptierte Kündigung

Samwar kam stündlich näher und ich nutzte die Zeit, mit Ronald Tekener zu sprechen und mich mit Oberst Dahim Abrahik Neffers zu beraten, der uns mit einem USO-Flottenverband nach Samwar begleitete.

Auch ein Gespräch mit Arkon stand mir bevor, doch ehe der Kontakt zustande kam, meldete sich eine andere Person. Haana Lamet bat um eine kurze Unterredung. Die Polizeichefin von Tahun war über die Verfehlungen Khelex Damitters informiert worden und wollte persönlich mit mir sprechen. Trotz der wenigen Zeit, die mir bis zur Ankunft blieb, nahm ich die Verbindung in meinem Arbeitsraum an und starrte in den Monitor auf dem schmalen Tisch.

»Miss Lamet, was kann ich für Sie tun?«

Die Frau sah mitgenommen aus. Obwohl ihre Haltung stolz war und der Kopf nahezu trotzig erhoben, fand ich tiefe Sorge und Resignation in ihrem Gesicht.

»Danke, dass Sie sich die Zeit nehmen, Lordadmiral. Ich weiß, Sie sind beschäftigt, und versuche mich kurz zu halten.« Sie blickte mich eindringlich an. »Ich ... ich wollte Ihnen persönlich mitteilen, dass ich mit sofortiger Wirkung von meinem Amt zurücktrete, Sir. Ich bedaure unendlich, einen Verräter ausgewählt und beschäftigt zu haben. Die Verantwortung für das, was durch Kommissar Damitters Fehlverhalten auf Peron geschehen ist, liegt allein bei mir.«

Ich sah sie lange an, vielleicht zu lange, denn ich erkannte deutlich, dass mein Blick sie quälte, aber ich musste die richtigen Worte finden, die weder zu hart noch zu väterlich waren. Das Problem war nur: Ich fand sie nicht.

Rede einfach, sonst schweigst du ewig, empfahl der Extrasinn.

»Einen feuchten Dreck werden Sie tun, Mädchen.«

»Bitte, Sir?« Haana Lamet starrte mich fassungslos an.

»Sie haben mich schon richtig verstanden, Miss Lamet. Sie sind ohne Zweifel eine der fähigsten Polizeipräsidentinnen, die Tahun je hatte. Ich verbiete Ihnen hiermit zurückzutreten und nehme Ihre Kündigung nicht an. Auf Leute wie Sie kann ich nicht verzichten.«

»Aber ...«

»Sie dürfen mich gern als egoistisch bezeichnen, wenn Sie wollen.«

»Das würde ich nie tun, Sir, ich ... ich weiß nur nicht, was ich machen soll ...«

»Sie sollten zurück an die Arbeit gehen. Prüfen Sie nach, wie Damitter in Ihre Organisation kam, und finden Sie heraus, ob es vielleicht ähnliche Fälle gibt.«

Sie entspannte sich sichtlich. »Verstanden, Sir. Und ...«, sie lächelte schwach, »... danke. Ich melde mich in einigen Stunden wieder.«

Wir verabschiedeten uns, und ich blickte noch einige Sekunden auf den desaktivierten Holovid-Würfel. Gedanken über Verrat, Untreue und eigenwillige Aktionen kamen mir in den Sinn. Sie bewegten sich von Damitter und Lamet fort, hin zu einer anderen Person. Ich war mir nicht mehr sicher, inwieweit ich Hoyka Kah vertrauen konnte. Die Generalin würde im bevorstehenden Konflikt das Beste für die USO herausschlagen wollen, aber würde sich das in jedem Fall mit meinen Absichten und Zielen decken?

Mein Leben dauerte schon viele Jahrhunderte an, und ich wäre nicht der gewesen, der ich war, wenn ich nicht immer wieder Risiken eingegangen wäre, von denen andere behauptet hatten, sie seien zu hoch. Ich stand auf und machte mich auf den Weg in die Kommandozentrale. Mein Ziel war Irina Tarasow. Ehe ich mit Arkon sprach und es in den Einsatz ging, hatte ich mit der Funkerin noch etwas zu klären.

Hoyka Kah: Verschwörungen

Khelex Damitter hatte mehrfach darum gebeten, mit ihr sprechen zu dürfen, doch Hoyka Kah ließ sich darauf nicht ein. Der Mann war ein Verräter, und ob er nun seine Gefühle für sie vorgetäuscht hatte, um sie von seinem Verrat abzulenken, oder ob sie echt waren, spielte für sie keine Rolle. Damitter war der Schläfer auf Tahun, den sie nicht rechtzeitig entdeckt hatten.

Hoyka Kah hatte sich die Mühe gemacht, seinen Werdegang zu recherchieren, und dabei war sie auf eine fehlende Akte gestoßen, die Damitter als Polizist wohl selbst im Nachhinein vernichtet hatte. Allerdings nicht gründlich genug. In den Daten der USO war nachzulesen, was vielleicht außer Geld ein Grund für den Hauptkommissar gewesen sein konnte, auf der Seite eines anderen Geheimdienstes gegen Terra und die Menschheit zu arbeiten: Khelex Damitter hatte vor über zwanzig Jahren versucht, in den Dienst der USO aufgenommen zu werden. Seine Bewerbung war damals nicht weit gekommen. Schon der erste psychische Belastbarkeitstest war ein Fiasko gewesen und hatte Damitter aus dem weiteren Verfahren ausscheiden lassen. Danach war er zur Tahun-Polizei gegangen, aber vielleicht hatte er sich immer als Risiko-Agenten gesehen und deshalb die Chance genutzt, für die Aracom zu arbeiten. Ob er selbst den Kontakt gesucht hatte oder ob die Aracom auf ihn zugetreten war, das war noch unklar, aber es würde kein Geheimnis bleiben.

Die Generalin lachte leise und verächtlich auf, als sie an das luxuriöse Anwesen dachte, das sich Damitter in der Nähe seines kleinen Häuschens unter der Scheinidentität Leo Fegerl hochgezogen hatte. Er hatte eine Tarnidentität der Tahun-Polizei verwendet, die auch der Lordadmiral genutzt hatte, weil sie sehr dicht in den Überprüfungen war. Ein verborgener Transmitter hatte den Kommissar Tag für Tag die wenigen Meter überbrücken lassen, damit er im Luxus leben konnte. Soviel zu seinem Gerede über das wenige Geld, das ihm angeblich zur Verfügung stand.

Sie war gespannt, welche skandalösen Details aus seinem Leben noch herauskommen würden, nun, da man ihn inhaftiert hatte und verhörte. Sie jedenfalls hatte keine Lust mehr, sich weiter mit diesem Fall zu beschäftigen. Ihretwegen konnte Damitter lieber gestern als heute nach Tahun überstellt werden, um dort in einer Zelle zu verrotten. Es gab Dringlicheres zu tun.

Sie hob den Arm und sah auf dem Chrono, dass es Zeit für das vereinbarte Gespräch mit Gerry Hanaly war. Sie hatte den Mann um eine private Unterredung gebeten, und der Türmelder ging pünktlich. Sie öffnete und bat Hanaly in ihr karges Quartier.

»Danke, dass Sie sich die Zeit nehmen, Major. Ich weiß es zu schätzen und kann mir vorstellen, wie schwer es Ihnen fällt, die Kommandozentrale allein zu lassen.«

Hanaly lächelte spitzbübisch. »So allein ist die Zentrale nun auch nicht. Ich bin sicher, gut vertreten zu werden. Worum geht es?«

Die Generalin deutete auf den schlichten Kunststofftisch und die beiden Pneumositzflächen, die aus der Wand gefahren waren. »Setzen wir uns. Ich will Sie nicht aufhalten, deshalb komme ich gleich zum Wesentlichen.« Sie ließ sich auf den Sitz sinken und studierte jede Regung in Hanalys schmalem Gesicht. Würde er Verständnis für ihr Anliegen haben, oder lief sie Gefahr, dass er sie an den Lordadmiral verriet? Der Kommandant war für seine Treue zu dem Arkoniden bekannt, aber ebenso unerschrocken kämpfte er für die Belange der USO. Für ihn war die Organisation mehr als ein Job. Sie war seine Familie, und Hoyka Kah glaubte, nicht zu viel zu riskieren, indem sie mit ihm dieses Gespräch führte.

»Es geht um den Lordadmiral. Ich traue ihm nicht zu, mit der aktuellen Situation adäquat umzugehen. Decaree Farou war seine Geliebte. Sie haben mehr als zehn Jahre gemeinsam verbracht.«

Hanaly nickte langsam. »Ich hörte davon, dass die beiden liiert waren, aber ich verstehe trotzdem nicht, worauf dieses Gespräch hinauslaufen soll. Atlan da Gonozal ist der Lordadmiral der USO, und er hat bislang viele richtige Entscheidungen getroffen.«

»Das ist korrekt, aber genau das kann er in diesem besonderen Fall nicht leisten. Ich sage Ihnen nun etwas, das bitte unter uns bleiben muss.«

Hanaly nickte erneut, und sie glaubte, eher Neugierde als Ablehnung auf seinem Gesicht zu erkennen. Gleichzeitig sah sie eine gewisse Vorsicht, die durchaus vernünftig war. Alles in allem reagierte der Mann so, wie sie es von ihm erwartete. Er machte weder sofort dicht und verließ den Raum, noch war er Feuer und Flamme. Beides sprach für ihn.

»Der Lordadmiral hat Schuldgefühle«, erklärte sie zögerlich. »Soweit mir bekannt ist, hat er Decaree Farou gegen ihren Willen nach Tahun bringen lassen. Auch wenn er ein Arkonide und Jahrtausende alt ist, quält ihn das schlechte

Gewissen, denn er hat Miss Farou nicht nur nach Tahun bringen lassen, er hat sie auch mehr oder weniger sich selbst überlassen. Da dieses Verhalten nicht zu ihm passt, nehme ich an, dass seine Gefühle zu Miss Farou außergewöhnlich stark sind. Er hat es nicht ertragen, sie in ihrem kranken Zustand zu sehen und nun sieht er es als seine Aufgabe an – ja, als seinen persönlichen Feldzug – diese Frau zu retten. Wenn ich die Ereignisse zurückverfolge, habe ich den Eindruck, dass der Lordadmiral vor einigen Jahren auf eine gewisse Distanz zu Miss Farou gegangen ist, warum auch immer. Aber die Ereignisse in NGC 4833 und die Entführung von Tahun haben wohl alles geändert. Er will eine zweite Chance bekommen, und er kann Decaree Farou nicht aufgeben.«

»Ist das nicht ein nobler Zug von ihm?« Hanaly legte die Stirn in Falten. »Wollten Sie nicht auch mit derselben Intensität gesucht werden, wenn Sie von Entführern eines Geheimdienstes gekidnappt würden, Generalin?«

Hoyka Kah schloss die Augen, senkte den Kopf und stützte die Ellbogen auf die Tischplatte. Während sie die Augen wieder öffnete, atmete sie hörbar aus. In ihrer Stimme lag die ganze Überzeugung, die sie tief in sich spürte. »Ich würde mich lieber selbst richten, als die Geheimnisse der USO preiszugeben, Major. Decaree Farou ist instabil und deshalb anfällig für Verhöre und Intrigen. Sie ist ein Hochsicherheitsrisiko, und wir dürfen nicht zulassen, dass sie zerstört, was Tausende von Terranern und anderen Intelligenzwesen aufgebaut haben. Die USO ist zu wichtig und nicht aufzuwiegen gegen das Schicksal einer einzelnen Frau. Ich bin verantwortlich für meine Leute, und auch wenn es grausam wirkt, kann ich nicht ein Leben über das aller anderen stellen. Moralisch mag diese Art der Berechnung Ihnen vielleicht bedenklich erscheinen, aber rein logisch ist es eine einfache Gleichung.«

»Ich verstehe. Und was erwarten Sie von mir, Generalin?«

»Ich erwarte, dass Sie im schlimmsten aller Fälle auf meiner Seite stehen. Sie haben keine Konsequenzen zu befürchten. Ich stehe in der Hierarchie über Ihnen. Wenn ich Ihnen den Befehl gebe anzugreifen, müssen Sie nichts weiter tun, als diesen Befehl ohne zu zögern zu befolgen.«

»Haben Sie einen Plan?«

»Nein.« Die Lüge kam glatt und schnörkellos über ihre Lippen. »Ich will nur vorbereitet sein. Wenn die Situation zu entgleiten droht, werde ich Sie auf einer Frequenz anfunken, die der Lordadmiral nicht in seinem Helmfunk hört. Sie müssen mir vertrauen. Ich will die USO schützen, weil der Lordadmiral das vielleicht wegen seiner besonderen, persönlichen Lage nicht mehr vollbringt. Kann ich mich auf Sie verlassen, Major?«

Hanaly überlegte einen Augenblick, dann reichte er ihr die Hand. »Für die USO.«

Hoyka Kah griff die Hand und drückte sie fest. »Danke, Major. Hoffen wir, dass es nicht zum Schlimmsten kommt.«

Kapitel 4

Sr'rem: Der erste Auftrag

Es war wundervoll, neben Kr'rom im Gleiter zu sitzen und über die Dünen zu rasen. Während Kr'rom sich hauptsächlich um die Steuerung kümmerte und darauf achtete, Sandstürme und gefährliche Gebiete weiträumig zu umfliegen, war Sr'rem damit beschäftigt, die vielen Stangen zu kontrollieren, die sie in regelmäßigen Abständen passierten. Durch die langen Stangen, an deren Enden bunte Fahnen wehten, konnten sie sich in der Einöde orientieren. Sein Volk hatte sie angebracht und tief im Boden verankert. Ein Team aus mehreren Hundert Zr'rak kontrollierte sie täglich und brachte, wenn nötig, besondere Warnungen an. Während der Stürme gaben die Stangen dem Wind an einer Soll-Knickstelle nach. Danach ließen sie sich ohne Probleme vom Sand befreien und wieder aufstellen.

Von Mahoniak flogen die Brüder nach Drakkir und dann nach Hoora. Die ersten beiden Male blieb Sr'rem im Gleiter sitzen und bewachte ihn, während Kr'rom die Medikamente bei den weißhaarigen Fußgehern ablieferte. Aber in Hoora stieg er mit aus. Der Khasurn der Arkoniden, die Medikamente bestellt hatten, lag am Rand der Siedlung und war von einem zusätzlichen energetischen Schutzwall umschlossen, in den sie eingelassen wurden. Sr'rem bestaunte die grünen und türkisblauen Pflanzen, die die Fußgeher unsinnigerweise angepflanzt hatte, damit sie ihnen das Wasser forttranken.

Sie kamen zusammen an eine Eingangspforte und Kr'rom bedeutete ihm, die Klappe zu halten, und ihm das Reden zu überlassen. Er fügte sich und starrte schweigend auf die goldgesprenkelten Wände und Kunstwerke, die im Khasurn zu sehen waren. Noch nie zuvor war er im Inneren eines Trichters der Fußgeher gewesen, und er verstand nicht alles, was er sah.

Eine junge Fußgeherin empfing sie mit einem verächtlichen Zug um den Mund und riss Kr'rom die Tasche mit ihrer Lieferung aus den dünnen Ärmchen. Sie schien noch nicht ausgewachsen zu sein, denn sie war deutlich kleiner als ein durchschnittlicher Fußgeher.

»Nicht so stürmisch«, beschwerte sich Kr'rom, schnellte vor und packte die Tasche. »Ich will erst die Chronners sehen.«

Sie ließ los und rümpfte die Nase. Stanken sie für die Fußgeherin? Sie hatten sich am Morgen in der Kuhle gegenseitig abgerieben. Sr'rem schnüffelte an seinem Arm, konnte aber keinen unangenehmen Geruch feststellen.

Die Fußgeherin stemmte die Arme in die Hüften. »Also gut. Wartet hier und bewegt euch nicht.«

Sie holte die nötigen Chronners und gab sie Kr'rom.

Den Großteil davon mussten sie an Lt'tek abgeben, für den Gleiter und die Organisation, nur ein Zehntel durften sie behalten. Bezahlt waren die Medikamente bereits, damit hatten sie nichts zu tun. Es würde nur dann Probleme geben, wenn sie eine Lieferung verloren, aber davor mochten sie alle Feuer- und Sturmgötter bewahren.

Die Weißhaarige drehte ihnen den Rücken zu, schickte sie aber nicht fort. Sr'rem folgte ihr neugierig, und als sie durch eine Tür ging, lief er hinter ihr her zum Eingang des Zimmers. Sein Bruder gab ihm ein Zeichen, zurückzukommen, aber seine Neugierde war geweckt. Er wollte sehen, wie die Fußgeher schliefen. Es gab ja nirgendwo Sand. Wohin legten sie sich?

Sein Blick fiel auf einen alten Fußgeher, der auf einem mit blauen Fellen bezogenen Kastens lag. Anscheinend wurde ihre Lieferung dringend benötigt, denn die Fußgeherin machte sich daran, die Tasche sofort zu öffnen, und holte eine Ampulle hervor. Sie zog eine Spritze heraus, wie Sr'rem sie bereits im Far'rurk gesehen hatte, und stieß die Nadel hinein. Dann zog sie an dem Kolben, und Flüssigkeit drang in den Kunststoffkörper. Vorsichtig setzte sie die Nadel am Hals der liegenden Gestalt an.

»Sr'rem«, zischte Kr'rom. »Komm gefälligst, wir sind nicht mehr erwünscht.« Er deutete auf einen kleinen Roboter, der sie aus giftigen grünen Augen ansah.

»Verlassen Sie umgehend den Khasurn der Grinothos oder sie werden desintegriert.«

»Kein Stress. Ist ja schon gut.« Sein Bruder ging langsam rückwärts.

Sr'rem wedelte entwaffnend mit den Ärmchen und folgte ihm.

Als sie wieder im Gleiter saßen, musste er noch immer über die Fußgeher und ihre fremde Lebensweise nachdenken. Wie viele Völker es wohl im Universum gab? Tausende? Zehntausende? Seine Augen wurden groß. Oder etwa mehr?

Kr'rom steuerte den Gleiter auf dem direkten Weg nach Mahoniak zurück, wurde aber plötzlich langsamer, obwohl sie noch weit vom Ziel entfernt waren.

»Was ist?«, fragte Sr'rem beunruhigt. War ihnen die Energie ausgegangen? Das war schlecht, zumal er schon lange keine Markierungsstangen mehr gesehen hatte und sich unsicher war, wo sie sich befanden.

»Sieh hinaus«, flüsterte Kr'rom. »Da drüben ist er.«

»Wer?« Ehe sein Bruder antworten musste, sah er es selbst. Vor ihnen, keine zehn Flugeinheiten entfernt, ragte der Hort des Bösen auf. Das erklärte, warum die Stangen fehlten. Dieses Gebiet galt unter den Zr'rak als Todeszone, auch wenn keine direkte Gefahr von ihm ausging.

»Deshalb will kein anderer Zr'rak den Job machen«, sagte Kr'rom düster. »Lt'tek weiß, dass wir weniger Angst haben als die anderen.«

»Wir sind eben nicht solche Feiglinge. Ich finde, wir sollten hinfliegen.«

Sein Bruder sah ihn an, als habe er soeben angekündigt, eine Fußgeherin begatten zu wollen.

»Alter, bist du verrückt? Die schießen uns ab, wenn wir zu nah herankommen.«

»Ach ja?« Trotz und Wut stiegen in Sr'rem auf. »Also ich werde hinfliegen, wenn ich groß bin. Und ich werde Sprengsätze mitbringen und alles in die Luft jagen, jawohl.«

»Das sind Sandwirbel, Sr'rem. Nichts Handfestes. Die Spitzköpfe sind viel zu gut organisiert und wissen sich zu verteidigen. Vergiss deine Rachepläne.«

»Nein. Sie sollen bluten, weil sie Sir'rk getötet haben. Die Götter wollen es so.«

»Es gibt keine Gerechtigkeit, kleiner Bruder. Alles, was wir tun können, ist unseren eigenen Weg zu gehen, fernab der Bestien, die dort hausen.«

Sr'rem schwieg und war verwirrt. Früher war immer alles wahr gewesen, was Kr'rom gesagt hatte. Aber inzwischen glaubte er, dass seine Gelegemutter ihn mit einem Kopf in das Ei gelegt hatte, damit er auch selbst dachte. Sonst hätte sie sich den Kopf sparen können.

Der Tag war lang gewesen, und er war müde.

»Also gut. Fliegen wir zum Far'rurk.«

Kr'roms Halspartie verfärbte sich zustimmend. »Ja. Fliegen wir zurück.«

Kapitel 5

Decaree: Bilder

Sie hetzte den langen Gang hinunter und kam an ein weiteres Schott. Mit dem Kodegeber ließ es sich öffnen, und sie rannte in einen schmalen Raum hinein, vorbei an zwei völlig verblüfften Aras. Decaree ließ ihre Gegner nicht aus dem Gesichtsfeld, bis sie an ihnen vorüber war. Sie trugen weiße Untergewandungen und bunte Umhänge. Waffen konnte sie nicht ausmachen. Beide schienen Wissenschaftler zu sein, sie arbeiteten an einer kompliziert aussehenden Apparatur, die vor mehreren Glassitkästen stand. Hinter dem transparenten Glassit zuckten faustgroße Lebewesen, die zur Hälfte aus Metall zu bestehen schienen. Sie nahm sich nicht die Zeit, genauer hinzuschauen, und hastete weiter. Noch immer klang über ihr der Alarm. Mobat würde sicher bald zu sich kommen und die Verfolgung aufnehmen.

Wohin? Wohin konnte sie fliehen?

Sie wünschte sich eine Stimme, die ihr den Weg wies, wie damals auf Tahun, während sie auf ein weiteres Schott zuhielt und den Kodegeber zückte. Ihre Flucht war planlos. Sie rannte davon, wie eine Ratte im Terrarium vor der Würgeschlange floh. Wie lang konnte das gut gehen? Wohin führte sie der Weg?

Statt einer hilfreichen Stimme entstand ein Bild vor ihr, das die Realität überlagerte.

Nicht ausgerechnet jetzt, flehte sie, als sie begriff, dass es ein Bild vom Unal war, das sich vor ihr aufbaute. Sie erkannte ein übergroßes Tier, das wie eine Mischung aus einem Wurm und einer Zecke aussah. Es schimmerte bläulich und färbte den silberfarbenen Gang vor ihr türkis. Metallene Einschübe zogen sich über seine lederartige Haut und glänzten matt. Helle Lichtflecken gingen von dem Bild aus, flackerten über die Wände und irritierten sie. Es war, als würden Funken aus den Sternensplittern hervorbrechen, die sich an den nüchternen Wänden und an der Decke brachen. Gleichzeitig schmerzte ihr Kopf. Glühende Nadeln wurden durch ihren Neocortex getrieben. Der Schmerz breitete sich aus, als würde eine Spinne in ihrem Schädel ein Netz aus Stahlgarn weben. Ihr war, als könnte sie jede einzelne Region ihres Gehirns spüren, und jede davon schmerzte auf ihre eigene Weise. Einen Augenblick strauchelte sie und biss sich mit aller Kraft in die Wange, um einen anderen Schmerz zu spüren.

»Nein, nein, nein«, zischte sie und griff in die Tasche der Uniform, in die sie Mobats Tabletten gesteckt hatte. Im Laufen schluckte sie zwei der Tabletten, die ihr bisher gegen den Wahnsinn geholfen hatten. Sie konnte nur hoffen, die Bilder des Unal damit aufzuhalten. Zum Glück konnte sie nach wie vor ihre Umgebung sehen, wenn ihre Sicht auch durch das Bild beeinträchtigt war.

Ihr Atem pfiff, als sie sich durch weitere völlig nüchtern gehaltene Gänge und Räume bewegte. Die Station, die sie umgab, schien riesig zu sein, und es war kein Ausgang in Sicht.

»Bleiben Sie stehen!«, rief ein Ara hinter ihr her. Ein Energiestrahl fuhr an ihr vorbei und zischte in die Wand. Sie warf sich um eine Gangbiegung und sah zwei weitere Galaktische Mediziner mit farbigen Umhängen vor sich, die Waffen trugen. Überrascht fuhren die beiden zu ihr herum, ihre Handstrahler hatten sie bereits gezogen und richteten sie nach ihr aus.

Decaree reagierte, ohne zu denken. Adrenalin und Noradrenalin durchschossen sie und verboten ihr jeden Gedanken an ihre Schmerzen. Sie überbrückte die Distanz zu den beiden, packte den Arm des ersten Mannes und schoss mit dem Kombistrahler in dessen Hand auf den zweiten. Der Ara ging zu Boden wie ein gefällter Baum. Er schlug hart auf den Metallplatten auf und regte sich nicht mehr.

Der andere Mann rang um seine Waffe, aber der Kampf dauerte nur kurz. Wieder waren es Reflexe, die Decaree weiterbrachten. Sie hatte es mit einem Wissenschaftler zu tun, der ihrem Ellbogenschlag ins Gesicht nichts entgegensetzte. Sie trat mit dem Fuß gegen das Knie ihres Gegners und entwaffnete ihn gleichzeitig, als der Schmerz ihn den Griff um die Waffe lockern ließ.

Bei der ersten Waffenberührung fühlte sie, dass sie es mit dem gängigen Modell eines arkonidischen Handstrahlers zu tun zu hatte. Das Energiemagazin war fast voll, und im Moment befand sich die Waffe im Paralysemodus. Sie löste aus und schickte auch den zweiten Mann zu Boden.

Hinter sich hörte sie Rufe und Schreie. Eine Stimme stach besonders hervor. Sie klang rasend vor Wut. Mobat. Er war ihr auf den Fersen. Wohin konnte sie sich wenden?

Vor ihr öffnete sich eine große Halle. Das Bild des Unal wurde intensiver. Es war, als würde die Projektion sich verdichten, um Wirklichkeit zu werden. Wenn sie Pech hatte, würde sie in wenigen Sekunden nichts anderes mehr sehen können. Fluchend blickte sie sich in der Lagerhalle um, die durch das Bild des sonderbaren Wurmwesens bläulich schimmerte.

Warum schlugen die verdammten Tabletten nicht an? Der Wurm zuckte und wand sich. Seine Konturen fielen auf Paletten mit gestapelten Kunststoffbehältern, die groß waren wie Kindersärge.

Geduld, mahnte sie sich und atmete tief ein. Sie brauchte ein Versteck, um ein paar Minuten zu überbrücken. Sicher würden die Mittel der Aras schnell anschlagen und das Bild der Vision vertreiben.

Zum Glück war niemand im Raum anwesend, und sie entdeckte eine Antigravplattform, auf die sie zuhielt. Sie fuhr damit hinauf, ans obere Ende einer verpackten Palettenreihe. Was in der Halle gelagert wurde, konnte sie nicht sagen. Der ganze Raum war so steril gehalten wie der Rest der Station. Er schien nur aus Metall und Kunststoff zu bestehen.

Schwer atmend warf sie sich auf die Palette und legte einen Steuerhebel an der Plattform um, damit sie wieder zu Boden fuhr und sie nicht durch die veränderte Position verriet. Zum Glück war sie nicht auf die Plattform angewiesen, um hinunterzukommen. Sie war nur drei Meter über dem Boden, nahe genug für einen Sprung.

Das Abbild des Wurms wurde größer. Ihr Kopf schien zerplatzen zu wollen wie eine überreife Frucht. Sie biss sich auf die Finger und unterdrückte ein Keuchen. Das fremde Tier füllte inzwischen ihr ganzes Blickfeld und kroch langsam über die Metalldecke über ihr. Wenn die Splitter noch aktiver wurden, würden sie das Bild nach außen strahlen, und dann war sie verloren. Selbst mit den Händen würden sich die Bilder nicht abdecken lassen.

Die Stimmen kamen näher und sie hörte, wie Schritte auf dem harten Boden hallten. Vorsichtig spähte sie hinunter.

»Wir müssen sie aufhalten!«, rief Mobat und rannte an der Palette vorbei, auf der sie lag. Drei Aras mit Kombistrahlern in den Händen begleiteten ihn.

Decaree rutschte zur Wand zurück und machte sich ganz flach, damit man sie von unten nicht sehen konnte. Zu ihrem Glück schienen ihre Verfolger keine speziellen Individualtaster zu haben, die ihre Lebenszeichen anmessen konnten.

Sie waren noch überrascht von ihrem Ausbruch und mussten sich sammeln. Lange würde das nicht so bleiben. Mit jeder Minute geriet sie in eine schlechtere Lage.

Weiter, trieb sie sich an, doch sie konnte nicht weiter. Das Bild des Tieres pulsierte vor den Splittern und zog ihre gesamte Aufmerksamkeit auf sich.

Was soll das?, dachte sie panisch. Bisher hatte das Unal ihr geholfen. Es ließ sie sehen, und es hatte sie vor Mobat gewarnt. Warum verriet es sie in diesem entscheidenden Augenblick? Sie musste weiter. Sofort, bevor Mobat und seine Leute merkten, dass sie an ihr vorbeigelaufen waren.

Bitte, flehte sie innerlich. *Bitte, es geht so nicht.*

Es war, als würde sich ein warmer Mantel über sie legen. Das Bild verblasste. Zwar blieben die Kopfschmerzen, aber die ließen sich vorübergehend ignorieren. Die Umgebung wurde wieder deutlich sichtbar, und sie schwang sich von der Palette, rannte an den paralysierten Aras vorbei und nahm ein anderes Schott als Mobat und seine Leute.

In dem neuen Raum blieb sie stehen, als sei sie gegen eine Wand geprallt. Vor ihr waren vier Zellen zu sehen, in denen drei Männer und eine Frau festgehalten wurden. Die Zellen waren durchsichtig und die Gefangenen nahmen keine Notiz von ihr. Decaree trat an die energetische Abschirmung, hinter der die Frau aufrecht stand wie ausgestopft. Die Fremde hatte die Augen weit aufgerissen. Ihre Augäpfel zeigten nur das Weiße. Ob die Humanoide eine Terranerin oder Arkonidin war, konnte Decaree nicht erkennen. Ihr Haar wurde von einer weißen Haube bedeckt und sie trug einen weißen Ganzkörperanzug. Anscheinend wurde sie von einem Fesselfeld gehalten. Arme und Beine waren leicht gespreizt.

Decaree konzentrierte sich auf das linke Handgelenk, das ihr am nächsten war. An dem Gelenk hingen drei sich windende Tentakel aus der Haut, die von einem ihr unbekannten Tier stammen mussten. Sie wich zurück und hatte das Bild eines Tyaheel-Wurms vor Augen, der seinen Träger schneller und beweglicher machte. Atlan hatte ihr die Aufnahmen gezeigt. Er war während der Monolith-Krise auf die Würmer aufmerksam geworden. Aber diese Tiere schienen anders zu sein, denn an den fingergroßen, sich windenden Körpern hatte sie für den Bruchteil einer Sekunde Metall erkannt. Das waren halbkybernetische Wesen, die vielleicht sogar eine Positronik besaßen, ähnlich einem Posbi.

Sie machen Experimente an lebenden Intelligenzwesen, dachte sie und spürte, wie ihr Magen sich verkrampfte. Ein Würgreiz quälte sie. Sie griff sich an die schmerzenden Schläfen. Was konnte sie tun? Sie durfte dieses Grauen nicht zulassen. Hektisch sah sie sich nach einer Möglichkeit um, die Gefangenen in dem Raum zu befreien, aber sie entdeckte keine dementsprechende Vorrichtung. Auch mit ihrem Kodegeber konnte sie nichts ausrichten. Da erklang hinter ihr das Geräusch eines sich öffnenden Schotts.

Nichts wie weg.

Mit weiten Sätzen flüchtete sie weiter, auch wenn jeder Schritt schmerzte und ihren Kopf in Flammen setzte. Sie erreichte das Ende des Labors, benutzte den Kodegeber und hetzte in den angrenzenden Raum, direkt vor die Mündung eines Kombistrahlers.

Mobat: Erwachen

Mobat kam zu sich und setzte sich fluchend auf. Nur langsam kehrte die Erinnerung zurück. Über ihm gellte ein Alarm, also konnte es noch nicht lang her sein, dass ihm Decaree Farou entkommen war.

Er stand auf und rannte in den Überwachungsraum, der sich neben dem Nachbau von Decarees Schlafraum in Quinto-Center befand. Auf dem Holoschirm ließ er sich per Sprachbefehl den Rücklauf der aufgezeichneten Bilder anzeigen und sah, wie Decaree durch das Schott in Richtung der Laboratorien und Lagerhallen lief. Eilig folgte er ihr. Wie hatte er sich nur von ihr überwältigen lassen können, und wie konnte es sein, dass sie floh? Es machte des Eindruck, als ob Decaree *sehen* konnte, aber das war unmöglich. Oder etwa nicht?

Er griff im Laufen in seine Taschen und fluchte erneut. Sein Kodegeber war weg und damit auch die Verbindung zur Positronik der Dwykaa-Assel. Würde die Assel ihrem vorgeschriebenen Programm folgen und Decaree töten, wenn sie sich zu weit vom Peilpunkt des Überwachungsraums entfernte?

Über Funk rief er Verstärkung. Zwei uniformierte Aras kamen und öffneten vor ihm das Schott, damit er die Halle verlassen konnte.

»Habt ihr sie?«

»Nein, Herr. Sie ist noch flüchtig.«

Sie liefen an zwei Wissenschaftlern vorbei, die sie mit großen Augen anstarrten. So aufgelöst hatten sie ihren Vorgesetzten bislang nicht erlebt.

»Glotzt nicht so!«, herrschte Mobat sie an. »Nehmt euch die Kombistrahler und helft mir, sie zu finden, ehe es zu spät ist.«

Er musste auf seine Sicherheitsvorkehrungen vertrauen. Die Assel würde Decaree umbringen. Und wenn sie es nicht tat, würde es die Strahlung von Samwar in Verbindung mit den Viren und Bakterien tun, die er selbst auf dem Planeten ausgesetzt hatte und die in der Nähe der Station besonders aggressiv waren. Durch die Viren kontrollierte er die ortsansässigen Arkoniden. Sie waren auf seine Medikamente angewiesen, denn sie waren nicht in der Lage, sie selbst herzustellen. Warum es einige auf diesem Drecksloch von Planeten hielt, verstand er nicht, aber es gab Familien, die bereits seit mehreren Generationen auf Samwar lebten und nicht fortwollten.

»Sie kann nirgendwo hin«, schnaufte er im Laufen. »Sie ist nach wie vor gefangen.«

Dieser Gedanke sollte ihn eigentlich beruhigen, doch er tat es nicht. Was war, wenn Decaree Farou das Unmögliche gelang? Er lief schneller und versuchte, sich dieses schlimmste aller Szenarien nicht auszumalen.

Sie kamen an zwei reglos am Boden liegenden Aras vorbei. Mobat gab ein Zeichen, damit einer seiner Männer sich um sie kümmerte. Er selbst hetzte weiter. Die Geflohene konnte noch nicht weit sein. Nun rächte es sich, dass seine Sicherheitsvorkehrungen im Inneren nicht besser waren. Ihm fehlten Überwachungsdrohnen und Roboter in ausreichender Menge. Aber wie hätte er auch damit rechnen sollen, dass einer unter Drogen gesetzten Behinderten die Flucht gelang? Bei allen Weisen Aralons, die Frau war blind! Sie musste früher oder später gegen eine Wand rennen oder sich bei einem Sturz verletzen, und dann war sie leichte Beute.

Und wenn sie doch sehen konnte? Vielleicht hatte die Dwykaa-Assel auch andere Nervenstränge überbrückt, die zu den Splittern führten? Das war unwahrscheinlich, aber nicht unvorstellbar.

Er gab einen weiteren Funkspruch ab. Sämtliche Mitarbeiter der Station mussten ihm helfen. Er wusste noch immer zu wenig über Quinto-Center, und er wollte sein wertvollstes Mittel im Kampf gegen die USO nicht verlieren. Bald schon würden an die hundert Aras und einzelne Drohnen und Roboter unterwegs sein. Decaree Farou konnte nicht entkommen. Sie hatte gegen diese Übermacht keine Chance.

Decaree schoss und warf sich gleichzeitig zur Seite. Der Ara schrie auf, als er getroffen wurde, und stürzte zu Boden. Neben ihr brannte ein Energiestrahl ein Loch in die Wand.

Mit einem schnellen Drehen des Kopfes versicherte sie sich, dass der Mann allein war. Außer ihm waren keine Feinde zu sehen. Auch er trug einen bunten Umhang und im Raum gab es hinter Energieabschirmungen mehrere Glassitkästen, die leer zu sein schienen. Offenbar war er ebenfalls ein Wissenschaftler und über Funk informiert worden, denn zu ihrem Glück hatte er mit der Waffe nicht gut umgehen können.

Sie stand zitternd auf und nahm auch den zweiten Strahler an sich. Der Mann am Boden war noch halb bei Bewusstsein, auch wenn seine Beine gelähmt waren und er seinen restlichen Körper nicht kontrollieren konnte. Er versuchte aufzustehen und scheiterte kläglich.

Sie hielt ihm seine eigene Waffe an den Kopf. »Wo ist der Ausgang?«

Der Ara schwieg. In seinen albinotisch roten Augen spiegelte sich seine Furcht.

»Der Ausgang«, herrschte sie ihn an. »Sagen Sie es mir, wenn Sie leben wollen!« Sie senkte die Mündung des Thermostrahlers dem Gesicht des Galaktischen Mediziners entgegen. »Glauben Sie es, Sie werden sterben, wenn Sie nicht reden. Ihr Leben bedeutet nichts.«

»Ich ...«, stammelte der Mann. »Es ...«

Ein Geräusch lenkte Decaree ab. Aus dem Raum, aus dem sie gekommen war, waren Schritte zu hören. Sie betäubte den Mann mit dem anderen Strahler und rannte weiter. Zum Glück war das Bild des sonderbaren Tieres vor ihren Augen verschwunden. Sie konnte ihre Umgebung scharf erkennen, und ihr Verstand arbeitete unablässig. Sie war durch eine Lagerhalle gekommen, also musste es irgendwo auch einen Zugang für die Ware geben. Wenn sie Glück hatte, war der Ausgang nahe.

Sie entdeckte eine Flugdrohne in der Luft. Das faustgroße Gerät richtete sich nach ihr aus, um ihr Bild festzuhalten, und sie brachte es mit einem gezielten Schuss zu Boden. Hatte es bereits Verstärkung angefordert? Ihr lief die Zeit davon, und der Gedanke, es könne alles umsonst gewesen sein, wollte sich in ihren Kopf schleichen.

Nein, dachte sie. *Immer positiv denken, besonders im Einsatz. Die Flucht wird gelingen.*

In einem Gang traf sie auf einen Techniker, der jedoch keinerlei Anstalten machte, sie anzugreifen. Er schrie auf und warf sich in Deckung, als er ihre beiden Handstrahler sah. Sein einfacher rotbrauner Umhang legte sich über ihn, als wolle er ihn unsichtbar machen.

Decaree eilte an ihm vorbei und paralysierte ihn in der Bewegung. Mobat musste dicht hinter ihr sein, und sie konnte sich keinen Fehler erlauben. Die verdammte Drohne hatte ihn sicher informiert, ehe sie das Ding hatte abschießen können.

Mit dem Kodegeber öffnete sie ein weiteres Schott und kam in eine weite Halle, die dem Raum ähnlich war, in dem Quinto-Center nachgebaut wurde. Ein Fluggerät stand neben dem anderen. Transportfahrzeuge arkonidischer Bauart, sauber nebeneinander aufgereiht. Einige waren zerlegt oder zumindest teildemontiert. Ein riesiges Schott beherrschte einen Teil der hinteren Wand. Ein Ausgang!

Durch ihren Kopf zuckte ein heftiger Schmerz und ließ sie in die Knie sinken. Sie keuchte. Mehrere ewig erscheinende Sekunden sah sie einen Funkenregen, der vor den Splittern in ihren Augen vorbeizuziehen schien. Das Bild des wurmartigen Tieres blitzte vor ihr auf, und sie griff stöhnend nach einer weiteren Tablette und schluckte sie, obwohl sie ahnte, dass sie eine Übermedikation vielleicht teuer bezahlen musste. Aber darauf konnte sie keine Rücksicht nehmen. Es stand zu viel auf dem Spiel.

Das Bild vor den Splittern verschwand so schnell, wie es gekommen war. Sie kämpfte sich auf die Beine und versuchte das System zu verstehen, nach dem die Geräte geordnet worden waren. Einige hatte man aufgebockt, andere hingen an Drahtseilen. Offensichtlich waren sie kaputt. Eine Antigravhebebühne stand unbenutzt an der Seite. Sie begriff, dass links die Fahrzeuge zu finden waren, die eher Schrott als flugtaugliche Modelle darstellten, und eilte zur rechten Seite.

Ganz nah am Schott standen zwei orangegelbe Fahrzeuge. Eines von ihnen hatte eine Kompaktbewaffnung. Ein Desintegrator saß auf der Lenkstange. Das Ding erinnerte sie an einen Jet-Ski, nur dass er nicht auf dem Wasser zu fahren war, sondern einen Flugantrieb besaß. Das Gefährt hatte sowohl einen Sitz als auch eine breite Stehfläche. Übergroße lederartige Stiefel baumelten links und rechts des Geräts. Sie beugte sich über die Aktivierungsfläche und studierte die arkonidischen Bedienelemente. Dabei war sie immer darauf gefasst, von hinten unter Beschuss genommen zu werden.

Mit den Fingern glitt sie über ein Sensorfeld auf der linken Seite der Stange, und ein grünes Leuchten breitete sich darüber aus. Das Gerät schien noch über Energie zu verfügen. Sie schwang sich auf den Sitz und steckte ihre Beine in die weichen Stiefel. Das Material reagierte automatisch, passte sich ihrer Beinform an und zog sich zusammen.

Schweiß perlte über ihre Stirn. Wenn sie das Gerät nicht zum Fliegen brachte, war sie in diesen Stiefeln gefangen. Mit dem Kodegeber deutete sie auf den Ausgang, doch wie sie befürchtet hatte, geschah nichts. Sie brauchte einige Augenblicke, um zu verstehen, wie die Schaltelemente angeordnet waren, dann aktivierte sie über die Waffenkontrolle den Desintegrator und richtete ihn auf das fünf Meter entfernte Hangarschott. Während die Waffe begann, das Metall zu bearbeiten, untersuchte sie die Steuereinheit weiter. Sie war schon viele verschiedene Gleiter geflogen, auch arkonidische. Es musste möglich sein, das Gerät zu starten.

Ihre Hand legte sich um den Energiehebel, als zehn Meter hinter ihr das Schott aufglitt.

»Ergeben Sie sich!«, hörte sie Mobats Stimme.

Paralysestrahlen fuhren an ihr vorbei. Sie drückte den Hebel voll durch. Ein helles Sirren erklang, das Gerät machte einen weiten Satz nach vorn, der sie fast gegen die Wand prallen ließ und den Strahl des Desintegrators verriss, sie dafür aber vor dem Beschuss der Aras in Sicherheit brachte. In aller Eile zerrte sie das Gerät herum und richtete es erneut auf das Schott aus. Nur wenige Zentimeter Stahl trennten sie vom Ausgang. Sie fand den Regler des Desintegrators und erhöhte die Intensität. Hinter ihr kam Mobat näher. Er wurde von zwei Aras flankiert, die beide die Mündungen ihrer Kombistrahler auf sie richteten.

»Sie haben keine Chance«, sagte Mobat mit lauter Stimme. »Wenn Sie fliehen, werden Sie sterben. Da draußen wartet ein Todesplanet auf Sie.«

Er bluffte. Decaree hatte einen Durchgang geschaffen und flog im Zickzack. Sie tat es nicht, um den einsetzenden Schüssen auszuweichen, sondern weil ihr die Kontrolle des Gerätes Mühe bereitete.

Schlingernd flog sie dem Ausgang entgegen, aus dem heiße Luft strömte. Sie hatte das Loch fast passiert, als etwas ihren Kopf traf. Mit einem Aufschrei kippte ihr Oberkörper auf die Lenkstange.

Decaree wünschte, sie könnte die Augen zusammenkneifen. Nur langsam begriff sie, dass es kein Energiestrahl gewesen war, der sie am Hinterkopf getroffen hatte, sondern dass ihr Gehirn mit einem brutalen Schmerzimpuls auf das helle Licht reagierte, von dem sie umflutet wurde.

Sie raste durch die zerstörte Außenhülle der Station in eine Hölle aus Feuer. Das grelle Licht schien ihren Kopf durchbohren zu wollen, und die Temperatur erhöhte sich übergangslos auf mindestens vierzig Grad. Wieder stieg das Bild des Tieres vor ihr auf: ein Wesen, halb Wurm, halb Zecke, mit langen Beinen und winzigen Augen. Es schimmerte metallisch, schien teilweise mechanisch zu sein.

Das Fluggerät schnellte vorwärts. Trotz aller Schmerzen hatte sie den Hebel nicht losgelassen, sondern sich mit der Kraft einer Ertrinkenden daran festgeklammert. Sie schoss über mehrere Sanddünen hinweg, passierte eine Energiehülle, kam tiefer und stellte ein Bein in dem weichen Stiefel aus. Das Gerät wirbelte herum, und sie erblickte vor sich die Station, aus der sie geflohen war.

Sie lag da wie ein arkonidischer Kugelraumer von gut fünfhundert Metern Durchmesser, der halb im Sand vergraben war. Lichter flackerten über seine Oberseite. Dort, wo der Desintegrator das Loch in das Schott gefressen hatte, sah sie Energieblitze, die in ihre Richtung zuckten, sie aber weit verfehlten. Trotzdem durfte sie keine Zeit verlieren. Man würde sie verfolgen, da war sie sicher, und so wie es aussah, hatte sie durch die Sonne ein neues Problem.

Sie startete durch und versuchte, so viel Abstand zwischen sich und die Station zu bringen, wie sie nur konnte.

Kapitel 6

Atlan: Ankunft auf Samwar

Mobat. Der Name ging mir nicht mehr aus dem Kopf, und die Erinnerungen an den Ara stiegen unweigerlich in mir auf. Ich hatte Mobat auf einem Empfang auf Skagsram kennengelernt, und indem er sich euphemistisch als Versicherungsfachmann vorstellte, hatte der Ara damals indirekt durchblicken lassen, dass er zum Geheimdienst Aralons gehöre und wertvolle Informationen für mich habe. Schon damals hatte er gegen mich und die USO intrigiert und mich auf eine falsche Spur gesetzt. Decaree und Tekener hatten den Ara später anhand von Indizien überführen können. Er steckte hinter den Machenschaften auf dem Planeten Skagsram und war in den illegalen Handel mit Supra-Thermophilen verstrickt gewesen.

»Wir haben das Gyar-System erreicht, Sir«, meldete Gerry Hanaly. Ich nickte leicht und verfolgte auf dem Schirm mit, wie wir in den Normalraum gingen und die Sterne abrupt sichtbar wurden. Zuvor war nicht mehr zu sehen gewesen als wallendes, weißgraues Nichts, das mich an manchen Tagen an dampfendes Trockeneis erinnerte.

Hoyka Kah trat an meinen pneumatischen Sitz und schaute über meine Schulter auf den kleineren Schirm in der nüchtern gehaltenen Konsole, die zu meinem Sitzbereich gehörte.

»Was wissen wir über Samwar, Sir?«

Ich sah überrascht auf. Üblicherweise war sie es, die ihre Hausaufgaben bis zum Letzten machte. Aber vielleicht war ihr Verhalten auch nur ein Annäherungsversuch nach dem Vorfall mit Totthamir.

Vielleicht liegt es auch daran, dass Samwar ein arkonidisches Protektorat ist, schlug der Extrasinn vor. *Du als Arkonide solltest dich da auskennen, zumal du ein fotografisches Gedächtnis besitzt.*

Das würde ich ohne dich glatt vergessen, erwiderte ich beißend und sah Hoyka Kah an.

»Samwar ist eine Welt, die nach dem Zusammenbruch des arkonidischen Imperiums niemand mehr haben wollte. Eine Raumflotte, der sie als Stützpunkt hätte dienen können, gab es nicht mehr. Eine Zeitlang haben einige Khasurn noch Interesse daran gezeigt, aber vor etwa fünfhundert Jahren wurde der Planet dann aus ungeklärten Gründen endgültig sich selbst überlassen. Alles in allem ist er erdähnlich und hat eine vergleichbare Schwerkraft wie Terra, wenn er auch lebensfeindlicher ist. Es gibt einen Mond namens Gyoss, der nur wenig größer ist als Luna. Wasser ist begrenzt, aber ausreichend vorhanden.«

Hanaly schaltete sich ein. »Die Bilder sehen wenig einladend aus, Sir. Vom Terraforming ist nicht mehr viel übrig.«

Wir blickten zusammen auf das herangezoomte Bild des Planeten, und ich verzichtete darauf, Hanaly zu korrigieren und ihm zu sagen, dass es sich im Grunde nicht um »Terraforming«, sondern um »Arkonforming« handelte. Meine Vorfahren hatten einst ganze Arbeit geleistet, aber nach all den Jahrhunderten war davon nicht mehr viel übrig. Gelbbraune Wüstenmeere bedeckten einen Großteil der Oberfläche und schienen uns zuzuflüstern, lieber weiterzufliegen und einen wirtschaftlicheren Planeten zu finden. Besonders auf der Südseite erkannte ich Strudel, die auf heftige Stürme mit Tornados hinwiesen.

»Was für ein Höllenwetter«, kommentierte Hanaly.

»Die Wüste und die atmosphärischen Strömungen sind das geringste Problem«, erklärte ich der versammelten Crew. »Es gibt da unten jede Menge lebensgefährliche Viren und Bakterienstämme.« Ich sah Hoyka Kah erneut an, dieses Mal misstrauisch. »Aber das wissen Sie, Generalin, sonst hätten Sie nicht angeordnet, dort unten nur in Schutzanzügen herumzulaufen, nicht wahr?«

Sie nickte leicht.

Irina Tarasow meldete sich zu Wort. »Entschuldigung, Sir, aber warum gibt es auf Samwar überhaupt Viren und Bakterien? Ich hätte in dem Fall eher eine andere Atmosphäre erwartet. Mehr Wasser, wenn Sie verstehen. Ein Nährboden, der Bakterien begünstigt.«

»Das ist eine gute Frage, Leutnant. Vielleicht werden wir es noch erfahren.« Ich hatte mir auf dem Flug meine eigenen Gedanken zu dem Thema gemacht und einen Verdacht entwickelt, der ungeheuerlich war. Samwar gehörte zwar zu den Welten der Arkoniden, trotzdem lebten auf dem Planeten für seine geringe Bewohnerzahl erstaunlich viele Aras. Eine Recherche meinerseits hatte zutage gebracht, dass es schon immer schwierige Verhältnisse auf Samwar gegeben hatte, sie aber in den letzten Jahrzehnten noch problematischer geworden waren. Viren und Bakterien schienen besonders in den letzten zweihundert Jahren geradezu einen Evolutionssprung gemacht zu haben.

Die Arkoniden Samwars waren abhängig von den Aras, die ihnen die nötigen Medikamente lieferten, um auf der Welt überleben zu können und nicht elend an den aggressiven Organismen und Partikeln zugrunde zu gehen. Samwar gehörte zu den vielen undankbaren Protektoraten, die keinen Profit abwarfen und von daher wertlos waren. Es gab in der Schale des Planeten weder brauchbare Rohstoffe, noch war seine Lage in militärischer oder kommerzieller Hinsicht strategisch bedeutsam. Samwar war eine weggeworfene Glasmurmel im Weltall, die vergessen und unbeachtet ihre Ellipsen zog.

Im Grunde war das mein Glück. Ich hatte die Reise auch genutzt, um mich mit Arkon in Verbindung zu setzen und wusste von offizieller Seite, dass mein Vorgehen zwar nicht gutgeheißen wurde, aber auch keine weitreichenden Konsequenzen haben würde. Zwar gab es keine wirkliche Zentralgewalt im Bereich des einstigen Tai Ark'Tussan mehr und jedes der zahllosen Diadochenreiche machte, was es wollte. Aber noch immer übten die großen alten Familien von Arkon I einen nicht zu vernachlässigenden Einfluss auf die Arkoniden aus. Ich hatte gut daran getan, mich mit ihnen abzustimmen.

Im Schatten der nahen Sonne wartete Oberst Dahim Abrahik Neffers mit seinem Flottenverband auf den Einsatz. In einem anderen Fall hätte das einen Krieg auslösen können, aber Samwar war schlicht zu unwichtig auf dem galaktopolitischen Schachbrett. Auf Arkon glaubte man mir, was mein Anliegen betraf, und man ignorierte mein Vorgehen.

Die nächsten Minuten nutzte ich, um mich in den Schutzanzug zu werfen und die Ausrüstung zu überprüfen.

Die TOLMAN landete nahe der größten Ansiedlung des Planeten, die es auf gut zwanzigtausend Arkoniden und einige Nichthumanoide brachte. Ich hatte die Maske von Leo Fegerl inzwischen abgelegt. Das Versteckspiel war vorbei. Sollte jemand trotz des Helms erkennen, wer ich war, würde ich es nicht leugnen. Ich konnte nicht glauben, dass die Aras noch weiter gingen, als sie ohnehin schon gegangen waren, und Decaree töteten, wenn sie von meiner Ankunft erfuhren. Sie würden es sich wegen Decaree Farou nicht mit den Terranern verscherzen. Beide Völker unterhielten keine innigen Beziehungen, doch die Situation war entspannt. Terra und die Welten des Solaren Imperiums waren nach wie vor ein Markt für die Pharmaindustrie Aralons, und die Aras wussten, wie nah sich die USO und das Imperium standen. Auch meine Freundschaft zu Perry Rhodan war kein Geheimnis. Dazu kam, dass Decaree Farou Terranerin war. Ihr Tod würde den Aras schwer angelastet werden und konnte zu intensiven politischen Verwerfungen führen.

Ich wollte aus dem Hauptschiff hinaus und durch die transparente Schleuse in den lichtdurchfluteten Hangar treten, als mich Hoyka Kah am Arm fasste.

»Sir, Sie wissen, was das Problem ist, oder?«

Langsam wandte ich den Kopf von ihr fort und sah durch das Prallfeld, das den geöffneten Hangar abriegelte, hinaus in die Wüste, vor der sich wie ein schwarzer Schatten die Stadt mit ihren hohen, trutzigen Türmen abzeichnete.

Hoykas Stimme war eindringlich. »Miss Farou weiß zu viel. Es kann sein, dass wir sie opfern müssen.«

»Wir werden sehen«, sagte ich kurz angebunden. »Noch ist nichts entschieden.«

Mich ärgerte die Kaltherzigkeit der Paronerin.

Aber du weißt, sie hat nicht unrecht, wisperte der Extrasinn. *Sie hat lediglich eine logische Schlussfolgerung gezogen, und du solltest dich langsam fragen, ob du das in diesem Fall tatsächlich noch kannst.*

Manchmal wünschte ich wirklich, ich hätte keinen Extrasinn erhalten.

Neben Hoyka Kah setzte ich mich in einen Schweber, um den Weg in die gut fünf Kilometer entfernte Stadt zurückzulegen. Wir schwiegen während des gesamten Fluges. Ohne abzubremsen, passierten wir eine Strukturlücke des Energieschirms, der wie eine Glocke über der Stadt lag. Die Kuppel war fleckig, Elmsfeuer schienen an einigen Stellen über die

Oberfläche zu huschen, und die Strahlung durch die Sonne konnte nach unseren Messungen nicht vollständig von der antiquierten Kuppel abgehalten werden. Obwohl sie noch mit Energie versorgt wurde, funktionierte sie nur eingeschränkt. Vermutlich ließ sie auch bedingt Bakterien und Viren hindurch, schützte dafür aber vor den Stürmen, sonst wäre die Ansiedlung bereits dem Sandboden gleichgemacht worden.

Ich kniff die Augen zusammen und betrachtete die Stadt vor uns. Die meisten Gebäude waren niedrig und wirkten gedrungen und ärmlich. Einige waren in sich zusammengesunken und niemand hatte sich die Mühe gemacht, sie wieder aufzubauen oder auch nur das seltsame braune Material zu entfernen, aus dem die Trichterhäuser bestanden hatten. Ich entdeckte eine Reihe von besser instand gesetzten Bauten im Zentrum der Ansiedlung, die sich langsam um sich selbst drehten. Warum sie das taten, erschloss sich mir nicht. Vielleicht wollte man auf diese Weise irgendwie die Hitze erträglicher machen. Obwohl Arkoniden hohe Temperaturen aushielten und auch nicht schnell schwitzten, mochten sie es durchaus ein paar Grad kühler als in dieser Gluthölle. Pflanzen waren nur wenige zu sehen, was mir auffiel, weil es für Arkoniden ungewöhnliche war.

Wir landeten den Schweber am vereinbarten Treffpunkt im Herzen der Stadt zwischen den beiden größten Khasurn und warteten auf den Großraumgleiter, der uns entgegen flog. Über Funk hatten wir uns bereits angekündigt und nun würde sich zeigen, wer uns begrüßte.

Der Großgleiter landete und mehrere Arkoniden in Schutzanzügen sowie ein paar kaum bekleidete Echsenartige stiegen aus. Die Echsenwesen erinnerten mich entfernt an Topsider, nur dass ihr Gang nicht aufrecht war und sie zwei Augen mehr besaßen als ihre Vettern aus dem Orion-Delta-System, sowie sechs dünne Ärmchen, auf denen sie sich durch den Sand schoben. Einige von ihnen wurden dabei erstaunlich schnell. Ihr schlangenförmiger Körper endete in einem spitzen Echsenschwanz. Es überraschte mich, dass die Reptilwesen das Feld anführten, nicht die Arkoniden.

»Vielleicht schicken sie die Fremdspezies vor, weil sie prüfen wollen, ob wir friedlich sind«, mutmaßte Hoyka Kah, die meinen fragenden Blick bemerkte.

Ich nickte. »Gut möglich.« Wenn die Arkoniden in den Echsen ihre Diener sahen, würden sie nicht zögern, diese vorzusenden. Auf jeden Fall ging ich nicht davon aus, es auf dem Planeten mit einem gleichberechtigten Verhältnis zu tun zu haben. Die Arkoniden Samwars waren zu stolz, ein anderes Volk außer dem eigenen neben sich dulden. Nur zu ihren Füßen gab es genug Platz für alle.

Das vorderste Echsenwesen erreichte mich und stützte sich auf den Schwanz, sodass der dünne Leib vor mir aufragte und mir bis zum Hals reichte. Vermutlich konnte sich das Wesen auf diese Weise noch größer machen, doch es verhielt an Ort und Stelle. Vielleicht drückte es so seinen Respekt mir gegenüber aus.

»Willkommen auf Samwar, edler Herr«, brachte das Wesen in brüchigem Interkosmo hervor. »Ich bin Lt'tek, Organisator der Zr'rak. Meine Gebieter schicken mich, Sie und Ihre Begleiter zu begrüßen.«

Also hatte ich doch richtig gelegen. Die Zr'rak dienten den Arkoniden. »Danke, Lt'tek. Sag deinen Gebietern, ich möchte mit ihrem Anführer sprechen.«

An der Halspartie des Zr'rak veränderte sich die Farbe. Das helle Blau pulsierte von einem Moment auf den anderen dunkel und danach wieder hell. Die kleinen Ärmchen des Wesens griffen ungezielt in die Luft, und es blinzelte mit allen vier Augen gleichzeitig. »Herr, Sie gehen sehr direkt vor. Das Protokoll besteht auf ...«

»Ich komme von der USO, und ich habe keine Zeit für Protokolle. Sag auch das deinen Gebietern.«

Der Zr'rak wiegte den breiten Kopf, warf sich schwerfällig herum und schob sich durch den Sand und die staubige Erde zurück.

Hoyka Kah stand neben mir wie eine Statue aus Sandstein. Sie hatte das Kinn stolz erhoben und blickte dem Arkoniden entgegen, der sich nun von der Delegation löste und mit hoch erhobenem Haupt die gut sechs Meter zwischen uns zurücklegte.

»Seid gegrüßt. Ich bin On-thrag Paran ter Taseris. Warum stört ihr die Ruhe der Gemeinschaft mit eurer Eile?« Der Arkonide gebärdete sich in seiner Körpersprache und Wortwahl, wie sich ein Mitglied der arkonidischen Adelsschicht zu verhalten hatte.

Am liebsten hätte ich die Augen verdreht. Lange genug hatte ich als Imperator von Arkon aufgeblähte Hofschranzen ertragen müssen. Ich deutete einen Gruß an und verwendete zur Anrede seinen Titel. »Auch ich grüße Sie, Zhdopan. Wir haben uns bereits per Funk gemeldet. Ich komme von der USO und ich suche jemanden, der auf diesem Planeten von Aras gefangen gehalten wird.«

Du pokerst hoch, kommentierte der Extrasinn. *Du weißt schon, dass du Decarees Leben mit deinem Vorgehen in Gefahr bringen kannst. Außerdem könntest du den guten On-thrag verärgern.*

Ich hörte ihm nicht zu. Natürlich hatte er recht, aber dieses Risiko musste ich eingehen. Ich wollte mich nicht länger verstecken. Die Aras um Mobat sollten ruhig wissen, wer ihnen auf die Spur gekommen war, und was sie erwartete, wenn sie nicht kooperierten.

Ich deutete zur Sonne. »Ein Flottenverband der USO liegt dort oben. Wenn wir die Person, die ich suche, nicht ausgeliefert bekommen, werden wir sämtliche militärischen und wissenschaftlichen Einrichtungen der Aras bombardieren.«

Der Arkonide musterte mich. Er schien zu wissen, wer ich war, oder es zumindest zu vermuten. Es war nicht auszuschließen, dass er sich nach unserem Funkspruch mit Arkon in Verbindung gesetzt hatte.

»Und was erwarten Sie von uns, Vertreter der USO?«

Mit einem Mal kam Bewegung in die Gruppe. Gemurmel und Flüche wurden laut, als ein kleinerer Zr'rak auf mich zusteuerte. Er schob sich so schnell durch den Sand, dass es aussah, als würde er darin schwimmen.

»In Deckung, Sir!« Hoyka Kah zog ihren Kombistrahler und richtete ihn auf das Wesen.

Ich erfasste das Geschöpf und sah auf einen Blick, dass es weder bewaffnet noch aggressiv war. Es war klein und schien zu den Jüngeren seiner Art zu gehören.

»Nicht!« Ich stieß den auf Paralyse gestellten Handstrahler zur Seite, und der Strahl fuhr in den Sand.

Das Wesen vor uns verharrte und duckte sich unterwürfig. »Ich ... ich habe gehört du ... Sie ... sind Atlan. Der Lordadmiral.«

»Wer sagt das?«

Der Kleine zeigte auf eine Gruppe von seinesgleichen, die am Rand standen und neugierig die langen Hälse reckten. Einige hatten sich auf ihren Stützschwanz gestellt, um besser sehen zu können. Ihre Gruppe teilte sich, und ein zweites Echsenwesen kam auf mich und Hoyka Kah zu, das deutlich größer war. Vielleicht war es seine Mutter. Es pendelte mit dem Kopf und seine Stimme klang trotz der fremden Betonung deutlich wütend.

»Sr'rem! Verdammt Sr'rem, wir müssen los. Was treibst du nur wieder?«

»Ich komme gleich«, sagte das Wesen, das mit Sr'rem angesprochen worden war und seine vier Augenpaare nicht von uns nahm. »Ich will nur wissen ... gibt es ein Zentrum des Universums? Irgendwo, wo Licht und Wachstum sind? Nicht wie auf diesem Planeten?«

Er hatte »auf diesem Planeten« gesagt. Offensichtlich fühlte er sich auf Samwar nicht zu Hause, und der Planet war nicht der seine. Ich nickte ihm langsam zu.

»Ja, es gibt mehrere solcher Orte.«

»Mehrere?« Dem Kleinen schienen die Augen aus dem Kopf fallen zu wollen. Er musste ein sehr junges Exemplar seiner Gattung sein.

»Sr'rem!«, zischte der größere Echsenartige, der nun nah genug heran war, um den Kleineren unsanft am Schwanz zu packen. »Komm sofort mit! Du blamierst das Far'rurk!«

Der Kleine wurde ein Stück durch den Sand geschleift, wehrte sich aber mit allen Kräften. »Sag mir einen Namen!«, rief er mir zu. »Den Namen einer Stadt, in der es sich zu leben lohnt.«

»Terrania«, gab ich zurück.

Neben mir schüttelte Hoyka Kah den behelmten Kopf. »Warum antworten Sie überhaupt, Sir? Wir haben Wichtigeres zu tun.«

»Warum sollte ich nicht antworten?« Ich sah zum Edlen Paran ter Taseris hinüber, den der Vorfall irritiert hatte.

»Diese Echsenartigen haben einfach kein Benehmen«, brachte der Arkonide hervor.

»Schon gut. Ich warte noch immer auf eine Antwort. Wo leben auf diesem Planeten Aras? Und wie kann ich mit ihnen in Kontakt treten?«

»Nun ...«, der Arkonide zögerte. »Es gibt einen Verwalter des Protektorats, der unter einer Schutzkuppel auf der Nordhalbkugel lebt. Er ist mein Onkel, und er hat Kontakt zu allen Ara-Klans auf dem Planeten. Ich kann ein Treffen arrangieren.«

»Bitte, tun Sie das umgehend.«

Der Mann nickte. »Wie Sie wollen, Höchstedler. Kann ich Ihnen während der Zeit, die ich benötigen werde, irgendetwas anbieten?«

Ich schüttelte in einer menschlichen Geste den Kopf. »Nein, danke. Wir warten. Bitte beeilen Sie sich.«

Sr'rem: Terrania

Sein Körper pulste und seine sechs Händchen kribbelten. »Ich habe es gemacht! Ich bin der mutigste Zr'rak, den unser Volk je hatte! Ich bin einfach vorgestürmt und habe gefragt! Ich ...«

»Du bist ein Idiot«, sagte Kr'rom. »Sie hätten dich fast erschossen, weil sie dachten, du seist ein Attentäter. Was hättest du gemacht, wenn sie dir mit Thermostrahlern ein Loch in die Schuppen gebrannt hätten?«

Sr'rem wiegte fröhlich den Kopf. Nichts konnte ihn erschrecken. Er hatte eine wichtige Antwort erhalten, und das war gut.

»Es gibt eine Stadt und einen Planeten, wo es sich zu leben lohnt. Der oberste Fußgeher der USO hat es gesagt.«

»Eine Stadt, wo es sich zu leben lohnt? Was soll denn dieser philosophische Blödsinn? Hast du einen giftigen Jakyr-Wurm gefressen oder an den Dämpfen in der Wahnsenke geschnüffelt?«

»Ich will dort hin. Ich will nach Terrania. Tu nicht so, als verstündest du das nicht. Du willst doch auch von hier weg. Warum nicht nach Terrania?«

»Na meinetwegen. Mir ist es egal wohin. Aber zuerst kommt die Arbeit. Die Medikamente fliegen sich nicht von selbst, und es wird Stunden dauern, bis wir alle Lieferungen fertig haben.«

»Na und?« Sr'rem zog sich hinter dem Bruder her. An diesem Tag konnte nichts seine gute Laune erschüttern.

Kapitel 7

Mobat: Das sinkende Schiff

»Was soll das heißen, Sie distanzieren sich von meinem Vorgehen?«, blaffte Mobat in die Funkanlage. Die Stimme Darteks, des stellvertretenden Leiters der Aracom, klang hochnäsig.

»Das heißt, mein Bester, dass Sie von nun an auf sich gestellt sind. Ihre Anwesenheit auf Samwar ist kein Geheimnis mehr, und bald wird auch Ihre Laborstation entdeckt werden. Atlan da Gonozal ist auf dem Weg zu Ihnen, und wir werden ihn nicht aufhalten.«

»Ich habe verstanden.« Zornig beendete Mobat die Verbindung. Diese wankelmütigen Versager.

Er atmete tief durch. Hatte er wirklich mit einer anderen Entwicklung im Falle einer Entdeckung gerechnet? Er schloss die Augen. Wenn er ehrlich war, hatte er das nicht.

»Wie konnte Gonozal uns finden?«, fragte seine Assistentin mit dünner Stimme. Sie stand drei Schritte entfernt und war die einzige Zeugin des Gesprächs, das Mobat gerade in der Funkstation auf der obersten Etage der Anlage geführt hatte.

»Das frage ich mich auch. Offensichtlich hat Totthamir geredet.«

»Totthamir? Das glaube ich nicht.«

»Es ist egal, was Sie glauben«, herrschte Mobat sie an. »Die Lage ist, wie sie ist.«

»Was haben Sie nun vor, Sir? Vertrauen wir auf die Verteidigungsanlagen der Station?«

Mobat schüttelte den Kopf und berührte nachdenklich seine Stirnhaut mit den vereinzelten Falten. »Die Verteidigungsanlagen sind viel zu schwach, um einem konzentrierten Angriff mehrere USO-Schiffe standzuhalten.«

Chassika Aron wurde blass und sah ihn entgeistert an. »Gehen Sie von einem Flottenverband aus, Sir?«

»Natürlich tue ich das«, antwortete er unfreundlich. »Atlan da Gonozal ist kein Idiot. Er weiß, dass die Arkoniden nicht willens sind, wegen des Eindringens der USO in eines ihrer Protektorate einen bewaffneten Konflikt vom Zaun zu brechen. Dafür ist Samwar zu unbedeutend.«

Chassika trat auf ihn zu und packte ihn an den Schultern. »Wir dürfen nicht aufgeben. Die kybernetischen Forschungen dürfen nicht abgebrochen werden. Wir stehen so kurz vor einem Durchbruch.«

Mobat machte sich von ihr los. »Tun wir das? Oder träumen Sie das nur, Chassika? Trotz all der Experimente, die in dieser Station laufen, war unsere Hauptaufgabe Decaree Farou. Wenn wir sie nicht wiederfinden, haben wir gar nichts. Wir wissen noch immer nicht genug, um die Daten von Quinto-Center gewinnbringend zu verkaufen oder sie selbst zu nutzen. Ein paar allgemeine Kodes, ein Grobaufbau – was ist das schon? Wir müssen diese Frau zurückhaben, und zwar schnell. Außerdem müssen wir vor allem eines: lebend aus dieser Sache herauskommen. Wem nutzt unsere Forschung noch, wenn wir tot sind? Deshalb werden Sie Folgendes tun: Sie nehmen Kontakt zu Kelpa ter Naranos auf und richten ihm aus, ich sei zu Verhandlungen bereit. Er soll alles in die Wege leiten.«

Chassika zögerte. »Und was tun Sie, Sir?«

»Ich kümmere mich um den ausgeflogenen Vogel. Jeder Gleiter und jedes flugtaugliche Gerät soll genutzt werden, um diese Frau zu finden. Ihr arkonidisches Fluggerät war defekt. Sie kann nicht weit gekommen sein. Es gibt keine Ansiedlung im Umkreis von hundert Kilometern. Mit Individualtastern sollte sich ein Lebewesen wie sie leicht finden lassen, falls sie nicht zuvor den Graor-Bestien in den Rachen fällt oder in einen Sandsturm gerät.«

»Verstanden, Sir. Ich werde Kelpa informieren.«

Mobat nickte. Im Hintergrund sah er, wie seine Assistentin sich anschickte, den nötigen Funkspruch durchzuführen. Kelpa ter Naranos war stolz und leicht zu beeinflussen, wenn man wusste, wie man seinen Stolz nutzen konnte. Chassika würde keine Probleme mit ihm bekommen. Nun war es an ihm, sich seinen wichtigsten Trumpf zurückzuholen. Inzwischen ging es nicht mehr nur um Quinto-Center. Es ging um sein Leben. Wenn er Decaree Farou dafür aufgeben musste, würde er es tun.

Decaree: In fernen Welten

Du sitzt im Sand. Dein Kopf pulsiert, eine Sonne vor der Explosion. Ja, da war einmal eine Sonne, irgendwann in der Vergangenheit. Oder ist es die Sonne über dir, die du meinst? Du siehst dich um. Durch die Körperfetzen eines fremden Tieres erkennst du das Gerät, mit dem du hergekommen bist. Es liegt halb in der Düne begraben. Sandwolken wehen darüber hinweg. Deine Haut fühlt sich geschunden an – sie ist verbrannt und wie abgeschmirgelt. Mehrere Blasen haben sich darauf gebildet, und da ist etwas mit deinen Lungen. Etwas, das nicht dorthin gehört. Ein Rasseln. Dein Atem klingt falsch.

Woran wolltest du noch denken?

Das Fluggerät. Durch die Körperteile des Tieres konzentrierst du dich darauf. Es muss repariert werden. Irgendwer lacht. Eine Frau. Es klingt hysterisch. Stand das Gerät nicht in einem *Reparaturhangar?* Vielleicht solltest du es dorthin zurückbringen? Das Lachen will nicht enden. Du holst aus und schlägst dir die flache Hand hart ins Gesicht, bis es ruhig ist. Zusammenreißen. Überleben. Darum geht es. Du bist Agentin, keine Anfängerin, und du weißt, worauf es ankommt. Die Sonne ist dir zu Kopf gestiegen. Offensichtlich bist du von deinem Fahrzeug gestürzt, nachdem es den Geist aufgegeben hat, aber *du* darfst nicht aufgeben.

Mit verzweifelter Kraft kriechst du zu dem Gerät und schaffst es nach einigen Versuchen, die vordere Abdeckung zu entriegeln und zu heben. Wenn nur dein Blick nicht immerzu das Tier zeigen würde. Dieses hässliche, widerwärtige Vieh, das aussieht wie eine Mischung aus Zecke und Wurm.

Du blickst in das Innere des Antriebs. Eine arkonidische Energiezelle kannst du erkennen und den Antriebsblock, aus dem Rauch dringt. Mit dem Multifunktionswerkzeug, das du Mobat fortgenommen hast, willst du die Kapsel öffnen, unter der der Rauch sich entwickelt, aber die Kapsel sitzt fest.

Messerspitzen schieben sich durch dein Gehirn. Du begreifst, dich will jemand töten, aber wer? Deine Gedanken sind sprunghaft. Wo ist der Fokus? Wo ist das Unal?

»Hilfe«, sagt eine Stimme. »Hilfe.« Es ist deine Stimme. Sie erscheint dir so fern, wie dir die Sonne nah ist und dich verbrennt.

Unal, flüstert eine Stimme in deinem Kopf. *Unal, Unal.*

Der Gedanke kontrolliert dich. Er ist die magische Formel, die dein Handeln übernimmt. Es ist, als gehöre dein Körper nicht mehr dir. Deine Hand packt das Multifunktionswerkzeug und klappt eine Art Schraubenzieher aus, der oben spitz zuläuft. Er zittert in deinen Fingern. Dein Arm will zu deinem Kopf. Willst du dich selbst richten? Hat das Unal entschieden, dass du dir den Schraubenzieher in die Augenhöhle treiben sollst, durch die Splitter mitten ins Gehirn?

»Nein.« Du hältst dagegen – vergebens. Dein Körper gehört nicht mehr dir, sondern ihm.

Der Schmerz in deinem Kopf steigt explosionsartig an. Du hast geglaubt, das sei nicht möglich, aber es geschieht. Du spürst, wie du in dich zusammensackst, wie du das Bewusstsein halb verlierst und die Welt dunkel zu werden droht. Speichel läuft aus deinem Mund. Du würgst, aber es kommt nichts hervor. Deine Hände wollen noch immer fort, und du lässt sie gehen. Mit deiner Aufgabe durchzuckt dich ein neuer Schmerz. Du fühlst Metall in deiner Nase und Blut, das über deine Lippe rinnt und so angenehm flüssig ist, wie Wasser.

Das Werkzeug fällt in den Sand. Du sinkst in dich zusammen, als wolltest du ihm folgen. Wie gern würdest du liegen bleiben. Liegenbleiben und sterben. Du hast alles getan, alles gegeben. Nun ist es vorbei. Das Universum wird sich ohne dich ausdehnen und wieder zusammenziehen. Du bist erlöst. Aber wenn das dein Tod ist, warum denkst du dann noch? Und warum kannst du zum ersten Mal seit Wochen etwas riechen? Du riechst Schweiß. Vorher war da nichts.

Die Kopfschmerzen lassen nach. Deine Nase blutet und dir ist, als wärst du von einer Last befreit, als würde mit dem Blut eine Gefahr davongespült, die dein Leben bedroht hat. Kannst du dich endlich ausruhen? Nein. Das Unal hat dir geholfen, eine Gefahr abzuwenden, die du nicht verstehst. Du bist es ihm schuldig weiterzukämpfen, solange noch ein Funken Kraft in dir ist.

Du bist Mobat entkommen und du weißt, er wird dich jagen. Zwischen dir und der Station liegen nicht mehr als fünfzig Kilometer. Du musst aufstehen und Hilfe finden. Immer von der Station fortgehen, das ist die Devise, oder zumindest eine Höhle entdecken, in der du ausruhen kannst und endlich schlafen darfst.

Langsam setzt du dich auf und betrachtest die Umgebung. Das Bild des Tieres ist verschwunden und es ist seltsam dunkel. Wird es Abend? Du schüttelst vorsichtig den Kopf. Nein, es ist noch Mittag oder Nachmittag. Deine Sehkraft lässt nach. Es ist, als wäre auch sie davongeblutet. Saß etwas in deiner Nase, das dir die Kopfschmerzen verursacht hat? Ein Sender vielleicht, der dich peinigen und vernichten sollte? Es spielt keine Rolle mehr. Was auch immer es war, es ist fort.

Stolpernd kommst du auf die Füße und gehst los. Du hast es bis hierher geschafft, du schaffst es auch weiter. Vielleicht kommen Einheimische und retten dich. Vielleicht gibt es andere Völker als die Aras auf diesem Planeten. Zumindest lebst du noch, also kann seine Strahlung nicht so tödlich sein, wie du befürchtet hast.

Während du einen Fuß vor den anderen setzt, denkst du an deine Kindheit. An die Trivid-Berichte über die Marathonläufe auf Lepso, die Todesmärsche von Gefangenen der Schweißöde, die als Volksbelustigung dienen und die du als Zwölfjährige aus Versehen angesehen hast. Hundertzwanzig Kilometer gehen die Läufer durch die sengende Hitze ohne Wasser. Wer überlebt, ist frei. Es muss sich so anfühlen wie in diesem Augenblick. Du erinnerst dich an das Gesicht einer sterbenden Frau. Sie lächelt dir zu.

Nein. Zornig verdrängst du diese Gedanken. Du brauchst Mut, um zu bestehen. Hast du denn bei der USO überhaupt nichts gelernt? Tapfer gehst du weiter, jeden schlechten Gedanken verdrängend, genauso wie den Durst, der dich quälen will.

Es gibt nur dich und die Wüste. Sand weht über deine Haut und lässt sie brennen. Der Wind ist zu heiß, um Erleichterung zu bringen. Es wäre so einfach aufzugeben, sich hinzulegen und die Sache zu beenden, aber das wirst du nicht tun, denn es ist nicht dein Weg.

Du lächelst. Dein Weg ist anders. Als du den Kopf hebst, siehst du die Blutwolken Kantinors über feuerroten Dünen schweben. Irgendwo dort muss das sein, was du einst »Himmelsschloss« nanntest – eine Felsformation aus schwarzgelbem Edelstein, die mitten in der Luft schwebt, und darauf hockt der König, ein riesiges Tier mit ledrigen Flügeln und pelzigem Leib. Es hätte ein Drache sein können, wenn seine Schnauze nicht lang wie ein Stilett gewesen wäre und ganz aus Metall. Der König ist eine Maschine. Er steht auf einer Fläche, die aussieht wie die Kraterlandschaft von Luna. Was tut er dort? Bewacht er dich? Will er dich fressen? Sein Körper verformt sich, wird mal lang und dünn, mal dick. Du kennst das und weißt, wie schwer es dir fällt, die andersartigen Dimensionen aus der Welt des Unal zu begreifen.

Krakenwesen tauchen hinter dem König auf. Sie pumpen sich durch die Lüfte und geben dabei grüne Wolken ab, mit denen sie Bilder in den verzerrten, blassroten Himmel malen. Ihre Arme haben Schwellungen, groß wie Tennisbälle. Als wären es Schlangen, die eine Maus nach der anderen gefressen haben. Jeder Tentakel hat sein eigenes, zahnloses Maul, aus dem silbernes Gift tropft. Du zweifelst, ob du nicht selbst einer der Krakenartigen bist, oder vielleicht auch nur sein Tentakel mit dem zahnlosen Maul? Es muss so sein. Du gehörst zu der Welt, die du einst in Quinto-Center Kantinor getauft hast, um das Fremde zu benennen, das du siehst. Du bist der Krakling, bist der Tentakel und fühlst die kühle Luft, durch die du dich bewegst. Dein Mund ist feucht und du spürst Hunger. Der Metalldrache zieht unter dir vorbei.

Du lässt ihn fliegen und siehst dich um, starrst auf ein Meer, das keines ist. Wie Eis liegt es unter dir, aber es ist kein Eis, sondern eine andere Verbindung, gelb wie Schwefel.

Noch immer läufst du mechanisch auf irgendeiner fernen Welt durch den Sand. Es ist dunkel geworden, aber ganz weit fort am Horizont siehst du einen Gleiter. Er kommt aus der Richtung der Station, von der du vor unendlich langer Zeit geflohen bist. Oder war das erst vor ein paar Stunden?

Der Schreck holt dich zurück und gibt dir einen Namen ein, der aus deiner Welt stammt, fern von Kantinor: Mobat. Er hat dich eingeholt. Es ist alles verloren. Warum konntest du nicht Krakenmaul bleiben über dem Meer aus Schwefel? Mit einem Aufschrei wirfst du dich in den Sand, in der Hoffnung, von ihm begraben zu werden und unsichtbar zu sein für die Messgeräte. Es ist zu spät. Der Gleiter hat Kurs auf dich genommen, und bald werden sie da sein. Nur noch wenige Minuten trennen dich von einer erneuten Gefangenschaft.

»Kantinor, geliebtes Kantinor.« Lieber flüchtest du in die Welt des Unal, als die Wahrheit zu akzeptieren. Es war alles umsonst. Deine Flucht ist gescheitert.

Kapitel 8

Atlan: Verhandlungen

Es dauerte eine gute Stunde, bis wir über den Protektoratsverwalter Kelpa ter Naranos eine Botschaft von Mobat erhielten. Der Ara war bereit zu verhandeln. Hoyka Kah und ich flogen mit dem Schweber zur TOLMAN zurück, um mit ihr den vereinbarten Treffpunkt anzusteuern. Ich war nicht willens, auf das Schiff zu verzichten, und bereitete Hanaly und seine Crew darauf vor, im Notfall einzugreifen.

Wieder dachte ich an meine frühere Begegnung mit Mobat zurück. Der Ara war sprachgewandt und zielstrebig gewesen. Mobat wollte entweder Macht, Reichtum oder beides, und er holte sich eiskalt, was er dazu brauchte. Dabei ging er rational vor und war damit ein gefährlicher Feind. Jede Heimtücke, jeder Winkelzug war ihm zuzutrauen, wenn es seinen Zielen diente, deshalb musste auch ich vorsorgen. An Bord der TOLMAN versteckte ich mehrere siganesische Sonden am Ärmel meines Anzugs. Sie waren voll flugfähig und nicht größer als der Kopf einer Stecknadel. Ich hoffte, Mobat damit bei den Verhandlungen besser ausspionieren zu können und vor allem herauszufinden, ob sich Decaree in der Nähe des Treffpunktes befand.

Du gehst davon aus, dass sie noch lebt, warf der Extrasinn nüchtern ein. *Warum?*

Ich schwieg. Es war Wunschdenken, das wusste ich nur zu gut. Ich wollte, dass Decaree lebte, und nahm den besten Fall an. Ich wollte sie retten und eine zweite Chance erhalten. Einmal hatte ich versagt. Ich hatte sie ihm Stich gelassen. Dieses Mal sollte es anders sein, und ich würde zumindest einen Teil meiner Schuld gutmachen können.

Das kannst du nicht, korrigierte der Extrasinn. *Du kannst es in Zukunft besser machen, und dich um sie kümmern, wenn sie noch lebt, aber was du getan hast, das hast du getan. Je eher du das akzeptierst, desto besser für dich.*

»Sind Sie so weit, Sir?«, fragte Hoyka Kah und unterbrach meinen inneren Monolog.

Ich nickte und betrachtete den rotbraunen Krater, auf dessen zwei Kilometer tiefen Grund wir uns mit der TOLMAN sinken ließen. Er maß fast fünfhundert Meter in der Breite und enthielt gut zwei Dutzend verfallene Gebäude, von denen zwei sich wie diejenigen in Mahoniak drehten, als seien sie Stationen im All. Was auch immer hier unten versucht worden war, es war bereits vor Jahrhunderten aufgegeben worden und bot ein trauriges, verlassenes Bild. Der Kraterrand warf einen weiten Schatten und fasste einen Teil der braunen, kelchähnlichen Bauwerke ein, als wolle er sie vor unseren Augen verschwinden lassen.

»Mir gefällt ein Treffen unter der Erde nicht«, sagte Hoyka Kah mit düsterem Blick. »Dieser Ara will uns in einen Hinterhalt locken.«

Ich berührte mein Kinn. »Die Gebäude da unten sehen aus wie ehemalige arkonidische Fertigungsanlagen. Vielleicht hat man nach Bodenschätzen gesucht, aber keine gefunden. Sie bieten noch immer einen geringen Hitzeschutz und sie ermöglichen bestimmt eine Rückzugsmöglichkeit, die wir nicht kennen. Aber einen direkten Vorsatz für einen Hinterhalt der Aras kann ich an dieser Wahl des Treffpunktes nicht erkennen. Es bleibt auch die Frage, was Mobat davon hätte, mich zu töten. Sicher, es gibt genug Wesen, die das mit

Freude getan hätten und tun würden, aber Mobat schätze ich nicht so ein. Er wird vor allem auf sein Überleben aus sein, und er ist kein Fanatiker, der Aktivatorträger jagt.«

»Ihr Wort auf allen Trivid-Sendern«, murmelte Hoyka Kah. »Mir wird unwohler, je tiefer wir sinken. Selbst wenn Mobat uns nicht töten will, wird er sich absichern. Das liegt in der Natur der Sache.«

Darin stimmte ich ihr zu. Wir mussten aufmerksam sein und durften uns kein Detail entgehen lassen.

Das Schiff setzte auf und wirbelte Staub und Sand in die Luft. Er stieg bis zur Höhe der Außenkameras auf und nahm uns für wenige Minuten die Sicht auf den Schirmen.

Ich vermutete, dass es wie in der Stadt auch auf dem Grund dieses Kraters einmal eine energetische Schutzhülle gegeben hatte, aber von der war nichts mehr zu sehen. Nicht einmal die Vorrichtungen dafür waren übrig geblieben.

Ich wandte mich an die Ortung. »Machen Sie einen gründlichen Scan. Wir brauchen Bilder, wie es unter uns und in den Wänden des Kraters aussieht. Wo sind Gänge und Höhlen, wo Möglichkeiten, sich zu verstecken.«

»Verstanden, Sir«, versicherte der Mann und machte sich sofort an die Arbeit.

Bevor wir ausstiegen, nahm ich Kontakt zu Naranos auf. Seine Stimme zitterte leicht, als sei der Arkonide nervös.

»Mobat bittet Sie und Ihre Begleiter, den hinteren Zugang in die Felswand zu nehmen. Dort befindet sich ein Bunker, der ...«

»Nein«, unterbrach ich ihn. »Wir treffen uns auf dem Grund des Kraters in Reichweite der TOLMAN. Ich darf ohnehin davon ausgehen, dass es eine Reihe von Sprengladungen in diesem Gestein gibt, die es im schlimmsten Fall über meinem Schiff zusammenbrechen lassen, oder eine andere Art von *Versicherung*.« Ich betonte mit dem Wort, dass wir es schließlich mit einem Agenten der Aracom zu tun hatten, denn die beschönigende Bezeichnung für einen solchen war Versicherungsvertreter.

»Das würde Mobat nie wagen«, versicherte Kelpa ter Naranos und strich sich durch die dünnen weißen Haare. Wie sein Neffe sah auch er noch immer sehr arkonidisch aus. Von meinem Volk waren durch die Besiedlungen zahlloser anderer Planeten Hunderte von Zweigvölkern hervorgegangen. Auch die weit verbreiteten Aras zählten zu ihnen. Die Arkoniden von Samwar dagegen gehörten den planetengebundenen Zivilisationen an. Sie hatten sich zwar ihren Stolz bewahrt, beschränkten ihre Aktivitäten aber darauf, den extremen Umweltbedingungen ihrer Welt zu trotzen.

»Tatsächlich nicht? Ich kenne ihn anders. Mobat hat immer einen Plan B, oder, um es in der Sprache der Aracom zu sagen, eine Rückversicherung. Sagen Sie ihm, ich warte vor dem höchsten noch intakten Gebäude, und ich gebe ihm dreißig Minuten, wenn er sich mit mir treffen will.«

»Sie lassen sich nicht umstimmen, Lordadmiral? Im Inneren des Schutzraumes sind die Bedingungen deutlich besser. Der Bunker schützt vor den Strahlen und Bakterien des Planeten.«

Hoyka Kah und ich wechselten einen Blick. In diesem Punkt waren wir einer Meinung.

»Das tun unsere Schutzanzüge auch. Richten Sie Mobat aus, was ich sagte.«

Ich beendete die Verbindung und gab Hoyka Kah ein Zeichen. Gemeinsam mit ihr verließ ich die Kommandozentrale und ging zum Ausgang des Schiffes, an dem bereits eine Gruppe von zehn Mann wartete, die unserer Sicherheit dienen sollte. Wir verließen die TOLMAN über den Antigravschacht und die untere Polschleuse. Ich führte den kleinen Trupp zielstrebig zu dem etwa fünfzehn Meter hohen Khasurn am Rand des Kraters.

Der Trichter war so verfallen wie die umgebenden Gebäude. Neben ihm ragte eine lange, rote Stange auf, die gut zehn Meter hoch war und an deren Ende zwei grellgelbe Fahnen wehten, wie sie mir bereits zuvor beim Überfliegen des Planeten aufgefallen waren. Es waren keine arkonidischen Markierungspunkte. Offenbar handelte es sich dabei um ein System der Zr'rak, die sich mit Gleitern über den Planeten bewegten und anhand der Fahnen aus der Luft Orientierung fanden.

Mehrere Meter entfernt kam eine Gruppe von neun Aras in Schutzanzügen auf uns zu. Während sieben von ihnen zurückblieben, gingen zwei voran. Ich erkannte Mobat an der Art, wie er sich bewegte. Auch wenn ich ihn nur kurz gesehen hatte, hatte mein Gedächtnis seine elegante und doch unauffällige Gangart für mich festgehalten. Mobat wirkte auf den ersten Blick wie ein Ara, mit dem man gut Geschäfte machen konnte, weil er vertrauenswürdig war. Ich hatte mich damals von ihm täuschen lassen, heute war ich klüger. Die hochgeschossene Frau neben ihm, die ihn um fast einen Kopf überragte, erkannte ich nicht. Ich hatte ihr Gesicht noch nie gesehen.

Wir trafen im Schatten des Kraters aufeinander, und ich studierte die markanten Züge Mobats. Seine Kinn- und Nasenpartie war unverwechselbar. Besonders die scharfe, hervorstehende Nase kennzeichnete ihn. Seine roten Augen waren von feinen Fältchen umgeben. Der Ara sah nicht aus wie ein Verbrecher oder Sadist, trotzdem hatte er Decaree entführt und sie mit Sicherheit gefoltert oder versucht, sie durch Drogen zum Reden zu bringen. Vielleicht hatte er sie im Laufe des Prozedere umgebracht. Wenn ich daran dachte, musste ich mich zusammenreißen, um nicht meinen Kombistrahler zu ziehen.

»Mobat!« Ich sah ihn an, als könne ich erkennen, ob Decaree noch lebte, wenn ich ihm nur tief genug in die roten Augen hinter dem Helmvisier sah. »Dieses Mal sind Sie zu weit gegangen. Selbst die Aracom distanziert sich offiziell von ihrem Tun, um Kesnars Kontakte zu den Terranern nicht zu gefährden.«

Der Ara hob abwehrend die Hände. »Lassen Sie uns nicht über das Vorgehen der Aracom reden. Wir haben Dringlicheres zu besprechen.«

»Richtig. Ich will wissen, ob Decaree Farou noch am Leben ist.« Ohne Decaree hatte er keine Verhandlungsgrundlage, und das wusste er auch. Meine Hoffnung ruhte darauf, dass er sich in diesem Fall erst gar nicht mit mir getroffen hätte.

Mobat lächelte dünn. An seiner breiten Nasenwurzel zeigte sich eine dünne Furche. »Das ist sie, und sie befindet sich in meiner Gewalt.«

»Er lügt«, fiel Hoyka Kah dazwischen. »Es gibt keinen Beweis für seine Behauptungen.«

Mobat sah nervös von ihr zu mir und wechselte einen schnellen Blick mit seiner hochgewachsenen Begleiterin, die schweigend neben ihm stand.

»Sie können einen Beweis für ihr Leben erhalten, aber erst, wenn die Bedingungen für eine Übergabe ausgehandelt sind.«

»Es gibt keine Bedingungen«, riss Hoyka Kah die Initiative an sich. »Wir verhandeln nicht mit Terroristen wie Ihnen. Sie liefern Miss Farou aus, oder wir schießen auf diesem Planeten alles zusammen, was auch nur entfernt nach Ara aussieht oder riecht.«

Ich sah sie zornig an. Meine Stimme war nur mühsam beherrscht, als ich im Helmfunk nur sie ansprach. »Überlassen Sie die Verhandlungen mir, Generalin. Ich will hören, was Mobat zu sagen hat.«

Der Ara war blass geworden, fing sich nun aber wieder und schenkte Hoyka Kah ein gewinnendes Lächeln. Seine

Stimme klang tadelnd. »Aber bitte, Generalin. Wir sind doch keine Terroristen. Bestenfalls Freibeuter.«

»Das Angebot«, erinnerte ich ihn. »Wie stellen Sie sich eine Übergabe vor, und was verlangen Sie?«

Mobat hob entwaffnend die behandschuhten Hände. Auf seiner hohen Stirn zeigte sich unter dem Helm ein Schweißtropfen. »Ich möchte freies Geleit für mich und meine Leute. Dafür bin ich bereit, Decaree Farou auszuhändigen sowie Ihnen Zugang zu der Station zu verschaffen, in der ich gearbeitet und geforscht habe.«

»Gearbeitet?«, unterbrach die Generalin, aber als ich sie erneut ansah, verstummte sie. Ich bereute inzwischen, sie überhaupt mitgenommen zu haben. So gut sie in taktischen Analysen war, in der direkten Konfrontation war sie keine Diplomatin. Man sah in ihrem elfenhaften Gesicht jedes ihrer Gefühle, als würde es in Fettschrift auf Interkosmo auf ihrer Stirn stehen.

Ich wandte mich wieder an Mobat und wählte einen neutralen Tonfall. »Wir haben Ihre Station längst entdeckt, Mobat. Sie war nicht schwer anzumessen, nachdem wir wussten, dass sie sich auf Samwar befindet. Den Zugang können wir uns sehr leicht verschaffen, durch die Mittel, über die wir verfügen. Von daher ist Ihre Station kein Verhandlungsbonus. Den einzigen Trumpf, den sie tatsächlich in der Hand haben, ist die Agentin Decaree Farou. Zeigen Sie uns Miss Farou. Ich will wissen, ob sie tatsächlich am Leben und unversehrt ist, dann sehen wir weiter.«

Mobat zögerte.

»Wir sollten auf seine Forderung eingehen«, sagte überraschend die bis dahin stumme Frau an Mobats Seite. »Decaree gegen unseren Abzug, das ist kein schlechter Tausch, und der Lordadmiral hat das Recht, zu sehen, ob er erhält, was er verlangt.«

Mobat machte eine wegscheuchende Bewegung mit der Hand. »Also gut. Du holst Decaree Farou, aber sie wird nicht bis zu Atlan und Hoyka Kah geführt. Sie wird da hinten bei unseren Leuten stehen bleiben.« Er wies auf die Gruppe von Aras, die im Hintergrund wartete. »Sie können Ihre Agentin aus der Ferne betrachten, der Helmzoom wird dafür ausreichen.«

»Ich möchte Miss Farou vor mir haben, damit ich überprüfen kann, ob sie tatsächlich sie selbst ist.«

Mobat schüttelte den Kopf und lachte leise auf. »Natürlich wollen Sie das. Damit Sie Ihrem Schiff befehlen können, das Feuer zu eröffnen. Wenn Miss Farou in Ihrer Nähe ist, können Sie sie in einen Individualschirm schließen und uns angreifen. Verstehen Sie bitte, dass ich dieses Risiko nicht eingehen kann. Miss Farou muss weit genug entfernt stehen, in der Nähe unseres Bunkertransmitters, damit wir uns im Notfall aus der Gefahrenzone bringen können.«

Ich schwieg und dachte über seine Worte nach. Besaß er tatsächlich einen Transmitter, oder war das ein Bluff? Ganz abwegig war es nicht, denn es war kein Gleiter oder Transportfahrzeug der Aras zu sehen. Mobat spielte mit erstaunlich offenen Karten. Er wusste wie ich, dass er auf diesem Planeten festsaß, selbst mit einem planeteninternen Transmitter. Meine Flotte würde ihm nicht erlauben, die Stratosphäre zu verlassen, es sei denn, ich gab den expliziten Befehl dazu.

»Also gut.« Ich nickte. »Holen Sie Decaree Farou.«

»Aber Sir«, Hoyka Kah benutzte nun nicht den Außenlautsprecher, sondern den internen Helmfunk, sodass nur ich sie hören konnte. »Das ist ein billiger Trick, sehen Sie das nicht?«

»Wir werden tun, was Mobat vorgeschlagen hat«, verlangte ich eisig. Ich war nicht bereit, die Chance auf eine Rettung Decarees zu vergeben.

Hoyka Kah straffte die Schultern, aber sie antwortete nicht. Mit einer zornigen Geste wandte sie sich von mir ab.

Hoyka Kah: Befehle

Sie durfte die Übergabe nicht zulassen. Es ging ihr nicht darum, Decaree etwas anzutun. Sie hätte die Frau gern gerettet, aber sie durfte Mobat unter keinen Umständen entkommen lassen. Es war illusorisch, dass der Ara in den vergangenen Tagen keine Daten gesammelt und erhalten hatte, die Quinto-Center betrafen. Solange sie nicht wusste, wie viel Mobat herausgefunden hatte, war der Ara ein unkalkulierbares Risiko. Nur seine Festnahme und die seiner Mitarbeiter konnten das Schlimmste verhindern. Wenn Mobat getötet oder verhaftet war, vermochte vielleicht noch gerettet zu werden, was zu retten war.

Sie aktivierte die Funkfrequenz zu Gerry Hanaly. »Major, es ist soweit. Wir müssen einen Angriff lancieren. Nehmen Sie die Aras unter Beschuss, und versuchen Sie, Mobat zu töten.«

Sie wusste, dass sie damit Decarees Leben gefährdete. Die Terranerin stand zu nah an den Aras, um bei einem Beschuss sicher zu sein. Außerdem konnte es gut sein, dass Mobat überreagierte und die Terranerin eigenhändig erschoss, damit sie ihrerseits nichts über ihn und seine Methoden preisgeben konnte.

Sie wartete ungeduldig auf die Antwort des Kommandanten der TOLMAN. Der Moment war günstig. Das Schiff lag in Reichweite und musste nur angreifen. Wenn Mobat erst ausgeschaltet war, würde sich alles finden.

Warum meldete Hanaly sich nicht? War der Mann in seinem Pneumosessel eingeschlafen? Oder hatte er moralische Bedenken und zögerte deshalb?

»Major«, versuchte sie es erneut. »Hier spricht Generalin Hoyka Kah. Ich befehle Ihnen im Namen der USO den Angriff auf die Aras. Isolieren und töten Sie Mobat, wenn es möglich ist.«

»Negativ, Generalin«, antwortete eine vertraute Stimme, aber es war nicht die Stimme von Gerry Hanaly. »Dieses Mal werden Sie Ihren Willen nicht bekommen. Entweder halten Sie sich zurück, oder Sie verlassen die Verhandlungen.«

Hoyka Kah atmete tief ein und sammelte sich. Wie hatte Atlan da Gonozal es geschafft, zwischen ihre Verbindung mit Hanaly zu treten? Er musste zusammen mit Leutnant Irina Tarasow dafür gesorgt haben, dass alle Anzüge erneut überprüft wurden. Außerdem hatte er die Frequenzen ändern lassen, um mitzuhören, was sie sagte, und dazu die Verbindung zu Hanaly unterbrochen.

»Verstanden, Sir«, sagte sie knapp und versuchte, sich ihre Enttäuschung nicht anmerken zu lassen. Wie konnte der Lordadmiral derart leichtsinnig sein und sich auf diese Farce einlassen? Leider musste sie einsehen, dass diese Runde an ihn ging. Sie hatte ihn überrascht, als sie sich mit Totthamir eingeschlossen hatte, um zu tun, was getan werden musste. Dieses Mal war er ihr zuvorgekommen und hatte sie auflaufen lassen.

Atlan Stimme klang zornig. »Ich hoffe Ihnen ist bewusst, was ich Ihnen alles mitteilen würde, wenn wir unter uns wären. Sie haben meine Geduld überstrapaziert, und das wird Konsequenzen haben.«

Sie ballte ihre Hände zu Fäusten. »Ich müsste nicht so handeln, wenn Sie die Lage im Griff hätten, Sir.«

»Ich werde mich nicht vor Mobat mit Ihnen streiten. Gehen Sie mir aus den Augen.«

Sie trat mehrere Schritte zurück und beobachtete die Umgebung. Ihre Lippen zitterten. Sie würde den Lordadmiral trotz ihres Disputs schützen; wenn es sein musste, mit ihrem Leben. Aber zu der Verhandlung hatte sie nichts mehr beizutragen. Atlan wurde nicht von Vernunft regiert, sondern von seinen Schuldgefühlen. Das würde sie im schlimmsten Fall auch vor einem Gericht der USO aussagen. Es stand zu viel auf dem Spiel. Wenn das der Untergang der USO war, konnte sie ihn im Moment nicht verhindern. Aber vielleicht bot sich später eine Gelegenheit, zumindest Mobat auszuschalten. Egal was Atlan sagte und von ihr hielt: Er war emotional überfordert. Mobat entkommen zu lassen war keine Option.

Sie verschränkte die Arme vor der Brust und sah zu, wie eine Frau im Schutzanzug aus einem Schacht geführt wurde und zu der Gruppe von Aras stolperte, die sie in ihre Mitte nahmen.

Atlan: Auf dem Prüfstand

Ich war froh, dieses Mal vorgesorgt zu haben. Meine Instinkte hatten mich nicht getäuscht, und Hoyka Kah hatte ihren Eigenwillen einmal mehr bewiesen. Ich würde mich damit später zu befassen haben und schwankte zwischen Ärger und Verständnis. Die Generalin fürchtete um die USO. Ihr Konflikt war der gleiche geblieben, und wir konnten ihn nicht lösen. Sie hatte sich in diesem Fall mir zu beugen, ob sie wollte oder nicht.

Du solltest nicht vergessen, warum sie so drastisch vorgeht, warf der Extrasinn ein.

Das werde ich nicht, versicherte ich.

Später würde ich darüber in Ruhe nachdenken. Im Moment zählte nur die aktuelle Situation.

Ich zoomte die Frau heran, die die Aras brachten. Dabei ging mir ein Stich durch den Brustbereich, als ich den

Schacht sah, aus dem sie geholt wurde. Er erinnerte mich an den Schacht aus meinem Traum, den Decaree hinaufgestiegen war, ehe sie in den Tod sprang.

Die Kamera zeigte mir eine Frau, die tatsächlich aussah wie Decaree. War sie es? Sie hatte dieselbe Größe und Statur, und ihr Gesicht war zwar nur unscharf durch das Visier ihres Helmes zu sehen, doch es schien blitzende Kristalle in den Augenhöhlen zu enthalten, wie sie nur Decaree besaß. Die Frau wirkte benommen, aber gesund. Da ihre Bewegungen schwerfällig waren, konnte ich sie nicht mit Decarees gewohnten Bewegungsmustern vergleichen.

Vorsichtig griff ich in eine Tasche am Ärmel meines Anzugs und ließ drei siganesische Flugsonden davonschweben. Ich steuerte sie mit einem winzigen Gerät unauffällig näher zu der Frau hin.

Die Drohnen kamen auf die nötige Reichweite heran, und ich versuchte, die Vitalwerte der Gefangenen abzufragen. Zuerst sah es aus, als würde ich brauchbare Impulse erhalten, doch dann verschoben sich die Werte ins Aberwitzige. Ich fluchte lautlos. Eine Annäherung schien mit Hilfe von technischen Mitteln nicht möglich zu sein. Hatte Mobat vorgesorgt? Gab es im Anzug der Frau Störimpulse?

Der Ara kam wieder näher und musterte mich auffordernd. »Da haben Sie Decaree, Lordadmiral. Gilt unsere Vereinbarung?«

Ich ließ das Gerät sinken und gab es auf, mich auf Messgeräte zu stützen. Wie es aussah, musste ich mich auf meine Sinneswahrnehmung verlassen.

»Was genau stellen Sie sich vor, Mobat?«

Der Ara legte die dünnen Finger ineinander. »Sie stellen mir und meinen Mitarbeitern ein raumtaugliches Schiff zur Verfügung, mit dem wir fliehen können. Ihre Flotte wird sich im Hintergrund halten und eine Position weitab unserer Startbahn beziehen, damit sie uns nicht angreifen kann, sobald Sie Miss Farou haben. Dafür erhalten Sie Ihre Risikoagentin zurück.«

Decaree gegen freien Abzug, fasste der Extrasinn zusammen. *Willst du das wirklich tun? Du weißt nicht, was Mobat über Quinto-Center herausgefunden hat. Vielleicht kann er USO-1 vernichten.*

Du klingst wie Hoyka Kah.

Der Extrasinn blieb ernst und ging nicht auf meine unsachgemäße Bemerkung ein. *Es ist ein Risiko, und du weißt das. Bist du wirklich bereit, es einzugehen?*

Ich schloss die Augen. Decaree durfte nicht erneut im Stich gelassen werden. Nicht in diesem Fall. *Ja. Ich bin bereit, es einzugehen.*

»Also gut«, sagte ich so nüchtern, wie ich konnte. »Ich werde euch eine Space-Jet aus der Beiboot-Flottille der TOLMAN zur Verfügung stellen. Sobald ihr sie erhaltet, bekomme ich Decaree.«

Mobat legte den Kopf leicht schief. »Ich bestehe darauf, diese Space-Jet zu überprüfen.«

»In Ordnung.« Ich nahm über Funk Kontakt zu Major Hanaly auf und gab meine Befehle weiter. Die Space-Jet musste auf jeden Fall leer geräumt werden. Es durfte darin weder Offensivwaffensysteme noch Hyperfunk geben. Auch Geschwindigkeit und Reichweite mussten reduziert werden.

Mit einem langen Blick bedachte ich Mobat. »Decaree gegen Ihre Freiheit und die Ihrer Leute. Wenn Sie mich hereinlegen, werden Sie es bereuen.« Ich trat einen Schritt näher und sah ihm direkt in die albinotisch roten Augen. »Und vor allem werden Sie es bereuen, wenn Sie Miss Farou töten. In diesem Fall wird keiner Ihrer Leute am Leben bleiben, und Sie auch nicht.«

»Was ist mit der Station?«

»Sie haben die Station bereits angeboten, und Ihre Optionen sind beschränkt. Ohne unsere Agentin hätten Sie nichts in der Hand, also begnügen Sie sich mit Ihrem Rückzug und beleidigen Sie Ihre Intelligenz nicht mit Feilschereien.«

»Einverstanden!« Mobat wirkte trotz seiner schlechten Position erleichtert. »Organisieren Sie die Space-Jet und dafür verzichten wir auf unsere Station.«

Wir gingen auseinander, und ich konnte nur an Decaree denken. Ob sie Angst hatte? Freute sie sich, mich zu sehen, oder würde sie mir an die Gurgel gehen, sobald wir einander gegenüberstanden? War sie überhaupt in der Lage, die Situation vernünftig einzuschätzen, oder war ihr Wahn noch schlimmer geworden?

Du wirst es bald erfahren, wisperte der Extrasinn. *Und bis dahin konzentriere dich lieber auf die Gegenwart.*

Hoyka Kah kam zu mir. Ihr Gesicht wirkte verschlossen, die Stirn war in zornige Falten gelegt. »Mit Verlaub, Sir, das ist kein guter Deal. Wir wissen nicht, ob diese Frau überhaupt Decaree Farou ist. Vielleicht täuscht uns Mobat mit einer Doppelgängerin, damit er die echte Miss Farou mit an Bord nehmen kann, um seine Spionagemission weiterzubetreiben.«

»Wir werden alle Aras, die an Bord gehen, überprüfen. Decaree Farou wird sicher nicht unter ihnen sein.«

»Und wenn sie längst tot ist, oder an einen anderen Ort geschafft wurde?«

»Ich bin nicht bereit, diesen Punkt weiter zu diskutieren, Generalin.«

Sie stemmte die Hände in die Hüften. Die kleine Frau bot das Bild einer erzürnten Furie.

»Sie sind nicht in der Lage, objektiv zu handeln, das ist das Problem, *Sir*.« Sie betonte das »Sir« so abwertend, als sei es ein Schimpfwort. »Sorgen Sie zumindest dafür, dass die

Übergabe nicht an diesem Ort stattfindet. Der Krater bietet sich als Falle geradezu an. Wer sollte Mobat hindern, versteckte Ladungen zu zünden, nachdem er abgehoben hat?«

Sie hat recht, kommentierte der Extrasinn. *Verrenn dich nicht in irgendeinen Stolz, und höre ihr zu.*

Ich nickte. »Ihr Einwand ist berechtigt, Generalin. Die Übergabe wird oben in der Wüste stattfinden, an einem Ort, den wir Mobat erst kurz vorher mitteilen werden, damit er sich nicht darauf einstellen kann. Wir werden diesen Krater umgehend verlassen.«

»Danke, Sir.« Hoyka Kah trat dicht an mich heran und griff meinen Arm. »Lassen Sie auch wegen des Abzugs von Mobat mit sich reden? Wir sollten unsere Flotte nicht zu weit entfernt postieren. Wir müssen ihn noch aufhalten können, nachdem Miss Farou in Sicherheit ist.«

»Wir gehen so nah heran, wie Mobat es erlaubt. Ich bin nicht bereit, mit dem Leben von Miss Farou zu spielen.«

Die Generalin senkte den Kopf und ließ mich los. Sie sah müde aus. Die Verantwortung für Quinto-Center schien schwer wie ein Khasurn auf ihren Schultern zu liegen. »Wie Sie wollen, Sir. Aber es wird der Moment kommen, in dem Sie Ihr Handeln bereuen.«

Kapitel 9

Atlan: Übergabe

Die Sonne senkte sich dem Horizont entgegen. Es waren knapp drei Stunden des Wartens vergangen, in denen die Space-Jet terranischer Bauart leer geräumt und zum vereinbarten Treffpunkt gebracht wurde. Im Moment befanden sich drei Aras an Bord, die das Schiff überprüften. Hoyka Kah und zehn meiner Leute warteten mit mir auf die Freilassung Decaree Farous. Ich stand auf einer Sanddüne, meine Stiefel versanken bis zu den Knöcheln, und ich war dankbar, dass ich durch den Anzug die über fünfzig Grad nicht zu sehr spürte, die noch immer herrschten. Hinter uns ragte in einiger Entfernung als winzige Silhouette die TOLMAN auf. Sie war nur mit dem Helmzoom zu erkennen. Mobat hatte darauf bestanden, dass ich das Schiff mehrere Kilometer entfernt postierte.

Mobat und gut dreißig andere Aras machten sich auf den Weg zu der Space-Jet. Ich hatte Mobat über Helmfunk zugeschaltet und konnte auf diese Weise mit ihm kommunizieren.

Decaree – wenn es denn Decaree war – stand am Rand der Gruppe, bewacht von zwei Männern mit Handstrahlern.

Aus der Space-Jet kam ein Techniker Mobats heraus und gab mit den Fingern ein Zeichen, das mir unbekannt war. Er griff sich mit dem Handschuh an den lang gezogenen Helm und verharrte einige Sekunden.

Mobat meldete sich. »Alles in Ordnung. Mein Mann sagt, die Space-Jet sei raumtauglich. Sie haben keine versteckten Sabotageeinrichtungen gefunden.«

»Dann ist wohl der Moment gekommen, in dem Sie Decaree Farou gehen lassen.«

Mobat zögerte. »Also gut«, sagte er schließlich. »Ich gehe als Letzter und behalte Ihre Agentin bei mir. Bevor ich den Antigrav zur Luftschleuse betrete, lasse ich Miss Farou frei.«

»Einverstanden.« Mein Herz hämmerte gegen die Brustplatte. Ich spürte, wie meine Augen vor Aufregung feucht wurden. Wenn Mobat versuchen sollte, Decaree mit sich zu ziehen, würde ich ihn erschießen. Mit dem Handstrahler im Anschlag sah ich zu, wie der Ara zur Space-Jet ging und den Antigrav betrat, der ihn hinauf zur Schleuse bringen würde.

Decaree trat nicht mit ihm auf die Plattform. Sie stolperte von Mobat fort, stürzte und stand wieder auf.

Sie scheint es eilig zu haben, flüsterte der Extrasinn.

War das nicht der letzte Beweis, dass diese Frau Decaree war und es nicht erwarten konnte, zu uns zu kommen? Sie watete durch den Sand, wurde immer schneller. Noch trennten uns knapp zwanzig Meter. Ich ging ihr einen Schritt entgegen und blieb wieder stehen. Die Gefühle drohten mich zu zerreißen. Ich wollte Decaree in die Arme nehmen, sie an mich drücken und sie nie wieder loslassen. Ich wollte ihr sagen, dass alles gut werden und ich sie nie wieder allein lassen würde. Aber konnte ich das? Und würde Decaree es überhaupt hören wollen? Freude und Angst stritten in mir. Wie würde Decaree nach all der vergangenen Zeit und den Geschehnissen reagieren?

Du machst mir Sorgen, kommentierte der Extrasinn. *Wo ist deine ruhige Analytik geblieben? Vergiss deine Gefühle und konzentriere dich. Da drüben stehen elf USO-Mitarbeiter, für deren Leben du verantwortlich bist.*

Die Stimme des Logiksektors klang wie aus weiter Ferne. Ich fühlte mich benebelt, als hätte ich Drogen genommen. Alles, was zählte, war Decaree Farou.

Im Helmfunk hörte ich Hoyka Kahs laute Stimme, während ich gebannt zusah, wie die einsame Frau im Schutzanzug sich durch den gelbroten Sand kämpfte.

»Schutzschirme aktivieren!« Der Befehl kam scharf, und ich folgte ihm nicht. Ich wollte Decaree nicht wieder von mir weisen und sie in einem Schutzschirm in Empfang nehmen.

Hinter der heraneilenden Frau begannen die Triebwerke der Space-Jet zu arbeiten. Die Aras fuhren die Systeme hoch.

Aktiviere deinen Schutzschirm, du Narr, fuhr mich der Extrasinn an. *Du hast später noch genug Zeit für Sensibilitäten! Wach endlich auf!*

Ich aktivierte den Strahlenschutz, der es mir nicht verbot, Decaree in die Arme zu nehmen.

»Decaree ...!« Ich winkte ihr zu und hoffte, dass sie meine Stimme über den Außenlautsprecher hören konnte. Sie kam näher. Nur noch wenige Meter trennten sie von mir, Hoyka Kah und dem Rest der Empfangstruppe.

Decaree streckte ihre Arme nach mir aus. Sie schien am Ende ihrer Kräfte zu sein und verlangsamte ihren Gang. Ich ertrug den Anblick nicht und kam ihr trotz aller Bedenken entgegen.

»Vorsicht!«, schrie Hoyka Kah heiser in meinem Helm.

Zurück!, herrschte der Extrasinn mich an.

Ich wirbelte herum und sah ein Fahrzeug, das über den Sand raste. Es schoss durch die Luft hinter einer Düne hervor, jagte uns entgegen und rammte keine fünf Meter vor mir die Frau mit den erhobenen Armen. Sie flog wie eine Stoffpuppe zur Seite und wurde so mehrere Schritte weit von mir entfernt. Auf dem Fahrersitz saß eine Frau, die der im Schutzanzug zum Verwechseln ähnlich sah, wenn auch ihr Gesicht durch die schnellen Bewegungen nicht zu erkennen war. Ich sah etwas Rotes aufblitzen und glaubte Splitter zu sehen, wie von Kristall.

»Was ...?« War das Decaree auf dem Fahrzeug? Oder jemand, der Decaree töten sollte?

»Verdammt noch mal, aktivieren Sie endlich Ihren Prallschirm, Sir!«

Der Extrasinn gab den Satz in ähnlich ungehaltener Form von sich, und mir wurde schwindelig von den wütenden Stimmen. Was war nur mit mir los? Die Situation forderte mich mehr, als ich es gewohnt war. Warum verhielt ich mich wie ein blutiger Anfänger? Ich aktivierte den Schirm, zog den Handstrahler und richtete ihn auf das Fahrzeug.

Was für einen Plan hatte Mobat ausgeheckt? Oder geschah gerade etwas, das Mobat nicht geplant hatte?

»Anhalten!«, brüllte ich über den Außenfunk, doch das arkonidische Gefährt, das wie ein fliegender Jet-Ski aussah, schoss unbeeindruckt an mir vorbei. Es verfolgte die Frau, die im Sand auf mich zukroch. Die Fahrerin beugte sich hinunter und packte sie. Sie trug einen Anzug, ähnlich denen der USO. Ihr Gesicht war von der Sonne verbrannt und aufgequollen. Es war unmöglich zu sagen, ob das Decaree war, aber wer sollte es sonst sein?

Ich lief dem Fahrzeug nach und hielt den Handstrahler unschlüssig fest. Meine Gedanken rasten wie Hyperstürme. Was hatte das alles zu bedeuten? Die Situation eskalierte, und die Hilflosigkeit und Angst machten mich zornig. Wer von den beiden Frauen war Decaree Farou?

Der Jet-Ski zog Decaree mit sich hinter eine Sanddüne. Wie angewurzelt blieb ich stehen, als eine meterhohe Stichflamme in die Abenddämmerung schoss, als wolle sie direkt in den Weltraum rasen und alle Sterne auslöschen. In meinem Anzug sah ich den extremen Anstieg der Hitzewerte. Ich begriff, dass das erst der Anfang einer längeren chemischen Reaktion war. »Verdammt.«

Zurück!, befahl der Extrasinn. Fast zeitgleich warf ich mich nach hinten, hinein in den Sand. Im Fallen hörte ich lautes Donnergrollen, als wäre der Planet um uns zum Leben erwacht und drohe, auseinandergesprengt zu werden. Das unheilvolle Geräusch schmerzte in den Ohren. Mir war, als würde eine Lawine auf mich zurasen, um mich zu verschlingen. Ich presste die Hände gegen die Außensensoren und hörte das Donnern trotzdem so laut, als würde über mir ein Gewitter toben. Erst danach dämpfte die Helmautomatik die Außengeräusche.

Dem Lärm folgte eine riesige Sandfontäne, die sich zu einer Wand verbreiterte und direkt auf mich zufegte. Sie schlug über mich, Hoyka Kah und die Mannschaft hinter mir, um uns lebendig zu begraben.

Chaos brach aus. Ich hörte viele Rufe und hektische Meldungen im Helmfunk, rollte mich entsetzt herum und versuchte mich zu orientieren. Überall war Sand und ich konnte nicht ausmachen, wo oben und unten war.

Was war mit Decaree? Wo war sie?

»Decaree!«, brüllte ich in das Tosen. Ich konnte nicht sagen, in welche Richtung ich mich bewegte. War Decaree die Frau auf dem Jet-Ski gewesen? Ein solches Inferno konnte sie ohne Schutzanzug nicht überlebt haben. Der Gedanke nahm mir jede Kraft. Ich sank zurück und ließ zu, von Sand und Staub verschüttet zu werden.

Es war eine Falle, erklärte der Extrasinn mit der ihm eigenen Nüchternheit. *Decaree hat dich vor der falschen Decaree gerettet. Einer laufenden Bombe. Sie kann nicht überlebt haben.*

»Rückzug!«, schrie Hoyka Kah im Helmfunk. »Alle weg hier! Sofort! Das Gebiet ist weitläufig verseucht! Killerviren und Bakterien wurden ausgesetzt! Sie sind extrem aggressiv! Die Schutzanzüge halten sie nicht auf! Energieschirme Vollmodus!«

Mein Überlebensinstinkt übernahm für mich, ließ mich den Arm nach oben strecken und die Sandoberfläche durchstoßen. Jemand packte mein Handgelenk und zog mich hinauf.

Mühsam kam ich auf die Beine und sah in das sandverklebte Visier von Hoyka Kah. »Mobat«, brachte ich erstickt hervor. Die Wut auf den Ara loderte höher als die Stichflamme seiner lebenden Bombe. Er hatte mich hereingelegt. Decaree Farou hatte sich nicht in seiner Gefangenschaft befunden. Das alles war ein falsches Spiel gewesen, und Decaree und ich hatten es verloren.

Ich sah auf die startende Space-Jet, die in den Weltraum raste.

»Halten Sie das Schiff auf, Major Hanaly! Informieren Sie Oberst Neffers!« Ich wollte zu Decaree laufen, sie aus der Gefahrenzone holen. Hoyka Kah hatte von aggressiven Bakterienstämmen gesprochen und Decaree trug keine Schutzkleidung. Ihre Haut war rot und verbrannt gewesen, als sei sie seit Stunden ohne Schutz in der Wüste unterwegs.

»Nein«, flüsterte ich, als mir endgültig bewusst wurde, wie unmöglich es war, dass Decaree die Explosion und den Ausbruch der Bakterien überlebt hatte.

»Kommen Sie, Sir!«, zwei Männer zogen mich auf Hoyka Kahs Anweisung durch den fast hüfthohen Sand. Ich wollte sie zur Seite drängen, ließ es dann aber bleiben. Mein Verstand sagte mir, dass für Decaree jede Rettung zu spät kam, trotzdem konnte ich sie nicht aufgeben.

»Schickt Roboter, um die Frauen zu holen«, ordnete ich an.

Meine Augen tränten nun so stark, dass die Wüste um mich herum verschwamm. Ich hatte zuvor geglaubt, von meinen Gefühlen zerrissen zu werden, als die vermeintliche Decaree auf mich zugelaufen kam. Was ich nun fühlte, ließ mich zittern. Schmerz und Schuld wurden von Hass überspült, der in mir wütete. Decaree war tot. Dafür würde Mobat bezahlen, das schwor ich mir. Mobat sollte bluten.

Kapitel 10

Atlan: Decaree Farou

Etwa zwei Stunden später stand ich im Wirkungszentrum der Explosion. Nach terranischer Standardzeit brach der 8. Januar 3125 an. Ein Morgen, der in dieser Planetenzone eine Nacht war. Auch in mir herrschte Dunkelheit, während ich versuchte ruhig zu werden und zu verstehen, was eigentlich geschehen war. Die Unbekannte war von Mobat als lebende Bombe ausgesandt worden. Sie hatte meinen Schutzschirm und den meiner Leute beschädigen sollen, während in ihrem Körper die aggressiven Bakterienstämme vorborgen waren, um mit der Explosion freigesetzt zu werden. Schon das kleinste Flackern eines Schutzschirms hätte genügt, den Betroffenen zu töten.

Es waren nicht die normalen Seuchenerreger Samwars gewesen, sondern Spezialzüchtungen aus der Giftküche der Aras. Einige Stämme waren so geartet, dass sie binnen kürzester Zeit den Kunststoff unserer Schutzanzüge zersetzt und ihren Kollegen die Bahn bereitet hätten, deren Aufgabe es gewesen wäre, uns den Garaus zu machen. Möglicherweise hätte mir der Zellaktivator das Leben gerettet, aber von meinen Begleitern wäre keiner davongekommen. Dass wir noch lebten hatten wir der Umsicht Hoyka Kahs zu verdanken, die Spezialsensoren mit sich geführt hatte.

»Haben die Roboter endlich etwas gefunden?«

Die Viren und Bakterien hatten sich inzwischen verflüchtigt, und so konnten wir die Suche der Maschinen unterstützen. Der Krater war weit wie ein Gleiterlandeplatz, und es waren Unmengen von Sand aufgewirbelt und bewegt worden.

»Wir haben Leutnant Öris gefunden, Lordadmiral«, sagte Hoyka Kah über den Helmfunk.

»Öris? Ist er tot?« Der Mann war mit bei der Truppe gewesen, die den Austausch von Decaree überwacht hatte, und er hatte Hoyka Kahs Sicherheitsteam auf Peron kommandiert.

»Ja, Sir.« Die Generalin klang verwirrt. »Er hat seinen Schutzschirm desaktiviert. Mir ist rätselhaft warum. Vielleicht hat der Virenangriff ihn durchdrehen lassen.«

Ich schloss die Augen. Der Leutnant musste in den Sanddünen jämmerlich verreckt sein. Tot, wie Decaree. Von ihr war noch immer nichts gefunden worden, außer Maschinenteilen, die zu dem Gefährt gehörten, auf dem sie gesessen hatte.

Sie hatte mir das Leben gerettet, indem sie mein Leben über ihres gestellt hatte. Der Gedanke machte die Schuld in mir zum Dämon. Decaree hatte sich für mich geopfert, obwohl ich sie im Stich gelassen hatte.

»Wir haben ein schwaches Lebenszeichen, Sir«, informierte Hoyka Kah. »Etwa hundert Meter entfernt auf neun Uhr Ihrer derzeitigen Position.«

Ich rannte los. Schon von weitem sah ich das blutbefleckte, sandverkrustete Ding am Boden, das kein Mensch sein konnte. Aber es musste einer sein.

»Decaree«, flüsterte ich, als ich vor dem leblosen Bündel verharrte.

Ein Mediker der TOLMAN war bereits vor Ort und setzte eine Spritze.

»Lebt sie noch?«, fragte ich ungläubig.

Der Mann nickte und sprach über Funk zu mir, damit die Frau im Sand seine Worte nicht hörte. »Eigentlich ist es unmöglich. Die Schäden sind irreversibel. Ihre inneren Organe sind durch die ausgesetzten Viren und Bakterien angegriffen worden, und die Folge davon ist multiples Organversagen. Auch ihre Haut ist durch die Bombe großflächig verletzt. Es gibt keine Rettung mehr, aber zumindest ist sie dank der Medikamente schmerzfrei und für wenige Minuten ansprechbar. Dafür musste ich sie aus dem Koma holen.«

Ich sank neben dem zusammengekauerten Körper in den Sand. Meine Hände umfassten schmale Schultern.

»Decaree.«

»At... lan«, die Stimme war schwach und klang, als habe Decaree zu viel Sand verschluckt, aber sie war deutlich zu hören. »Atlan.« In ihren Augenhöhlen blitzten die Splitter, die als Einziges im Gesicht klar erkennbar waren. Ihre Haut war aufgeschnitten und geschwollen, die Nase kaum mehr auszumachen. Zahllose Wunden bedeckten ihren Körper, und Stoffstücke der zerfetzten Uniform waren mit dem rohen Fleisch verschmolzen.

Ich verbarg mein Gesicht an ihrer Schulter und schloss die Augen.

Im Helmfunk meldete sich Hoyka Kah. »Miss Haana Lamet von Tahun möchte Sie sprechen, Sir.«

Ich brauchte meine ganze Kraft, um deutlich zu sprechen. »Jetzt nicht, Generalin. Ich möchte in den nächsten Minuten keine weitere Störung. Sagen Sie Miss Lamet, ich melde mich später bei ihr.«

»Wie Sie möchten, Sir. Ich werde es ausrichten.« Die Generalin gab den Abzugsbefehl und ich blieb mit Decaree und dem Mediker zurück.

»Können Sie noch etwas für sie tun?«, fragte ich den älteren Mann im Schutzanzug.

Er schüttelte den Kopf. »Sie haben vielleicht fünf Minuten, Sir«, ließ er mich über Helmfunk wissen. »Danach versagen auch das Herz und die Lungen endgültig.«

Ich nickte leicht und ließ ihn gehen. Behutsam bettete ich Decarees Kopf auf meine Knie.

»Du hast mir das Leben gerettet«, sagte ich sanft. Ich glaubte, auf ihrem Gesicht ein Lächeln zu erkennen.

Obwohl es kostbare Zeit war, die verstrich, schwiegen wir beide. Über uns blinkten die Sterne auf, wie die Spitzen von Messern, die auf mich zeigten. Wind fauchte und trieb dünne Sandwehen über uns, als wolle er uns zudecken.

Decaree fasste meine Hände mit ihren.

»Du wunderst dich ... dass ... ich lebe«, brachte sie mühsam hervor. »Es ... sind die Splitter.« Ihre Stimme war erstaunlich kräftig. »Die Splitter helfen mir. Sie haben mir immer geholfen, ich habe es nur nicht erkannt.«

»Was meinst du damit?«

»Ich ... bin geflohen. Aus Mobats Station, weil die Splitter mich sehen ließen. Und dann, als wieder alles dunkel wurde, haben sie mir gesagt, was zu tun ist. Mit ... ihrer Hilfe habe ich das Fahrzeug repariert, ohne es sehen zu können. Aber ich wusste einfach, wie es geht. Die Splitter haben es mir zugeflüstert. Und sie haben gesagt, dass du in Gefahr bist, also musste ich dich retten. Ich kam zu eurem Treffpunkt in der Wüste. Den ... den Rest kennst du.« Ihre Stimme wurde leiser, und ihr Körper begann, in meinen Armen zu zittern. »Die ... die ganze Zeit über wollten sich die Splitter mir mitteilen. Sie sind eigenständig und begreifen weit besser als das Unal, was in dieser Welt geschieht. Plötzlich, mitten im Nirgendwo sitzend, habe ich es begriffen. Die ganzen Monate schon haben die Bilder aus einer anderen Zeit, ja, einer anderen Welt, mich auf meine Aufgabe vorbereitet. Die Splitter wollten mir mitteilen, was meine Funktion ist, und mir helfen, sie zu erfüllen. Sie wollten, dass du lebst, Atlan.«

Ich streichelte über ihr Haar. Waren die Worte Anzeichen ihres Wahnsinns, oder war es vielleicht wirklich so, wie sie sagte? Wichtig war nur, zu zeigen, dass ich ihre Worte ernst nahm, zudem sie auf mich klarer wirkte als bei unserer letzten Zusammenkunft.

»Du hast deine Aufgabe erfüllt«, sagte ich zärtlich und kämpfte gegen die Enge in meinem Hals an. »Du warst großartig, Decaree.«

Wieder glaubte ich, das Zucken auf ihrer Gesichtshaut zu sehen, das ein Lächeln sein konnte. Sie drehte leicht den Kopf und sah zu mir auf, als hätte sie Augen. In den Splittern glühten goldene Lichtfunken, wie von einem fernen Feuerwerk. Vielleicht war es der Sternenhimmel, der sich über uns wölbte und sich darin spiegelte.

»Ja. Ich war großartig.« Sie drückte meine Hände.

Wieder schwiegen wir. Ich wollte ihr so vieles sagen, aber ich brachte nichts davon hervor. Selbst der Extrasinn fand keine Worte.

»Was kommt nun?« Decarees Stimme war kaum mehr zu hören.

»Du wirst schlafen, dich erholen, und dann reisen wir mit der TOLMAN nach Terra.«

»Nach Paris.« Sie blinzelte. »Wie waren noch nicht in Paris.«

»Ja, nach Paris. In deine Heimatstadt. Wir werden die rekonstruierten historischen Stätten bewundern, den Eiffelturm, die Kirchen, und dann werden wir an der Seine entlangspazieren und den Fluss betrachten, auf dem einst stolze Segelschiffe zu den Klängen von Akkordeons fuhren.«

Sie lächelte stärker und es schien, als würde bei diesem Gedanken das Leben in ihren Körper zurückströmen. »Du bist der bestaussehende Lügner, den ich kenne, Atlan.«

Ich sah sie an und fühlte die Liebe, die wir lange Zeit geteilt hatten. Meine Hände umklammerten ihre und spürten die letzte Wärme, die ihr Körper zu geben hatte.

»Decaree, es ... Es tut mir unendlich ...«

»Scht.« Sie schüttelte den Kopf, so schwach, dass ich die Geste mehr erahnte als sah. »Du schuldest mir nichts, auch keine Entschuldigung. Alles kommt wie ... es kommen ... muss.«

Das letzte Wort existierte nur in meinem Kopf. Es lag auf ihren Lippen.

Sie senkte den Kopf zu Seite, zuckte aber noch einmal hoch. Ihre Stimme war plötzlich deutlich zu verstehen.

»Mobat«, sagte sie hasserfüllt, aber auch ängstlich. In den Splittern ihrer Augen lag ein goldenes Glühen. »Nimm dich vor Mobat in acht. Er ist nicht, was er zu sein scheint.« Ihr Kopf kam zur Ruhe, ihr Körper hörte auf zu zittern. Ich legte eine Hand auf ihren Brustkorb. Er hob und senkte sich nicht mehr. Das goldene Leuchten der Splitter verblasste und sie verfärbten sich schwarz.

Meine Augen tränten heftig. Mobat. Die Wut kehrte zurück und ich wünschte mir, mit Mobat all das zu tun, was ich im Fall von Totthamir nicht gewagt hatte.

»Decaree«, flüsterte ich leise und blieb mehrere Minuten mit nassen Augen sitzen. Dann legte ich ihren Kopf behutsam in den Sand. Es war an der Zeit, mich persönlich um Mobat zu kümmern. Meine Lippen waren ein schmaler Strich, als ich aufstand und mich vom toten Körper Decarees abwandte. Ich schuldete ihr Mobats Kopf, und ich wollte ihn ihr nicht schuldig bleiben.

Rückblende

Sr'rem: Schätze

»Da blitzt was im Sand.« Sr'rem verstummte unschlüssig. Es blitzte nicht nur, es *rief* ihn. Er hatte das Gefühl, unbedingt zu der Stelle zu müssen, an der das Blitzen zu sehen gewesen war. »Ich glaube, da steht jemand. Ein Fußgeher.«

»Wer sollte so blöd sein, sich in die Wüste zu stellen? Sicher nur ein geschmolzenes Stück Daru und ein Staubtänzer. Nichts Besonderes«, sagte sein Bruder. »Lass uns weiterfliegen, wir sind spät dran.« Er wollte ihn zu dem gelbgrünen Gleiter ziehen, der im Schatten eines Felsbrockens stand.

Sr'rem stemmte seine sechs Ärmchen in seine Seiten. »Nein. Ich will es sehen.«

Sein Bruder hielt inne und sah ihn an. Offensichtlich war er unschlüssig, was er tun sollte. Sr'rem spürte ein leichtes Schamgefühl, weil er sich gegenüber dem Älteren so heftig geäußert hatte. »Bitte, Kr'rom«, fügte er hinzu. »Vielleicht ist da ein Schatz.«

»Meinetwegen«, zischte sein Bruder. »Aber sei nicht zu enttäuscht, wenn du keinen Schatz findest.«

»In Ordnung.« Sr'rem schob sich zum Gleiter und konnte es kaum erwarten. Ungeduldig sah er zu, wie sein Bruder die Energiezufuhr aktivierte. Nur wenige Minuten später flogen sie über die orangefarbene Stelle, an der es geblitzt hatte.

»Da liegt ja ein Jr'rikan! «, rief sein Bruder erstaunt, als sie das Gefährt sehen konnten, das unter ihnen zu sehen war.

»Da!« Sr'rem zeigte auf das zusammengesunkene Ding, das ganz sicher ein Lebewesen war, auch wenn es nicht so wirkte. »Siehst du das?«

Kr'rom ging mit dem Gleiter hinunter und landete. »Vergiss, was du da gesehen hast. Wir nehmen uns das Jr'rikan und hauen ab. Wenn wir es in Mahoniak verkaufen, bekommen wir auf einen Schlag viele Chronners.«

Sr'rem spreizte abwehrend seine Finger. »Nein«, sagte er bestimmt. Er spürte, dass der strahlende Glanz, den er gesehen hatte, von diesem Wesen gekommen war und senkte die Stimme. »Vielleicht ist das ein Tar'ri-Geist, der uns verflucht, wenn wir ihn missachten und sein Fluggerät stehlen.«

»Es gibt keine Geister, Kleiner.«

»Trotzdem.« Sr'rem schwang sich aus dem Gleiter. Dieses Mal musste er seinen Willen durchsetzen, das spürte er. Er schob sich zu dem Bündel und drehte es auf den Rücken. Es war ein Weibchen mit kleinen Bällen an der Brust, die vom Stoff einer Uniform bedeckt wurden.

Kr'rom kam neben ihn gerutscht. Seine Neugierde schien geweckt. »Criiz-Dreck, die sieht fertig aus. Vermutlich liegt sie schon seit Stunden in der Strahlung und ist tot. Wir sollten sehen, dass wir von hier verschwinden.« Er schielte auf den Jr'rikan.

Sr'rem packte ihn am Arm. »Sie ist nicht tot. Wir helfen ihr.«

Einen unendlich andauernden Moment sahen sich die beiden Brüder an, und Sr'rem hörte das harte Schlagen seines doppelten Herzens. Dann schien Kr'rom nachzugeben. Seine Halshaut verfärbte sich kaum merklich.

»Wie du willst, Wohltäter«, schnaufte er. »Rutsch zum Gleiter und hol die Tasche.«

»Die Tasche?«

»Mach schon, mach schon«, drängelte Kr'rom. »Her mit den Medikamenten.«

»Aber ...« Sr'rem zögerte. »Ihr Kopffell ist nicht weiß. Sie ist keine von den Arkoniden. Was, wenn die Medikamente sie umbringen?«

»Siehst du denn nicht, dass der Planet sie gerade umbringt? Sie hat keine dicken Schuppen, nur diese labberige Haut. Also mach schon, auf meine Verantwortung.«

Sr'rem schob sich durch den Sand nach vorn und reichte seinem Bruder mit dem dünnen Ärmchen die Tasche mit den Medikamenten. Dabei betrachtete er besorgt das Weibchen. Ihr Gesicht wirkte geschwollen und verschrumpelt, als sei sie bereits tot. Ob Kr'rom doch richtig lag?

»Ich glaube, sie braucht Wasser.«

Kr'rom wiegte den Kopf hin und her. »Dann haben wir weniger.«

»Ich teile gern mit ihr. Sie hat so schöne Augen. Wie Kristall. So Augen habe ich noch nie bei den Kopffellern gesehen.«

»Ich fasse es nicht«, sein Bruder stieß mit einem dröhnenden Ton die Luft aus. Es war ein Zeichen von Heiterkeit, und Sr'rem hatte es seit einem Jahr nicht mehr von ihm gehört. Es war so ungewohnt, dass es ihn verschreckte.

»Was denn?«

»Mein kleiner Bruder liebt eine Fußgeherin. Du bist ein Kopffellfetischist, Sr'rem.«

»Was ist ein Kopffellfetischist?«

»Nun gib ihr schon Wasser«, lenkte sein Bruder ab.

Verwirrt holte er das Wasser und schob sich zu der Unbekannten hin. Sein Bruder nahm eben eine Salbe heraus und schmierte das Gesicht der Bewusstlosen großzügig damit ein, um es vor den Strahlen und weiteren Verbrennungen zu schützen. Er bearbeitete auch die Hände und die Kleidung. Die Creme würde sich zu einem Schutzfilm verbinden. Danach griff er nach einer Spritze. Er schien unschlüssig.

»Ich habe das noch nie gemacht«, sagte er unsicher.

Sr'rem kroch zu ihm, nahm ihm die Spritze ab und drückte ein wenig Flüssigkeit heraus, wie er es bei dem Weißhaarigen im Khasurn gesehen hatte. »Auf deine Verantwortung«, plapperte er aufgeregt, obwohl er wusste, dass das nicht stimmte. Er hatte die Verantwortung übernommen. Zum ersten Mal tat er etwas, was sein Bruder nicht tun wollte oder konnte. Ein Gefühl von Stolz stieg in ihm auf, als er die Spritze vorsichtig am Hals ansetzte. Dabei sah er der Frau in die Augenhöhlen. Seltsame Lichtblitze tanzten darin und nahmen ihn gefangen. Sie brachen aus den Kristallsplittern hervor und wurden zu Kugeln, die wie kleine Sonnen über den Augen schwebten.

»Siehst du das?«, fragte er seinen Bruder aufgeregt.

»Was denn?« Sein Bruder sah ihn verwundert an, dann klopfte er ihm auf die Schulter. »Gut gemacht.«

Sr'rem sah auf seine Hand mit den sechs langen Fingern und stellte fest, dass die Spritze leer war. Er musste sie gesetzt haben, während die winzigen Sonnen seine Aufmerksamkeit fesselten. Gemerkt hatte er davon nichts. Vorsichtig streckte er eine Hand aus, um die Sonnen zu berühren, da zerplatzten die Kugeln in einem Funkenregen. Sr'rem wich zurück.

»Was hast du denn?« Sein Bruder schien von all dem nichts mitbekommen zu haben. Er konnte die Sonnen und ihre hübschen Funken nicht sehen.

Die Fußgeherin hustete und drehte den Kopf. Sie bewegte sich, als wolle sie aufspringen, sei aber zu schwach dazu.

»Wo ist sie?«, murmelte sie leise.

»Wer?«, fragte Sr'rem.

»Sie, du ...«, flüsterte sie und runzelte verirrt die Stirn. »Wo sind wir?«

»Du, wir, sie!« Sr'rem klatschte die obersten Ärmchen zusammen. »Sie ist lustig, Kr'rom, findest du nicht?«

Sein älterer Bruder schüttelte den Kopf. »Nein. Sie ist krank. Wenn sie keine besseren Medikamente kriegt, stirbt sie.«

Sr'rem spürte eine tiefe Trauer in sich aufsteigen. Er kannte die Fremde nicht, und doch schien sie ihm näher, als alle Zr'rak aus seinem Far'rurk. Behutsam beugte er sich mit den Hornlippen an ihr Ohr. »Du musst zu einer Siedlung. Zu anderen Fußgehern, die dir helfen können. Wir bringen dich hin.«

»Nein.« Die Fremde schaffte es, sich aufzusetzen. »Ich muss weiter.«

»Sollen wir dich woanders hinbringen?«, bot Sr'rem an. Er würde alles für sie tun, wenn er nur noch einmal den Glanz sah, der aus ihren Augen kam.

Sie schüttelte den Kopf. »Nein. Sie muss allein weiter. Das Unal ...« Sie verstummte. »Nein, es ist nicht das Unal. Es sind die Splitter.«

Kr'rom sah auf den rauchenden Jr'rikan. »Dein Gefährt ist hinüber, fürchte ich. Ich kann zwar viel reparieren, aber mit dem Fußgeher-Ding kenne ich mich nicht aus.«

»Das macht nichts. Sie weiß, was sie tun muss.« Die Fremde stand auf und machte sich an dem Gefährt zu schaffen, als habe sie nie etwas anderes getan.

Sr'rem beobachtete sie staunend und warf seinem Bruder hinter ihrem Rücken Blicke zu.

»Du bist Mechanikerin?«, fragte er nach.

»Nein.« Sie drehte sich nicht zu den beiden um. »Aber sie weiß, was getan werden muss. Es ist bald vorbei und zuvor wartet eine wichtige Aufgabe.«

Sie arbeitete schweigend und Sr'rem schaffte es nicht, sich von ihrem Anblick zu lösen. Sie erschien ihm wie ein Geist aus den Legenden, wie eine Bewahrerin der Hitze, die den Feuergöttern diente. Er stellte sich vor, wie sie mit Schuppen aussehen würde und als Hüterin seines Volkes auftrat. Mehrere Minuten vergingen in Schweigen. Selbst sein Bruder sagte nichts, und das zeigte ihm, wie sehr auch Kr'rom vom Anblick der Fremden ergriffen war. Um die Fußgeherin herum schien eine Kontur aus tanzenden Lichtern zu liegen. Als stamme sie nicht ganz von dieser Welt.

»Ich bin Sr'rem«, plapperte er los, als er das Schweigen und die Andacht des Momentes nicht mehr ertragen konnte. »Ich und mein Bruder Kr'rom sind Zr'rak und wir wollen von diesem verdammten Planeten runter, nach Terrania, weil die Diener vom Hort des Bösen unsere Welt verseuchen. Sie züchten Mittel, um die Kopffeller zu kontrollieren, und sie töten uns, wenn wir gegen sie aufbegehren.«

Die Stimme der Frau war leise. »Das wird aufhören. Bald werdet ihr ein Zeichen sehen. Ein Zeichen der Hoffnung.«

Sr'rems Erstaunen wuchs in Unermessliche. Wie konnte die Fremde das wissen? War sie mehr, als sie zu sein schien? Eine Botin aus der dritten Welt des Seins?

»Wer bist du?«, fragte er herausfordernd und hob den dicken Schädel. Er wusste, dass er keine Ruhe haben würde, bis diese Frage beantwortet war.

»Es ist Zeit«, sagte die Fremde und stieg in die Stiefel hinein, auf das Jr'rikan. Sie drückte den Schalthebel hoch und ein helles Sirren erklang. Hinter ihr wirbelte Staub hoch und ihre Haare wehten im Wind wie eine Feuerlohe.

»Ich will wissen, wer du bist.« Sr'rem hörte, wie bettelnd er klang, aber er konnte nicht anders. Wenn er es nicht erfuhr, würde er ewig darüber nachgrübeln.

Die Fremde antwortete nicht. Ihr Kopf war von ihm abgewandt, als würde sie unhörbaren Stimmen lauschen. Ihre zerschlitzten Lider zuckten.

Kr'rom stellte sich neben ihn. »Mein Bruder hat Sie etwas gefragt«, sagte er bestimmt. »Bitte seien Sie so gut und antworten Sie ihm.«

Aus den Splittern in den Augenhöhlen der Frau schossen helle Lichter, die ihm Glanz der Sonne tanzten. Sie hob den Kopf. »Ich bin Decaree Farou.«

Sie beschleunigte das Fluggerät und war bald schon hintern den orangeroten Dünen verschwunden.

Sr'rem starrte ihr noch lange nach.

Kapitel 11

Atlan: Mobat

»Sir, die Space-Jet wurde von Oberst Neffers Einheiten aufgebracht«, informierte mich Hoyka Kah, als ich wieder an Bord der TOLMAN war und mich in der Kommandozentrale auf den neuesten Stand bringen ließ.

»Gut.« Ich ballte meine Hände zu Fäusten. »Ich werde mich persönlich um diesen Aracom-Mitarbeiter kümmern.«

»Ich halte es für klüger, wenn Sie sich zuerst beruhigen.«

»Und das sagen ausgerechnet Sie? Haben Sie Totthamir bereits vergessen?«

Hoyka Kahs Gesicht verriet nicht, was sie dachte. »Ich halte es für angemessener, wenn die Befragung Mobats ein anderer übernimmt als Sie.«

Ich wandte mich an Major Hanaly und ignorierte sie. »Bringen Sie mich zu der Space-Jet.«

Hanaly nickte. »Jawohl, Sir.«

»Immerhin hat Neffers es geschafft, die Space-Jet aufzuhalten«, sagte Hoyka Kah. »Mobat wird uns nicht entkommen, und lebend ist er von größerer Bedeutung.«

»Hören Sie auf, mich beschwichtigen zu wollen, Generalin.«

»Nicht, solange Sie diesen Gesichtsausdruck haben, Lordadmiral.«

Ich presste die Lippen aufeinander. Die Generalin hatte recht, ich war wütend und meine Augen tränten noch immer vor Aufregung. Zornig setzte ich mich in meinen Pneumosessel, damit Hanaly starten konnte.

»Mobat wird das büßen«, sagte ich leise.

»Rache ist kein guter Antrieb«, belehrte mich die Generalin.

Besser hätte ich es auch nicht formulieren können, pflichtete der Extrasinn bei.

Am liebsten hätte ich sie beide durch die Schleuse von Bord geworfen und zog es vor zu schweigen.

»Lassen Sie sich Zeit, Sir. Überstürzen Sie nichts. Der Verlust ist noch zu frisch.«

Ich dachte an Decarees Leiche, die auf meinen Befehl hin an Bord gebracht worden war. Zeit heilte keine Wunden. Erst recht nicht in diesem Fall, wo Zeit Mangelware war.

Aber Rache auch nicht, warf der Extrasinn ein. *Rache ist ein niederer Beweggrund.*

Lass mich in Ruhe.

Der Extrasinn verstummte, und der kurze Flug verlief bedrückend still. Alle in der Kommandozentrale wussten, was geschehen war, und außer Hoyka Kah schien es niemand zu wagen, mich anzusprechen.

Ich nahm mit Oberst Neffers Kontakt auf.

»Haben Sie Mobat, Oberst?«, war meine erste Frage, als die Verbindung stand.

Der Oberst war bleich, seine Haut schimmerte wächsern. Er war hochgewachsen und dürr wie ein Ara, wenn er auch einen deutlich runderen Kopf mit krausem rotem Haar besaß. Seine wässrigen grünen Augen waren von zahllosen Falten umgeben.

»Sir, es tut mir leid Ihnen das mitteilen zu müssen, aber Mobat befindet sich nicht an Bord der Space-Jet.«

»Was?« Ich fühlte mich, als sei ich durch dünnes Eis in einen See gestürzt. Mein Atem beschleunigte sich und meine Brust schmerzte. »Wie kann das sein?«

Der Oberst stützte auf dem Schirm die Ellbogen auf seinem Schreibtisch auf, legte die Hände ineinander und sah mich unverwandt an. »Wir wissen es noch nicht. Die Aras an Bord geben keinerlei verbindliche Auskünfte. Mobat gilt unter ihnen als Eigenbrötler; als Mann, der immer wieder auf geheimnisvolle Weise zu verschwinden versteht.«

»Er kann nicht aus der Space-Jet geflohen sein«, warf Hoyka Kah eisig ein. »Er ist kein Teleporter, es muss eine andere Erklärung geben. Vielleicht hat er sich nur gut genug versteckt. Sind Sie sicher, dass Sie die Space-Jet umfassend untersucht haben?«

»Ja, Madam. Das bin ich.«

»Wir sind bald bei Ihrer Position. Versuchen Sie herauszufinden, wo Mobat steckt.«

»Ja, Lordadmiral.«

Der Oberst beendete die Verbindung, und ich starrte auf den Schirm vor mir. Wie konnte das sein? Ich sprach meine Gedanken laut aus. »Wo steckt dieser Ara?«

Quälende Minuten vergingen, in denen mir meine Machtlosigkeit bewusst wurde. Was war, wenn Mobat entgegen der Vermutung der Generalin doch ein Mutant war und teleportieren konnte? Sicher, diese Gabe war außerordentlich selten, aber was war im Universum schon unmöglich?

Endlich meldete sich Neffers wieder.

»Haben Sie Mobat, Oberst?« Ich wollte unbedingt eine positive Antwort hören, doch Neffers enttäuschte mich. Er sah verwirrt aus, und seine Stirn warf nun genauso viele Falten wie seine Augen.

»Nein, Sir. Die Angelegenheit wird immer rätselhafter. Die DRAPER hat den Verlust einer Kleinst-Space-Jet gemeldet. Ein Wartungsingenieur wurde tot aufgefunden. Offensichtlich ist der Mann erschlagen worden. Ich sende Ihnen die Bilder der Beobachtungskamera, die ich gerade erhalten habe.«

Ich hielt den Atem an, als das Bild des Obersts verschwand und stattdessen der Rücken eines Terraners zu sehen war, der den Wartungsingenieur brutal mit einem silbernen Werkzeugkoffer zu Boden schlug. Er zertrümmerte seinem Opfer am Boden mit einem hässlichen Knirschen Nase und Genick. Mir wurde übel, und mein Zorn ballte sich zu eisiger Wut. Der Mörder zeigte sein Gesicht der Kamera, als sollten wir es sehen. Für einen Augenblick verschob sich die Physiognomie des Mannes.

Aus den terranischen Zügen formte sich der spitze Kopf eines Aras. Die breite Stirn und die riesige Nase – es war das verhasste Antlitz Mobats.

Erschüttert begriff ich, was da gerade geschehen war. »Ein Molekülverformer.«

»Der Terraner war unser Mann, den wir hier auf Samwar vor wenigen Stunden verloren haben«, sagte Hoyka Kah leise. »Das war Rey Öris, der aus unerfindlichen Gründen seinen Schutzschirm desaktivierte. Wann und wie ist Öris auf die DRAPER gekommen?«

Neffers straffte die Schultern. »Ich finde das heraus.«

»Danke, Oberst«, sagte ich schwach.

Ein Molekülverformer. Der Gedanke erschreckte mich. Zu der Zeit, als ich erstmals Perry Rhodan begegnet war und wir gemeinsam gegen die Druuf und den Robotregenten von Arkon gekämpft hatten, waren Terraner zweimal mit Molekülverformern zusammengetroffen. Der junge Telepath Samuel Goldstein hatte sich damals besonders hervorgetan. Der Molekülverformer, mit dem er es zu tun gehabt hatte und der am Ende getötet worden war, hatte sich als letzten Überlebenden eines Auswandererschiffs bezeichnet. Woher die Gestaltwandler gekommen waren, hatten wir nie erfahren, und trotz intensiver Bemühungen hatten wir keine weiteren Mitglieder dieses geheimnisvollen Volkes zu entdecken vermocht.

Wahrscheinlich konnte Mobat jede beliebige Gestalt annehmen, die annähernd sein Volumen hatte. Er war damit als Gegner wesentlich gefährlicher, als ich bisher angenommen hatte. Und unberechenbarer. Die Motive eines Aras konnten wir vergleichsweise leicht durchschauen, die einer völlig andersartigen Intelligenz hingegen nicht.

Wenige Minuten später meldete sich der Oberst zurück. »Leutnant Öris ist in Mahoniak an Bord eines Schiffs der USO gegangen, das dort zusammen mit drei anderen zu Ihrem Rückhalt stationiert war. Er hat sich mit der DRAPER in Verbindung gesetzt und glaubwürdig versichert, er wäre in Mahoniak zurückgeblieben. Als wir die Space-Jet jagen sollten, sind die Schiffe aus Mahoniak ebenfalls ins All aufgestiegen, um sich an der Verfolgung zu beteiligen. Das war der Zeitpunkt, zu dem sich Mobat die Mini-Space-Jet angeeignet hat.«

»Wie konnte er so schnell in Mahoniak sein?«, fragte Hoyka Kah.

»Ein Transmitter«, mutmaßte ich. »Mobat hat sich Öris während der Explosion bemächtigt, als das Chaos am Größten war, und ist dann über einen Transmitter in dem fünf Kilometer entfernten Krater nach Mahoniak gelangt.«

Hanaly sah verwirrt aus. »Ich weiß sehr wenig über Molekülverformer, Sir, deshalb erlauben Sie mir die Frage, warum Öris sterben musste.«

»Damit er nicht mehr reden kann«, sagte ich überzeugt. »Vielleicht musste Mobat ihn berühren, um ihn kopieren zu können. Wir wissen einfach zu wenig über Molekülverformer, um uns ein Bild machen zu können.«

»Er hat ihn nicht nur kopiert, Sir«, warf Neffers auf dem Schirm ein. »Dieser Mann war Öris. Er ging wie er und er wusste einen Teil dessen, was Öris wusste.«

»War Öris mentalstabilisiert?«, fragte ich beunruhigt.

»Ich denke, allenfalls partiell, Sir«, sagte Hoyka Kah. »Mobat muss sich das nötige Wissen irgendwie angeeignet haben.«

Diese Neuigkeit war erschreckend. Wenn das zutraf, konnte Mobat nicht nur das Äußere kopieren, er schien auch Teile des Wissens seiner Opfer aufzunehmen.

Aber sehr weit kann dieses Aufnehmen von Wissen in seinem Fall nicht gehen, meldete sich der Extrasinn. *Sonst hätte er Decaree nicht entführen müssen.*

Ich nickte und erntete einen fragenden Blick von Hanaly.

»Es bleiben noch einige Fragen offen, die einer genaueren Analyse bedürfen. Fakt ist, dass es sich bei Mobat um ein Wesen handelt, das Kraft seines Geistes nahezu jede Gestalt annehmen kann. Er ist ein Gegner, wie es ihn gefährlicher kaum geben könnte.«

»Ich werde versuchen von den Aras mehr über ihn zu erfahren«, sagte Neffers.

»Tun Sie das.«

Oberst Neffers' Bild verschwand, und Hoyka Kah meldete sich zu Wort.

»Sir, Miss Lamet von Tahun möchte Sie noch immer sprechen.«

Ich nickte Irina Tarasow zu. »Stellen Sie eine Verbindung über Hyperfunk her.«

Auf dem Schirm in meiner Konsole erschien das Gesicht Haana Lamets.

»Lordadmiral, ich habe Ihnen noch eine wichtige Mitteilung zu machen, auch wenn ich nicht ganz schlau aus ihr werde.«

»Schießen Sie los, Miss Lamet.« Ich war mir nicht sicher, ob ich noch mehr schlechte Nachrichten vertragen konnte. Am liebsten hätte ich mich in meine Kabine zurückgezogen. Mobat war fort. Die Mini-Space-Jet nicht mehr einzuholen. Wir hatten auf ganzer Linie versagt.

»Es geht um Taylor Waalis. Ich habe mich mit dem Agenten in Verbindung gesetzt, der ihn überprüfen sollte, und dabei kam heraus, dass eine solche Überprüfung nie stattgefunden hat, weil Khelex Damitter sie unterband. Damitter war der einzige Mensch, der Waalis angeblich verhört hat, aber das war fingiert. Taylor Waalis kam nie an Bord des Kreuzfahrtschiffes. Er ist spurlos verschwunden. Können Sie sich das erklären?«

Ich nickte langsam. »Ja, das kann ich. Wir haben gerade erfahren, dass Mobat ein Molekülverformer ist. Er hat sich eines USO-Soldaten bemächtigt, und genauso hat er vermutlich auch Taylor Waalis aus dem Weg geschafft. Ich vermute, er hatte in der Gestalt von Waalis selbst Kontakt mit Decaree Farou und hat zuerst vor Ort versucht, ihr die Erinnerungen an Quinto-Center zu entreißen. Nachdem das nicht funktioniert hat, hat er Nelson Bhitt agieren lassen und sich zurückgezogen, um aus dem Hintergrund seine Fäden zu ziehen.«

»Das ist entsetzlich. Dann war Mobat schon auf Tahun in direkter Nähe von Miss Farou?«

Ich fühlte mich unendlich müde. Es war Zeit, mit der Trauerarbeit zu beginnen, aber ich war noch nicht in der Lage dazu. Meine Seele kam mir vor wie ein Mond, auf den ein Asteroid eingeschlagen war. Zu den tausend Kerben und Narben war ein neuer Krater gekommen, und er war tief. Ich stand auf.

»Entschuldigen Sie mich. Ich ziehe mich zurück. Holen Sie mich bitte umgehend, wenn die Kleinst-Space-Jet gefunden wird, die sich Mobat angeeignet hat.«

Ich ging in meine spartanisch eingerichtete Kabine und setzte mich auf das karge Lager. Niemand störte mich in den nächsten Stunden. Mobat war entkommen, aber ich war sicher, ihn nicht zum letzten Mal gesehen zu haben. Irgendwann würden wir einander wieder begegnen, dafür würde ich sorgen.

»Paris«, murmelte ich erschöpft und ließ mich nach hinten sinken. Nie war mir dieser Raum so trostlos erschienen. Meine Gedanken glitten von Decaree zu Hoyka Kah. Ich musste mich um ihre Eigenwilligkeit kümmern, aber ich fühlte mich zu schwach.

Vergiss nicht, was du Hoyka Kah schuldest. Der Extrasinn klang scharf. Seine Stimme in meinem Kopf war schmerzhaft intensiv. *Im Gegensatz zu dir hat sie die Lage rational eingeschätzt und das Schlimmste verhindert. Während du wie ein Schlafwandler zu Decaree wolltest, hat sie befohlen, sämtliche Schutzschirme zu aktivieren. Ohne diesen Befehl wären elf weitere USO-Mitarbeiter gestorben, inklusive deiner Wenigkeit, und das nur, weil du nicht in der Lage warst, deine Leute zu führen.*

»Was willst du von mir?«, fragte ich leise.

Dass du der Wahrheit ins Gesicht siehst. Du warst emotional überfordert. Deine Schuldgefühle haben die geleitet, nicht dein Verstand und genau deshalb schuldest du Hoyka Kah etwas. Ihre Einschätzung der Gesamtsituation war wesentlich präziser als deine, und es liegt in deiner Verantwortung, dass Mobat entkommen ist.

Ich schloss die Augen. *Ja. Es ist meine Verantwortung.*

Hoyka Kah: Aufräumarbeiten

Die Spannung in der Zentrale war kaum zu ertragen. Hoyka Kah verabschiedete Miss Lamet und entschuldigte sich für den überhasteten Rückzug des Lordadmirals. Gleichzeitig war sie froh, dass Atlan ihr das Feld überlassen hatte und endlich einsah, dass er mit der aktuellen Situation gefühlsmäßig nicht zurechtkam.

»Wir warten noch eine Stunde, ob Spuren von Mobat gefunden werden, danach fliegen wir Richtung Quinto-Center«, wies sie Hanaly an, der ebenso wie der Rest der Besatzung der Kommandozentrale froh schien, den Lordadmiral nicht mehr neben sich zu haben. Sie alle trauerten mit ihm und wussten nicht, wie sie sich ihm gegenüber verhalten sollten.

Hoyka Kah setzte sich mit Oberst Neffers in Verbindung. Die Flotte der USO sollte nicht umsonst nach Samwar gekommen sein. Neffers würde ein paar Schiffe abstellen, die sich um Mobats Station kümmerten und sie erforschten, ehe sie sie dem Sandboden gleichmachten.

»Vernichten Sie vor allen Dingen zuerst alle Viren und Bakterien. Wenn der Lordadmiral mit seinem Verdacht recht hat, haben die Aras die Arkoniden über diese Waffe manipuliert. Wir müssen dem ein Ende setzen.«

»Was sollen wir tun, wenn wir mit der Station fertig sind, Madam?«

»Brennen Sie alles nieder. Es muss ein Feuer sein, das auf lange Sicht nichts von der Inneneinrichtung übrig lässt und Temperaturen erreicht, die alles zusammenschmelzen lassen.«

»Verstanden.« Der Oberst sah aus, als sei er am Boden zerstört. »Ich bedaure zutiefst, dass wir Mobat nicht stellen konnten. Ich wünschte, wir hätten ihn erwischt.«

»Das ist nicht Ihr Fehler, Oberst. Sie leisten gute Arbeit.«

»Danke, Generalin.«

Neffers verschwand vom Bildschirm. Hoyka Kah saß noch lange da und dachte über die Vorkommnisse nach. Wie viel wusste Mobat über Quinto-Center? Der Aussage seiner gefangen genommenen Assistentin zufolge war es nicht viel, und die Frau hatte unter Wahrheitsdrogen ausgesagt. Wenn sie Glück hatten, waren sie mit einem blauen Auge davongekommen. Trotzdem lastete auch auf ihr die Sorge. Mobat war ein Feind der USO, und der Lordadmiral war durch die Vorfälle auf Samwar deutlich geschwächt. Wie lange würde er brauchen, sich zu erholen und seine Organisation mit ganzer Kraft zu führen?

Sie seufzte. Atlan war ein Arkonide, wie es keinen Zweiten gab, und auch wenn sie immer wieder mit ihm aneinandergeriet, gab es einiges an ihm, das sie zu schätzen wusste. Eines davon war seine Fähigkeit, auch nach der härtesten Niederlage wieder aufzustehen. Er würde seinen Weg finden.

Kapitel 12

Sr'rem: Ein Zeichen der Hoffnung

Zum dritten Mal waren sie aufgebrochen, die weite Tour über den Kontinent zu fliegen. Bisher war alles gut gegangen und außer dem Zusammentreffen mit der rätselhaften Fußgeherin war nichts Besonderes vorgefallen. Wenn es so weiterlief, hatten sie innerhalb von einem Jahr das nötige Geld für eine Passage zusammen und konnten auf einem Schiff der Fußgeher ihre Reise ins Ungewisse wagen.

Ihr Gleiter sirrte fröhlich, und Sr'rem summte eine leise Melodie, wie sie im Far'rurk zu Ehren der Feuergötter auf den Tur'ruk-Trommeln gespielt wurde.

»Das glaube ich nicht«, zischte Kr'rom plötzlich und ließ den Gleiter in einer harten Kurve mit Vollbremsung herumschnellen.

Sr'rem, der Anschnallgeräte für getarnte Folterinstrumente hielt, wurde erst in den Sitz gepresst und knallte dann mit dem zahnlosen Mund unsanft gegen die Armaturen. Ihm wurde schwindlig. Vor allen vier Augen sah er Schlieren.

»Was ...«

»Entschuldige.« Kr'rom half ihm zurück in den Sitz. »Aber das musst du dir ansehen.«

Langsam verschwanden die Schlieren, und Sr'rem nahm durch das Cockpit die Wüstenlandschaft vor sich wahr. Am Horizont stieg Rauch auf. Er war weithin zu sehen und Sr'rem stand vor Verblüffung der Mund offen. Da musste ein Großbrand im Gang sein, wie es in dieser Gegend des Planeten seit Jahrzehnten keinen mehr gegeben hatte.

»Was ist denn da los?«

Kr'rom hielt direkt auf die Flammen zu. Seine Augen glänzten, als hätte er Untertemperatur.

»Kapierst du es nicht? Weiß du denn nicht, wo wir sind? Das ist der Hort des Bösen! Er brennt!«

Es stimmte. Mitten da draußen brannte lichterloh die Station, die den langen Fußgehern mit den spitzen Köpfen gehörte.

Sr'rem klatschte in die Händchen. »Fliegen wir hin!«

»Ich bin schon dabei, Blitzmerker. Hoffentlich hast du dir den Kopf nicht zu hart gestoßen.«

Sr'rem zitterte vor Aufregung. Die abfälligen Worte seines Bruders nahm er kaum wahr. Seine Gedanken wirbelten durcheinander. War die Zeit der Herrschaft der Spitzköpfigen endlich vorbei? Würden nun weniger Bakterien und Viren auf dem Planeten freigesetzt werden? Seine Mutter hatte dafür gekämpft, dass es Änderungen gab, aber die weißhaarigen Fußgeher hatten ihr in ihrer Arroganz nicht zugehört. Sie waren überzeugt davon gewesen, dass der Hort des Bösen ihnen diente, und hatten die Realität nicht wahrhaben wollen, obwohl sie sich damit schadeten. Sr'rem zuckte mit dem Stützschwanz. Wie glücklich würde seine Mutter sein, wenn sie von der unsichtbaren Flammenhöhle auf der anderen Seite hinunter sah und den Brand auf der ersten Welt des Seins entdeckte! Das war die Stunde ihres Triumphes.

Die Station kam näher, und der Rauch wurde dichter. Sie umrundeten die Station. Ein Teil war bereits ausgebrannt. Dort waren keine Flammen mehr zu sehen. Die Station war verlassen. Nirgendwo klang ein Alarm, nirgendwo starteten Gleiter oder Schiffe.

»Ich gehe näher ran«, zischte Kr'rom erregt. Sein Bruder flog auf einen eingestürzten Bereich zu, der bis zur Mitte der kugelförmigen Konstruktion offen lag.

»Und wenn wir bei einer Landung abstürzen?«, fürchtete Sr'rem.

»Das Risiko gehe ich ein. Siehst du die Räume da unten? Keiner außer uns scheint bisher zu wissen, dass die Station brennt. Ich bin sicher, da gibt es noch was zu holen.«

Sr'rem überwand seine Zweifel. Die Platte, auf der Kr'rom landen wollte, sah stabil aus. Sie würde bestimmt einen Moment halten.

Der Rauch wehte von ihnen fort, trotzdem roch es unangenehm. Auf der anderen Seite, gut zweihundert Meter entfernt, loderten die Flammen lichterloh. Die Hitze war nicht stärker als an einem heißen Tag in der Wüste, und ihre Schuppen schützten sie, als sie ihren Gleiter verließen, um sich in dem ausgebrannten Hangar umzusehen, in dem sie gelandet waren.

»Da stehen ja lauter Gleiter.« Sr'rem klatschte in die Händchen. Vor ihm schien eine Art Reparaturhangar zu liegen.

Sein Bruder sah sehr konzentriert aus. »Okay, hör mir gut zu, Sr'rem. Ich werde dir zeigen, wie du den Gleiter allein zu fliegen hast, und danach mache ich mich daran, die wertvollsten Metalle und Teile auszubauen. Du fliegst sie runter, in Sicherheit.«

»Aber ...« Sr'rem war verwirrt. »Was willst du damit machen?«

»Dasselbe, was wir auf dem ausgeschlachteten Schiffsfriedhof gemacht haben. Wir können die Teile verkaufen! Sicher finden wir noch mehr da drin.« Kr'rom stieß seine Heiterkeit in einem lauten Geräusch hinaus. »Wenn wir das alles los werden, können wir nicht nur zusammen nach Terrania fliegen, wir können uns dort auch eine Existenz aufbauen!

Bestimmt finden wir eine Arbeit und einen Weg, wie wir uns nützlich machen können.«

»Ich will studieren«, sagte Sr'rem sofort.

»Was willst du? Studieren? Du weißt ja gar nicht, was das ist. Du und der Blödsinn in deinem Quadratschädel.«

»Ist mir egal, was du denkst, Kr'rom, ich will studieren. Kein Zr'rak hat je in Terrania studiert, und ich will der Erste sein. Ich werde die Geschichte des Universums studieren.« Er sah seinen Bruder trotzig an, und sein unteres Augenpaar begann vor Anspannung zu flattern.

Kr'roms Halsschuppen verfärbten sich wechselhaft. Er schlug seinem kleinen Bruder in die Seite. »Okay, alter Querkopf. Du studierst. Ich finde schon einen Weg, uns beide zu versorgen. Aber jetzt lass uns arbeiten. Das Feuer wird wiederkommen, wenn der Wind dreht, und uns dann vielleicht die Möglichkeit nehmen, noch mehr zu holen.«

Sie arbeiteten verbissen mehrere Stunden lang. Zwischenzeitlich stürzten einige Etagen der Station ein, aber wie durch ein Wunder geschah ihnen nichts. Die Medikamente und ihre Aufgabe waren vorerst vergessen. Gleiterladung um Gleiterladung schafften sie aus dem Inneren, wie Roboter, die Schiffsfrachten zu löschen hatten.

Im unteren Teil der Station, an einer Außenwand, entdeckte Sr'rem nach einem Einsturz ein großes Transportfahrzeug. Kr'rom brachte es zum Laufen. Allein das Fahrzeug war mehr wert als alles, was sie jemals besessen hatten.

Als es dunkel wurde, arbeiteten sie noch immer, und erst als der Mond Gyoss an seinem höchsten Punkt stand, gaben sie erschöpft auf. Das Feuer drehte und kam zurück, aber sie waren nicht mehr da. Sr'rem steuerte den Gleiter, während Kr'rom das voll beladene Transportfahrzeug schlingernd durch den Sand lenkte. Erst ein gutes Stück von der Station entfernt hielten sie an und stiegen aus.

Sr'rem war erschöpft und glücklich wie nie zuvor in seinem Leben. Er sank auf einer Düne in sich zusammen, während sein Bruder zu ihm kam. Kr'rom hockte sich auf seinem Stützschwanz neben ihn in den Sand. Beide sahen zu, wie die Station ausbrannte. Das Licht versprach einen neuen Anfang.

»Ein Zeichen der Hoffnung«, sagte Sr'rem. »Die Fußgeherin hat es angekündigt, und sie hat wahr gesprochen.«

Kr'rom nickte nur. Sr'rem lehnte sich an ihn und wusste, es würde eine neue Zeit kommen. Eine bessere Zeit, fernab von Samwar, in der seine Träume Wirklichkeit werden würden.

»Decaree Farou«, wiederholte er ehrfurchtsvoll den Namen der Fußgeherin, die ihm wie ein Glücksbringer der Götter erschien. »Hoffentlich geht es dir gut, wo auch immer du bist.«

Kapitel 13

Atlan: Abschied

Seine unnachahmliche Art zu lächeln hatte Ronald Tekener seinen Beinamen eingebracht, aber an diesem Tag gab es keinen Grund, warum er hätte lächeln sollen. Es war der 13. Januar 3125. Wir befanden uns in der TOLMAN, eine halbe astronomische Einheit von Quinto-Center entfernt, mitten im Weltall.

Zusammen mit dem Multimutanten Gucky und einer ausgewählten Anzahl der engsten Vertrauten Decarees standen wir in einem Raum, dessen durchsichtige Front einen freien Blick ins Universum zuließ.

»Perry tut es sehr leid, dass er nicht kommen kann«, sagte der Mausbiber neben mir und zuckte mit den großen Ohren. »Er wäre gern da gewesen, schließlich hat er Decaree gekannt, wenn auch nur flüchtig. Aber leider er ist derzeit nicht abkömmlich.«

Tekener nickte verständnisvoll. »Dafür hat er dich auf einen Sprung vorbeigeschickt. Das war sehr nett von ihm. Wir freuen uns, dass du da bist.«

Er warf mir einen Blick zu, der mich aufforderte, etwas zu sagen, aber mir war nicht nach reden zumute. Ich starrte auf das Cognacglas in meiner Hand und wünschte, das alles wäre nicht wahr und Decaree sei noch am Leben. Aber ich wusste, dass es nicht so war. Ich würde Decaree niemals mehr im Arm halten und den vertrauten Geruch ihrer Haut riechen.

Abweisend drehte ich mich von den beiden fort und betrachtete die anderen Gäste der Weltraumbestattung, die in kleinen Gruppen zusammenstanden, tranken, Kleinigkeiten aßen und leise miteinander redeten. Auch Hoyka Kah und die Zentralebesatzung der TOLMAN waren zugegen. Der Raum duftete schwach nach den über tausend weißen Rosen, die ich zur Dekoration angefordert hatte. Alles in allem war es eine Atmosphäre, die Decaree gefallen hätte. Auch die bisherige Zeremonie und die Reden waren harmonisch verlaufen.

Gucky starrte mich aus seinen großen Augen an. »Es wird schon wieder, Arkonidenhäuptling. Du findest eine andere.«

Ich umklammerte den langen Glasstiel in meiner Hand. Das waren Worte, die ich in diesem Moment nicht hören wollte. Auch wenn ich den kleinen Mausbiber und seine burschikose Art kannte und normalerweise schätzte, wollte ich sie an diesem Tag nicht ertragen.

»Abmarsch, Sonderoffizier Guck«, sagte ich eine Spur schärfer als beabsichtigt, und gab mir keine Mühe, meine Gedanken vor ihm zu verbergen.

Der Mausbiber ließ sich ein Stück in die Luft gleiten. Sein Gesicht sah reumütig aus.

»Entschuldigung, Atlan. Ich wollte nicht respektlos klingen. Ich weiß, wie das ist, allein zu sein.«

Er benutzte seine Mutantengabe, verschwand von einem Moment zum anderen und tauchte am Ende des Raumes bei einer Schale mit Karotten wieder auf.

Ich ballte die freie Hand unschlüssig zur Faust. »Ich weiß nicht, ob Perry mir einen Gefallen damit getan hat, ausgerechnet Gucky als seinen Stellvertreter zu Decarees Zeremonie zu schicken.«

Tekener wiegte den Kopf. Sein Gesicht wirkte durch die Narben der Lashat-Pocken düster und rätselhaft. »Er ist ein

Ilt und der Letzte seiner Art, Atlan. Unterschätze ihn nicht. Auch wenn er es nicht direkt zeigen kann, glaube ich sehr wohl, dass er dich versteht.«

»Vielleicht«, antwortete ich ausweichend. Ich musterte den Smiler. »Was denkst du nun von mir, Tek?«

»Seit wann ist es dir wichtig, was andere über dich denken, mein Freund?«

Tekener sah hinaus ins All. Eben schwebte über uns der oktogonale Behälter aus der TOLMAN, in dem Decaree zu ihrer letzten Ruhe gebettet lag. Er schimmerte silbern und besaß an allen Seiten zahlreiche winzige Lämpchen, die ihn wie einen riesigen Kristall funkeln ließen. Die Gäste verstummten und sahen aus der transparenten Front hinaus.

Auch ich schwieg einen Moment und senkte den Kopf. Als ich wieder sprach, war meine Stimme nur ein Flüstern, das kaum zu hören war. »Wirst du mir vergeben können, Tek?«

Er seufzte ebenso leise. »Ich habe dir nichts zu vergeben, alter Sturkopf. Die Frage ist doch, wirst du dir je selbst verzeihen?«

Ich schüttelte den Kopf. »Nicht bevor ich Mobat gefasst habe. Dieses Monster muss gestoppt werden.«

»Wenn es darum geht, helfe ich dir nur zu gern. Auch ich würde mir Mobat gern vornehmen.«

»Wir finden ihn«, versprach ich. »Und wir ziehen ihn zur Rechenschaft.«

Tek nickte mir zu, und obwohl ein entschlossenes Funkeln in seinen hellblauen Augen lag, kam in mir ein Gefühl von Hilflosigkeit auf. Waren meine Worte mehr als leere Phrasen? Es würde mir gelingen, Mobat früher oder später zu stellen, davon war ich überzeugt. Aber Decaree machte das nicht wieder lebendig. Ihr Verlust war ewig.

Gucky tauchte unverhofft wieder neben uns auf, mit einer Karotte in der Hand. Wir blickten gemeinsam zu dem glimmernden Sarg, der seine endgültige Position erreichte. Im Raum wurde ein Klavierstück gespielt. Es war das Lieblingsstück Decarees gewesen, eine langsame, romantische Melodie, die tief in mein Innerstes vordrang. Als das Lied auf seinem Höhepunkt war, explodierte der Sarg im All in Millionen von Lichtfunken.

Gucky gluckste hörbar. Ich sah zu ihm hinab. Dicke Tränen liefen dem Mausbiber über die runden Wangen.

»Er hat sie nicht einmal gekannt«, sagte ich leise zu Tek.

Der hob die Schultern. »Er ist Telepath. Er spürt die Trauer der anderen und vor allem deine.«

Ich überwand mich und legte Gucky eine Hand auf die Schulter. Schweigend sahen wir hinaus. Den Explosionslichtern folgte eine Reihe von Leuchtkörpern, die von der TOLMAN zum Abschied von Decaree Farou in das All geschleudert wurden. Wie ein Feuerwerk blitzen die lautlosen Lichter auf und bildeten immer neue Muster und Formen. Es sah wunderschön aus. Ein Tanz aus Lichtblüten, die immer wieder aus dem Nichts auftauchten und verloschen. Mehrere Minuten vergingen in andächtiger Stille. Das Glas in meiner Hand war leer. Ich dachte an die Jahre, die ich mit Decaree verbracht hatte, und an das Gute und Schöne, das wir einander geschenkt hatten. Ich bereute keine einzige Minute.

Gucky machte sich von mir los und ging mit hängendem Kopf davon. Vielleicht waren ihm die Empfindungen im Raum zu viel, vielleicht hatte er aber auch in meinen Gedanken spioniert und wusste, dass ich lieber allein sein wollte.

»Lass mir noch ein paar Minuten«, bat ich Tek.

Der Smiler wandte sich ab und ließ mich am Rand des Raumes stehen. Ich aktivierte ein Akustikfeld, um die Gespräche um mich herum nicht hören zu müssen. Noch lange starrte ich hinaus in das All, in dem samtige Schwärze herrschte. Die letzten Lichtfunken waren verglommen, und die Stille umfing mich so absolut, als ob nie wieder ein Wesen innerhalb der Milchstraße einen Laut verursachen würde.

Langsam schloss ich die Augen und empfand den Schmerz, die Leere, aber auch einen Teil der Liebe, die ich durch Decaree hatte fühlen dürfen. Meine Hand glitt in die Tasche meines dunklen Anzugs zu den schwarz gewordenen Splittern, die sich einige Stunden nach deren Tod von Decaree gelöst hatten. In ihnen ließ sich keinerlei Aktivität mehr anmessen. Meine Hand schloss sich um den kühlen Kristall.

»Decaree Farou«, flüsterte ich. »Ich werde dich nie vergessen.«

ENDE

ATLAN
Kreta-Zyklus
Hans Kneifel
ATLAN
Lotse im Sandmeer
Hans Kneifel
ATLAN
Insel der Winde
Hans Kneifel
Historisch-phantastischer Roman
ATLAN
Das schwarze Schiff
Hans Kneifel
Historisch-phantastischer Roman
Lotse im Sandmeer • ISBN 978-3-89064-188-1
Insel der Winde • ISBN 978-3-89064-195-9
Das schwarze Schiff • ISBN 978-3-89064-196-6
Fantasy Productions GmbH
Postfach 4013, 40687 Erkrath, www.fanpro.de
FANPRO

Perry Rhodan
jetzt auch als Taschenheft
Perry Rhodan
Planetenromane
Achim Mehnert
Tod über
Derogwanien
PABEL
Perry Rhodan
Planetenromane
Kurt Mahr
Geisterschiff
CREST IV
NEU!
Tod über Derogwanien
von Achim Mehnert
Abgeschlossene Romane • 160 Seiten Umfang
Weitere Informationen unter:
www.Perry-Rhodan.net

Bei Fanpro erschienen unter anderem folgende Titel:

ATLAN		ISBN 978-3-89064-	
Totentaucher	Wim Vandemaan	Lepso 1	486-8
Die acht Namenlosen	Christian Montillon	Lepso 2	487-5
Befreiung in Camouflage	Michael M. Thurner	Lepso 3	488-2
Die Psi-Kämpferin	Achim Mehnert	Rudyn 1	171-3
Das Sphärenrad	Rüdiger Schäfer	Rudyn 2	172-0
Acht Tage Ewigkeit	Michael H. Buchholz	Rudyn 2	173-7
Das Relikt der Macht	Hans Kneifel	Illochim 1	174-4
Im Bann der Gatusain	Achim Mehnert	Illochim 2	175-1
Der Traum des Navigators	Rüdiger Schäfer	Illochim 3	176-8
Rico	Arndt Ellmer	Roman	177-5
Planet der Silberherren	Uwe Anton	Monolith 1	178-2
Todeszone Zartiryt	Rüdiger Schäfer	Monolith 2	179-9
Echo der Verlorenen	Hans Kneifel	Monolith 3	184-3
Der Silbermann	Marc A. Herren	Monolith 4	185-0
Ceres am Abgrund	Manfred H. Rückert	Monolith 5	186-7
Sprung ins Jenseits	Achim Mehnert	Monolith 6	187-4
Rhaens Ruf	Rüdiger Schäfer	Höllenwelt 1	197-3
Das Erwachen	Achim Mehnert	Höllenwelt 2	198-0
Dämmerung über Höllenwelt	Hans Kneifel	Höllenwelt 3	199-7
Im Schutz des Paladin	Rüdiger Schäfer	Marasin 1	065-5
Tschirque, der Kreuzwächter	Achim Mehnert	Marasin 2	066-2
Die zerschnittene Welt	Rüdiger Schäfer	Marasin 3	067-9
Taucher im Lavastrom	Oliver Fröhlich	Sternensplit. 1	077-8
Das Flexion	Bernhard Kempen	Sternensplit. 2	078-5
Geheimplan Quinto-Center	Michelle Stern	Sternensplit. 3	079-2

ATLAN-Hardcover	ISBN 978-3-89064-	
Brennpunkt der Vergangenheit	Atlan-HC 37	069-3
Das Erbe der Arkonen	Atlan-HC 38	075-4

ATLAN X		ISBN 978-3-89064-	
Lotse im Sandmeer	Hans Kneifel	Kreta 1	188-1
Insel der Winde	Hans Kneifel	Kreta 2	195-9
Das schwarze Schiff	Hans Kneifel	Kreta 3	196-6
Die Prophezeiung von Saïs	Hans Kneifel	Tamaran 1	820-0
Sternenfall der Goldenen	Christian Montillon	Tamaran 2	821-7
Das Urteil des Drachenbaumes	Herren/Mathiak	Tamaran 3	822-4

SCHATTENLAND			ISBN 978-3-89064-
Am Morgen einer neuen Zeit	Kneifel/Walker	Roman	189-9
Die Himmelsfestung	Terrid/Haensel	Roman	190-4
Wald der Masken	Horst Hoffmann	Roman	191-1
Spiel der Götter	Kneifel/Walker	Roman	192-8
Klüfte der Unterwelt	Terrid/Haensel	Roman	193-5

CLASSIC BATTLETECH			ISBN 978-3-89064-
Schrapnell	Hrsg. M. Immig	Anthologie	551-3
Wahnsinn & Methode	Michael Diel	1. Roman	592-6
Clangründer: Abkehr	Randall N. Bills	2. Roman	596-4
Das Schwert und der Dolch	Ardath Mayhar	3. Roman	425-7
Über dem Gesetz	Michael Diel	4. Roman	517-9
Clangründer: Traum	Randall N. Bills	5. Roman	597-1
Die Albatros-Akte	Reinhold H. Mai	6. Roman	526-1
Warrior: En Garde	Michael A. Stackpole	7. Roman	545-2
Warrior: Riposte	Michael A. Stackpole	8. Roman	546-9
Warrior: Coupé	Michael A. Stackpole	9. Roman	547-6
Früchte voll Bitterkeit	Ritter & Schreiber	10. Roman	458-5
Katze unter Bären	Arous Brocken	11. Roman	490-5
Clanwächter	Arous Brocken	12. Roman	491-2
In Ungnade	Chris Hartford	13. Roman	475-2
Mission Kiamba	Arous Brocken	14. Roman	493-6
En Passant	Michael Diel	15. Roman	479-0
Duo Infernale	Carolina Möbis	16. Roman	498-1
Karma	Bernard Craw	17. Roman	454-7
Royal Flush	Carolina Möbis	18. Roman	620-6

Dies ist eine Bibliographie und kein Verzeichnis lieferbarer Titel.
Es ist leider nicht möglich, alle Titel vorrätig zu halten.
Sollten Sie Fragen haben, kontaktieren Sie uns bitte unter

Fantasy Productions GmbH
Postfach 4013, 40687 Erkrath
www.fanpro.de